HEYNE BÜCHER

SCIENCE FICTION

Herausgegeben
von Wolfgang Jeschke

Vom BATTLETECH®-Zyklus erschienen in der Reihe
HEYNE SCIENCE FICTION & FANTASY:

Die Gray Death-Trilogie:

William H. Keith jr.: Entscheidung am Thunder Rift · 06/4628
William H. Keith jr.: Der Söldnerstern · 06/4629
William H. Keith jr.: Der Preis des Ruhms · 06/4630

Ardath Mayhar: Das Schwert und der Dolch · 06/4686

Die Warrior-Trilogie:

Michael A. Stackpole: En Garde · 06/4687 (in Vorb.)
Michael A. Stackpole: Riposte · 06/4688 (in Vorb.)
Michael A. Stackpole: Coupe · 06/4689 (in Vorb.)

Bob Charette: Wölfe an der Grenze · (in Vorb.)

ARDATH MAYHAR

Das Schwert und der Dolch

Ein Roman des
BATTLETECH®-Zyklus

Deutsche Erstausgabe

Science Fiction

WILHELM HEYNE VERLAG
MÜNCHEN

HEYNE SCIENCE FICTION & FANTASY
Band 06/4686

Titel der amerikanischen Originalausgabe
THE SWORD AND THE DAGGER
Deutsche Übersetzung von Reinhold M. Mai
Umschlagbild: David R. Deitrick
Illustrationen im Anhang: David R. Deitrick,
Duane Loose
Kartenentwurf: Dana Knutson
Kartenzeichnung: Christine Göbel
Gefechtstechnische Anmerkungen: William H. Keith

2. Auflage

Redaktion: E. Senftbauer

Printed in Germany 1991
Umschlaggestaltung: Atelier Ingrid Schütz, München
Satz: Schaber, Wels
Druck und Bindung: Elsnerdruck, Berlin

ISBN 3-453-04271-9

Für Jordan Weisman,
Margaret Weis
und Tracy Hickman …
sine qua non

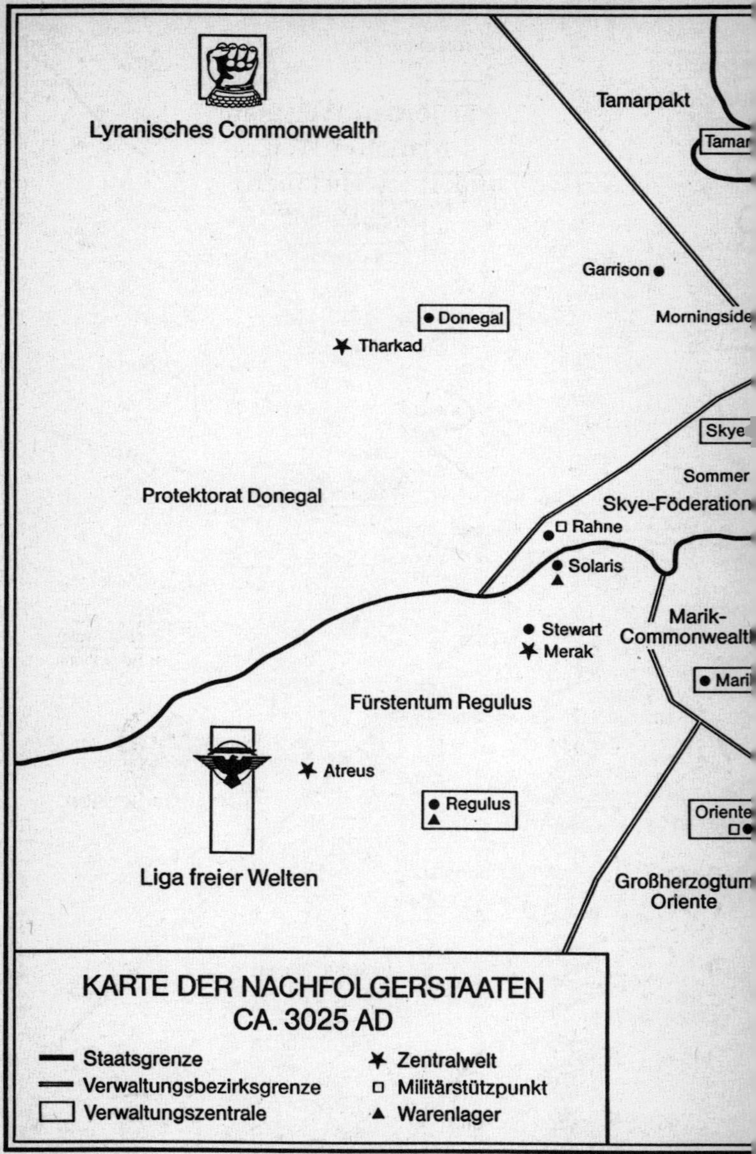
Lyranisches Commonwealth
Tamarpakt
Tamar
Garrison
Morningside
Donegal
Tharkad
Skye
Sommer
Skye-Föderation
Protektorat Donegal
Rahne
Solaris
Stewart
Merak
Marik-
Commonwealt
Mari
Fürstentum Regulus
Atreus
Regulus
Oriente
Liga freier Welten
Großherzogtum
Oriente
KARTE DER NACHFOLGERSTAATEN
CA. 3025 AD
Staatsgrenze
Verwaltungsbezirksgrenze
Verwaltungszentrale
Zentralwelt
Militärstützpunkt
Warenlager

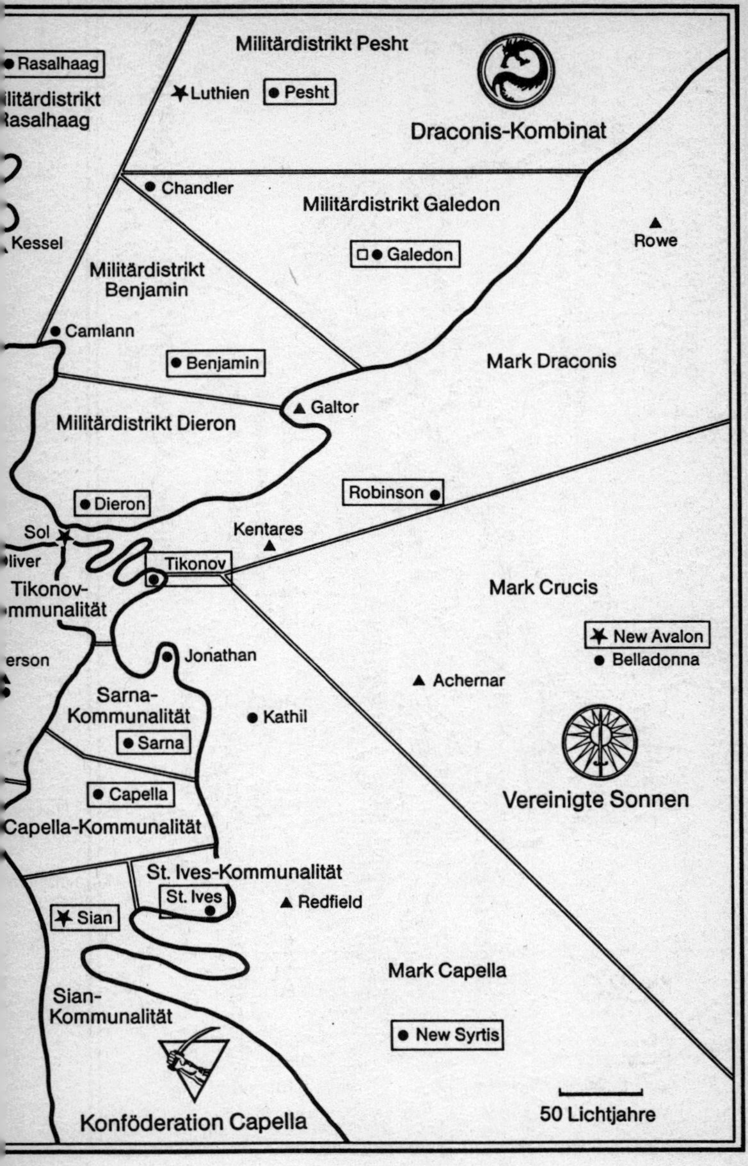

Militärdistrikt Pesht
Rasalhaag
ilitärdistrikt
Rasalhaag
Luthien
Pesht
Draconis-Kombinat
Chandler
Militärdistrikt Galedon
Kessel
Galedon
Rowe
Militärdistrikt
Benjamin
Camlann
Benjamin
Mark Draconis
Galtor
Militärdistrikt Dieron
Robinson
Dieron
Sol
Kentares
liver
Tikonov
Tikonov-
mmunalität
Mark Crucis
New Avalon
erson
Jonathan
Belladonna
Achernar
Sarna-
Kommunalität
Kathil
Sarna
Capella
Vereinigte Sonnen
Capella-Kommunalität
St. Ives-Kommunalität
St. Ives
Redfield
Sian
Mark Capella
Sian-
Kommunalität
New Syrtis
Konföderation Capella
50 Lichtjahre

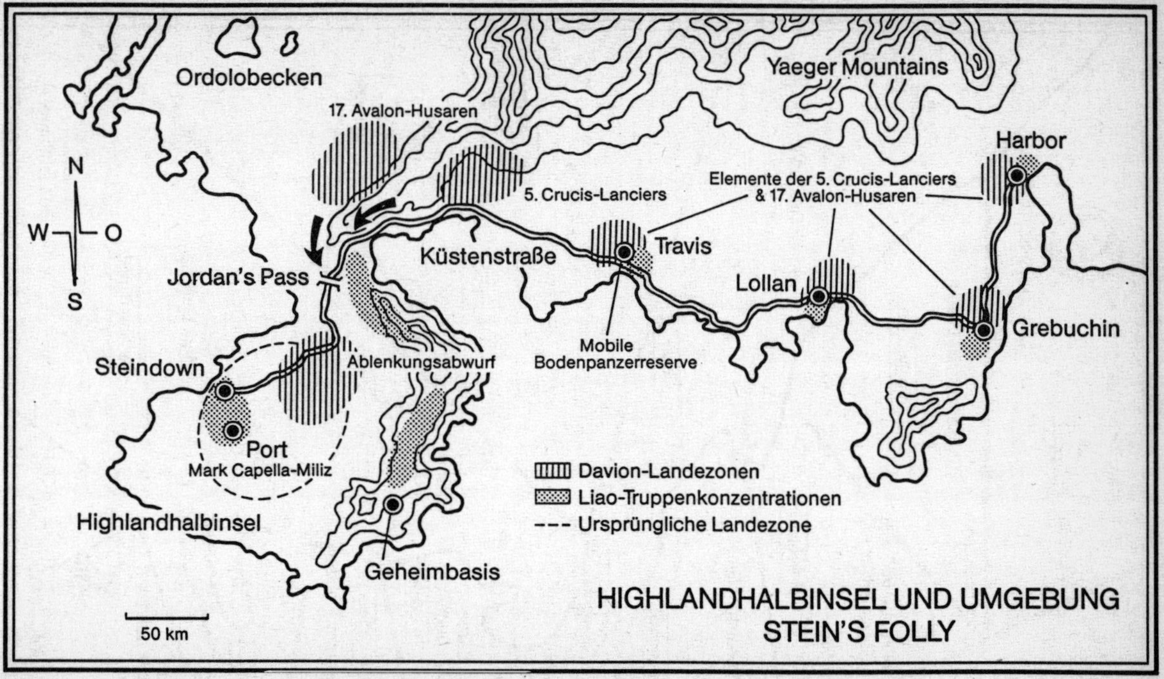

HIGHLANDHALBINSEL UND UMGEBUNG
STEIN'S FOLLY

PROLOG

Man schreibt das Jahr 3025. Der Mensch hat das Weltall besiedelt, aber er hat sein kriegerisches Wesen mit ins All getragen. Tausende von Welten rings um Sol, das Heimatgestirn der menschlichen Rasse, waren einst in einem Sternenbund vereint, der Technologie, Wachstum und Wohlstand für jedermann versprach. Doch mit dem Fall des Sternenbunds im Jahre 2781 brach ein dunkles Zeitalter herein, in dem jedes der fünf überlebenden Sternenreiche versuchte, auf kriegerischem Wege die Vorherrschaft an sich zu reißen. Bis zum heutigen Tag, nahezu 200 Jahre später, ist es keinem der Nachfolgerfürsten gelungen, einen entscheidenden Erfolg zu erringen, der ihm gestatten würde, sich als oberster Herrscher über seine Konkurrenten zu etablieren.

Die Oberhäupter dieser fünf riesigen Sternenreiche kennt man als Nachfolgerfürsten der Häuser Davion, Kurita, Steiner, Liao und Marik. Die vernichtenden Schlachten, die sie sich seit über zwei Jahrhunderten praktisch pausenlos geliefert haben, werden inzwischen einfach als Nachfolgekriege zusammengefaßt.

In diesen Kriegen setzen die Nachfolgerfürsten ganze Heere von BattleMechs ein, mehr oder weniger humanoide, aber gigantische Kampfmaschinen, die vor Lasern, Partikelprojektorkanonen, Lang- und Kurzstrekkenraketen, Autokanonen und MGs nur so strotzen. Doch diese wandelnden Panzer beherrschen zwar das Schlachtfeld, aber das Leben an den Herrscherhöfen der Inneren Sphäre wird von Machtkämpfen und Intrigen bestimmt. Durch Hinterlist versuchen die Herrscher zu erreichen, was sie nicht erkämpfen können.

Lange Zeit brachten die Nachfolgekriege Tod und Vernichtung über die menschliche Zivilisation, über Wissen und Hochtechnologie der Sternenbundära. Aber unsere Zukunft mag bessere Tage bringen, denn die

Nachfolgerfürsten sind dabei, wieder Universitäten einzurichten und lange verloren geglaubte Technologien und wissenschaftliche Erkenntnisse wieder ans Tageslicht zu fördern.

Das mächtigste der fünf Fürstenhäuser ist Haus Davion, Herrscher über die Vereinigten Sonnen. Seit Beginn der Nachfolgekriege hat Haus Davion es durch geschickte Feldzüge und trickreiche diplomatische Schachzüge verstanden, die Anzahl der von ihm kontrollierten Sonnensysteme zu verdoppeln. Der derzeitige Prinz der Vereinigten Sonne ist Hanse Davion, der im Jahre 3013 nach dem Tod seines älteren Bruders Ian in der Schlacht auf den Thron gehoben wurde.

Mit 42 Jahren ist Hanse Davion der jüngste der momentanen Nachfolgerfürsten. An seinen bisherigen Leistungen gemessen war jener Zufall, der ihn vor zwölf Jahren zum Prinzen Davion machte, möglicherweise einer der großen Wendepunkte in der Geschichte der Nachfolgerstaaten. Unter seiner Führung haben die Vereinigten Sonnen einen erneuten Höhepunkt ihrer Macht erreicht, und Hanse selbst wurde bei Freund und Feind unter dem Beinamen der Fuchs bekannt. Natürlich ist er ein brillanter Stratege und erfahrener Verhandlungspartner, aber sein Spitzname rührt nicht zuletzt daher, daß Hanse bei den tödlichen Macht- und Intrigenspielen, die in unseren Herrscherkreisen an der Tagesordnung sind, mehr Geschick beweist als seine Gegner. Beispielsweise ist man allgemein der Ansicht, daß Davions Agenten für die ausgedehnten Unruhen innerhalb der Liga Freier Welten verantwortlich zu machen sind, durch die die besten Einheiten Haus Mariks abseits der Grenzen durch Befriedungsaktionen gebunden werden.

Das Lyranische Commonwealth, gegründet 2341, wird von Katrina Steiner regiert, Archon des Commonwealth und Herzogin von Tharkad. Katrina, eine Frau mittleren Alters, ist eine tatkräftige und entschlossene

Herrscherin, die eine abgeschlossene Ausbildung als Mechkriegerin hat und sich seither auf militärischem wie politischem Gebiet als hervorragende Strategin erwiesen hat. Hanse Davion erscheint ihr als mächtiger Verbündeter, und durch unermüdliche Verhandlungen hat sie einen Friedensvertrag mit den Vereinigten Sonnen zustande gebracht. Darüber hinaus haben Steiner und Davion einen Geheimpakt abgeschlossen, der Hanse Davion die Hand Melissa Steiners zuspricht, Katrinas Tochter und designierter Archon.

In allerjüngster Vergangenheit ist die Grenzwelt Stein's Folly der Vereinigten Sonnen von den Einheiten der Konföderation Capella unter der Herrschaft des Kanzlers Maximilian Liao überrannt worden. Dies ist nur der letzte in einer Serie von Zügen und Gegenzügen entlang dieser Grenze, die zu einem offenen Konflikt zwischen Davion und Liao führen mußten.

Auch wenn die Konföderation Capella der schwächste der fünf Nachfolgerstaaten ist, stellt sich Hanse Davion in Maximilian Liao ein schlauer und findiger Widersacher entgegen, der angestrengt an seinem jüngsten Plan arbeitet, den Prinzen zu stürzen und die Macht der Vereinigten Sonnen zu brechen. Liaos Verbündete gegen Davion sind Haus Kurita und Haus Marik. Keiner der beiden ist aktiv am oben erwähnten Plan beteiligt, aber beide würden von jeder Schwächung der Vereinigten Sonnen profitieren. Takashi Kurita, Nachkomme einer langen Dynastie skrupelloser Ahnen, regiert das äußerst militaristische Draconis-Kombinat mit eiserner Hand. Janos Marik ist der Herrscher der Liga Freier Welten, die auf Grund scheinbar endloser interner Auseinandersetzungen allmählich zu zerfallen droht.

Selbst Michael Hasek-Davion, der Herzog von New Syrtis, könnte die Intrige gegen seinen Schwager Hanse mit einigem Wohlwollen verfolgen. Zwar ist er der ernannte Herrscher über die Mark Capella, aber der ehrgeizige Michael träumt davon, eines Tages unumstrittenes Oberhaupt der ganzen Vereinigten Sonnen zu werden. Hanse Davion betont in der Öffentlichkeit immer wieder sein Vertrauen in seinen Verwandten, Michael glaubt jedoch, daß die kürzlich erfolgten militärischen Maßnahmen des Prinzen gegen das Draconis-Kombinat darauf abzielten, seinen Einfluß und seine Machtposition zu schwächen. Hasek-Davion hat es nicht nur abgelehnt, die Davion-Offensive gegen Kurita zu unterstützen, man munkelt sogar, daß Agenten Maximilian Liaos im Palast von New Syrtis gesichtet wurden.

Das Interesse all dieser Beteiligten richtet sich auf Stein's Folly, einen unwichtigen kleinen Planeten nahe der Davion/Liao-Grenze im Mark Capella-Sektor des Davion-Raums.

1

Nach dem Sturz Redfields wußten die Davion-Kommandeure, daß es nur noch eine Frage der Zeit war, bis Liao sich auf den nahegelegenen Planeten Stein's Folly stürzte. Sie waren darauf vorbereitet, ihre Truppen waren darauf vorbereitet, selbst die Gefechtscomputer errechneten eine Chance von 73% für einen Angriff innerhalb der nächsten zehn Tage. Aber der hinterlistige Herzog von Sian überraschte sie dennoch.

Der Überfall begann mit dem Einsatz von Liao-Todeskommandos, die Sprengladungen an der riesigen Radarfunkstation anbrachten, die den Zenitsprungpunkt des Systems bewachte. Die Zerstörung der auf Stein's Folly gerichteten Antennenschüssel verhinderte, daß eine Warnung vor dem Angriff die Davion-Einheiten auf dem 1 AE entfernten Planeten erreichen konnte. Gleichzeitig sprang ein nicht markierter Liao-Frachter aus weniger als 8000 Klicks Entfernung heran. Noch bevor das Raumschiff sein Segel entfaltete oder seine Parkdüsen in Betrieb nahm, spuckte es vier Landungsschiffe der *Union*-Klasse aus, die geradewegs Kurs auf die beiden Davion-Sprungschiffe der *Invasor*-Klasse längsseits der Sprungstation nahmen und deren Funkverkehr störten.

Die Besatzungen der Sprungschiffe forderten die Landungsschiffe wiederholt auf, ihren Kurs zu ändern, aber die vier Schiffe kamen unbeirrt näher. Dann versuchten sie verzweifelt, neue Instruktionen von der Sprungstation zu erhalten, aber die einzige Antwort war ein elektronisches Rauschen. Woher sollten die Davion-Besatzungen auch ahnen, daß Liao-Saboteure die Funkanlagen der Sprungstation in rauchende Trümmer verwandelt hatten und just in diesem Moment ein erbittertes Feuergefecht in deren Funkzentrale tobte?

Inzwischen hatten die Landungsschiffe die *Invasor*-Schiffe mit ihren Hochenergielasern unter Beschuß genommen. Als die Sprungschiffbesatzungen endlich begriffen hatten, daß sie angegriffen wurden und an ihre Waffenschränke stürzten, hatten bereits gepanzerte Eindringlinge ihre Schiffe gestürmt und die Korridore in Leichenhallen verwandelt.

Nun erst materialisierten in schneller Folge die Liao-Kriegsschiffe. Dockklammern schwangen zurück, und Haltebolzen explodierten in lautlosen Gasfontänen in das Vakuum des Alls, während sie ihre riesigen *Overlord*-Landungsschiffe freigaben. Als nächstes erschienen speziell modifizierte und ausgebaute Frachtraumer, die ganze Schwärme von Luft/Raumjägern ausspuckten, deren Zusatztanks größer waren als die Maschinen selbst.

Noch bevor der letzte Davion-Raumfahrer in den vom Siegesgebrüll hallenden Korridoren der Sprungschiffe tot zu Boden sank, waren die Invasoren bereits auf dem Weg nach Stein's Folly. Die Flammenstrahlen ihrer Antriebsdüsen boten ein beeindruckendes Schauspiel.

Phase Eins des Liao-Angriffs hatte seit der Explosion der ersten Plastitladung an der Sprungstation exakt sechzehn Minuten und zehn Sekunden in Anspruch genommen. Und die Verteidiger am Boden hatten noch immer keine Ahnung, daß sie in Gefahr waren.

Steindown lag weit auf der Nachtseite von Stein's Folly, als die Alarmmeldung von TIROS eintraf, der Tiefraumortungsstation, die in einem weiten Polorbit um den Planeten kreiste. Colonel Winters lag im Schlaf, als die Ordonnanz sein Zimmer betrat.

»Shäh-heh?« Winters versuchte das verschwommene junge Gesicht zu fixieren, das sich über ihn beugte. »Was'n los, Lieutenant?«

»TIROS meldet eine Landungsschiff-Flotte im Anflug, Colonel, Geschwindigkeit 3g. Unsere Anfragen werden nicht beachtet. Der Nachrichtendienst hält sie für Feindschiffe, Sir.«

Winter schloß die Augen wieder. »Geben Sie's an Fleet Captain Vanderburg weiter.«

»Colonel ... bitte! Die Sprungstation antwortet nicht! Keines der Schiffe am Sprungpunkt meldet sich! Colonel, wachen Sie auf! Bitte!«

»Wie spät ist ...« Er schreckte mit weiten Augen auf. »Wieviel g?«

»Drei g, Colonel. Und sie sind bereits weit über den Wendepunkt und im Bremsflug. Der ND erwartet ihre Ankunft in höchstens vier Stunden.«

»Mein ... Gott ...« Winters schüttelte sich und wälzte sich aus dem Bett. Der Lieutenant half ihm auf die Füße. »Los, Mann ... Bewegung! Die Verteidigungsmaßnahmen einleiten! Alarmstufe Rot! Lieber Gott, Mann, stehen Sie nicht rum! Wenn die uns im Schlaf überraschen ...«

Aber das unheilvolle Heulen der Sirenen schreckte Steindown bereits auf. Der Lieutenant der Wache hatte seltene Initiative gezeigt und Alarmstufe Rot ausgerufen, ohne auf einen entsprechenden Befehl seines Vorgesetzten zu warten. Das hätte ihn vor ein Militärgericht bringen können, aber die außergewöhnlichen Umstände hätten sein Vergehen aller Wahrscheinlichkeit nach entschuldigt. Außerdem war die Frage, ob der Lieutenant seine Kompetenzen überschritten hatte oder nicht, bereits fünf Stunden später ohne jede Bedeutung. Er sollte die Liao-Invasion von Stein's Folly nicht überleben.

Uchita Tucker rieb die Schultern am Geschirr der Sicherheitsgurte ihres DR-7 *Drossel*-Luft/Raumjägers. Sie hatte Schmerzen. Alle Muskeln ihres Körpers kreischten nach Erleichterung. Ihr Schwarm bremste immer noch mit drei g ab, und nach zehn Stunden im engen Cockpit mit dem Gewicht von zwei weiteren Personen auf ihrem Schoß hinterließ die Andruckbelastung langsam ihre Spuren. Normalerweise wurden Jäger vom

Sprungschiff zum Planeten in den Hangars von Landungsschiffen der *Union*- und *Overlord*-Klasse transportiert, aber die *Overlords,* die diesmal hinter ihrem Schwarm heranrauschten, waren mit den Reservesturmtruppen beladen. Die Jäger des Dolchschwarms hatten den Flug mit Reservetanks über und unter ihren gedrungenen, diskusförmigen Rümpfen begonnen. Jetzt flogen die leeren, abgeworfenen Tanks des Schwarms mit nahezu 1000 km/s nach Stein's Folly voraus, der Geschwindigkeit, mit der sie abgestoßen worden waren. Die Jäger hatten derweil auf ein paar hundert Kilometer in der Sekunde abgebremst.

Die sechs *Drossel*-Jäger verlangsamten um weitere dreißig Meter in der Sekunde, und Uchitas schlanker Körper schien sein Gewicht weiter von 57 Kilo auf über 170 kg verdreifacht zu haben. Sie fühlte sich mehr als erschöpft.

Unbewußt bewegte sie die rechte Hand. Uchita wußte, daß sie ihren Kameraden im Schwarm etwas voraus hatte. Ihre beiden Beine und ihr rechter Arm waren bionische Ersatzgliedmaßen, das Resultat einer schweren Bruchlandung in einer anderen *Drossel,* die jetzt nur noch aus Altmetall und Erinnerungen bestand. All das hatte sich auf einer Welt ereignet, die weit von der fleckiggrünen Kugel entfernt war, deren Bild jetzt auf ihrem Hecksichtschirm hinter den gleißenden Antriebsflammen auftauchte. Ihr linker Arm war vom Andruck wie betäubt, und jeder Atemzug schmerzte, aber die mechanischen Teile ihres Körpers funktionierten problemlos und ohne Beschwerden.

Wenn ich es nur schaffe, meine Gedanken genauso klar und funktionstüchtig zu halten, dachte sie.

In weniger als drei Stunden würden sie die Atmosphäre erreichen — und bis sie mit der hiesigen Davion-Raumabwehr zu tun bekamen, würde noch weniger Zeit vergehen. Wenn es an der Zeit zum Kampf war und das Adrenalin durch ihre Adern strömte, würde Uchita hellwach und kampfbereit sein — trotz der Belastungen der vergangenen zehn Stunden. So war es immer. Sie überprüfte noch einmal ihre Instrumente und blickte an den Antriebsflammen vorbei auf Stein's Folly. Die Planetenoberfläche war ein Flickenteppich aus grünem Land und Ozeanen von noch tieferem Grün, abgesehen von einzelnen Stellen, an denen das Sonnenlicht golden und orangerot von Wolken und Wasser reflektiert wurde.

Manche würden diese Aussicht genießen, dachte sie. Das Lächeln auf ihren Lippen war bitter, ihr Blick so kalt wie Eis. *Aber für mich gilt das nicht. Für die Maschinenfrau … den Vernichtungsautomat … die alte Eisenhose …*

Sie schloß die Augen, und ihre Kiefermuskeln spannten sich. Vielleicht hatte Uchita den Respekt der übrigen Piloten ihres Schwarms gewonnen, aber auf keinen Fall ihre Freundschaft. Sie hatte nie Anteil an der Kameraderie des Bereitschaftsraums gehabt. Aber sie hatte schon lange aufgehört, etwas für die Menschen in ihrer Umgebung zu empfinden. Inzwischen ging es soweit, daß sie einige Male bestraft worden war, weil sie abgesprochene Kampftaktiken und Manöverformationen nicht beachtet hatte. Sie hatte den Ruf einer Einzelgängerin, einer Spitzenpilotin, der die Steigerung ihrer Abschußquote, die bereits bei einem Dutzend lag, wichtiger war als ihre Kameraden an Back- und Steuerbord.

Diese Bastarde. Sie würde es ihnen schon zeigen. Sie würde es ihnen allen zeigen. Es war ihr egal, was sie von ihr hielten … Wenn sie schon als halbe Maschine leben mußte, dann zumindest als eine Maschine mit einem Ziel — als Killermaschine.

Die Namen, mit denen sie bedacht wurde, schmerzten immer noch, aber sie hatte den Schmerz so tief in ihrem Innern begraben, daß niemand etwas davon bemerken konnte.

Der Schwarm Davion-*Sperber* durchbrach die Wolkendecke. Kondensstreifen zogen sich von ihren Leitwerken und Flügelspitzen durch die eisige dünne Stratosphäre Follys. Die aufgehende Sonne badete die Wolken in goldorangenem Licht und zeichnete die Umrisse der Davion-Jäger in Rot nach.

Lieutenant Adam Valasquez begrüßte die Sonne mit einem freudigen Lachen. »Yo! Red Flight! Hier spricht Red Flight Leader! Seid ihr alle da?«

In seinem Kopfhörer antwortete ein Chor von Stimmen, und sein Gefechtsschirm zeigte grüne Lichtpunkte für alle sechs Jäger unter seinem Befehl. Auf diesen Tag hatten sie gewartet, seit die Liao-Hunde Redfield erobert hatten. Er hatte es gewußt. Die Hellraisers würden gegen die besten Piloten antreten müssen, die sich in der Konföderation Capella auftreiben ließen ... und es war ein herrlicher Tag für ihre Begegnung geworden.

Die SPR *Sperber* war ein hervorragender Raumabfangjäger. Mit seinen erstklassigen Schubwerten konnte er den Planeten verlassen und den Gegner tief im Raum stellen, während am Boden die schwereren Maschinen noch einsatzbereit gemacht wurden. Valasquez machte sich keine Illusionen darüber, was seine rote Schwadron heute erwartete. Sie würden die volle Gewalt des ersten Liao-Jägeransturms allein auffangen müssen, in der Hoffnung, den Angriff zu stoppen und abzulenken. Der Feind mußte lange genug aufgehalten werden, um den schwereren Jagdmaschinen Gelegenheit zu geben, die gegnerische Formation zu erreichen, bevor diese sich neu gruppieren konnte.

Herausforderungen dieser Art erforderten einen ganz speziellen Typ Mensch mit einer ganz eigenen Einstellung. Viele von Valasquez' Freunden hielten ihn für verrückt. Der Rest wußte es mit absoluter Sicherheit. Valasquez selbst hätte diesen Vorwurf als Allerletzter von sich gewiesen. Es war Teil eines Images, das er hegte und pflegte.

»Los geht's, Hellraisers!« schrie er über die Funkverbindung. »Wir werden Ihnen den Arsch aufreißen!«

Begeisterte Rufe antworteten ihm, als er den Steuerknüppel auf Vollschub brachte. Der Andruck preßte ihn zurück in die Sitzpolster und der SPR-B5 sprang hinauf in den dunklen Himmel. Dann spuckten auch die übrigen Jäger des roten Schwarms einer nach dem anderen weißes Feuer und folgten ihrem Anführer ins All.

Pilotin Uchita Tucker entdeckte den heranjagenden Schwarm Davion-Maschinen als erste.

»Dolch Zwo an Dolch Führer. Gegner auf Eins-Acht-Zero, in Zielrichtung, Entfernung Fünfundsiebenzigtausend, näherkommend.« Ihre Stimme war eiskalt und unbewegt.

»Dolchschwarm von Dolch Führer. Aufgewacht! Der lange Flug ist vorüber, jetzt geht es zur Sache. Waffensysteme einsatzbereit machen.« Mit einem Klicken und Zischen schaltete Dolch Führer von der allgemeinen Gefechtsfrequenz auf eine Privatfunkverbindung um. »Tucker, hier spricht Kapitän Chen. Hören Sie gut zu! Bleiben Sie in der Formation. Keine Mätzchen, keine Berserkerausbrüche à la Einsame Wölfin, nichts dergleichen! Sie bleiben beim Schwarm und decken meine Flanke. Wenn Sie ausbrechen oder weiter als zehn Meter aus Ihrer Position als mein linker Flügelmann nach vorne ziehen, hol ich Sie persönlich runter — ist das klar?«

Uchitas linke Hand — die natürliche — zitterte, und ihr Atem brannte ihr in der Brust. Mordlust loderte in ihren Augen und überlagerte die Schmerzen der langen Andruckbelastung. Ihre rechte Hand schloß sich um den Steuerknüppel zwischen ihren Knien.

»Verstanden ... Kapitän.«

Mit der Linken brachte sie die Triebwerke ihrer Maschine zum Verstummen. Uchita erschien es, als beschleunigten die fünf übrigen *Drossel*-Jäger des Dolchschwarms und schossen mit ständig wachsender Geschwindigkeit vom Zielplaneten fort ins All. Aber das war nur eine Illusion, zu der es kam, weil ihre Maschine nicht mehr mit dreißig Metern pro Sekundenquadrat abgebremst wurde und dadurch schneller als ihre noch langsamer werdenden Begleiter auf den Planeten zustürzte. Mechanisch präzise Befehle an ihre Steuerdüsen wendeten die rückwärts fliegende *Drossel* um 180 Grad und stabilisierten die Maschine, als Stein's Folly ihr Kanzeldach mit seiner grünorangefarbenen Pracht füllte.

»Tucker!« Chens Stimme kam kreischend über die Direktverbindung. Sie warf den Funkschalter um und schnitt die Stimme mitten in der Drohung ab. Sollte er sie doch abschießen, wenn er dazu in der Lage war. Sie war unterwegs, um Davions zu töten.

Die Sichtprojektion leuchtete hell vor ihren Augen auf. Rote Lichtpunkte zeigten die Position der sich nähernden Davion-Jäger, und ständig kleiner werdende Zahlenangaben meldeten die schrumpfende Entfernung.

Bring sie um, redete sie sich zu. *Bring sie alle um!*

2

Geisterhafte Radarfinger hatten die anfliegenden Liao-Schiffe längst geortet, und jetzt zeichnete der Gefechtscomputer des *Sperber* sie als unregelmäßigen Kreis aus fünf weißen Lichtpunkten auf Lieutenant Adam Valasquez' Sichtprojektion. Dahinter befanden sich noch weitere Feindschiffe — mindestens drei weitere Schwärme zu jeweils sechs Jägern und eine kleine Flotte der gewaltigen *Overlord*-Landungsschiffe —, aber diese fünf waren die Vorhut, die Speerspitze, mit dem Auftrag, für die mit Sicherheit geplanten Landeunternehmen eine Bresche in die Verteidigung zu schlagen. Ihre abgeworfenen Treibstofftanks hatten ein Meteorfeuerwerk in der eisigen Dämmerung des Polarhimmels über Steindown veranstaltet; er hatte die Bilder in einer Übertragung der TIROS-Kameras verfolgt. Ihre Bereitschaft, derartige Mengen an Reaktionsmasse zu verbrauchen, um den Abgrund zwischen dem Sprungpunkt und Stein's Folly mit erdrückenden drei g hinter sich zu bringen, konnte nur eines bedeuten: Sie hatten vor, sich auf Dauer zu etablieren. Offensichtlich wollten sie die Verteidiger am Boden überrumpeln. Die *Overlords* weiter hinten beförderten je sechsunddreißig BattleMechs. Wenn die durchkamen ...

Aber für die *Overlords* waren andere zuständig. Schwere Kampfmaschinen, die zur Zeit noch auf dem Raumhafen von Steindown einsatzbereit gemacht wurden, würden gegen die *Overlords* starten, um sie vom Himmel zu pusten, noch bevor sie ihre tödliche Fracht absetzen konnten. Das Ziel für Valasquez' Schwarm waren die fünf Jäger der Vorhut. Sie mußten so zugerichtet werden, daß sie für die Davion-Bodenstellungen keine Gefahr mehr darstellten und auch keine Luftunterstützung für einen Mechabwurf mehr liefern konnten. Wenn sie allerdings erst einmal aus dem Weg waren ...

Valasquez strich sich mit den Handschuhen über die Schenkel. Aber sein Versuch, sich den Schweiß von den Handflächen abzuwischen, war von vornherein zum Scheitern verurteilt. Er hatte noch nie mit einem *Overlord* zu tun gehabt. Sie waren riesig ... erschreckend, schwer bewaffnet und gepanzert, aber ...

»Red Flight, hier spricht Red Leader. Tief durchatmen, Jungs. Wir haben sie exakt da, wo wir sie haben wollten. Bleibt cool und haltet die Formation. Auf meine Order ... drei ... zwo ... eins ... *drauf!*«

Der *Sperber*-Schwarm ging in perfekter Formation auf Vollschub und schwenkte auf die herankommenden Liao-Maschinen ein. Es waren definitiv sechs Jäger gewesen — die übliche Größe eines Gefechtsschwarms —, aber jetzt konnte Valasquez nur noch fünf entdecken. Er überlegte sich, ob er den Abtastbereich seiner Ortung erweitern sollte, entschied sich dann aber dagegen, weil er fürchtete, die bereits erfaßten Ziele zu verlieren. Konnte die fehlende Maschine eine Fehlfunktion gehabt haben? Bei einem Triebwerksausfall wurde ein Jäger hilflos ins All geschleudert, mit der Geschwindigkeit, die er zum Zeitpunkt des Ausfalls gehabt hatte. Die sechste Maschine war möglicherweise schon vor Stunden über dem Pol Follys in die Amtosphäre gestürzt und verglüht, so wie die leeren Treibstofftanks. Er dachte an den Piloten, ein kurzes Erschauern angesichts seines grausamen Todes.

Die Davion-*Sperber* schossen mit 3,5 g auf ihre Ziele zu.

Uchita war nicht verglüht. Dreimal hatte sie ihren Kurs mit Hochandruckschüben korrigiert, ihren Jäger abgebremst und die von Radarimpulsen erfüllte Zone zwischen dem Dolchschwarm und den anfliegenden Davions hinter sich gelassen.

Sie war noch immer außer Sichtweite, aber ihr Bordcomputer hatte mit grünen Linien Drahtgestellseiten- und -draufsichten ihrer Ziele auf Schirm Nummer Zwei gezeichnet, während ihr Hauptschirm die Keilformation des gegnerischen Schwarms zeigte. Auch ohne Computeridentifikation waren die Davion-Jäger ohne Schwierigkeiten zu erkennen — sechs gedrungene *Sperber.* Die beiden Lanzen der mittelschweren Martell-Lasergeschütze ragten wie die Fühler gedrungener grauer Insekten nach vorne. Entfernungsangaben flackerten über ihre Sichtprojektion. Ihre eigenen drei Kajuka 2-Laser hatten eine maximale Gefechtsreichweite von über 50000 Kilometern, aber sie war entschlossen, ihren Angriff bis zur letztmöglichen Sekunde zurückzuhalten. Sie war jetzt noch 12 000 Kilometer entfernt und rückte mit 300 Klicks pro Sekunde näher.

Sie wählte eines der sechs Ziele aus und gab ihre Wahl in den Geschützcomputer ein. Hinter der schwarzen Maske ihres verspiegelten Helmvisiers waren ihre Lippen zu einer wilden Fratze verzogen, die sie für ein Lächeln hielt. *Ich bring sie um!*

Raumgefechte entwickelten sich häufig zu einem ausgedehnten Schlagabtausch, der von Manöver und Gegenmanöver geprägt wurde. Laser, PPKs und Langstrekkenraketen konnten auch über weite Entfernungen ihr Vernichtungswerk ausführen, aber die Zielerfassungs- und Waffenlenktechnologie war nicht mehr in der Lage, die damit verbundenen Entfernungen und Geschwindigkeiten zu verarbeiten. Dazu kam, daß ein lang anhaltender Waffeneinsatz die bereits von den zahlreichen Manövern aufgeheizten Maschinen schneller erhitzte, als die Wärmepumpen die Temperatur senken konnten. Erfahrene Piloten warteten, bis sie auf wenige tausend Kilometer an den Feind heran waren, bevor sie das Feuer eröffneten. Sie zogen es vor, beim schnellen Passierflug Treffer aus nächster Nähe zu landen, statt auf Treffer aus der Sicherheit größerer Entfernungen zu hoffen.

Als Red Flight und Dolchschwarm einander passierten, wurde die Fluggeschwindigkeit von über 500 km/sec noch durch den jeweiligen Schub in unterschiedlicher Richtung erhöht. Bei derartigen Geschwindigkeiten war das menschliche Reaktionsvermögen zu langsam, um Ziele auswählen oder Kursvektoren berechnen zu können. Hier regierten die Bordcomputer. Vier *Sperber* konzentrierten ihr Feuer auf eine *Drossel.* Die Panzerung an der breiten ovalen Scheibe der Jägertragfläche glühte weiß auf, als unsichtbare Strahlenbündel aus kohärentem Licht mehrfache Treffer erzielten, und die *Drossel* war schnell von einem Nebel aus kondensierenden Metalltröpfchen umgeben. Ihr Gegenangriff traf einen Jäger und riß tiefe Narben in Rumpf und Tragflächenpanzerung.

Valasquez wirbelte seinen Jäger um die Querachse und schlug den Schubhebel nach vorn. Der Bremsandruck tobte und sang durch seine gedrungene Maschine, aber er feuerte weiter auf die Liao-Jäger, die jetzt in Richtung auf den grünorangenen Planeten verschwanden. *Und noch ein Treffer!*

Nur für den Bruchteil eines Augenblicks hatte er Sichtkontakt mit seinem Gegner gehabt, aber das hatte ausgereicht, die Computeridentifikation zu bestätigen. Sie hatten es mit fünf TR-7 in enger Formation zu tun. Eine Gefechtsanalyse flackerte über einen der Computerschirme. Mindestens zwei der Liao-Jäger waren so stark beschädigt, daß ihre Leistungsfähigkeit beeinträchtigt war. Diese beiden gab er seinem Schwarm als Primärziele durch. Dann löste er einen kurzen Vollschubstoß aus, der ihn in die Sitzpolster drosch. Einen schmerzenden Augenblick lang dachte Valasquez, die Liao-TR-7 wollten Red Flight ignorieren und ihnen ein Rennen in die Atmosphäre von Stein's Folly liefern, aber die Flugbahnen auf seiner HUD-Projektion bewiesen ihm das Gegenteil. Alle fünf Schiffe bremsten ebenso wild entschlossen ab wie er selbst und setzten ihre Manöverdüsen ein, um sich in Position für einen erneuten Passierflug zu bringen. Er bemerkte, daß vier Maschinen in paarweise Flügelmannformation geschwenkt waren, während der fünfte Jäger allein war.

Valasquez stieß einen langen, heulenden Schrei aus, als er alle vier Laser seiner kleinen Maschine auf die vorderste *Drossel* richtete und eine schnelle Salve unsichtbarer Lichtstöße auslöste, die Bug und Tragflächen seines Ziels bestrichen.

Uchitas Kampfeslust war noch gestiegen, als ihr die Instrumente die Eröffnungsrunden des Gefechts beschrieben. Nichts deutete darauf hin, daß man sie entdeckt hatte. Sie beobachtete, wie einer der *Sperber* das Feuer auf Kapitän Chens *Drossel* eröffnete. Langsam schob sie den Kontrollhebel vor und streichelte mit den Fingern ihrer gefühllosen rechten Hand die Kontrollen der Zielerfassung. Ihr Kursvektor lag fest. Als ihr Ziel beschleunigte, fiel sie hinter ihm in seine Flugbahn, so dicht am Gegner, daß sie seine Triebwerksflammen als kristallklares, brillantes Leuchtfeuer durch das gedämpfte Licht ihrer Sichtprojektion scheinen sah.

Feuer! Feuer!

Alarmsirenen kreischten in Valasquez' Kopfhörern, während auf seiner Instrumentenkonsole ein rotes Warnlicht nach dem anderen aufleuchtete. Er war getroffen!

»Red Five an Red Leader. Sie haben einen am Heck hängen!«

»Ich seh ihn, Red Five! Ich bin beschädigt ...« Schadenskontrollmeldungen wanderten über den Schirm. *Autsch ...* sein Steuerbordleitwerk hatte einiges abbekommen. Ein Glück, daß er es außerhalb der Atmosphäre nicht benötigte. Darüber konnte er sich später Sorgen machen. Seine Gefahrenanzeige blinkte dunkelrot.

»Der Bandit schließt auf, Red Leader! Nach links! Nach links!«

Seine Finger spielten auf den Schubkontrollen. Der wendige kleine *Sperber* schlug herum und bremste scharf ab, um auf einen neuen Vektor zu schwenken. Warnsirenen kreischten auf, bis er sie abschaltete. Das größte Problem eines Kampfraumschiffs war die Wärmeentwicklung — Triebwerk, Lasergeschütze, feindliche Treffer, all diese Faktoren trugen zum Hitzestau bei. Jedes Manöver erhöhte seine Schwierigkeiten, aber in dieser Situation hatte er keine Möglichkeit, Abwärme loszuwerden.

Wo war der Bandit? Da! Ohne Computerunterstützung gab er einen schnellen Feuerstoß ab, aber er war sicher, mindestens einen Treffer erzielt zu haben. Red

Five stieß jetzt auf den Banditen zu und suchte nach einer Schußmöglichkeit. Ein kurzes Leuchten um den Zieljäger zeigte, daß Red Five getroffen hatte. Gut!

Dann bemerkte er zwei weitere Liao-Jäger in enger Flügelmannformation. »Red Five, Obacht, Steuerbord Viertel hoch!« Seine Wärmestauwarnleuchten blinkten im Takt mit einem nervierenden Surren in seinen Kopfhörern, aber er schlug erneut auf den Vetoschalter und löste unsichtbare Feuerstöße aus allen vier Lasern aus.

»Five an Red Leader!« Dugans Stimme war schrill. Die Anspannung des Gefechts verzerrte die Worte des jungen Piloten. »Der Bandit ist umgeschwenkt! Vorsicht an ...« In diesem Moment explodierte Red Five in einem weißen Feuerball, dessen lautlose Brillanz vom Kreischen der Statik in Valasquez Kopfhörern noch unterstrichen wurde.

Das Laserfeuer zerfetzte seine Heckflosse und riß Krater in der Panzerung über seinem Triebwerk auf. Er zündete seine Schubdüsen, um die unbeschädigte Flanke seines *Sperber* in die gegnerische Schußbahn zu bringen. Zu langsam! Die Maschine reagierte nicht mehr richtig! Metall verdampfte ins All.

Er verfolgte ein Ziel, feuerte mit grimmiger Entschlossenheit seine mittelschweren und leichten Laser in Zwillingsstößen ab. Sein Ziel begann zu torkeln. Der Diskus war von wiederholten Treffern zerrissen und zerhackt, die Schubdüsen arbeiteten nicht mehr. Valasquez' Kurs und Geschwindigkeit glichen denen seines Zieles, so daß er Salve um Salve in das Wrack feuern konnte. Schließlich wurde seine Mühe mit einem Aufblitzen belohnt, das die beschädigte *Drossel* in einem blendenden Feuerwerk verschlang. Ein Abschuß! Aber sein Computer stellte fest, daß es sich bei seinem Abschuß um den Schwarmführer der Konföderierten gehandelt hatte, nicht um den geheimnisvollen Angreifer aus dem Hinterhalt.

Er schaltete auf Fernortung und suchte den Raum ab.

Wo steckte der andere? Wer es auch sein mochte, der Pilot war verteufelt gut. Valasquez hatte den Kerl Manöver ausführen sehen, bei denen er das Bewußtsein hätte verlieren müssen. Saß am Steuerknüppel dieses Jägers ein Mensch oder eine unglaublich leistungsfähige Kampfmaschine? Er feuerte wieder — *Verflucht! Daneben!* Die Schlacht entwickelte sich zu einem Duell mit diesem unbekannten Liao-Piloten. *Treffer! Und gleich noch einmal!* Dann schlug eine Schnellfeuersequenz von Lasertreffern in seine linke Tragfläche, hämmerte durch die empfindlichen Ruderflächen und verwandelte seinen leichten Exostar-Laser in einen ausgezackten Haufen Metallschlacke. Warnsirenen heulten. *Veto! Ziel! Feuer! Treffer!*

»Red Leader! Red Leader! Hier Red Three! Achten Sie auf Ihren Kurs, Red Leader!«

Kurs? Valasquez überprüfte seinen Kursvektor, traute seinen Augen nicht und wiederholte die Überprüfung. Er war so von der mörderischen Effizienz seines Liao-Gegners fasziniert gewesen, daß er die immer weiter anschwellende, wolkenverhangene Planetenkugel in seinem Rücken ganz vergessen hatte.

»Verstanden, Red Three.« Ein paar hastige Berechnungen, dann entschied er sich für einen neuen Vektor, startete das Triebwerk ... aber nichts geschah. Einen Augenblick lang konnte er die eisige Panik zurückhalten, indem er seine Kontrollen neu initialisierte und erneut den Schub freigab. Nichts. Der unerträgliche Hitzestau hatte sein Triebwerk lahmgelegt. Warnlichter blinzelten ihn flackernd an. Seine Maschine bebte, als drei Lasertreffer sich in den Rumpf seines verwundeten *Sperber* bohrten.

Er legte die Hand auf die Kontrollen der Manöverdüsen. Wo war der Bandit? Da! Er kam ihm nach! Er feuerte seine beiden Martells ab. Sein verbliebener Exostar meldete sich mit einem blinkenden Warnlicht ab. *Drossel* und *Sperber* tauschten Feuerstöße aus, während beide Maschinen in die oberen Luftschichten Follys drifteten. Verzweifelt benutzte Valasquez seine verbliebenen Manöverdüsen dazu, den *Sperber* hochzureißen und in einem möglichst günstigen Winkel in die Atmosphäre einzutauchen. Es würde nicht einfach werden, seinen zerschossenen Vogel auf den Boden zu bringen. Die Atmosphäre zerrte an der Maschine und ließ sie zittern und beben, als er verzweifelt am Steuerhebel riß, um eine plötzliche Steuerbordneigung auszugleichen. Die Ruder reagierten nicht, reagierten einfach ...

O Gott, nein ... die Ruder! Er verrenkte sich den Hals und sah, wie Rauch und Trümmerfetzen an der Rückseite der von Laserschüssen zernarbten Überreste seiner linken Tragfläche vom Wind gebeutelt wurden. Ein barbarisches Krachen kündete davon, daß sich die Reste seiner Heckflosse verabschiedet hatten. Dann riß sich die beschädigte linke Tragfläche los, und der *Sperber* begann zu taumeln, eingehüllt in einen orangeroten Feuerball, gefolgt von einer wachsenden Trümmerwolke.

Valasquez begann erst zu schreien, als der Rauch auch im Innern seiner Pilotenkanzel aufwallte und die Beine seines Druckanzugs unter der Hitze zu schmelzen begannen.

Brenn, Davion, brenn! Uchita beobachtete mit einem seltsam kalten und schaudernden Gefühl, das möglicherweise so etwas wie Befriedigung darstellte, wie der lodernde Meteor unter ihr über die Wolkendecke zog. Die Triebwerke ihrer Maschinen waren zerstört, waren beim letzten Schußwechsel mit dem feindlichen *Sperber* vernichtet worden. Aber die Schubdüsen ihrer Maschine hatten lange genug gearbeitet, um ihr ein Abflachen des Kursvektors zu gestatten, der sie von der Atmosphäre Follys abprallen ließ wie einen flachen Stein von der Wasseroberfläche eines Teichs. Sie flog jetzt wieder hinaus ins All. Ihre *Drossel* war ein zerschossenes Wrack — ohne Energie, ohne Antrieb, mit ungeschützt dem Vakuum ausgesetztem Cockpit. Eine seltsame Gefühllosigkeit im Ansatz ihres mechanischen linken Beins hatte sich bei näherer Überprüfung als vollständige Amputation herausgestellt. Ihre Rumpfpanzerung hatte im entscheidenden Moment versagt, und ihr linkes Bein war unter dem Knie abgeschnitten. Die Hitze des nur Millisekunden dauernden Laserimpulses schien das Gewebe ihres Raumanzugs an dieser Stelle teilweise geschmolzen und mit den Resten ihres Plastikknies und -schenkels verklebt zu haben, so daß kein Druckverlust entstand. Sie empfand eine grimmige Befriedigung bei dem Wissen, daß ein solcher Treffer jeden anderen Piloten getötet hätte. Sie war der ultimative Vernichtungsapparat — unzerstörbar.

Zumindest unter der Voraussetzung, daß sie gerettet wurde. Sie verfolgte den Verlauf der Schlacht auf ihrem Sichtschirm. Einschließlich ihres Abschusses — ihres dreizehnten — waren drei der angreifenden *Sperber* vernichtet worden. Die übrigen waren beschädigt und zerstreut. Zwei Liao-Jäger waren außer Gefecht, ihr eigener und der von Kapitän Chen.

Die Landungsschiffe bewegten sich bereits auf die Atmosphäre zu, während ihre Jägerreserven aus den kavernenartigen Hangars aufstiegen und hinabtauchten, um die aus der Atmosphäre auftauchenden Schwärme der Davion-Verteidiger zu stellen. Jetzt waren die Davions im Nachteil. Der Durchbruch des Dolchschwarms hatte die Speerspitze ihrer Verteidigung gebrochen. Jetzt war der Weg für die *Overlords* frei, und sie konnten hinter einem Schutzwall aus Jagdmaschinen ihre kampfbereiten Mechs absetzen.

Ihr wurde klar, daß vom Ausgang dieser Invasion auch ihr Leben abhing. Ihr Lebenserhaltungssystem reichte noch einen Tag, lange genug, um einen Brückenkopf auf Stein's Folly zu etablieren. Wenn die Invasion fehlschlug, würde niemand Zeit haben, sich um sie zu kümmern, während sie, eingeschlossen in ihrem funktionsuntüchtigen Jäger, mit weit mehr als der Fluchtgeschwindigkeit von zehn Kilometern in der Sekunde Heck voraus in die Schwärze des interplanetaren Raums stürzte. Falls sie erfolgreich war, würde sie von einem Landungsschiff aufgelesen werden, das sie über ihr automatisches Notsignal anpeilen konnte. Auch wenn die anderen Mitglieder ihres Schwarms sie nicht mochten, sie hatte ihren Wert oft genug bewiesen. Sie würde wieder zum Dolchschwarm stoßen, würde wieder Gelegenheit zum Töten bekommen.

Dreizehn Abschüsse!

Mit einem ruhigen, beinahe abgehobenen Gefühl milder Erwartung beobachtete Uchita Tucker, wie die Invasionsschiffe zum Landeanflug ansetzten.

Oberst Pavel Ridzik hatte die Arme vor der breiten Brust gekreuzt und lächelte mit grimmiger Befriedigung durch seinen roten Bart. Der Himmel über Steindown war schwer gezeichnet vom öligen Rauch der lodernden Treibstofftanks, Lagerhallen und zerschossener BattleMechs. Die skelettähnlichen Überreste gesprengter Gebäude ragten aus rauchenden Trümmerhaufen in den Himmel. Das Landefeld lag kraterübersät im Schatten der beiden riesigen Landungsschiffe der *Overlord*-Klasse, die ihre Landebeine tief in den zerborstenen Zement gegraben hatten. Unter dem erhobenen Arm mit dem Katana-Schwert, das auf der tiefschwarzen Rumpfpanzerung prangte, dem Emblem der Konföderation Capella, klafften offene Luken. Aus beiden Transportern wurden noch BattleMechs ausgeladen — Liao-BattleMechs.

In der scharfen Brise über dem Raumhafen flatterte knatternd die Flagge Haus Liaos, ein auf der Spitze stehendes grünes Dreieck mit dem erhobenen Arm mit Katana auf einem roten Feld. Von dem Augenblick an, als der erste Liao-*Feuerfalke* auf flammenden Sprungdüsen den Boden berührt hatte, bis zu dem Moment, in dem die *Overlords* aufsetzten und ihre Reserven auszuspukken begannen, hatten die Bodengefechte um den Raumhafen ganze fünfzehn Minuten in Anspruch genommen. Die Verteidiger hatten ihre Waffen niedergelegt, kaum daß die *Overlords* den Boden berührten, sich ergeben oder versucht, ins Hinterland zu fliehen. Einige wenige hatten es auch geschafft.

Der Boden unter Ridziks Stiefeln erzitterte, als eine Formation schwerer Mechs das Landefeld verließ. Zwei sechzig Tonnen schwere OSR-2C *Ostrocs,* ein massiger, armloser *Katapult* und die fünfundachtzig Tonnen metallgewordenen Alptraums eines KMT-1N *Kampftitan* stampften unter Donnergetöse über die Ruinen des Schutzzauns der Anlage hinweg auf die dahintergelegene Rasenfläche; die Feuerlanze einer Kompanie in Haus Liaos St. Ives Armierter Reiterei. Ein weiterer *Kampftitan,* ein *Schütze* und zwei BLT *Ballistas* folgten den regulären Mechs. Auf der grünen Tarnbemalung ihrer rechten Beine prangte das frischgemalte Ritteremblem der Söldnertruppe McCarron's Armored Cavalry.

Ridzik drehte sich um und spazierte zurück zur Verwaltungsresidenz, der flachen modernen Villa am Rand des Platzes, die er sich als Hauptquartier ausgesucht hatte. Nach dem ausgeglichenen Kampf im Weltraum waren die Bodengefechte beinahe enttäuschend gewesen, da die Mechs der Verteidiger über verschiedene wichtige Garnisonsstellungen auf dem ganzen Planeten verstreut waren.

Geheimagenten Haus Liaos hatten die wichtigsten Ansammlungen von Davion-Mechs auf Folly längst genau lokalisiert gehabt. Die Invasionsflotte hatte sich auf die vier wichtigsten Stellungen konzentriert und sie mit einem Feuersturm von Raketen und Strahlgeschützfeuer überwältigt, bevor ihnen jemand zu Hilfe kommen konnte.

In Steindown selbst waren nur vierundzwanzig Mechs stationiert gewesen, und nur fünfzehn von ihnen waren einsatzbereit, als die ersten Liao-Mechs und Todeskommandos auf dem Raumhafen niedergingen. Einer der Verteidiger stand immer noch hinter der Villa, ein fünfzig Tonnen schwerer *Vollstrecker.* Bis auf den Kopf war der Mech noch intakt. Flammenzungen und eine Rauchfahne erhoben sich aus dem gezackten Krater zwischen seinen Schultern. Seine Beinaktivatoren waren erstarrt und sorgten dafür, daß er wie eine monströse, zehn Meter hohe Schrottskulptur gen Himmel ragte.

Die Verteidiger hatten keine Chance gehabt. Im Schatten des *Vollstrecker* lagen zwei aufgedunsene Gestalten wie Stoffpuppen in Blutlachen — der fette Colonel, der diese Garnison geleitet hatte, und ein junger Lieutenant aus seinem Stab —, vom Feuer der Liao-Todeskommandos niedergemäht, die noch vor dem Hauptansturm abgesprungen waren.

Ein Kapitän trat heran und salutierte wie im Haus Liao üblich mit einem Faustschlag an die Brust. Seine grünbraune Uniform war verrußt und schmutzig, so daß der grüne Putz kaum vom übrigen Tuch zu unterscheiden war. Anstelle des üblichen zeremoniellen Katanas trug er eine 12-mm-Hawking-Automatikpistole im Seitenholster. Auch der Helm des Mannes fehlte, und um seinen Kopf lag ein Verband, der sich weiß von seinem schmutzigblonden Haar abhob.

»Kapitän Djubitschew.« Ridzik stoppte, drehte sich um, und erwiderte den Salut mit einem Nicken. »Ihr Lagebericht?«

»Ja, Sir. Hafen und Stadt Steindown sind in unserer Hand, bei leichten eigenen Verlusten. Die Truppen bei Lollan und Grebuchin melden andauernde schwere Kämpfe, aber alle übrigen LZs sind stabil und sicher. Die gesamte Halbinsel ist in unserer Hand. Eine Reihe von Mechs konnte in die Sümpfe und Berge nördlich der Halbinsel fliehen, und ein paar isolierte Außenposten widersetzen sich weiter, aber ...« Das junge Gesicht arbeitete einen Augenblick lang, bevor es von einem Lächeln erhellt wurde. »Wir haben sie geschlagen, Oberst!«

»Allerdings, Kapitän, allerdings, das haben wir. Wie viele Mechs haben wir hier erbeutet?«

»Neun in den Wartungshallen. Acht weitere wurden während der Kämpfe beschädigt und aufgegeben, aber wir können sie in wenigen Tagen reparieren und wieder in den Einsatz schicken. Drei wurden zerstört, und vier sind nach Norden in die Sümpfe entkommen. Außerdem haben wir eine große Zahl Techs und Assistenz-Techs gefangengenommen, und darüber hinaus nicht wenige Zivilisten, die im Innern der Basis wohnten.« Er deutete mit dem Daumen über die Schulter. »Sie warten unter Bewachung im Hangar.«

»Behandeln Sie sie zuvorkommend, Dimitri«, antwortete Ridzik. »Führen Sie sie mit ihren Familien zusammen, besorgen Sie ihnen etwas zu essen, medizinische Versorgung, was sie auch benötigen. Wir möchten, daß sie auf unsere Seite überlaufen. Gute Techs zu verschwenden wäre geradezu eine Sünde, nicht wahr?«

»Ja, Sir.«

»Was den Rest angeht, die kommen raus aus der Basis, werden gründlich verhört und ...«

»Natürlich, Oberst. Keine Überlebenden.« Der Kapitän salutierte noch einmal und marschierte zurück zur Basis.

Oberst Ridzik kehrte in sein provisorisches Hauptquartier zurück, um den Bericht an seinen Herrn und Meister Maximilian Liao zu schreiben. Er ignorierte die beiden Leichen, die auf den Stufen lagen, als er zur Villa hinaufstieg.

3

Ardan Sortek stapfte die Terrasse entlang. Seine Schritte hallten hart über den Kunststeinboden. Im Augenblick haßte er die Terrasse, den Palast und die Gärten, die ihn umgaben, samt ihrer fremdartigen Pflanzen von einem Dutzend Welten. Er haßte die Künstlichkeit dieses Ortes, die Künstlichkeit seines Freundes Hanse. Und sogar seine eigene.

Er blieb an der niedrigen Mauer stehen, die als Begrenzung diente. Sein Freund Hanse, Prinz Davion ... unbewußt seufzte er. Die beiden waren seit Ardans Kindheit Gefährten gewesen, als er beinahe ehrfürchtig hinter seinem älteren Freund hergestiefelt war.

Später, als er alt genug für die MechKriegerausbildung war, die ihn schließlich bis in die Royal Brigade of Guards brachte, hatte Ardan geglaubt, sein Leben hätte den Höhepunkt erreicht, und nie wieder würde er sich so glücklich fühlen können. Besonders angenehm war die Erinnerung an die Gelegenheiten, als sein Freund Hanse die Ausbildung persönlich überwacht hatte. Nach den beinharten Trainingssitzungen in ihren Mechs hatten die beiden sich zusammen entspannt und an dem See neben dem Exerzierfeld Bier miteinander getrunken.

Beide waren sie so jung und idealistisch gewesen. Auch wenn Hanse zehn Jahre älter war, damals war er noch ungebeugt von der Last des Regierens gewesen und hatte sich in der Lage gesehen, weitreichende Pläne für die Entwicklung der Welten zu schmieden, die von Haus Davion verwaltet wurden.

Die beiden hatten das Wohl aller im Sinn gehabt, vom MechKrieger bis zur Dienstmagd, und auch die Landbevölkerung und die Händlerklasse dazwischen hatten sie nicht vergessen. Weil Ardan aus einer Familie des niederen Adels stammte, konnte er Vorschläge anbringen, die dem jüngeren Sohn der Davion-Dynastie nie auch nur in den Sinn gekommen wären.

Er erinnerte sich an all das, während seine Schritte über die Terrasse hallten. Kam Hanse denn gar nicht mehr?

Ihm war übel. Er fühlte sich verraten. Als Ian Davion in der Schlacht gefallen war und Hanse Prinz Davion wurde, hatte Ardan geglaubt, jetzt würde sein Freund einen Teil der Reformen in Gang bringen, die unter den Vereinigten Sonnen so dringend erforderlich waren. Aber es war nicht so gekommen. Bei jeder Gelegenheit hatte er gesehen, wie Hanse Entscheidungen traf, die immer mehr von Machtgedanken beeinflußt waren, und immer weniger von der Sorge um seine Untertanen.

Schritte in seinem Rücken ließen Ardan herumfahren. Er stockte, nahm Haltung an ... dann ging er entschlossen auf den rothaarigen Mann zu, der sich ihm näherte.

»Ardan! Alter Freund! Ich freue mich, daß wir endlich Zeit haben, miteinander zu reden. Dein Versetzungsgesuch hat mir Kummer bereitet. Kann ich dich nicht doch irgendwie überreden, bei den Guards zu bleiben?«

Sortek ergriff die ihm angebotene Hand. Unter dem harten Druck fühlte er die alte Zuneigung wieder aufkeimen. Was auch aus Hanse geworden war, er war immer noch der große Beinahe-Bruder, den Ardan so lange gekannt hatte.

Dann erinnerte er sich ... und löste seinen Griff. Trat einen Schritt zurück. Schüttelte langsam den Kopf.

»Nein. Es hat sich nicht so entwickelt ... wie ich es erwartet hatte, Hoheit. Ich bin mit nichts mehr zufrieden. Nicht mit dem Hof, nicht mit mir selbst. Nicht einmal ... nicht einmal mit meinen Mitarbeitern.«

Hanse grinste. »Hat die hübsche Candent Septarian dich verärgert?« fragte er mit aufreizend unschuldiger Miene.

»Sep? Wer hat irgendwas von ... Nein, es ist nur so, daß mich heutzutage alles und jeder zu irritieren scheint. Überzeugungen, die ich für richtig gehalten hatte, haben sich als falsch erwiesen. Menschen, denen ich vertraut habe, scheinen verändert. Nicht mehr sie selbst. Ich hatte gehofft, das würde im Laufe der Zeit vergehen, aber dem war nicht so.«

Das Grinsen des älteren Mannes verschwand, und seine Stirn legte sich in Falten.

»Hör mal, Dan«, setzte er an. »Ich weiß, was wir geredet haben, als wir jünger waren. Bevor mein Bruder fiel, als ich noch keine Ahnung von der Wirklichkeit des Regierens und der Macht hatte. Wir haben eine Menge geredet damals, du und ich. Und du mußt zugeben, daß ich viele unserer Träume wahrgemacht *habe.*«

»Maßnahmen, durch die die Vereinigten Sonnen stärker werden, die Truppen besser versorgt und das Volk weniger aufmüpfig!« unterbrach Ardan.

»Genau diese Maßnahmen sorgen auch dafür, daß alle glücklicher und zufriedener werden.« Hanse klang entspannt, aber zwischen seinen Brauen erhob sich noch immer eine steile Sorgenfalte.

»Aber du arbeitest mit Leuten, denen wir nicht vertrauen können ... handelst auf eine Weise, der ich nicht zustimmen kann!« bestand Ardan.

»Die Politik hat eine unschöne Kehrseite«, gab Hanse zu. »Aber so funktioniert die Sache nun mal, auch wenn mir das erst klar wurde, als ich gezwungen war, mich direkt damit auseinanderzusetzen. Du stehst nicht an meinem Platz, Dan. Du kannst nicht wissen, wie schwer es ist, alle Fäden zusammenzuhalten. Das ist, als müßte ein Jongleur versuchen, fünfzehn Bälle gleichzeitig in der Luft zu halten ... aber mit nur einer Hand!«

Ardan zuckte die Achseln, drehte sich um und blickte in den Garten. Hanse trat neben ihn und legte ihm die Hand auf die Schulter.

»Siehst du die Gathbäume dort unten im Garten?« fragte er leise. »Ohne den speziellen Humus um ihre Wurzeln und das spezialbehandelte Wasser in ihrem Bewässerungssystem könnten sie nicht existieren. Und das Bösgras von Kentares muß mit Tierblut gedüngt werden, wenn es nicht verdorren soll. Die Politik ist auch eine dieser seltsamen Pflanzen. Sie hat erstaunliche und gelegentlich unschöne Erfordernisse. Aber sie hat sich in den Tausenden von Jahren menschlicher Geschichte kaum verändert.« Hanse verzog das Gesicht, als er nach den richtigen Worten suchte.

»Selbst die besten Herrscher all der vergangenen Generationen haben es nicht geschafft, Tugend in ihren Schlund zu stopfen. Ich kann keinen Zauberstab schwenken und dafür sorgen, daß die Menschen einander nicht mehr betrügen. Und wenn ich es könnte, würde ich es wahrscheinlich trotzdem nicht tun. Ich weiß auch nicht immer, was richtig ist.«

Ardan drehte sich um und starrte seinem Freund ins Gesicht. »Ich habe Dinge gesehen ... die ich nicht akzeptieren kann. Ich habe gesehen, wie du dich verändert hast. Ich habe gesehen, wie ich mich selbst langsam verändere. Mein Beruf ist der Krieg, Hanse. Ich eigne mich nicht für die Politik, nicht einmal im zweiten Glied. Ich weiß, daß es mir viel lieber wäre, von einer Menge der Dinge, die sich hier am Hof zutragen, nichts zu wissen.«

Hanse öffnete den Mund, um etwas zu sagen, aber Ardan kam ihm zuvor. »Ich bin hier überflüssig. New Avalon ist sicher, aber unsere Grenzen werden wieder angegriffen. Redfield und Stein's Folly sind dem Liao-Ansturm zum Opfer gefallen, und unsere Feinde scheinen entschlossen, noch tiefer in unser Gebiet vorzustoßen. Dein Schwager Michael scheint unfähig, sie ohne Unterstützung aufzuhalten. Ich weiß, daß du Pläne für eine Gegeninvasion von Stein's Folly hast. Und dort kann ich am meisten erreichen ... im aktiven Dienst.«

Der Prinz seufzte. Auch er wandte sich um und schaute über die Gärten.

»Erinnerst du dich noch, wie es war, Dan? In der Schlacht? Der Schrecken, das Blut, der Krach? Die Vernichtung der Landschaft, wenn die Mechs gegeneinander antraten, wenn sie Wälder, Felder und Häuser unter ihren gepanzerten Füßen zertraten? Du hast es gehaßt, das weiß ich. Wir sind einander zu ähnlich, als daß ich daran zweifeln könnte, auch wenn ich mit anderen Dingen beschäftigt war, als du deine Ausbildung abgeschlossen hattest und bereit zum Kriegseinsatz warst. Willst du wirklich dorthin zurück?« Hanse drehte sich wieder um und packte sein jüngeres Gegenüber an beiden Schultern.

»Denk an all das, was du zurückläßt!« Auch wenn er Seps Namen nicht aussprach, wußte Ardan, daß Hanse von ihr redete.

»Wozu ist ein MechKrieger sonst nütze?« fragte Ardan leise. »Hier kann ich nicht länger bleiben — und das weiß ich jetzt seit zwei Jahren. Blut und Tod sind auch nicht schlimmer als Heimtücke und Ehrlosigkeit.«

Hans keuchte. Nie zuvor hatte sein Freund so unverblümt mit ihm geredet. Obwohl sie sich nahe standen, war Ardan gleichzeitig ein Untertan, der bis jetzt immer die Grenzen der Höflichkeit beachtet hatte.

Obwohl sein gerötetes Gesicht von aufsteigendem Zorn zeugte, beherrschte Hanse sich. »Du bist naiv, Ardan. Du glaubst, die unverblümte Vorgehensweise eines Militärs ließe sich auch auf die Diplomatie zwischen Großmächten anwenden. Aber da liegst du falsch.« Hanse drehte sich wieder zum Garten hin und schaute zur fernen Wand der Wälder um den Palast.

»Ich stimme deinem Gesuch zu«, erklärte er schließlich. »Du wirst mit der Einsatztruppe nach Stein's Folly ausrücken. Ich wünsche dir viel Glück.« Hanse trat einen Schritt zurück, schien noch etwas sagen zu wollen, änderte dann aber seine Meinung. Dann ging er über die Terrasse zurück zur Tür. Das leise Quietschen seiner weichen Sohlen auf dem Steinboden war weit bedrohlicher als das scharfe Knallen der Stiefel Ardans, als er sich in die entgegengesetzte Richtung zurückzog.

Der junge Mann wurde etwas langsamer, als er durch das Tor trat und dem dort Wache stehenden Mech zunickte. Obwohl er seit zwei Jahren auf diesen Punkt zusteuerte, hatte es seinen ganzen Mut gebraucht, seinem Freund und Herrscher so offen gegenüberzutreten. Und jetzt, als geschehen war, was er gewollt hatte, fühlte Ardan sich plötzlich verloren.

Sein Leben würde sich drastisch verändern. Auch wenn er mit den Royal Guards regelmäßig trainiert hatte, um seine Fähigkeiten nicht einrosten zu lassen, hatte das Leben am Hof ihn weich werden lassen. Er hatte schon lange nicht mehr das Gemisch von Ozon und Blut gerochen. Ein Kampfeinsatz bedeutete auch die Trennung von Sep, aber er zwang seine Gedanken hastig in eine andere Richtung.

Sie war auch eine MechKriegerin. Die beiden hatten nie über ihre Gefühle füreinander gesprochen, und Ardan hatte nicht die Absicht, daran etwas zu ändern. Aber irgendwie fühlte er eine Leere in seinem Innern bei dem Gedanken, in anderer Begleitung in die Schlacht zu ziehen. Sep war gut, und sie war zuverlässig.

Er würde sich von ihr verabschieden müssen, und vom Rest der Kompanie ebenfalls. Wegen seiner Beziehung zum Prinzen Davion hatten viele aus Eifersucht darauf verzichtet, Ardans Freundschaft zu suchen, aber mit dreien von ihnen verband ihn eine gewisse Nähe. Es würde nicht leicht werden, sich zu verabschieden.

Er marschierte in Richtung Kaserne und Exerzierplatz. Die Royal Brigade war in einem abgeschirmten Gebäude untergebracht, das selbst durch einen Frontalangriff der meisten Waffensysteme nicht zu zerstören war. Unter dem Komplex warteten in doppelt abgesicherten Waffenkammer/Werkstätten die Mechs der Brigade.

Ardan dachte auch an die Techs, die so gewissenhaft daran arbeiteten, seinen *Victor* in bester Verfassung zu halten. Er würde Lal und Nym beinahe so sehr vermissen wie seine Offizierskameraden. Aber er mußte einen Bruch vollziehen, und das so schnell wie möglich. Durch gesteigerte Aufmerksamkeit in den letzten Tagen hatte Ardan herausbekommen, daß Hanse noch diese Woche Truppen auf den Weg schicken würde, die Stein's Folly zurückerobern sollten.

Normalerweise hätte es beinahe zwei Monate gedauert, die acht Sprünge von New Avalon bis Folly zu absolvieren, aber über den Kommandoweg ließ sich die Reise in Stunden durchführen. Dennoch würde der letzte Sprung ein harter Brocken werden ... geradewegs vor die Geschütze der Liao-Schiffe.

Er stoppte am ID-Scanner, bevor er in die Kaserne trat, die um diese Zeit still dalag. Drill und Gefechtstraining waren für heute erledigt, und die anderen Mitglieder seiner Einheit wuschen sich, entspannten oder beschäftigten sich mit Strategiespielen, während sie auf das Abendessen warteten.

Ardan wußte, daß er Sep und Jarlik im Gemeinschaftsraum finden konnte, wo sie jeden Nachmittag eine Stunde an den Computern verbrachten. Sie maßen ihr Geschick, polierten ihre strategischen Fähigkeiten und testeten ihre Reflexe. Er würde warten, bis er sie später in der Messe sah. Denek und Fran waren wahrscheinlich in ihrem gemeinsamen Quartier. Ohne Zweifel hingen sie faul herum, kippten Bier und ärgerten sich gegenseitig.

Ardan lächelte. Wenn man den beiden zuhörte, konnte man meinen, sie wären die schlimmsten Feinde statt die besten Freunde. Er klopfte an ihre Tür und hörte ein Lachen.

»Nur herein, wer immer es sei!« rief Fram. »Freund oder Feind, wir brauchen jemand, der uns davon abhält, einander abzumurksen!«

Ardan stieß die Tür auf und trat ein. »Sieht so aus, als müßtet ihr beiden Streithähne euch dafür jemand anderen suchen. Ich fliege nach Folly.«

Zwei Paar Stiefel schlugen von ihrer erhöhten Position auf der Tischplatte auf den Boden. Zwei Paar Augen starrten ihn überrascht aus zwei braunen Gesichtern an.

»Ehrlich?« fragte Denek. Er schob Ardan einen Stuhl zu. »Hier, setz dich hin und erzähl uns mehr! Action? Heiliger Turbinendonner! Während wir hier rumsitzen, die Fersen kühl halten und exerzieren, marschierst du echt zurück in den Krieg?«

»Was erwartest du von jemand, der das Vertrauen des Prinzen genießt. Jetzt müssen wir uns auch noch zusätzlich Sorgen um Ardan machen, während wir uns abrackern, damit unsere Mechs in Schuß und wir gefechtsbereit sind.«

»Hast du es schon Sep und Jarlik erzählt?« Denek stand auf und wanderte hin und her durch den kleinen Raum. »Die werden sich unheimlich aufregen.«

»Nein. Ich seh sie ja bald. Wahrscheinlich beim Essen«, erwiderte Ardan. »Ich muß mich selbst noch an den Gedanken gewöhnen, jetzt, wo Seine Hoheit seine Zustimmung gegeben hat. Ich hab selbst nicht so richtig geglaubt, daß er mich gehen lassen würde.« In einer plötzlichen Erschöpfung lehnte sich Ardan zurück an eine der sauber gemachten Pritschen.

»Haust du wegen der Sachen ab, die wir so nebenbei zu hören bekommen?« fragte Fram. »Geheimbündnisse und dergleichen?«

»Darauf kann ich keine Antwort geben.«

Bevor sie weitere Worte wechseln konnten, schrillte ein Klingeln durch die Gänge der riesigen Kaserne.

»Das Essen ist serviert, Gentlemen«, stellte Ardan fest und erhob sich. »Gehen wir?« An der Tür trat er beiseite, um Fram und Denek vorbei zu lassen. Jetzt, wo es soweit war, bekam er Angst vor seiner letzten Begegnung mit Sep.

4

Der Tag war lang gewesen. Sep hatte ihren gewaltigen *Kriegshammer* sechs Stunden ohne Unterbrechung über das Gelände geführt und Fram und Jarlik in ihren leichteren, aber beweglicheren *Valkyries* in Trab gehalten. Und obwohl die beiden einige Male beinahe durch ihre Abwehr gedrungen wären, war es ihr gelungen, sie auf Distanz zu halten, so daß ihre Übung mit einem Unentschieden endete.

Angesichts des Könnens ihrer Gegner war Sep darauf ziemlich stolz. Sie hätte eine entsprechende Übung gerne mit Ardan versucht, aber bei seiner momentanen Stimmung hatte sie nicht die Absicht, ihn danach zu fragen. Er war in den letzten Tagen derart empfindlich.

Als sie sich anschließend an den Computern entspannte und ihre Fähigkeiten mit Jarliks maß, hatte Sep es wieder geschafft, einen deutlichen Vorsprung herauszuarbeiten. Langsam wurde es zur Gewohnheit, und Jarlik grummelte, daß sie das System umprogrammiert haben müßte, um sich einen Vorteil zu verschaffen. Er meinte es natürlich nicht ernst. Sie kannte den stämmigen Kerl zu gut, um beleidigt zu sein, auch wenn andere gelegentlich unter seinem schwerfälligen Humor aufbrausend wurden.

Im Gemeinschaftsraum hatten sich die beiden MechKrieger über die lauter werdenden Gerüchte über einen Davion-Gegenangriff gegen Maximilian Liao unterhalten, der die Grenzwelten Redfield und Stein's Folly erobert hatte. Der Verlust dieser Welten hatte das mächtige Haus Davion verärgert, und die gesamten Streitkräfte waren innerlich in Alarmbereitschaft. Sep wußte, daß bald etwas geschehen mußte.

»Hanse muß reagieren«, erklärte Jarlik. »Er kann es sich nicht leisten, untätig zu bleiben ... Dafür warten zu viele andere Häuser auf seine Antwort. Wenn er eine Schwäche zeigt, haben wir neben Maximilian Liao noch jede Menge andere am Hals. Selbst Steiner wäre ein bißchen beiläufiger Planetenräuberei nicht abgeneigt, wenn sich ihm die Chance bietet.«

»Ganz abgesehen von den Schurken in der Peripherie, die nur darauf warten, einzufallen und sich zu schnappen, was immer sie kriegen können. Ich frage mich, ob das der Grund dafür ist, weshalb Hanses Institut der Wissenschaften so eifrig an einem neuen Sicherheitssystem arbeitet.«

»Ein neues Sicherheitssystem? Ich habe unser altes System immer für mehr als ausreichend gehalten.«

»Kann sein, aber letzte Woche bin ich in ein Team eingezogen worden, das versuchen mußte, alle Systeme des Palastes zu durchbrechen. Ein paarmal haben wir es *beinahe* geschafft. Die NAIW-Beobachterin hat bloß genickt und ständig in ihren Comp gemurmelt. Vielleicht hat sie herausgefunden, was sie wissen wollte.«

Jetzt, nachdem sie sich in ihrem Quartier frisch gemacht hatte, dachte Sep über dieses Gespräch nach, während sie zur Messe spazierte. Irgendwas lag in der Luft. Alle MechKrieger auf New Avalon waren nervös und aufgeregt. Selbst Ardan, der normalerweise ungewöhnlich reserviert war, hatte seine Männer mehr als einmal angebrüllt.

Sie trat in die Halle und blickte hinüber in die Ecke, in der sie gewöhnlich mit Ardan, Jarlik, Denek und Fram ihre Mahlzeiten einnahm. Die anderen waren schon da und hatten volle Tabletts vor sich.

Jarlik hob die Hand und winkte sie herüber, dann deutete er auf ein vollbeladenes Tablett neben sich. Gott segne ihn! Er hatte nicht nur sein Abendessen abgeholt, sondern ihres gleich mit und ihr dadurch ein langes Schlangestehen erspart. Sep grinste, weil sie wußte, daß Jarlik seine Belohnung bekommen würde. Sie aß nie ein ganzes Tablett, und alles, was übrigblieb, gehörte ihm.

Sie schob sich neben Jarlik auf die Bank und lächelte Ardan über den Tisch an. Als er ihr Lächeln nicht erwiderte, blickte sie sich um und bemerkte, daß alle ungewöhnlich grimmig dreinschauten.

»Okay, was ist los?« fragte sie und starrte Ardan an.

Er senkte den Blick, hantierte mit der Gabel herum und sah sie dann an.

»Ich hab meine Versetzung«, erklärte er mit gesenkter, rauher Stime. »Ich habe darum gebeten. Mir ... ist in letzter Zeit alles zuviel geworden. Es wurde Zeit für eine Veränderung.«

Sep fühlte einen trockenen Kloß in der Kehle, aber sie zwang ihn mit grimmiger Entschiedenheit zurück. Sie probierte hastig ihre Suppe und verbrannte sich derart die Zunge, daß sie sich die Tränen, die ihr in die Augen schossen, verzeihen konnte.

»Hoooaah!« keuchte sie. »Heiß!« Sie atmete tief durch, um Mund und Kehle abzukühlen. Die wenigen Sekunden genügten, um ihre Gefühle wieder unter Kontrolle zu bekommen. »Das wolltest du doch schon lange«, stellte sie fest. »Ich seh dich nicht gerne fortgehen, aber du weißt ja, wie es ist. Manche Menschen vertragen Hofdienst, andere finden ihn unerträglich. Ich geb zu, daß die vier Jahre hier eine nette Erholung waren. Aber der Tag wird kommen, an dem ich auch wieder ins harte Leben zurück will.«

»Stimmt schon, aber es ist auch ganz schön, zur Brigade zu gehören. Immerhin ist das die Stellung, auf die alle hoffen, die gut genug sind«, warf Denek ein. »Ich würde es hassen, jetzt abhauen zu müssen. Obwohl ich zugebe, daß der Tag kommen könnte, an dem diese Simulationen mich zu langweilen beginnen.« Er betrachtete nachdenklich das Fleisch und Gemüse auf seinem Teller.

»Ich langweile mich nicht«, erwiderte Ardan trocken. »Ich ... Nein, reden wir nicht darüber. Sagen wir einfach, für mich ist die Zeit gekommen, etwas anderes zu unternehmen. Ich bin nicht geschaffen für das Leben bei Hofe. Oder in der Regierung. Oder in der Politik. Lassen wir es dabei.«

Sep nahm einen Bissen irgendeines geschmacklosen Zeugs, kaute ihn sorgfältig, schluckte, nippte an ihrem Wein. Sie suchte verzweifelt nach einer leichten und humorigen Bemerkung. Die Atmosphäre an ihrem Tisch war zum Schneiden.

Außerdem wußte sie, was Ardan so zusetzte, nachdem sie die wachsende Unzufriedenheit mit der Politik gesehen hatte, die Hanse auf den von den Vereinigten Sonnen regierten Welten in die Tat umsetzte. Sie hatte allerdings nie verstanden, was genau ihn daran so störte. Verträge, mit denen sich ein System aus dem Krieg heraushalten ließ, waren gut, egal was nötig war, um sie ratifizieren zu können.

Sep steckte sich einen weiteren Bissen in den Mund, aber sie konnte keinen Geschmack daran finden. Es hätte ebensogut Wüstenratte oder Kaukraut sein können. Ihr fiel ums Verrecken nichts ein, was sie hätte sagen können, abgesehen von Dingen, die Ardan mit Sicherheit noch mehr verärgert hätten. Zum Beispiel das neue Sicherheitssystem. Ardan vertrat die Ansicht, ein Herrscher müsse für sein Volk offen und jederzeit erreichbar sein. Eine wunderschöne Theorie, aber sie fragte sich, wie viele von denen, die so etwas in den vergangenen Jahrtausenden ausprobiert hatten, wohl inmitten all dieser Erreichbarkeit ins Gras gebissen hatten. Ihr fielen mindestens vier Namen ein, an die sie sich aus ihren Schultagen erinnern konnte.

Nein, Sicherheitsmaßnahmen erwähnte sie besser nicht. Auch den Krieg nicht. Oder Hanses wahrscheinliche Intentionen Haus Steiner gegenüber.

Fram rettete die Situation. »Wißt ihr, mir ist heute etwas wirklich Erstaunliches passiert. Meine Kühlweste hat einfach den Geist aufgegeben. Und während ich da saß und langsam garkochte, fing mein Kehlkopfmikro an, verrückt zu spielen, und meine Kopfhörer fingen plötzlich das Piepsen des Biofeedbacksystems auf.«

Ardan gluckste. Jarlik grinste und Denek verschluckte

sich. Auch Sep lächelte und erinnerte sich daran, wie oft ihr etwas ähnliches passiert war.

»Ich sitze also da rum, hör meinem Puls zu und werde im eigenen Saft gedünstet, als ich zufällig hochblicke und Madam Tigra hier sehe, wie sie versucht, mir die Beine zu amputieren. Erzähl mir bloß keiner, daß Bequemlichkeit für einen MechKrieger nicht zählt! Wenn du dich ablenken läßt, bist du tot. Wenn das eine echte Gefechtssituation gewesen wäre, säße ich jetzt bestimmt nicht mehr hier!«

Ardan schob sein leeres Tablett von sich und grinste. Sie bemerkte mit Freuden, daß dieses Grinsen nicht so falsch und aufgesetzt war, wie noch Minuten zuvor.

»Ich werde dran denken, wenn ich draußen auf Folly bin«, bemerkte er. »Immerhin werden die capellanischen Mechjockeys aufs Ganze gehen. Hier auf New Avalon vergißt man nicht so leicht, daß der Mech, mit dem man sich balgt, von jemand gelenkt wird, den man in einem echten Kampf mit seinem Leben beschützen würde. Es macht einen Unterschied.« Er leerte sein Glas und stand auf.

»Irgend jemand interessiert an einem Spaziergang nach dem Essen?« fragte er in betonter Beiläufigkeit.

Sep fühlte, wie ihr Herz gegen die Rippen pochte. Sie reckte sich und stand auf.

»Warum nicht.« Sie nahm ihr Tablett und folgte Ardan an das Regal, in dem das Geschirr aufgestapelt wurde, bevor es in die Spülküche wanderte.

Sie drehte sich zu ihren drei anderen Freunden um und fragte: »Noch jemand?« Ihr Gesichtsausdruck versprach allerdings jedem, der sich als Begleitung meldete, ein schnelles Ableben.

Drei Köpfe bewegten sich langsam von einer Seite zur anderen. »Bin zu voll«, erklärte Fram. Denek seufzte und rieb sich den Bauch. Jarlik tupfte sich mit dem Taschentuch die Lippen ab und zuckte die Achseln.

»Auch gut«, sagte Ardan. »Dann komm, Sep! Wir gehen raus zum See und zurück. Gerade die richtige Entfernung für einen Verdauungsspaziergang.«

Als sie neben ihm die Messe verließ, fragte sie sich, ob er etwas sagen würde ... dann wußte sie, daß die Antwort darauf nur Nein sein konnte. Genau wie bei ihr. Sie waren zuallererst Freunde. In zweiter Linie waren sie Soldaten. Und alles andere blieb besser unausgesprochen.

Sie gingen zum See hinunter. Er gehörte noch zum Militärbereich, der neben dem Palastgelände auch das Tagungsgebäude des Rats umschloß. Unter den herrschenden Umständen erschien es am besten, alles so geschützt wie möglich zu halten.

Sie gingen wortlos nebeneinander her, bis sie außer Hörweite der anderen Männer und Frauen waren, die durch die Dämmerung spazierten. Dann blickte Sep zu Ardan hinüber.

»Ich finde, du tust deinem Freund Hanse Unrecht. Er erfüllt nur seine Pflicht. Du weißt, daß er ein guter Kerl ist ... einer der besten Herrscher aller Systeme. Wir haben einfach nicht alle Informationen, die wir brauchten, um alles zu verstehen, was er tut, Dan.«

»Er hat seine Moral verloren«, erwiderte er bitter.

Sep spürte das Verlangen, ihn zu packen und durchzuschütteln, aber sie sprach geduldig weiter. »Für einen Herrscher sieht die Sache anders aus. Er muß sich mit Dingen abgeben, an die wir nicht einmal denken.« Sie versuchte, eine Manier zu finden, die ganze Angelegenheit für ihn faßbar zu machen.

»Du bist wie ein Schwert, Ardan. Geradeheraus. Manchmal tödlich, manchmal schmerzhaft, aber immer offen und erkennbar, unmöglich zu verbergen, scharf und bereit zum Handeln, was auch geschieht. Verstehst du, was ich meine?«

»Natürlich.« Er klang verwirrt.

»Hanse ist wie ein Dolch. Ein Dolch in der Scheide unter dem Ärmel eines prächtigen Mantels, der nicht nur als Versteck dient, sondern gleichzeitig Eindruck machen soll. Von Außen sieht man nur Schönheit und Eleganz, so daß jeder, der seine Machtposition anzugreifen versucht, in falscher Sicherheit gewiegt wird. Und du weißt genau, daß es derartige Versuche *gegeben* hat.«

Ardan nickte mürrisch.

»Er braucht Verteidigungsmöglichkeiten, die man nicht auf den ersten Blick erkennt. Er braucht Möglichkeiten, die ein anderer nicht sehen kann, versteckt im Ärmel seines charismatischen Auftretens. An einem Dolch ist nichts Schlechtes, Ardan.«

»Mag sein. Aber die Art, wie er eingesetzt wird, kann schlecht sein.«

»Das gilt ebenso für ein Schwert, mein Freund. Ein Schwert, das in heimtückischer Absicht gezogen wird, ist kein bißchen ehrenhafter als ein auf diese Weise benutzter Dolch.« Sie blieb stehen, sah ihn an und legte eine Hand auf seinen Arm. »Kannst du ernsthaft behaupten, Hanse sei schlecht?«

Ardan lehnte sich gegen einen Baumstumpf und blickte hinaus aufs Wasser. Nach einer Weile hob er einen flachen Kieselstein auf und ließ ihn über die glatte Wasseroberfläche springen.

»Nein, nicht ernsthaft. Aber fehlgeleitet ... das kann ich behaupten. Ernsthaft fehlgeleitet.«

Sep stieß einen Seufzer aus. Ihr Freund Ardan war ein echter Dickschädel. Aber zumindest hatte sie ihm zu denken gegeben. Sie warf einen zweiten Kieselstein.

»Wenn du mich irgendwann brauchst«, erklärte sie leise, »brauchst du nur zu rufen. Ich werde kommen, egal, wo ich gerade bin. Ich habe eine seltsame Vorahnung, Ardan. Irgend etwas liegt in der Luft. Etwas Undefinierbares. Paß auf dich auf!«

Er nickte wortlos. Sie standen beieinander und sahen zu, wie der Himmel sich verdunkelte, bis der See zu einem schwarzen Spiegel voller Sterne wurde.

5

Zu seiner Überraschung schlief Ardan tief und fest, nachdem er sich von seinen Freunden verabschiedet hatte, obwohl er wußte, daß der kommende Tag hart werden würde. Strategiesitzungen mit den Kommandanten der Einsatztruppe, die von New Avalon aufbrechen sollte, erwarteten ihn, und Entscheidungen darüber, welche Mecheinheiten von Novaya Zemlya, Kluane und Salem verlegt werden sollten, um die Invasion des besetzten Planeten Stein's Folly zu unterstützen.

Er würde Sep und Jarlik und die anderen noch einmal sehen, aber sie würden keine Zeit für lange Reden haben ... oder für Gefühle. Wahrscheinlich war das ganz gut so. Je klarer ihm wurde, wieviel ihm seine Kameraden bedeuteten, desto schwieriger wurde es, sie zu verlassen.

Kurz nach dem Frühsport wurde Ardan in den Palast gerufen. Er fürchtete sich davor, Hanse noch einmal gegenüberzutreten, obwohl er wußte, daß es notwendig war. Die Gegeninvasion von Stein's Folly würde nicht leicht werden, und in der Planung mußten möglichst alle Eventualitäten berücksichtigt werden.

Ardan fand Hanse bereits im Strategiezimmer. Bei ihm war Ran Felsner, der bis vor kurzem noch Kommandeur der Royal Brigade gewesen war. Felsner war ein hervorragender Krieger und Stratege und schien eine gute Wahl für diese schwere Aufgabe zu sein.

Bevor er auf den Posten als Kommandeur der Royal Brigade of Guards berufen worden war, hatte Ardan unter Felsner als Bataillonskommandeur bei den 17. Avalon-Husaren gedient. Beide hatten Grund, sich an ihren letzten gemeinsamen Kampfeinsatz zu erinnern, vor zehn Jahren, in der Schlacht um Tripoli, eine Welt an der Davion/Kurita-Grenze. Damals waren sie von Kameraden zu Freunden geworden. Ardan hatte seine Einheit in einem tollkühnen Vorstoß angeführt, der das

Kampfgeschick zum Vorteil Davions gewendet hatte. Nachdem er sich so als taktischer Gefechtsführer ausgezeichnet hatte, wurde Ardan auf seine derzeitige Position in der Brigade befördert. Ran seinerseits war als Ergebnis des erfolgreichen Feldzugs zum Marshal befördert worden.

Ardan begrüßte ihn, gefolgt von der rituellen Verbeugung vor dem Prinzen. Dann nickte er Lees Hamman zu, der zweifelsohne als Stellvertretender Kommandeur der Kampfgruppe fungieren würde. Hanse winkte Ardan an den Tisch, über dem sie brüteten.

Es war einer der seltenen 3D-Holotische, auf denen man planetare Umlaufbahnen, Raumschiffkurse und Weltraummüll darstellen konnte ... kurz, alles, dessen Position sich in den Computer eingeben ließ. Man konnte ihn auch dazu verwenden, die Einzelheiten laufender Gefechte darzustellen, sofern man es schaffte, das Programm durch Meldungen aus dem Feld auf dem aktuellen Stand zu halten.

Ardan lehnte neben Felsner und blickte in die Tiefe des Tisches. Sprungschiffe darstellende Lichtpunkte hüpften wild zwischen den orangefarbenen Lichtern umher, die Welten zwischen New Avalon und Stein's Folly repräsentierten. Ardan erkannte Argyle, den Sitz von Hanses Sommerpalast. Er hatte so manchen langen Urlaub dort mit ihm verbracht, sowohl vor der Thronbesteigung seines Freundes wie auch danach. Die anderen Welten, die auf dem schwarzen Hintergrund des Pseudoweltalls blinkten, waren wohl Friesland, Talcott, Emerson ... ja ... Auch die hatte er schon besucht.

Hanse berührte einen Knopf, und ein Teil des Tisches dehnte sich aus, so daß sie einen besseren Überblick über das letzte Stück der Reise erhielten.

»Wir werden Novaya Zemlya als Aufmarschgebiet benutzen, weil es unserem Ziel am nächsten liegt. Der ganze Planet ist von einer Wolkendecke überzogen, die den Großteil unserer Aktivitäten vor feindlichen Spionageschiffen oder Sonden verbergen dürfte. Wir können unsere Sturmtruppen in einiger Sicherheit auf den Einsatz vorbereiten, bevor wir sie an Bord der Landungsschiffe schicken.« Er blickte sich um. »Noch Fragen?«

Ardan räusperte sich. »Als Neuzugang bei dieser Mission hab ich ein paar Punkte, die mich interessieren. Zunächst einmal, wie groß ist die Truppe, die von New Avalon dort hinunter fliegt? Und zweitens, haben wir schon irgendeine Meldung über Größe und Möglichkeiten der Besatzungstruppen auf Stein's Folly?«

Hanse blickte zu Lees, der die Datenangaben auf seiner Seite des Tisches studierte. »Den langen Flug von hier nach Stein's Folly wird nur eine relativ kleine Gruppe absolvieren — um genau zu sein, eine Kompanie. Wir, unsere Mechs, unsere Techs, unsere Waffen und Ausrüstung werden geradewegs über die Kommandostrecke gehen.«

»Eine Kompanie? Für einen ganzen Krieg?« Ardan traute seinen Ohren nicht.

»Keine Bange, Ardan«, beruhigte ihn Hanse. »Die 5. Crucis-Lanciers warten schon auf Novaya Zemlya, und Felsner wird das Kommando über sie haben. Du wirst die 17. Avalon-Husaren kommandieren, die zur Zeit unterwegs sind ... Und mein Schwager Michael hat sich freundlicherweise bereitgefunden, uns ein Regiment seiner Mark Capella-Miliz zu leihen, für die Lees zuständig sein wird.« Er zählte die Punkte an seinen Fingern ab. »Zu den MechTruppen kommen drei Panzerregimente, zwei Infanterieregimente und zwei Regimente Luft/Raumjäger. Bis wir alles für eure Abreise bereit haben, sollten sie sich beinahe am Ziel befinden. Wir planen diese Aktion seit Wochen.«

Felsner räusperte sich und unterbrach seinen Oberbefehlshaber. »Gibt es sonst noch etwas, das wir überdenken müssen, bevor wir die Sache ins Rollen bringen, Eure Hoheit?«

Hanse blickte in die Runde. Sein Gesichtsausdruck war unbewegt, aber Ardan spürte, daß er im Innersten traurig war, und weniger selbstsicher als es den Anschein machte.

»Heute nacht kommt ein Bote von der Aufmarschwelt an. Morgen werden wir uns seinen Bericht anhören und alle möglicherweise notwendig werdenden Entscheidungen treffen. Aber ich denke, für heute sollten wir uns in Bewegung setzen.«

Er wandte sich an Ardan. »Morgen werden wir auch die letzten Nachrichten über die Größe der Besatzungstruppen auf Folly erhalten. Bis jetzt schätzen wir, daß Liao mindestens drei bis fünf Regimenter auf Stein's Folly und Redfield hat. Er hat aber auch noch anderenorts Probleme und einen Teil seiner ursprünglichen Kampftruppe abgezogen, um damit fertigzuwerden. Wir halten alles sorgfältig unter Beobachtung, und morgen sollten wir sicher sagen können, wogegen wir angehen.«

Felsner, Hamman und Ardan salutierten und wandten sich zum Gehen, aber Hanse packte Ardan am Ellbogen, als er vorüberging. »Einen Moment noch, Dan. Ich möchte mit dir reden.«

Ardan blieb gehorsam stehen, obwohl ein Gefühl der Verärgerung in ihm aufstieg. Es war ohnehin schon zu schwierig gewesen. Eine Wiederholung jener letzten Szene mit seinem alten Freund wäre einfach zuviel.

Hanse jedoch starrte abwesend auf den Holotisch. »Ich lasse dich nur sehr ungern ziehen, aber du bist ein MechKrieger, und das ist in Ordnung. Was mir weit mehr zu schaffen macht, ist dein Abschied in Bitterkeit und Zorn.« Er hob den Kopf und sah in Ardans Augen. »Es ist der Gedanke an die Agents Provocateurs, mit dem du nicht leben kannst, richtig?«

»Ja.« Die Antwort war zu deutlich, aber Ardan wußte nicht, wie er sie höflicher formulieren sollte. »Das kann ich wirklich nicht. Der Krieg ist schon furchtbar genug, wenn er nötig ist. Aber wenn wir offiziell Frieden mit einer anderen Macht haben, erscheint es mir als bösartig, deren Herrscherhaus Schwierigkeiten zu machen.«

»Dann bedenke bitte eines«, murmelte Hanse. »Wenn Haus Marik nicht vollauf mit seinen eigenen Welten beschäftigt wäre — zugegebenermaßen auf Grund von Problemen, die ich angefacht habe —, würde es wahrscheinlich an unserer Flanke nagen, während wir versuchen, unsere Welten zurückzuerobern. Ich kenne dich zu gut, um mir einzubilden, daß sich deine Haltung dadurch ändert, aber denk von Zeit zu Zeit daran — wenn du mal Zeit dazu *hast.*« Er seufzte und beendete die Audienz mit einer Handbewegung.

Ardan hatte eben diese Überlegungen sehr wohl bedacht und fand es ausgesprochen überflüssig, daß Hanse sie ihm auf diese Art aufdrängte. Aber er war mit einem Ehrencodex groß geworden, der weit höhere Ansprüche zu stellen schien, als selbst der des berühmten Hauses Davion. Vielleicht lag es daran, daß seine Familie, wenn auch von Adel, nie besonders mächtig gewesen war. Nicht Macht oder Ruhm, sondern Ehre war zum Leitstern seiner Vorfahren geworden.

Ardan fühlte sich plötzlich unruhig. Er wußte, daß er seine Techs jetzt entlassen mußte. Normalerweise hätte Lal, sein HauptTech, und Nym, sein Stellvertreter, ihn begleitet. Aber beide hatten Familie auf New Avalon, und Ardan hatte nicht die Absicht, sie in einen Krieg zu schleppen, an dem sie kein persönliches Interesse hatten. Nein, er würde sich auf Novaya Zemlya neue Techs suchen. Es würde genug »Waisen« geben, Techs, deren Mechs und MechKrieger bei der verzweifelten Schlacht um Stein's Folly den Tod gefunden hatten.

Die Sicherheitsscanner gaben ihm den Weg in die Werkstatt/Hangarhallen unter seiner Kaserne frei. Das vertraute Krachen von Metall auf Metall und der Geruch von Schweißarbeiten und Hitzedichtungen drangen ihm in Ohr und Nase. Hier in den Werkstätten gab es nie auch nur einen Moment der Stille. Hier wurden die aktiven Mechs repariert und gewartet, die beschädigten oder abgenutzten in brauchbaren Kombinationen neu zusammengesetzt.

Die Box seines *Victor* kam in Sicht. Nym polierte eine Schweißnaht, während Lal die Sohle eines der gewaltigen Füße mit Rostschutz spritzte. Das Sonnenschwertemblem Haus Davions war gerade erneuert worden, und die Farbe glänzte noch.

»Hallo«, rief Ardan laut.

Nym blickte auf und lächelte. Er und Lal wollten weiterarbeiten, aber Ardan winkte sie aus dem Arbeitsbereich herüber zu sich.

»Stimmt irgendwas nicht, Colonel?« fragte der Tech besorgt. Er war ungemein stolz auf seine Arbeit und ständig besorgt, irgend etwas könne sich als nicht ganz perfekt herausstellen.

»Nichts, was dich oder Lal betrifft«, antwortete Ardan. »Ich könnte mir keine besseren Techs wünschen. Aber ich fliege ins All und ich weigere mich, einen von euch von seiner Familie zu trennen. Besonders jetzt, wo deine Mutter krank ist, Lal. Und Nyms Familienzuwachs kann jeden Tag eintreffen. Sella würde mit einer Nervenpeitsche hinter mir herjagen, wenn ich euch jetzt mitschleppen wollte.«

Nym wirkte verärgert. »Es ist meine Pflicht. Meine Ehre. Ich muß gehen, wohin mich meine Arbeit ruft. Sella weiß das.«

»Kann sein. Aber diesmal ruft euch eure Arbeit zu Candent Septarian. Ich habe sie gestern gefragt, und sie braucht euch beide. Ihr Tech und sein Reservemann sind beide verletzt worden, als ihr *Kriegshammer* aus den Halteklammern fiel, während sie die Kontrollknoten in seinen Kniegelenken reparierten. Bis die beiden wieder auf dem Damm sind, bin ich möglicherweise schon zurück.«

Er atmete tief durch. »Ihr müßt den Mech für den

Transport vorbereiten. Natürlich alles überprüfen. Und ich brauche eine letzte Übungssession. Ist der Spießrutenlauf vorbereitet?«

Nym nickte. »Im *Victor*, wie üblich?«

»Worin sonst? Ich hab nie verstanden, wieso Sep so an dem schwerfälligen *Kriegshammer* hängt. Ich bevorzuge Beweglichkeit.«

»Wahrscheinlich, weil der *Kriegshammer* einfach über alles drübermarschieren kann, was er nicht aus dem Weg pustet«, murmelte Lal.

Ardan ließ die beiden lachend stehen. Lal hatte recht. Mit seinen siebzig Tonnen konnte der *Kriegshammer* einen Wald oder eine Siedlung zermalmen, ohne zu bemerken, daß er auf irgendwas getreten war. Sein *Victor* dagegen war zwar zehn Tonnen schwerer, konnte sich aber trotzdem auf seinen Sprungdüsen in die Luft erheben. Ardan war der Ansicht, daß diese Beweglichkeit seines Mechs im Feld einen unbezahlbaren Vorteil darstellte.

Der Spießrutenlauf war eine Trainingsanlage auf einem weiten Feld zwischen See und Waldrand. Zwischen hohen parallelen Stein- und Metallwänden erstreckte er sich einen knappen Kilometer weit. Er war einer natürlichen Schlucht nachgebildet, mit Geraden, Kurven, Knicks und Biegungen jeder Art.

Jeder Zentimeter dieser vierundfünfzig Meter hohen Wände war mit Spezialeffekten vollgestopft, die Raketenlafetten, Laser, Autokanonen und beliebige andere unangenehme Überraschungen simulierten, die einem Mech im Gefecht begegnen konnten. Wenn ein MechKrieger hier trainieren wollte, wurde ein Tech abgestellt, die Geschütze einzuschalten und zu steuern. Abschalten ließen sie sich dann nur noch von diesem Tech oder durch einen direkten Treffer auf eine Sensorplatte in leicht vom Felsgestein der Wände abgehobenem Farbton.

In einem großen Gebäude neben dem Spießrutenlauf

standen die Prototyp-Mechs. Diese uncodierten Maschinen konnten so programmiert werden, daß sie sich wie ein beliebiger bekannter Mechtyp verhielten, in dessen Bedienung der Pilot sich üben wollte. Heute wartete ein *Victor* auf Ardan. Die computerkontrollierten Reaktionen der Maschine würden die Effekte von Treffern, Wärmestau, Schäden und so weiter exakt simulieren.

Im Umkleideraum legte Ardan die Uniform ab und stieg in Kühlweste und Nacken- und Schulterpolster. Er plazierte die Biofeedbackpflaster an Armen und Beinen, die eine Gesundheitskontrolle lieferten und die Hitze in seinem Sensorhelm maßen. Schließlich hob er den Neurohelm über den Kopf und brachte ihn auf den Polstern in Position. Der Helm war der Schlüssel zur Steuerung eines Mechs. Er speiste die Nervenimpulse vom Gleichgewichtssinn des Piloten in den Bordcomputer, der mit ihrer Hilfe den Mech selbst bei Sprüngen, Tritten und akrobatischen Verrenkungen aller Art ausbalancierte. Im Gegenzug lieferte der Computer dem Piloten durch seinen Helm simulierte Nervenimpulse, die verhinderten, daß er im Kopf seines riesigen Gefährts die Orientierung verlor.

Um einen Neurohelm zu ›öffnen‹, bediente sich der Pilot einer speziellen Serie kurzer Bewegungen oder eines bestimmten gesprochenen Befehls, die vorher in den Bordcomputer eingegeben worden waren. Dieser Code war geheim und für jeden Pilot und Mech individuell verschieden, so daß kein Fremder einfach an Bord klettern und die Maschine übernehmen konnte. Eine falsche oder fehlende Codesequenz konnte beim Helm oder dessen Träger zu ernsthaften Schäden führen.

Nachdem er den Signalknopf gedrückt hatte, mit dem er das Spießrutenpersonal darauf aufmerksam machte, daß er bereit war, kletterte Ardan in den *Victor* und verband seinen Helm mit den Kabeln der Maschine. Beinahe hätte er seine Codesequenz benutzt, aber er konnte sich noch bremsen. Die Prototyp-Mechs des Spießrutenlaufs waren mit ›offenen Systemen‹ ausgerüstet, die eine sofortige Inbetriebnahme ermöglichten.

Als die gewaltigen Tore sich öffneten, ließ Ardan die Muskeln seines Mechs spielen, hob einen schweren Fuß und bewegte die Arme. Gut. Die Myomermuskeln arbeiteten perfekt.

Jetzt konnte er die Wände des Spießrutenlaufs glühen sehen, und sein Körper antwortete mit einem Adrenalinstoß. Die Wärme des Mechs heizte ihn zusätzlich an, als er hinaus ins Sonnenlicht marschierte.

Selbst jetzt noch, nach so vielen Jahren, fand Ardan es seltsam, plötzlich von einem einfachen Fußgänger in einen tödlichen, schwerfälligen Riesen verwandelt zu werden. Die Höhe des Mechs lieferte ihm einen hervorragenden Überblick seiner Umgebung. Mehr noch interessierten ihn allerdings die winzigen Lichter, die an den Wänden vor ihm aufblinkten und ihm bösartig zuzublinzeln schienen. Das waren die Laser und die übrigen Simulatorwaffen, die sich zum Kampf rüsteten.

Ardan grinste. Er hatte einen harten Kampf nötig. Jetzt konnte er die ohnmächtige Wut abreagieren, die er in den vergangenen Monaten aufgebaut hatte, ohne irgend etwas — oder irgend jemand — zu verletzen, das ihm etwas bedeutete.

6

Die hochaufragenden Wände des Spießrutenlaufs waren dreimal so hoch wie der *Victor.* Als Ardan sich ihnen vorsichtig näherte, jeden Muskel für einen plötzlichen Sprung nach rechts oder links angespannt, spuckte ein Laser einen roten Lichtspeer. Beinahe augenblicklich folgte dem Angriff ein Schwarm kleiner Raketen aus einer Lafette auf der anderen Seite.

Ardan dankte Gott für die Sprungdüsen des *Vic* und schoß senkrecht nach oben, so daß der Laser die erste Rakete zur Detonation brachte. Die übrigen explodierten auf der gegenüberliegenden Wand des Korridors. Um die Längsachse wirbelnd kam er wieder zu Boden, und seine Laser überschütteten die Wände mit ihrem Feuer. Eine ganze Geschützbatterie in der Steinwand wurde ausgeschaltet.

Mit vorsichtigen Schritten bewegte er sich weiter vorwärts. Mit Hilfe seiner Sensoren versuchte er, versteckte Minen zu entdecken. Schon so mancher Mech war aus dem Gefecht geworfen worden, weil er auf eine gutplazierte Vibrabombe getreten war — aber man konnte sich nie sicher sein, welches Gewicht sie zur Explosion bringen würde. Ardan konnte den Spießrutenlauf hinter sich bringen, ohne eine Bombe auszulösen, und er lächelte bei dem Gedanken daran, wie Sep hier entlanggepoltert wäre und Explosionen gleich reihenweise ausgelöst hätte.

In diesem Augenblick loderte ein Laserstrahl durch die Luft und er konnte ihm gerade noch ausweichen, indem er hochsprang und herumwirbelte. Jede Nervenfaser angespannt und alle Sinne auf dieses Todesspiel konzentriert, bewegte Ardan sich in einer Abfolge von Spurts, Sprüngen, schnellen Drehungen und Abprallern durch den mörderischen Korridor. Als er sich dem Ende näherte, traf ein konzentriertes Bombardement aus Laserfeuer und Raketen den Punkt, an dem er gerade aufgekommen war. Von seinen Sprungdüsen getrieben und stabilisiert, sprang er kopfüber nach vorn, dann prallte er mit der Schulter vom Felsgestein der Wand ab.

Mit einer verzweifelten Drehung richtete er sich weit genug auf, um auf den Füßen zu landen. Er schwitzte heftig. Nur die Helmpolster verhinderten, daß der Schweiß ihm die Sicht nahm. Sein Herz hämmerte in der Brust.

Ardan fühlte sich besser, als es seit Wochen der Fall gewesen war.

Ein weiterer Laserlichtausbruch ließ ihn herumfahren und zur Seite ausweichen. Mit einem Schuß seines oberen Lasers schaltete er die feindliche Waffe aus. Es gab nur eine Möglichkeit, wie er dieses letzte Stück bewältigen konnte, und das war mit einem einzigen Sprung. Exakt. Ohne einen Fehler. Falls sein Gleichgewichtsgefühl irgendwie beeinträchtigt würde, konnte er jeden Gedanken daran, die gewaltige Maschine zu stabilisieren, vergessen.

Er atmete so tief durch, wie er konnte, als ob seine winzigen menschlichen Lungen dem achtzig Tonnen-Monster helfen könnten, das er durch diese Gewalten lenkte. Dann sprang er wieder ab, und sein Mechkoloß schoß durch die Luft auf das Licht am Ende des Gangs zu.

Er kam zehn Meter zu früh wieder auf, noch zwischen den tödlichen Wänden des Spießrutenlaufs. Die Vibrationen schmerzten an seinen Zähnen und ließen sein Herz poltern wie einen Dampfhammer, aber er zwang sich zur Ruhe. Ardan knirschte mit den Zähnen und brachte den *Victor* auf die Füße. Der Mech stolperte und lehnte sich gegen eine der Wände. Hitze brannte sich bis in die isolierte Pilotenkanzel, als er die Maschine hochzwang. Wieder sprang er vor ... diesmal hinaus auf die betonierte Ebene jenseits des Spießrutenlaufs.

Er war schweißgebadet, er keuchte, er war zerschlagen und jeder Muskel in seinem Körper schmerzte. Aber er fühlte trotz aller Erschöpfung Befriedigung. Er wendete den gewaltigen Stahlkoloß auf die Gebäude zu und wanderte an der Außenseite des Korridors wieder zurück.

Als Ardan die breiten Tore erreichte, warteten vier winzige Gestalten auf ihn. »Gut gemacht!« schrie Jarlik, als Ardan den Mech in die Halle lenkte und die Luke öffnete.

Wie erhofft, hatte dieser letzte Durchgang im Spießrutenlauf die Spannungen der letzten Wochen von ihm genommen. Ardan grinste zu seinen vier Kameraden hinunter, während er zu ihnen hinabkletterte.

»Sie haben seit letzten Monat ein paar Veränderungen angebracht«, stellte er fest. »Paßt am Schluß auf — der Laser ist tödlich!«

»Du hast es ganz gut geschafft«, stellte Sep mit glitzernden Augen fest. »Es sah so aus, als hättest du den Mech an die Grenzen seiner Möglichkeiten getrieben.«

»Ich fühl mich, als wär ich in Öl gesotten worden«, knurrte Ardan als Erwiderung. »Wartet, bis ich geduscht und meine Uniform angezogen habe. Dann lade ich euch alle zu einer letzten Runde Bier ein.«

Denek ließ sich mit weit aufgerissenen Augen gegen die Wand sinken, die Hände an die Brust gepreßt. »Habt ihr das gehört? Habt ihr das GEHÖRT, Freunde? Ardan der Geizhals spendiert freiwillig ein Bier! Darf das wahr sein?«

Fram nickte mit ernster Miene. »Da kann man mal sehen, was nötig ist, bevor manche Leute den Geldbeutel zücken. Erst muß er irgendwohin versetzt werden, wo er aller Wahrscheinlichkeit nach aus dem Universum gepustet wird, und dann muß er noch spießrutenlaufen und beinahe den Arsch verlieren. Ich sag euch, es gibt schon *harte* Typen!«

Jarlik und Sep mußten einander abstützen, um nicht vor lauter Lachen das Gleichgewicht zu verlieren. Nicht daß es wirklich derartig lustig war, aber sie alle waren erleichtert darüber, daß sich die Lage normalisiert hatte.

Sie verbrachten einen lustigen Abend zusammen. Ardans bevorstehende Abreise wurde ganz bewußt nicht angesprochen. Er hatte gehofft, schnell abzureisen, um lange Abschiedsszenen zu vermeiden, aber jetzt war er froh über die Gelegenheit, diesen letzten Abend mit seinen Freunden zu verleben.

Sep jedoch sah ihn immer wieder mit einem seltsamen Gesichtsausdruck an. In den wenigen kurzen Momenten, in denen sie privat ein Wort wechseln konnten, versuchte Ardan herauszubekommen, was sie auf dem Herzen hatte, aber sie schüttelte nur den Kopf.

»Später«, murmelte sie.

Später war es allerdings, sehr viel später sogar, als die vier gemeinsam zurück zur Kaserne aufbrachen. Sie waren nicht wirklich betrunken, aber doch einigermaßen angeheitert. Es fiel Ardan nicht schwer, zurückzubleiben und Seps Arm zu fassen, um sie bei sich zu halten.

»Erzählst du mir jetzt endlich, was mit dir los ist? Du hast mich den ganzen Abend schon so komisch angesehen. Morgen muß ich aus der Kaserne in die Bereitschaftsräume umziehen, und wir haben keine Gelegenheit mehr zu reden. Ich will wissen, was es ist.« Er stemmte die Hände in die Hüften und starrte sie leicht schwankend an.

Sep drehte sich um und lehnte sich an eine Hauswand. »Das Ganze gefällt mir einfach nicht«, antwortete sie. »Als deine Stellvertreterin werde ich die Einheit übernehmen. Das ergibt einen Sinn. Aber daß du abfliegst, ergibt keinen. Ich finde, du hast dir den Schritt, den du da machst, nicht gründlich genug überlegt.«

Obwohl das Bier ihn entspannt hatte, fühlte Ardan Ärger in sich aufsteigen. »Ich *habe* ihn mir überlegt!« erwiderte er heftig. »Zwei Jahre lang! Willst du, daß ich ihn noch zwei Jahre abwäge?«

»Ja, wenn das nötig ist, damit du vernünftig wirst. Ardan, du bist kein Politiker. Gott sei Dank! Aber wir brauchen Politiker. Hast du dir überlegt, was ich gestern gesagt habe?«

»Sep, ich habe genau verstanden, was du gesagt hast. Ich stimme nur nicht damit überein.« Er fühlte, wie er wütend wurde. Warum bestand sie darauf, dieses Thema wieder anzusprechen, gerade jetzt, nach diesem angenehmen Abend?

»Du kannst Hanse nicht so sehen, wie er ist, einfach nur, weil er dein Freund ist. Du verlangst von ihm, daß er vollkommen ist. Bist du denn vollkommen? Bin ich es? Warum sollte er es sein? Hanse ist ein guter Herrscher, und er hält die Vereinigten Sonnen gut zusammen.« Sie funkelte ihn an.

»Kannst du dir vorstellen, was geschehen würde, wenn Maximilian Liao seine Ziele erreichte — Davion ausschaltete und die Vereinigten Sonnen mit seiner Konföderation Capella vereinigte? *Das* ist ein Intrigant ... ein Manipulator. Und schlimmer. Du hast doch Welten gesehen, die er erobert hatte, bevor wir sie zurückholten. Liao preßt alles bis aufs Blut aus, was er berührt.«

Ardan konnte nichts von dem bestreiten, was Sep anführte, und das fachte seinen Zorn erst recht an. Er *hatte* die verwüsteten Planeten gesehen, mit ausgehungerter und erniedrigter Bevölkerung — heimatlos, mittellos, machtlos.

»Ich versuche zu verhindern, daß Hanse *geradeso* wird wie Liao«, bestand er. »Macht korrumpiert. Weißt du das nicht?«

»Hanse ist mit Macht geboren. Seine Familie hat sie über Generationen ausgeübt, ohne daß sie sie korrumpiert hat. Warum vertraust du ihm nicht?«

Sep mußte ihm den letzten Satz hinterherschreien, denn Ardan hatte kehrt gemacht und marschierte hastig fort in sein Quartier. Noch lange nachdem er die Tür hinter sich geschlossen hatte und in seinem Zimmer die Wand anstarrte, hallte ihre Stimme durch seine Gedanken. Ihm war etwas übel.

»Das ist bloß der Alkohol«, stellte er mit lauter Stimme fest und ging ins Bad, um sich kaltes Wasser ins Gesicht zu spritzen. Aber es half nichts. Je mehr er an Seps Worte dachte, desto wütender wurde er.

Als er wieder in sein Zimmer zurückkehrte, brachte er mit einer Berührung des Lichtschalters das dumpfe

Dämmerlicht zurück auf volle Intensität. Erst jetzt bemerkte Ardan, daß auf seinem Bett neben dem kleinen Paket mit persönlichen Gegenständen für seine Reise ein zweites Bündel lag. Es schien hastig verpackt, aber eine große rote Schleife hielt es zusammen. Als er den Zettel in die Hand nahm, der daran hing, las er »Von C. S., J., D. und F. Hoffentlich nützt es was.«

Ungeduldig riß er das Papier auf. In einem leichten Schutzanzug eingerollt fand er ein neues Messer, zusammen mit der Scheide, die er an seinen Unterschenkel binden konnte. Das Messer war herrlich, mit einer rasiermesserscharfen Klinge und einem mit Leder bezogenen Griff. Auch die Scheide war ein erstklassiges Stück Arbeit, weich und biegsam, damit sie beim Gehen nicht behinderte.

Und noch etwas lag in dem Bündel, ein Kanister für das Cockpitfach, in dem ein MechKrieger seine persönliche Überlebensausrüstung unterbrachte. In seinem Innern war ein neuer Satz zusammenlegbarer Feld- und Kampierausrüstung.

Ardan starrte auf die Geschenke. Seine Freunde wußten, daß er eine neue Ausrüstung erhalten würde, wenn er an seinem Einsatzort eintraf. Aber das war beste Qualität, Regierungseigentum weit überlegen. Das Messer würde auf Jahre hinaus scharf bleiben, weder rosten noch zerbrechen. Und die übrige Ausrüstung war ebenfalls erstklassig und würde wahrscheinlich weit länger einsatzbereit bleiben als er selbst.

Obwohl sein altes Messer in so vielen Gefechten dabei gewesen war, hatte er das Glück gehabt, es nie zu brauchen. Kein Mech, den er gesteuert hatte, war je derart beschädigt worden, daß Ardan gezwungen gewesen wäre, ihn aufzugeben. Aber für jeden Krieger kam der Tag — wenn er lange genug lebte —, an dem er sich allein und ohne Schutz seiner Riesenmaschine auf das Schlachtfeld wagen mußte.

Ardan packte seine Sachen schnell, fast mechanisch.

Er hatte diese Handgriffe schon so oft, vor so vielen Gefechten, absolviert, daß er sein Bewußtsein nicht mehr damit zu belasten brauchte. Seine Gedanken flossen in einem leichten Nebel dahin. Nicht wie im Rausch — soviel hatte er nicht getrunken — aber irgendwie losgelöst von den Problemen, die ihn in letzter Zeit so belastet und verärgert hatten.

Seine Gedanken wanderten zurück zum letzten Krieg, zum letzten Gefecht, an dem er teilgenommen hatte. Es war kein großer Konflikt gewesen. Das Draconis-Kombinat war in lyranisches Territorium eingedrungen, und einer Bündnisverpflichtung entsprechend hatte Haus Davion Truppen geschickt, die Katrina Steiner dabei halfen, die bedrohten Welten zu schützen. Ardan hatte eine Mecheinheit befehligt, die den Auftrag hatte, eine feindliche Truppenstellung auszuheben.

In seiner Erinnerung fühlte er die schwerfälligen Bewegungen seines Mechs unter sich. Er hörte den Donner seiner Geschütze und den Aufprall von Laserstrahlen und Geschossen auf der Panzerung seines *Victor.* Seine Männer hatten sich mit Überzeugung in die Schlacht geworfen.

Das dumpfe Krachen, mit dem die gigantischen Füße seines Mechs auf den Boden auftrafen, war ihm damals nicht bewußt geworden. Die Auswirkungen seiner Waffen auf die Umgebung hatte er nicht wahrgenommen. Nur die Folgen, die feindliche Truppen oder Mechs gefechtsunfähig machten, waren von Bedeutung für ihn gewesen.

Erst als seine Einheit die Kurita-Truppen zerschlagen hatte und die Schlacht vorüber war, hatte Ardan sich die Zeit genommen, seine Umgebung zu betrachten. Das war der schrecklichste Augenblick in all seinen Jahren als Berufssoldat gewesen. Zum ersten Mal hatte er zugelassen, daß die Wirklichkeit der Auswirkungen eines Gefechts auf das Land, in dem es tobte, in sein Bewußtsein drang. Wo vorher ein Wald gestanden hatte, in dessen Schatten ein breiter See lag, war jetzt ein zermalmtes Chaos. Das gelbgrüne Wasser des Sees war schwarz und rot gefleckt, wo Maschinen verbrannt und Menschen eines grausamen Todes gestorben waren. Die Felder der Umgebung waren zu Staub und Matsch zertrampelt. Totes Vieh lag aufgedunsen in der Sonne — und tote Menschen, Freunde wie Feinde.

Wo einst ein Steinhaus, umgeben von Obsthainen, gestanden hatte, lagen nur noch ein paar Steine, und die Obstbäume schienen nie existiert zu haben. Auf dem Weg vor der Ruine hatte ein Kind gelegen ... Die Erinnerung war schmerzhaft, aber Ardan schaffte es nicht, zu vergessen. Die Gedärme des Kindes hingen aus einer klaffenden Bauchwunde, und das Schreien war bis in die abgeschirmte Kanzel seines Mechs gedrungen. Noch während er versucht hatte, seine Einstiegsluke zu öffnen, und dem Jungen zu Hilfe zu kommen, war ein Laserstrahl aufgeblitzt und hatte das Kind in den Staub gebrannt.

Ardan würde den rauchenden geschwärzten Klumpen Fleisch zwischen den Steintrümmern und dem Dreck nie vergessen. Und genau dorthin war er wieder unterwegs.

Er drehte sich jäh um und stellte das ordentlich verschnürte Paket neben die Tür. Er wußte, daß er nie wieder sorglos in die Schlacht ziehen konnte, voller Träume von Ruhm und Abenteuer, wie es früher einmal der Fall gewesen war. Nein ... das war für immer vorbei. Jenes tote Kind in dem zerstörten Tal würde immer bei ihm sein, wohin er sich auch wandte.

War er wirklich besser als Hanse? Hanse mochte auf seine Art tückisch und hinterhältig sein. Aber Ardan wußte, daß er selbst ein Vernichter war.

7

Maximilian Liao stand am breiten Fenster und blickte hinaus über den tropischen Garten im Schutz der Mauern seines Palastes auf Sian. Wasser mit prächtigen Schwimmpflanzen, exotische Blumen und ungewöhnliche Vögel boten einen berauschenden Anblick. Liao allerdings bemerkte es kaum.

Er dachte nach, organisierte in seinen Gedanken die Kette von Aktionen, zu deren Durchführung er jetzt entschlossen war. Als er hinter sich Schritte hörte, drehte er sich um und sah Oberst Pavel Ridzik den Raum betreten. Der barsche, grauhaarige Veteran, der auf über drei Jahrzehnte der Mechkriegsführung zurückblicken konnte, fungierte seit Liaos Machtübernahme de facto als Oberbefehlshaber.

»Nun, Pavel, was hört man von der Front?«

»Es ist keine Gefechtsfront mehr, mein Lord«, erwiderte der rotbärtige Ridzik. »Stein's Folly ist in unserer Hand. Der Planet ist noch nicht gesichert, aber bis auf ein paar vereinzelte Aufräumaktionen ist er befriedet.«

»Und unsere … anderen Arrangements?«

»Planmäßig. Ich denke, wir haben eine gute Chance, Davion zu überraschen. Wenn wir den Plan zu Ende führen können, werdet Ihr einige Schritte näher an Euer Ziel gekommen sein. Wie hört es sich an … Erster Lord des Sternenbunds?« Selbst wenn er lächelte, wirkte Ridzik bedrohlich.

»Wenn wir einen Verbündeten im Lager des Feindes finden, könnte das den Prozeß um einiges verkürzen. Wie sieht es damit aus? Haben Sie schon Agenten in die Welten unter der Kontrolle von Davions Schwager gesandt? Irgendwer wird sicher bereit sein, im Austausch gegen Geld und Einfluß überzulaufen.«

»Auch das ist bereits eingeleitet. Wir haben ein paar Verbindungen. Potentiell wertvolle Verbindungen. Aber so etwas braucht Zeit, und Zeit ist knapp.«

»Ja.« Liaos Gesichtsausdruck war hart und streng. »Wir benötigen ein exquisites Timing für diese Aktion. Wir müssen das Eintreffen des Davion-Kontingents präzise voraussagen. Ich nehme an, daß an einem Gegenangriff kein Zweifel besteht?«

»Absolut kein Zweifel. Er muß uns angreifen, oder er verliert jede Glaubwürdigkeit. Und die ist das einzige, was ihm eine derart solide Kontrolle über die Vereinigten Sonnen gibt. Er kann es sich nicht leisten, sie in Gefahr zu bringen.«

Ridzik trat an die Seitenwand des großen Raums und zog eine Karte von der Decke. »Unsere Spione haben uns darüber informiert, daß Davions Truppen in Position gehen. Eine Brigade ist von Salem nach Kluane gesprungen und bereitet sich zur Zeit auf den Sprung nach Novaya Zemlya vor. Eine zweite große Truppe von Mecheinheiten und Infanterie ist bereits auf Novaya Zemlya gelandet. Sie erwarten die Ankunft der übrigen Kräfte und ihres Stabes.«

Er klopfte mit einem langen, knochigen Finger auf die Karte. »Wir haben einen exzellenten Geheimdienst, und das hat uns die Möglichkeit gegeben, Stein's Folly und Redfield zu erobern. Das Überraschungsmoment ist immer nützlich, und wir wissen es zu nutzen. Nach dem Fall Redfields war es unmöglich für Michael Hasek-Davion, Stein's Folly zu halten.«

Der Oberst machte eine Pause und wandte sich zu seinem Herrscher um. »Schließlich ist Michael ein schwacher Mann mit großen Ambitionen. Ganz und gar ungeeignet für die Verteidigung einer gefährdeten Grenze.«

Liao runzelte die Stirn. »Wird Hanse Davion seine Kommandeure begleiten? Das wäre ... angenehm.«

»Seine Ratgeber würden das nie erlauben. Er könnte auf eine der angrenzenden Welten kommen, um in größerer logistischer Nähe zum Schauplatz des Konfliktes zu sein. Aber er wird weder Stein's Folly noch Redfield anfliegen. Nicht solange seine Minister auch nur halbwegs vernünftig sind.«

»Schade. Es wäre schön, alle Hindernisse mit einem Schlag aus dem Weg räumen zu können. Aber wir werden tun, was wir mit den uns zur Verfügung stehenden Mitteln tun können.«

Ridzik klopfte wieder auf die Karte. »McCarron's Cavalry ist vor Ort, und inzwischen sind auch Abteilungen der Besatzungseinheiten zu ihnen gestoßen. Sie sind bereit zuzuschlagen. Wenn Davions Hauptstreitmacht auf Stein's Folly eintrifft, wird eine furchtbare Überraschung auf sie warten.«

Liaos Lachen war absolut humorlos. »Furchtbar für sie. Mit einem Streich werden wir die Elite der Davion-Kräfte auslöschen, zusammen mit seinen besten Kommandeuren. Aber der Mann selbst bleibt. Mit seinem Netz aus heimtückischen Verträgen und ungeschriebenen Übereinkünften mit anderen Machtzonen.«

»Wir versuchen einen Ansatzpunkt zu finden«, erklärte Ridzik. »Der Geheimdienst hat erklärt, sie unternehmen jede Anstrengung, eine als Geisel brauchbare Person zu finden. Davions Familie ist unglücklicherweise zu gut bewacht.«

»Keine Geliebten?« Liaos Ton war scharf.

»Geliebte, sicher. Aber keine, die man einsetzen könnte, um seine Politik zu beeinflussen. Er hat eine sichere Hand. Seine Frauen sind sämtlich loyal, nicht nur ihm persönlich gegenüber, sondern auch gegenüber dem, wofür er steht. Sie würden eher sterben als zulassen, daß sie den Vereinigten Sonnen schaden.«

Liao kicherte. »Bewundernswert. Wenn es stimmt. Was ist mit männlichen Geliebten? Gelegentlich ist eine solche Beziehung weniger ... sentimental.«

Ridzik seufzte. »Nur ein enger Freund. Kein Geliebter — nach allem, was wir herausbekommen haben —, sondern ein Jugendfreund. Ein gewisser Ardan Sortek.«

»Sortek ... ich kenne seinen Vater. Ein wahrhaft dickköpfiger alter Narr. Plappert unablässig von Ehre. Nein, der eignet sich nicht zum Geliebten ... aber vielleicht zum Druckmittel. Ein Jugendfreund kann einem Menschen näherstehen als ein sexueller Partner.« Liao wurde nachdenklich.

»Sortek ist auf New Avalon«, fuhr Ridzik fort. »Bei der Königsbrigade. Als Einheitskommandeur. Ich fürchte, Hanse wird ihn nicht aus den Augen lassen. Aber wir könnten unsere Spione veranlassen die Augen offen zu halten, was Veränderungen seiner Position angeht.«

»Man sollte keine Möglichkeit ignorieren, auch wenn sie weit hergeholt erscheint. Kümmern Sie sich darum. Und liefern Sie mir eine Aufstellung der Einheiten, die wir im Feld haben. Ich möchte anhand der Berichte festhalten können, was sich ereignet. Sie können gehen.«

Nachdem Ridzik sich in tiefer Verbeugung entfernt hatte, stand der Kanzler der Konföderation Capella noch lange vor der Karte. Er schien die Entfernungen zwischen den Welten zu messen, von Sian nach New Avalon. Er fuhr die Linien nach, mit denen die Grenzen der fünf Nachfolgerhäuser gekennzeichnet waren. Oberster Herrscher über sie alle ... Er seufzte.

Als die angeforderten Informationen eintrafen, beugte er sich über den breiten Tisch, der ihm als Schreibtisch diente, und verlor sich schon bald in den Details von Nachschub und Personalfragen. Erst das Eintreffen einer Comstar-Adeptin riß ihn aus der Konzentration.

»Eine Botschaft von Stein's Folly, Hoheit«, flüsterte sie. Sie war noch sehr jung und so schüchtern, daß sie kaum wagte, die Stimme auf ein wahrnehmbares Niveau anzuheben.

»Und? Und? Raus damit!« herrschte Liao sie an. Er war noch nie für seine Geduld bekannt gewesen, und in den letzten Monaten, als seine Pläne reiften, schien sie noch gelitten zu haben.

»Die Befehlshaber des Planeten melden Guerillaaktivitäten. Angriff auf das Hauptquartier, der im Generalstab zum Verlust von vierzig Mann, darunter Commander Rav Xiang, führte. Sofortige Ernennung eines neuen Commanders oder Feldbeförderung von Subcommander Sten Ciu erbeten.«

Liao schoß aus seinem Drehstuhl hoch. »Was?« Seine bleiche Haut war plötzlich gerötet, und seine blassen Augen funkelten. »Was noch?« Seine Stimme hatte einen mörderischen Unterton.

Die junge Frau schien knapp vor einer Ohnmacht, als sie weitersprach. »Die auf Stein's Folly zu Säuberungsaktionen verbliebenen Einheiten melden keinen Erfolg bei der Suche nach dem Ursprung der Guerillaaktionen. Die Sümpfe und dichten Wälder sind natürliche Verstecke für kleine Feindgruppen.«

»Die Mechs — was ist mit den Mechs? Sie sollten in der Lage sein, Gelände solcher Art durchzukämmen!«

»Sechs Mechs sind durch Treibsand verlorengegangen, einschließlich ihrer Piloten. Die übrigen beiden sind ebenfalls verloren, aber ihre MechKrieger konnten sich retten. Es scheint nicht möglich, die verlorene Ausrüstung wiederzubeschaffen, da jede Konzentration von Männern und Maschinen, die ausreichen würde, sie zu bergen, feindliche Angriffe herausfordert.«

Liaos Gesichtsfarbe hatte einen gefährlichen Ton angenommen. »Ridzik!« keuchte er.

Die Adeptin verbeugte sich und eilte aus dem Zimmer. Jede ihrer Bewegungen verkündete Erleichterung. Einen Augenblick später marschierte der Oberst herein und starrte auf seinen Herrscher hinunter.

»Sir?«

»Nur kleinere Aufräumaktionen! So *haben* Sie es doch ausgedrückt, oder nicht?« schnauzte Liao.

»Allerdings. Es entsprach den Informationen, die ich über die Situation erhalten hatte. Es scheint, daß unser Kommandant im Irrtum war.« Der Offizier schien von Liaos offensichtlicher Wut keinerlei Kenntnis zu nehmen.

»Sein Irrtum war tödlich. Er ist daran gestorben. Sie werden seinen Platz einnehmen und höchstpersönlich dafür sorgen, daß unsere Falle für Davion zuschnappt.«

Ridzik zeigte einen schmerzlichen Gesichtsausdruck. »Ist es weise, daß ich jetzt, in der Schlußphase dieses äußerst wichtigen Manövers, hier alles stehen und liegen lasse?«

Liao schien zu wachsen, und seine schmächtige Gestalt reckte sich in seinem Sessel. »Sie werden tun, was ich sage! Und Sie werden meine Befehle nicht in Frage stellen! Dahinter steckt mehr als nur eine Bande von Überlebenden, dessen bin ich mir sicher. Suchen Sie den Anführer und bringen Sie ihn her! Wir werden die Wahrheit aus ihm herauspressen, bis wir mit Sicherheit wissen, ob hier noch etwas anderes am Werk ist als Loyalität einer verlorenen Sache gegenüber.« Er starrte zu Ridzik auf.

»Ich kann den Überraschungsangriff sehr gut selbst arrangieren, Oberst, wie Sie wohl wissen. Sie belasten sich in letzter Zeit zu sehr mit eigener Verantwortung. Ein Szenenwechsel ist gut für Ihre ... Gesundheit.« Er schien beinahe zu schnurren.

Ridzik, der von Liaos Wut gänzlich unbewegt geblieben war, schien von dessen jetziger Stimmung sichtbar eingeschüchtert. Der Kanzler war am gefährlichsten, wenn er ruhig und um die Gesundheit seiner Untergebenen besorgt schien.

»Wir haben noch Wochen zur Verfügung, unsere Strategie auszuarbeiten und uns vorzubereiten. Unsere Leute sind nur einen Sprung von ihrem Ziel entfernt. Wir haben nicht die logistischen Probleme, denen sich Davion gegenübersieht. Acht Sprünge von New Avalon nach Stein's Folly — eine zeitraubende Angelegenheit für seine Kommandeure. Der Rest seiner Truppen kann nur warten. Warten, daß sich ihre Sprungschiffe bei ihren Sprüngen von Welt zu Welt wieder aufladen.«

Er lächelte.

Ridzik schauderte.

»Sie werden über meine persönliche Sprungstaffette nach Stein's Folly fliegen. Ich will wissen, was dort vor sich geht ... Wie kann eine Handvoll Überlebender ein Hauptquartier überfallen und einen meiner besten Männer umbringen. Sie werden wieder hier auf Sian sein, wenn Sie gebraucht werden, Ridzik.«

Der Oberst salutierte. »Sir!« verabschiedete er sich förmlich. Er wußte, wann es besser war, seinem hitzigen Herzog widerspruchslos zu gehorchen. Dies war ein solcher Zeitpunkt.

Als der Oberst den Raum verließ, starrte Liao ihm mit zusammengekniffenen Augen nach. Selbst Ridzik ... selbst Ridzik durfte nicht zu mächtig werden, durfte nicht zuviel Wissen über die verschachtelten Aktionen des Präfekten von Sian anhäufen.

Er blickte auf seine Hände, die zu Fäusten geballt auf dem Tisch lagen. Er war stolz darauf, daß die Linke meistens keinen Schimmer davon hatte, was die Rechte tat.

Es war das Geheimnis seines Erfolges.

8

Es war eine schwierige Zeit für Ardan gewesen, als er mit seinen Techs den *Victor* für den Transport vorbereitete. Er hatte das Verladen der sperrigen Gehzeuge in das Landungsschiff überwacht, die zusammen mit den benötigten Ersatzteilen, Vorräten und Waffen für die Truppen eingeschifft wurden, die seine Einheit auf ihrer eiligen Reise zum Raumhafen auf Novaya Zemlya begleiten würden.

Er haßte den Gedanken an die Reise. Hyperraumsprünge wirkten sich bei ihm jedesmal aufs Mittelohr aus und machten ihn selbst bei langen Pausen zum Aufladen der Triebwerke nervös und reizbar. Ein Flug über den Kommandoweg war noch schlimmer, weil die Sprünge ohne die sonst üblichen Pausen aufeinander folgten. Seine gelegentlichen Reisen mit Hanse hatten ihn immer völlig ausgelaugt.

Als die Zeit zum Abflug näherrückte, stellte er fest, daß er den Abschied von seiner Familie vor sich herschob. Adriaan Sortek schien in den Augen seines Sohnes gelegentlich wie aus Stein gehauen, aber seine Mutter Vela neigte dazu, sich in Tränen aufzulösen, wenn ihr Sohn an die Front mußte.

Drei Tage vor seinem Abflug machte Ardan sich schließlich auf die kurze Fahrt zu ihrem bescheidenen Landhaus. Obwohl er der unvermeidlichen Szene mit bangen Gefühlen entgegenblickte, wußte er, daß er zu diesem Abschied verpflichtet war. Sollte er nicht zurückkehren, würden seine Eltern unnötig leiden, wenn sie ihn vorher nicht noch ein letztes Mal hatten sehen können.

Er fand Adriaan mit bloßem Oberkörper bei der Aufsicht über das Verladen von Getreide von den Feldern hinter dem Haus. Der alte Soldat hatte den Ruhestand nicht begrüßt. Faulenzerei hätte ihn schneller umgebracht als ein Laser, hatte er immer behauptet. Und dementsprechend hatte der alte Sortek sich mit derselben Energie, die er in seiner Militärlaufbahn an den Tag gelegt hatte, auf die Landwirtschaft gestürzt.

Das Resultat war, daß seine Felder das Doppelte an Getreide, seine Weinberge das Doppelte an Trauben und seine Bäume das Doppelte an Obst trugen wie bei seinen Nachbarn. Für den größten Teil des örtlichen Landadels dienten die Farmen rund um das Stadtgebiet mehr zum Vergnügen als zur Produktion von Nahrungsmitteln.

Nur seine lange Dienstzeit und die Freundschaft seines Sohnes mit dem Prinzen hatten Adriaan ermöglicht, sich mit seiner Familie in einer derart wohlhabenden Nachbarschaft niederzulassen. Er beaufsichtigte jedoch jeden Schritt der Arbeit, von der Vorbereitung der Felder in der Pflanzzeit bis zum Einbringen der Erträge bei der Ernte.

Von Staub und Schweiß bedeckt kletterte er von einer Getreidekiste, als Ardan durch den Obsthain spaziert kam.

»Ich höre, daß du wieder in aktiven Dienst gehst.«

Ardan schluckte hart. »Die Guards sind nicht gerade inaktiv«, murmelte er.

Sein Vater schlug ihm auf die Schulter. »Du weißt, was ich meine. Nur Exerzieren bringt nicht viel, wenn es darum geht, die Fähigkeiten als MechKrieger in Schuß zu halten. Man muß ab und zu in Todesgefahr sein.«

Vor Ardans innerem Auge erschien das Bild des verbrannten Kindes im Staub, aber er schluckte fest und schob die Erinnerung beiseite.

»Ich werde bald genug wieder mittendrin sein; wir fliegen übermorgen ab. Hanse hat alles genau geplant. Ich würde das niemand anderem sagen, aber wir sollten nur ein paar Stunden nach den letzten Einheiten von Kluane und Salem auf Novaya Zemlya eintreffen. Danach gehen wir alle zusammen in den Sprung, und wenn unsere Landungsschiffe ankommen, stürmen wir Stein's Folly aus verschiedenen Richtungen gleichzeitig. Er hat auch Jägerunterstützung arrangiert. Das sollte helfen, die Liao-Truppen von unserem Vormarsch abzulenken.« Sein Vater nickte beifällig und hätte möglicherweise noch ein oder zwei Fragen gestellt, wenn Vela Sortek nicht ins Freie getreten wäre, um sie zu begrüßen, als sie auf das flache, einladende Haus zugingen. Ardan winkte seiner Mutter zu.

»Dan! Komm her, laß dich an mich drücken! Meiner Seel, du bist ein gutaussehender junger Mann geworden. Ich verstehe einfach nicht, warum du dir kein nettes Mädchen suchst und uns ein paar Enkel schenkst!«

Er lachte über die wohlvertraute Ansprache und beugte sich zu ihr hinab, um sie fest zu umarmen. Vela war noch immer stämmig und quadratisch. Ihr Kleid roch nach frischgebackenem Brot, Kräutern und der Erde ihres Gemüsegartens. Sie war eine Fanatikerin, was das Kochen mit ausschließlich frisch geernteten Gemüsen anging. Die Dienstboten waren ihre pedantische Aufsicht gewohnt und ertrugen ihre Anweisungen geduldig.

»Für heute abend habe ich eine besonders gute Mahlzeit in Vorbereitung, aber wenn ich gewußt hätte, daß du kommst, hätte ich Listessa eingeladen«, erklärte sie.

Als Ardan beinahe so gelangweilt dreinblickte, wie er sich in der Gesellschaft der alles andere als mundfaulen Tochter ihres nächsten Nachbarn grundsätzlich fühlte, stieß Vela Sortek einen resignierten Seufzer aus. Sie kniff mit zwei Fingern in seinen Ärmel und zog ungeduldig am Gewebe.

»Ich verstehe nicht, wie ihr euch einbildet, daß unsere Rasse weiterexistieren soll, wenn ihr jungen Spunde in euren lauten Maschinen wegfliegt und alle Mädchen, die keine Kriegerinnen sind, links liegen laßt. Ich möchte wirklich mal wissen, woher eurer Meinung nach Enkel kommen sollen!« Sie blickte zu ihm hoch, und ihre runden Wangen waren unter ihrer Bräune gerötet.

»Was ist mit Felsa? Die ist schließlich verheiratet. Ihr Kind könnte geradeso ein Enkel sein wie meines, wenn sie jemals eins bekommt.« Insgeheim grinste er, denn er wußte, daß seine Mutter die Taille seiner Schwester mit einer Aufmerksamkeit beobachtete, wie er sie einem anrückenden FeindMech schenkte. Bisher jedoch war Felsa noch so schlank und geschmeidig wie eh und je.

Sein Vater grunzte. »Sechs Monate. In sechs Monaten wird deine Mutter dich zufrieden lassen. Sie wird ihren kostbaren Enkel haben, und wenn der Herr uns gnädig ist, brauchen wir uns diese Litanei nicht mehr anzuhören.« Seine Stimme war grob und abweisend, aber als Ardan sich zu Adriaan umdrehte, strahlte der ehemalige Soldat.

Sie traten zusammen ins Haus, wo Felsa und ihr Mann ihnen beim Abendessen Gesellschaft leisteten. Als sie fertig waren und alles abgeräumt war, schwelgten Ardan und seine Schwester in Erinnerungen an die Zeit, als sie mit ihrem älteren Bruder eine Ausbildung zur MechKriegerin mitgemacht hatte.

Felsa war verletzt worden, als bei einem Geschütztest die Abschirmung ihres Mechs ausfiel, und lange Zeit schien es, als hätte sie ihr Augenlicht verloren. Als Felsas Sicht schließlich doch wieder zurückkehrte, hatte ihre Mutter darauf bestanden, daß sie die Ausbildung abbrach.

Es hatte ihr nicht viel ausgemacht, da sie dem beinharten Training ohnehin körperlich nicht mehr gewachsen war und einem echten Gefecht schon gar nicht. Bald darauf hatte sie ihren Mak geheiratet, den Sohn einer Nachbarfamilie, die mit der Verbindung ebenfalls einverstanden war.

Aber die Geschwister besaßen immer noch gemeinsame Interessen durch ihre Vergangenheit. Felsa interessierte sich noch immer für neue Kampftechniken. »Wie halten sich die Mechs?« fragte sie, als sie im sanften Dämmerlicht auf der Terrasse saßen.

»Ganz gut«, erwiderte Ardan mit einem Achselzucken. »Die Kämpfe sind da natürlich keine Hilfe, aber die Techs finden immer wieder Ersatzteile und bauen aus zwei oder drei zu stark beschädigten Maschinen wieder eine komplette zusammen. Wir müssen einfach die notwendige Technik wiederentdecken.«

»Hanse Davion muß genau das versuchen«, bemerkte Adriaan. »Ich habe gehört, daß NAIW hart daran arbeitet, die alten Techniken wieder zu erlernen und neue zu entwickeln, die an unsere Bedürfnisse angepaßt sind.«

Er streckte den Arm aus und packte die Hand seiner Frau. »Da kommt mir der Gedanke, daß dieser neue Angriff der Capellaner aus der Furcht erwachsen ist, wir könnten Erfolg damit haben. Immerhin verschleißen ihre Waffensysteme von Jahr zu Jahr immer mehr, genau wie die aller anderen.«

Ardan blickte in die zunehmende Dunkelheit und nickte. »Das ist durchaus möglich, aber wahrscheinlich ist es ein ganzes Bündel von Gründen. Und einer davon ist die Tatsache, daß Hanse sich in die Angelegenheiten anderer Häuser einmischt.«

Adriaan rutschte irritiert auf seinem Platz hin und her. Sein Sohn und er hatten schon einige Streitgespräche über dieses Thema geführt. Der alte Soldat wußte, was geschah, wenn schwache Herrscher nicht wußten, wann und wo sie Druck ausüben mußten. Er hatte versucht, Ardan die Augen für die Realitäten zu öffnen, aber sie waren beide zu große Dickköpfe.

»Ich fürchte, die Zukunft wird dich lehren«, sagte er nur. »Die Zukunft und die Kämpfe, die dir bevorstehen.« Adriaan seufzte und hob die Schultern. »Die Jugend muß noch lernen, was das Alter schon weiß.«

Ardan erhob sich aus seinem bequemen Korbsessel. Einer der Monde New Avalons schob sich über den Horizont und überschüttete die Felder und Gärten mit seinem fahlen Licht.

»Ich muß wieder los. Morgen ist ein harter Tag mit einer ganzen Serie von Untersuchungen und Impfungen. Wahrscheinlich schaffe ich es vor dem Start nicht mehr, noch einmal vorbeizukommen.«

Er hörte seine Mutter leise aufstöhnen. Er drehte sich um und küßte sie auf die Wange. »Paß gut auf den alten Mann da auf! Sorg dafür, daß er auf sich aufpaßt — ein bißchen wenigstens. Ich möchte den alten Knacker wiedersehen.«

Felsa stand auf, um ihn zum Abschied zu umarmen. »Paß auf dich auf!« mahnte sie ihn. »Und wenn du wiederkommst, bist du wahrscheinlich Onkel. Das sollte dir eigentlich Grund genug geben!«

Er lachte. »Und ob. Auf Wiedersehen, Felsa ... Mak.

Auf Wiedersehen!« rief er, als er sich umdrehte und die Stufen von der Terrasse zum Fußweg hinabstieg. Der Weg führte an einem Bach entlang zur Stadt. Bis zur Kaserne lag ein Marsch von einer Stunde vor ihm. Er brauchte diese Zeit zum Alleinsein.

Als er fortging, wußte er, daß seine Mutter jetzt wahrscheinlich leise weinte, während Vater hilflos ihre Hand streichelte. Felsa würde hinter ihm herschauen und dabei Maks Hand fest umklammern und Gott dafür danken, daß ihr Mann Farmer war und kein Soldat.

Aber er war froh. Froh diese bequeme und sichere Welt hinter sich zu lassen. Er war weich geworden, faul. Es wurde Zeit, daß er wieder die Gurte anlegte. So sehr er sich dagegen sträubte, es zuzugeben, sein Vater hatte recht.

Nur Exerzieren reichte nicht. Im Kampf mit Gegnern, die ebenso gepanzert und gerüstet waren wie er, war Ardan in seinem Element. Erst dort war er richtig gefordert. Erst dort konnte er den gewaltigen Metallberg seines BattleMechs dazu bringen, das Unmögliche zu tun ...

Aus der Ferne, vom düsteren Quader eines Hauses neben dem Bach, drang das Weinen eines Kindes herüber.

Ardan stockte. Er starrte hinab in das sternenbesetzte Wasser. Die Wellen ließen die Lichtpunkte tanzen, bevor sie sich zwischen dem Schilf am Ufer brachen.

Die Kämpfe hatten auch ihre Kehrseite; eine Seite, die er sich vor jenem furchtbaren Tag nicht eingestanden hatte, der wie ein Dämon in seinem Gedächtnis lauerte. Ardan schüttelte sich und eilte weiter. Er wußte nur zu gut, daß er seine Gedanken auf die notwendigen Aspekte des bevorstehenden Krieges konzentrieren mußte.

Wenn Liao-Truppen die Welt der Vereinigten Sonnen eroberten, würde nicht nur ein Kind darunter leiden. Alle Kinder des ganzen Volks würden verhungern, würden von der Wiege an versklavt werden. Er kannte die Politik Maximilians Liaos ebensogut wie jeder andere.

Für den verschlagenen Kanzler der Konföderation Capella hatten Menschen nur einen Daseinszweck: benutzt zu werden. Wenn sie seinen Bedürfnissen nicht entsprachen, entledigte er sich ihrer wie lebloser Schachfiguren. Und zu diesem Zeitpunkt waren sie dann auch leblos.

Einen Augenblick lang war Ardan ungeheuer dankbar, daß er seiner Mutter den Enkel, nach dem sie sich sehnte, nicht geschenkt hatte. Er fühlte einen kurzen Stich, als er an das Kind dachte, das Felsa erwartete. Was würde ihm in seinem Leben bevorstehen, wenn Liaos Vormarsch nicht aufgehalten wurde?

Er wußte natürlich, daß er nicht vollständig aufgehalten werden konnte. Genausowenig wie Hanses Überfälle im capellanischen Raum. Ein Ende der gegenseitigen Angriffe war nicht in Sicht.

Macht. Alles lief auf Macht hinaus, auf die Herrschaft über Menschen und Maschinen durch andere Menschen und Maschinen. Er haßte dieses Wort, haßte es mit einer Intensität, die jeden Tag seines Lebens weiter wuchs.

Manchmal hatte er den Eindruck, sein Gehirn müsse aufgehen wie ein Brotteig, über die Ränder seines Schädels rinnen, aufgehen, sich immer weiter ausdehnen und schließlich explodieren. Er schüttelte sich noch einmal.

Was war los mit ihm?

Das Weinen des Kindes folgte ihm durch die milde Nacht. Vor seinem inneren Auge sah er jenes andere Kind ... Den Rest des Weges zur Kaserne hinauf rannte er.

9

Die Sprünge waren genauso unangenehm wie Ardan sie in Erinnerung hatte. Das Schwindelgefühl wollte überhaupt nicht mehr aufhören, als das Landungsschiff von Sprungschiff zu Sprungschiff flog, um an einem weiteren Trägerschiff anzudocken, und ohne die lange Wartezeit zum Nachladen der Triebwerke weiterbefördert wurde, die weniger bevorzugte Reisende zu überbrücken hatten. Normalerweise benötigte ein Sprungschiff etwa eine Woche Aufladezeit, bevor es den nächsten Sprung angehen konnte, aber die Kommandostrekke benutzte ein Staffettensystem fertig aufgeladener Schiffe, die an den Sprungpunkten zwischen den Welten schon warteten. Da die Kommandostrecke im Unterhalt ungemein kostspielig war, reservierte man sie für Einsätze von höchster Priorität.

Es war nicht nötig, sich mit Felsner oder Hamman abzusprechen. Was im voraus an Planung möglich war, hatten sie hinter sich. Alle Einzelheiten waren von Hanse und seinen Offizieren geprüft, gegengeprüft und bis zum Geht-nicht-mehr durchgenommen worden. Ihre Gegenoffensive konnte nur von völlig unvorhergesehenen Ereignissen noch aus dem Gleichgewicht gebracht werden.

Ihre Ankunft auf Novaya Zemlya war eine Erlösung. Hier war ein geschäftiger Raumhafen, auf dem die Davion-Landungsschiffe ihren letzten Flug erwarteten, auf dem sie die Sturmtruppen zur versuchten Rückeroberung von Stein's Folly befördern sollten.

Als er aus dem Landungsschiff kletterte, schien eine Zentnerlast von Ardan zu fallen. Sein Schwindelgefühl, das der Sprung in ihm hatte aufkommen lassen, ebbte allmählich ab. Er beneidete seine Kameraden, von denen kaum einer ähnliche Probleme hatte. Er machte einen Bogen um Techs, die sich über den Zustand ihrer jeweiligen Schützlinge stritten, Lanzenmitglieder in Diskussionen darüber, wer das letzte Glücksspiel verloren hatte und Offiziere mit Meinungsverschiedenheiten darüber, wer den Befehl worüber hatte.

Es war ein Aufmarschgebiet wie so viele andere in seiner Erinnerung. Als Vorspiel zu einer Schlacht fand er es geradezu komisch. Ein unbeteiligter Beobachter hätte, wie ihm schien, ein Libretto schreiben und das ganze als komische Oper verkaufen können. Diese alte Kunstform hätte hervorragend zu diesem Nebeneinander des Lächerlichen und Ernsthaften gepaßt.

Ardan trat in die erste Messe, an der er vorbeikam. »Ich habe Schwierigkeiten mit Sprungreisen«, erklärte er dem gehetzt aussehenden Koch. »Haben Sie etwas Suppe? Oder irgend etwas anderes, um meinen Magen zu beruhigen?«

Der Mann stieß einen Seufzer aus und wischte sich mit dem Unterarm den Schweiß ab. »Ich habe seit Sonnenaufgang achttausend Mann verköstigt, Colonel«, stellte er müde fest. »Sie können sich nicht vorstellen, wie das ist. Nicht einer ... nicht ... ein ... einziger ... war mit seinem Essen zufrieden. Und es ist das beste, was der Herzog liefern kann. Ich habe noch nie besser gekocht. Undankbare ...« Seine Stimme versagte. Ardan bemerkte, daß der Blick seines Gegenübers glasig wurde.

»Ich garantiere Ihnen, wenn Sie irgend etwas haben, das ziemlich neutral im Geschmack und weich ist, und das einen empfindlichen Magen nicht noch mehr belastet, werde ich es genießen, und Ihnen aus den Tiefen meiner Seele dafür danken.«

Der Koch seufzte und drehte sich zu einem gewaltigen Kessel um. »Das sollte genügen. Suppe ist bei solchen Problemen immer gut. Hier ...« Er schöpfte eine Portion in eine dickwandige Schale. Während er sich umdrehte, um sie neben Ardan auf die Theke zu stellen, packte er mit der anderen Hand ein paar knusprige Brotscheiben. »Hier. Ich hoffe, es hilft.«

Ardan lächelte dankbar und nahm die Schale mit an einen Tisch in der Ecke, wo er mit dem Rücken zur Wand sitzen konnte. Irgendwie fand er diese Position vor einem Gefecht immer besonders angenehm. Während er langsam und vorsichtig aß, fühlte er, wie seine verknoteten Gedärme sich wieder entspannten.

Er wußte sehr bald, warum die Neuankömmlinge das Essen nicht mochten. Die Suppe war ebenso wie das Brot mit einem ziemlich starken, ihm nicht vertrauten Gewürz durchsetzt. Man mußte sich erst daran gewöhnen, aber er stellte fest, daß ihm der Geschmack zusagte. Wahrscheinlich handelte es sich um ein für die Bewohner Novaya Zemlyas seltenes und kostbares Gewürz, von dem sie hofften, daß es die Ankunft der in den Kampf ziehenden Krieger besonders angenehm machte.

»Hervorragende Suppe!« rief er dem Koch zu. Der Mann lächelte überrascht.

»Was ist das für ein Gewürz? Interessanter Geschmack.«

»Sha-Samen. Feinste Qualität. Freut mich, daß es Ihnen schmeckt.« Er drehte sich um und bediente drei Männer, die während ihrer Unterhaltung hereingekommen waren.

Ardan tunkte sein Brot in den Rest der Suppe und wischte langsam die Schale sauber. Jetzt ging es ihm besser. Wenn sie nach Stein's Folly aufbrachen, würde er zu aufgeregt sein, um sich Sorgen um seinen Bauch zu machen. Wenn er in Kampfesstimmung war, konnte ihn nichts Körperliches außer einer direkten Lebensbedrohung stören.

»Etwas dagegen, wenn wir Ihnen Gesellschaft leisten?« Er blickte auf und sah Felsner und Hamman mit vollbeladenen Tabletts neben seinem Tisch stehen.

»Ich bitte darum. Moment, laßt mich rücken.« Ardan schob sich mit seiner leeren Schale etwas weiter, damit die beiden anderen auch mit dem Rücken zur Wand sitzen konnten. Er wußte, daß sie den Wunsch dazu hatten.

»Bis jetzt sieht es ganz gut aus«, stellte Hamman fest. Er stellte einen elektronischen Notizblock auf den Tisch und brachte seine Beine nacheinander über die schmale Bank. »Was meinen Sie?«

Ardan verzog das Gesicht. »Ich kann keine Probleme feststellen. Aber irgend etwas macht mir bei der Sache zu schaffen.«

Ran Felsner grinste. »Dein Magen macht dir nach einem Sprung immer zu schaffen.«

»Stimmt schon, aber das habe ich inzwischen unter Kontrolle« — er deutete auf die Schale — »und mir macht *immer* noch etwas zu schaffen.«

Hamman und Felsner sahen sich an. »Und was?« fragte Hamman.

Ardan studierte einen Moment lang seinen Handrükken, bevor er weitersprach. »Wie flexibel ist unser Schlachtplan?« Seine Blicke trafen die Felsners. »Ich meine, wie schwer wäre es, ihn jetzt noch zu ändern?«

»Was genau hatten Sie sich vorgestellt?« fragte Hamman. »Es ist etwas spät, um noch ...«

Ardan griff über den Tisch und nahm sich Hammans E-Block. Er betätigte ein paar Tasten, löschte ein Hangarformular vom Schirm und rief die Zeichenfunktion auf. Hamman zog einen Stift aus der Ärmeltasche und reichte ihn wortlos herüber. Ardan zeichnete auf die Schirmoberfläche des Blocks eine Karte aus grünen Strichen auf schwarzem Hintergrund.

»Hier ... das ist ein Teil des Nordkontinents von Stein's Folly. Steindown ist hier auf der Highlandhalbinsel ... korrekt?« Die beiden nickten. »Gut. Steindown war die erste Siedlung auf Stein's Folly — wahrscheinlich, weil es das einzige Stück trockenen Lands war, das der arme Kerl bei seiner ersten Landung finden konnte.« Seine Begleiter lachten, während Ardan weiterzeichnete. »Die Halbinsel ist unwegsam und gebirgig entlang der Ostküste und verengt sich etwa ... hier zu einem kleinen, engen Isthmus. Dieses Stück ist an der breitesten Stelle — vielleicht — fünfzig Klicks weit. Nennt sich Follys Flaschenhals. Nördlich der Halbinsel ist dieses große Becken. Der Ordolo kommt aus den Yaegerbergen und fließt hier nach Süden, und diese ganze, riesige Tiefebene zwischen den Bergen hier und diesen da drüben, bis rauf zum Äquator ist ein enormer gottverlassener Sumpf — Dschungel, Moor, Marschland und ein Flickenteppich kleiner Seen, die ›Verlorene Seen‹ genannt werden — wahrscheinlich, weil die Kartographen sich nicht entscheiden können, wo sie genau liegen. In der Regenzeit laufen die meisten von ihnen zusammen, und es wird schwierig, ihre Ufer zu bestimmen.

Hier unten liegen die übrigen Siedlungen. Es ist gut zu sehen, wie die Siedlungen entlang der Küste gewachsen sind, als die Kolonie wuchs, lang ist's her ... hier bei Lollan, Travis, Grebuchin, und hier drüben bei Harbor. Natürlich gibt es noch andere Raumhäfen auf Folly, aber der südlich von Steindown ist der wichtigste. Da kommen die meisten Frachterlandungsschiffe an, und da findet der Hauptteil des Außenhandels statt.«

»Sie scheinen verdammt viel über dieses Schlammloch zu wissen, Ardan«, stellte Hamman fest.

»Wie gesagt, ich habe mir Sorgen gemacht, und in so einem Zustand neige ich dazu, alles herauszufinden, was ich kann.« Er zuckte die Achseln. »Es wertet meine Sorgen auf. Egal ... wie gesagt, Steindown ist das Handelszentrum, das diplomatische Zentrum, die Hauptstadt des Planeten, wie immer man es nennen will. Die Stadt hat eine Bevölkerung von vielleicht fünfhunderttausend Menschen.«

»Und? — Wir kämpfen gegen Liao-Truppen, nicht gegen Einheimische.«

»Die Frage ist, woher bekommt eine halbe Million Menschen ihre Nahrungsmittel?«

»He?« Beide Männer blickten erneut auf die Karte, als suchten sie nach einer Antwort.

»Steindown hat eine akzeptable Fischerei-Industrie, aber bis auf die Stadt und die Ebene im Osten ist die Halbinsel steil und felsig, sehr schlechtes Ackerland. Hier oben liegen das Ordolobecken und die Sümpfe. Nein ... diese Siedlungen hier, entlang der Küste, insbesondere Lollan und Travis, sind landwirtschaftliche Zentren. Sehen Sie? Hier ist das Land offen — weite Prärie und Grasland, mit reichem schwarzen Boden, der von den Bergen herabgetragen wird. Die Küstenstraße führt hier entlang, von Harbor nach Grebuchin, von Grebuchin nach Lollan, von Lollan nach Travis. Dann verläuft sie über einen Paß in den Bergen — exakt hier, er nennt sich Jordan's Paß — und nach Süden durch Follys Flaschenhals und an der Westküste der Halbinsel hinunter nach Steindown. Nahezu die gesamten Nahrungsmittel der Hauptstadt kommen über das Straßennetz von den Farmen und Plantagen entlang der Ostküste des Kontinents.«

Ran Felsner nickte langsam. »Ich glaube, ich verstehe, worauf du hinauswillst.«

»Hoffentlich, denn jetzt wird es etwas kompliziert. Also ... der Marschbefehl setzt die übliche Vorgehensweise voraus: Sicherung der Sprungpunkte, Überwinden der gegnerischen Raumabwehr, Erlangen der Raumüberlegenheit. Sie schicken ihre Jäger hoch, und wir schicken sie wieder runter.«

»Das wird allerhand Arbeit erfordern«, bemerkte Hamman und rieb sich das Kinn. »Nach den Mitteilungen des NDs haben unsere Jäger keine gute Figur gemacht, als die Liao-Invasionstruppen auftauchten.«

»Zugegeben. Aber wenn wir schon im Raum abgewehrt werden, ist der ganze Feldzug ohnehin verloren, oder?« Seine beiden Gesprächspartner stimmten mit einem Grunzen zu. »Als nächstes kommen die Landungen. Die etablierte taktische Doktrin erfordert schwere

Luft/Raumangriffe gegen wichtige Bodenziele, insbesondere die Raumhäfen, gefolgt von massiven Mechabwürfen.« Er änderte die Farbeinstellung des Blocks und zog rote Kreise um die Küstenstädte. »Hier — hier — hier — Mechlandungen entlang der Küste. Aber die Hauptlandungen« — sein Stift zog einen dreifachen Kreis um Steindown — »müssen hier erfolgen. Mitten in der Stadt und am Raumhafen.«

»Na ja, wo sonst?« erwiderte Felsner. »Da werden sich die meisten Liao-Kräfte aufhalten, in der Hauptstadt. Wir müssen sie stellen.«

»Wieso?«

»Was?«

»*Wieso?* — Wenn wir ihre Nahrungszufuhr kontrollieren? Hier ... Travis und Lollan haben beide Raumhäfen. Wir sichern diese beiden für unseren Nachschub. Wir erobern die anderen Städte, etablieren Garnisonen — und setzen unsere Hauptstreitmacht hier ab!« Der Stift zog einen Kreis um die Landenge Follys Flaschenhals. »Ich bin bereit zu wetten, daß dieser Paß von ein oder zwei Kompanien gehalten werden kann, und ein Bataillon könnte den ganzen Isthmus entlang der Ostküstenberge hier kontrollieren und Steindown einkesseln. Wir schicken massenweise Luftunterstützung hinein, um ihre Luft/Raumjäger am Boden zu halten und um sicherzugehen, daß sie sich nicht mit Booten oder Hovercrafts über See versorgen.« Er ließ den Stift auf den Tisch fallen. »Keine Stadt hat genug Nahrungsreserven für mehr als drei ... vielleicht vier Tage. Danach wird es hart.«

»Hart für die Zivilbevölkerung«, bemerkte Hamman.

Ardan nickte. »Das ist jeder Krieg, Lees. Aber es wäre auch hart für sie, wenn wir mitten in ihre Stadt springen, um in den Straßen gegen die capellanischen Mechs zu kämpfen. So besteht die Möglichkeit, daß sie helfen, wenn die Nahrungsmittel zu Ende gehen. Daß sie sozusagen die Tore öffnen.« Er hob traurig die Schultern. »Die Liao-Garnison muß wissen, daß sie sich nicht lange halten kann, wenn eine halbe Million ihrer neuen Untertanen plötzlich hungrig wird — und aufsässig!«

Die drei Männer studierten eine Weile den Schirm des elektronischen Notizblocks. Felsner nickte. »Weißt du, die Sache hat noch einen anderen Aspekt. Ich habe mir auch schon seit der ersten Planungssitzung für diese Landung Sorgen gemacht. Diese Halbinsel ist mir unbehaglich. Als wäre in großen Leuchtbuchstaben F-A-L-L-E drübergeschrieben.«

»Du meinst, die Liao-Truppen könnten für uns die gleiche Behandlung planen, die wir uns gerade für sie überlegt haben?« fragte Ardan. »Sie lassen uns Steindown einnehmen und halten die Landenge und das Gebirge?« Derselbe Gedanke hatte Ardan Probleme bereitet, seit er begonnen hatte, über die Davion-Strategie nachzudenken.

»Genau! Ich konnte es nicht in Worte fassen, bis du deinen Plan hier dargestellt hast ... aber Maximilian Liao *muß* wissen, daß Hanse Davion versuchen wird, Folly zurückzuerobern! Wozu sollte er uns diese Welt überhaupt erst abnehmen ... es sei denn, er hat eine besondere Überraschung für uns geplant, wenn wir wiederkommen? Etwas, das eine Masse von Schiffen, Mechs und Truppen der Vereinigten Sonnen bindet? Vielleicht etwas, das sie auf dieser Halbinsel in die Falle lockt, damit Liaos Mechs sie langsam einschließen und pulverisieren können ...«

Ardan studierte seine Karte etwas ausführlicher. Dann packte er den Stift, löschte den roten Kreis um Follys Flaschenhals und begann, den Isthmus mit sauberen, präzisen Lichtpunkten zu markieren. »Wir müssen das Ganze auf einer echten Karte durchgehen, aber seht mal her. Wenn die capellanischen Truppen schon hier *sind,* dann werden sie diesen Kamm von hier bis ... hier halten, richtig?«

Die beiden anderen nickten. »Sie müssen«, erklärte Felsner. »Erhöhte Position, gute Deckung. Und wenn wir irgendwo in der Ebene um Steindown landen, haben sie uns umzingelt.«

»Exakt. Aber jetzt paß auf! Zuerst veranstalten wir hier einen Ablenkungsangriff ...« Er klopfte auf die Hügellandschaft zwischen Steindown und dem Gebirge. »Wenn es keine Falle ist, werden sie in den Bergen in Stellung gehen und Steindown beobachten. *Wenn* es eine Falle ist ...«

»Und es ist eine!« unterbrach ihn Felsner. Auf seinem Gesicht war die Erregung deutlich abzulesen. »Es ist eine, bei allen Sternen des Weltalls!«

»*Wenn* es eine Falle *ist,* steht der Gegner entlang dieser Bergkette und sieht sich die Show unter sich auf der Ebene an.« Ardan war jetzt ebenso erregt. »Jetzt hier.« Der Stift berührte das Südostende des Ordolobeckens. »Unsere *Haupt*streitmacht kommt hier ... und hier runter. Die Bösewichte halten Jordan's Paß, aber wir halten die Straße auf beiden Seiten, und wir können auf beiden Seiten des Kamms nach Süden vorstoßen, eine Truppe an dieser Seite, eine an jener. Wenn wir uns beeilen, können wir den Paß, diesen Abschnitt des Gebirges und die Straße unter unsere Kontrolle bringen. Dann noch ein Vorstoß entlang der Straße, und wir haben die Verbindung zu unserer Ablenkungstruppe. Die Liao-Truppen in den Bergen sitzen fest, mit dem Meer im Rücken und uns voraus und an beiden Flanken! Sollte sich herausstellen, daß sie schwere Einheiten in den Bergen und in Steindown haben, ziehen wir uns durch den Paß nach Norden zurück und riegeln die ganze verdammte Halbinsel ab. Unsere Jägerpatrouillen stoßen runter, und wir hungern sie aus. Wenn wir Glück haben, verlieren sie den Kopf und versuchen unsere Stellung am Paß zu stürmen.« Ardan blickte von seiner Karte auf. »Das dürfte unsere Probleme annehmbar lösen, schätze ich.«

»Die Fallensteller in der Falle!« stieß Hamman aus. »Mein Gott, Ardan, damit hätten wir sie im Sack!«

Ardan nickte. Eine gewaltige Last war von ihm gewichen, als er seine Zweifel mit diesen Männern besprochen hatte, und jetzt nahm ein definitiver Plan in seinem Geist Form an. »Ich denke, ja. Ich denke wirklich, ja. Jetzt lautet die Frage, können wir die Marschbefehle der Einsatztruppe noch in letzter Sekunde ändern?«

Ran Felsner studierte noch die Karte. »Es ist kein Problem, den Abwurfplan zu ändern. Wir brauchen nur die Bataillonskommandeure zu unterrichten und neue Ziel- und Treffpunkte auszugeben. Admiral Bertholi wird nicht allzu begeistert von einer Änderung der AZs sein, aber mit dem werde ich fertig. Und Victor DeVries, mein Einsatzleiter, wird mir Ärger machen. Aber meine größte Sorge ist die Landung am Rand dieses Dschungels. Der Boden könnte verdammt weich sein da unten.«

»Ist er«, bestätigte Ardan, »aber nur während der Regenzeit. Jetzt herrscht seit Wochen Trockenheit. Nach den Bändern, die ich mir angesehen habe, würde ich die Gegend eher als Savanne und Grasland einstufen denn als Dschungel. Während des Winters kommt eine Menge Regen runter, aber im Sommer ist es staubtrocken.«

»Planetologische Bänder sollen auch schon mal falsch gewesen sein«, wandte Hamman ein.

»Und? Möchten Sie vorausspringen und die Gegend persönlich in Augenschein nehmen?«

»Ha! Kaum. Solange es kein totaler Sumpf ist, werden wir es schon schaffen. Es könnten sogar Landungsschiffe entlang der Straße aufsetzen. Wir werden das den taktischen Sektionsführern überlassen.«

Felsner nickte. »Es lohnt sich noch aus einem anderen Grund.«

»Und der wäre?« fragte Hamman.

»Na, es wird mit Sicherheit ein verteufeltes Durcheinander geben, weil Einheiten ihre AZ nicht bestätigt bekommen. Zum Teufel, es wird beinahe unmöglich sein, überhaupt eine bestimmte Abwurfzone zu finden, weil sie von der Luft aus keine klaren Orientierungspunkte haben, wie eine Stadt es wäre. Und möglicherweise landet ein Teil im Sumpf und kommt nicht mehr raus, oder sie kommen zu hart auf und schmieren ihren Mech über eine Bergwand. Aber es wird sich trotzdem lohnen.«

»Ich verstehe nicht«, bemerkte Hamman.

»Du denkst an eine undichte Stelle«, stellte Ardan fest.

Felsner nickte erneut. »Soll es schon gegeben haben. Selbst mit langsamen Intersystemverbindungen, selbst wenn alles abgesichert und bewacht und halb zu Tode sicherheitsüberprüft ist, kann es eine undichte Stelle geben.«

»Liao ist nicht von gestern«, überlegte Hamman. »Wie gesagt, das Ganze sieht sehr nach einer Falle aus. Er könnte es von vornherein so geplant haben, aber ...«

»Aber«, fuhr Felsner fort, »er könnte alles auch auf Grund von Informationen so aufgebaut haben, die er ... aus unserem eigenen Lager bezieht.«

Ardan schüttelte den Kopf. Er haßte den Gedanken an mögliche Verschachtelungen wie diese. »Er könnte das auch ohne die Hilfe von Spionen ausgetüftelt haben. Ich habe Maximilian Liao lang genug studiert; es ist fast, als würde ich den Kerl persönlich kennen. Auch wenn ich ihn nur ein einziges Mal getroffen habe, als Hanse mich einmal mit den Guards zu einer großen Konferenz im Lyranischen Commonwealth mitgenommen hat.«

Er machte eine Pause und sah von Ran zu Lees und wieder zu Ran. »Wißt ihr, Liao würde jeden Offizier exekutieren, der einen von ihm genehmigten Schlachtplan abänderte — würde ihn auf der Stelle erschießen lassen — selbst wenn der neue Plan besser funktionierte als der ursprüngliche. Ich glaube nicht, daß dieser Mann sich auch nur vorstellen könnte, eine Gruppe von Offizieren schriebe einen kompletten Schlachtplan um, ohne vorher eine Genehmigung von ganz oben einzuholen.«

Felsner nahm nachdenklich einen Bissen seiner kalt

gewordenen Mahlzeit, kaute nachdenklich, schluckte. »Genau das gefällt mir an dieser Idee. Wir *müssen* uns unvorhersehbar verhalten. Tun wir das nicht, werden wir uns bis ans Kinn in capellanischen BattleMechs wiederfinden. Sie *wissen*, daß wir kommen. Wir *müssen* kommen, und sie erwarten uns. Aber wenn wir runterkommen, wo sie uns *nicht* erwarten ... Das könnte uns den Vorsprung liefern, den wir nötig brauchen.«

»Na, dann sollten Sie besser aufessen, Gentlemen«, stellte Ardan fest. Er klopfte auf den Schirm des E-Blocks. »Wir haben noch mit den Bataillonskommandeuren zu reden, nicht wahr?«

Hamman wirkte nachdenklich. »Wir müssen auch eine Nachricht an den Prinzen abschicken. Jetzt könnte die Nachricht auch dann nicht mehr vor uns Stein's Folly erreichen, wenn sie abgefangen werden sollte. Und dann ist da noch Michael ...«

»Michael?«

»Michael Hasek-Davion«, erläuterte Hamman. »Hanses Schwager.«

»Oh ... stimmt.« Ardan kannte den Herzog von New Syrtis natürlich. Er war das Regierungsoberhaupt dieses Sektors, und militärische Operationen mußten von ihm abgesegnet werden, selbst wenn er keine direkte Jurisdiktion darüber besaß. Sie mußten ihn schon allein aus Höflichkeit über die Änderung der Operationspläne unterrichten. Ardans Eindruck von Hasek-Davion war der eines pompösen Wichtigtuers, aber sowohl höfische Etikette wie militärische Disziplin erforderten, daß der Herzog von ihrer neuen Planung in Kenntnis gesetzt wurde.

Den größten Teil des Nachmittags besprachen sie die vorgeschlagenen Veränderungen der Abwurfzonen mit ihren Offizieren. Flottenadmiral Bertholi, der die Einsatztruppe nach Stein's Folly zu befördern hatte, war der hartnäckigste Gegner der Änderungen, weil er die umfangreichen Neuberechnungen in den Anflugvektoren und Navigationspeilungen an jedes Landungsschiff seiner Flotte weitergeben mußte. Erstaunlicherweise akzeptierte der eine Offizier, den sie überzeugen *mußten,* Ran Felsners Einsatzleiter, General Victor DeVries, die vorgeschlagene Umstellung augenblicklich.

»Sie haben völlig recht«, erklärte der grauhaarige Davion-Veteran. »Bei mir haben sich dieselben Zweifel breit gemacht. Man sollte aufhorchen, wenn vier Profis über denselben Instinkt stolpern, meinen Sie nicht auch?«

Über DeVries' offizielle Kanäle wurde der Plan aufgebaut und die Änderungen an die gesamte Einsatztruppe weitergegeben. Bertholi protestierte, bis Felsner drohte, ihn auf der Stelle abzulösen. Von da an arbeitete er mit und ging die notwendigen Navigationsänderungen selbst mit seinem Anflugteam durch.

Der neue Plan begann in den Tiefen der HQ-Gefechtscomputer und den weit wichtigeren Gehirnen des Kommandostabs Gestalt anzunehmen. Lees Hamman und die Mark Capella-Miliz erhielten die Aufgabe, die feindlichen Kräfte abzulenken und davon zu überzeugen, daß sich oberhalb Steindowns eine großangelegte Landeoperation anbahnte. Ran Felsner und seine 5. Crucis-Lanciers würden im Norden und Osten des entscheidenden Bergdurchbruchs bei Jordan's Paß an der Straße herunterkommen, während Ardans 17. Avalon-Husaren weiter westlich am Rand des Ordolobeckens und westlich des Gebirgskamms landen sollten. Einzelne Bataillone der 5. Lanciers und 17. Husaren wurden abgestellt, die Küstenstädte und Raumhäfen bis nach Harbor im Osten zu sichern, während die Panzerfahrzeuge auf dem Raumhafen nördlich Travis ausgeladen werden sollten, sobald dieser gesichert war, um als mobile Einsatzreserve zu dienen.

Natürlich gab es noch weitere Liao-Festungen. Thelan und Maris waren zwei große tropische Inseln (je nach Standpunkt konnte man auch von kleinen Inselkontinenten sprechen) südlich der Highlandhalbinsel, und beide besaßen mehrere große Städte. An den Antipoden lag Talliferro, ein kleiner Kontinent, der über eine große Bergbausiedlung mit Handelsraumhafen verfügte. All diese Gebiete mußten früher oder später gesichert werden, aber bei planetaren Invasionen mußte man Schwerpunkte setzen. Die stärkste Konzentration von Liao-Einheiten befand sich auf der Highlandhalbinsel, und dort würde die Entscheidungsschlacht stattfinden.

In der Zwischenzeit wurden Ardan, Felsner und Hamman mit kühler Höflichkeit im Hauptquartier Hasek-Davions in einem beeindruckenden Gebäude auf einem bewaldeten Berghang oberhalb des Raumhafens empfangen. Sie wurden durch die Hierarchie der Rezeptionisten, Funktionäre, Unterabteilungsleiter, Abteilungsleiter und Hauptabteilungsleiter weitergereicht, bis sie schließlich ins Grüne Zimmer vorgedrungen waren, in dem sich Michael Hasek-Davion durch einen Wust von Computerausdrucken und offiziell wirkenden Dokumenten arbeitete. Ardan fragte sich, ob sie möglicherweise nur hier aufgestapelt worden waren, um ihnen deutlich zu machen, wie wichtig der Herzog für diesen Sektor war. Einen anderen Grund konnte er sich für diesen nutzlosen Papierberg nicht vorstellen.

Der Herzog blinzelte mit gerunzelter Stirn über seine Papiere. »Meine Leute teilten mir mit, daß Sie eine dringende Audienz benötigen«, stellte er ohne Vorrede fest. »Worum geht's? Ich bin ein vielbeschäftigter Mensch.«

»Euer Gnaden.« Felsner verbeugte sich mit der Eleganz langer Jahre bei Hofe. »Es ist in der Tat überraschend, einen Fürsten Eures Rangs inmitten solcher ... Konfusion zu finden. Ich kenne wohl die Annehmlichkeiten, die New Syrtis aufzubieten vermag. Dieser Außenposten hat davon nur wenige. Euer Gnaden zeigt eine erfrischende Abkehr von üblichen Verhaltensweisen.«

Ardan grinste innerlich, auch wenn er nach außen eine sorgsam neutrale Maske aufsetzte. Er hatte nie geahnt, daß Ran ein solches Talent mit dem süßen Öl der Schmeichelei besaß.

Das düstere Gesicht des Herzogs verzog sich zu einem Lächeln, und er nickte gnädig. »Wie wahr, meine Pflicht ruft mich an manchen unbequemen Ort. Aber wenn es die Pflicht — und das Wohl meines Volkes verlangt ...« Er breitete hilflos die Arme aus. »Nun denn, was kann ich für Sie tun, Gentlemen?« Ardan hörte aus der Antwort heraus, daß die Höflinge des Herzogs solche Kriecher sein mußten, daß er nicht mehr in der Lage war, Heuchelei und Wahrheit auseinanderzuhalten.

»Eine reine Formalität, Euer Gnaden. Wir sind gehalten, Euch, als nächstem Repräsentanten des Prinzen des Hauses Davion und Militärkommandeur dieses Sektors von einer Änderung in der Planung der Gegeninvasion auf Stein's Folly zu unterrichten. Wir ...«

»Was-was-was?« Hasek-Davions Gestotter erinnerte an das Klappern einer leeren Autokanone. »Änderung? Änderung? Was für eine Änderung?«

»Wir haben Grund zu der Annahme, daß unser ursprünglicher Plan, der einen direkten Angriff auf Steindown vorsah, in eine Falle führen könnte. Unsere neue Planung sieht eine Landung entlang der Küstenstraße und am Rande des Ordolobeckens nördlich der Highlandhalbinsel vor. Dies wird uns die bestgeeigneten Stellungen liefern ...«

»Gentlemen.« Die momentane Freundlichkeit des Herzogs war wie weggewischt. Sein Blick war eisig. »Ich glaube nicht, daß es sich mein Schwager zur Gewohnheit macht, seine Planungen durch Untergebene in Frage stellen — abändern! — zu lassen! Zufällig weiß ich, wieviel Überlegung in diesen Plänen steckt. Ich weiß es. Ich war dabei! Jeder Faktor wurde berücksichtigt — das Gelände, die wahrscheinliche Stärke und Position der Liao-Einheiten, psychologische Faktoren, alles! Woher nehmen Sie die Impertinenz zu glauben, daß Sie drei all diese Planungen einfach so« — seine Finger schnalzten wie ein Pistolenschuß — »umwerfen können?«

»Euer Gnaden«, antwortete Felsner gelassen. »Ich bedaure zutiefst, daß wir Ihr Mißvergnügen erregt haben, aber ich muß Sie in Kenntnis setzen, daß wir die Entscheidung bereits getroffen — und umgesetzt — haben. Meine vom Prinzen erteilte Order war darin sehr exakt. Ich bin gehalten Euer Gnaden über alle Entwicklungen auf dem laufenden zu halten und Euren Rat einzuholen ... aber die Auslegung und Durchführung der Pläne des Prinzen Davion sind meiner Diskretion anheim gestellt.«

»Die Auslegung, ja. Sie Welpe, das ist keine Auslegung. Das ist Massenmord!«

»Euer Gnaden?«

»Sie haben gesagt, ihre geplante Abwurfzone ist der Ordolosumpf?«

»Am Rande der Sümpfe, ja, Euer Gnaden. Dort ist Grasland zu finden und ...«

»Die gesamte Gegend ist ein einziges Schlammloch, Sie Narr! Ihre Mechs werden aufsetzen und versinken — im Sumpf untergehen, ohne eine Spur zu hinterlassen! Ein ganzes Regiment könnte dort verschwinden, indem die Maschinen nichts weiter tun als auf scheinbar festen Boden zu treten! Ist Ihnen nicht klar, wie schwer ein BattleMech ist?«

»Euer Gnaden, ich versichere Ihnen ...«

»Sie werden nichts dergleichen tun! Ist Ihnen klar, daß Ihr Versagen auf Stein's Folly auf *mich* als obersten Befehlshaber dieses Sektors zurückfallen wird? Ich kann einer derartigen Idiotie unter keinen Umständen zustimmen.« Michael schien mit sich zu ringen. Sein Gesicht entspannte sich, aber seine Augen blieben hart und kalt. »Gentlemen. Eine solche Änderung — und dann ausgerechnet zu diesem Zeitpunkt! — fordert ein

Desaster doch geradezu heraus. Sie sind allesamt Militärs! Das muß Ihnen doch einleuchten! Bedenken Sie die Verwirrung! Denken Sie an das Chaos, wenn auch nur eines Ihrer Regimenter im Treibsand und Schlamm der Ordolosümpfe steckenbleibt! Das gesamte Gebiet ist eine Todesfalle. Glauben Sie mir, wir haben all das in den ersten Stufen unserer Planung bereits überdacht!

Es stimmt, daß ich Ihnen in diesem Punkt keine Befehle erteilen kann. Warum der Prinz den direkten Befehl in dieser Aktion jemand anderem übertragen hat als dem obersten militärischen Befehlshaber dieses Sektors, liegt jenseits meiner Kenntnisse ... aber ich empfehle Ihnen dringendst — *dringendst!* — beim ursprünglichen Plan zu bleiben! Der Plan Prinz Davions war von solcher Brillanz! Ein Blitzkrieg! Ein kühner Schlag aus heiterem Himmel gegen die Festen Liaos! Ein ungestümer Vorstoß, der die Hauptstadt des Planeten und seinen wichtigsten Raumhafen sichert, gefolgt von einer weitausholenden Säuberung, die den ganzen Planeten umfaßt und keine Widerstandsnester übrigläßt. Keine Verluste in den Sümpfen, keine halben Sachen. Das, Gentlemen, ist das Zeichen militärischer Brillanz!«

»Euer Gnaden ...« Felsner stockte. »Euer Gnaden, wir müssen Ihre Einwände natürlich auf das Sorgfältigste überdenken ...«

Der Herzog stand hinter seinem Schreibtisch. Er lehnte sich schwer auf seine Arme, und seine kalten Augen waren auf einer Höhe mit denen Felsners. »Gut. Und überdenken Sie auch das folgende sorgsam: Sie haben sich als wertvoller und fähiger Offizier erwiesen. Ein Fehler dieser Größenordnung würde mit Sicherheit höchst unangenehme Folgen im Hinblick auf eine äußerst vielversprechende Karriere haben. Sie wären ... am Ende ... erledigt. Ich ... ich sage Ihnen das als Freund, Sir, und als Ratgeber.«

Ran verneigte sich erneut. »Euer Gnaden ist zu gütig. Wir verstehen Ihre Lage und wissen Ihre Offenheit zu schätzen. Glauben Sie mir, Euer Gnaden, daß wir unsere Position sorgfältigst überdenken werden, bevor wir uns endgültig festlegen.«

»Tun Sie das, Sir! Guten Tag.«

Ardan war für einen Augenblick von Rans plötzlichem taktischen Wechsel überrascht. Er hatte so überzeugt geklungen, daß ihm erst klar wurde, daß Felsners letzte Worte geschauspielert waren, als sie die Kammer verließen und der Kommandant der Einsatzgruppe ihm zublinzelte.

»Du alter Charmeur«, murmelte er so leise, daß nur Ran ihn verstehen konnte.

Als Antwort rollte Felsner die Augen zur reich mit Gold verzierten Decke empor. Es war eine Erlösung, wieder in die frische Nachtluft von Novaya Zemlya zu treten.

10

Kein Soldat wartet darauf, eine Großstadt anzugreifen, denn im Straßenkampf kann eine geschickt verteidigte Stadt sich in eine tödliche Falle verwandeln. Trotzdem wurde die Nachricht, daß die Sturmtruppe nicht wie ursprünglich geplant über Steindown und dem Raumhafen abgeworfen werden sollte, als sie die Ränge hinunter sickerte, von den Soldaten und MechKriegern nicht mit Erleichterung aufgenommen, sondern mit Verärgerung und Murren.

Soldaten sind ein abergläubischer Haufen und waren es schon, seit der erste Urmensch den ersten Stein geworfen hat. Sie haben eine automatische Neigung, den rätselhaften und gottgleichen Entscheidungen zu mißtrauen, die vom fernen Oberkommando kommen, und davon auszugehen, daß sie irgendwie ihr Schicksal ändern, indem sie einen Mann *hierhin* stellen, geradewegs in die Flugbahn einer Kugel, statt *dorthin*, wo er überlebt hätte. Schließlich waren es normalerweise nicht die hohen Tiere, die ihre Haut riskierten. Selbst die altgedienten Unteroffiziere, die eigentlich einen heimlichen Seufzer der Erleichterung hätten ausstoßen müssen, daß sie nicht geradewegs in eine waffenstarrende Festung springen mußten, konnten nur den Kopf schütteln und das blinde Herumtasten ihrer Vorgesetzten verfluchen. Warum konnten diese blechbeladenen Bürohengste nichts in Ruhe lassen, sondern mußten alles und jeden aufscheuchen?

Aber die Änderungen wurden gemacht. Admiral Bertholi meldete, daß neue Navigationspunkte für drei auffällige Gipfel in der Kette um Jordan's Paß notiert waren und die Abwurfzonen jetzt exakt identifiziert und angeflogen werden konnten. Die Einheitskommandeure bis hinunter zu den einzelnen Lanzen- und Zugführern meldeten, daß die Truppen neu eingeteilt, die neuen Mechsammelpunkte ausgegeben und bestätigt und die Angriffsziele neu verteilt waren. Die Notfallplanungen und logistischen Nachschubberechnungen waren noch im Gange, aber diese Arbeiten konnten auch an Bord der Landungsschiffe weitergeführt werden. Innerhalb von zwanzig Stunden nach dem Besuch Ardans, Lees Hammans und Ran Felsners in Herzog Michaels Feldhauptquartier, hatten die ersten Landungsschiffe mit Felsners 5. Crucis-Lanciers bereits von Novaya Zemlya abgehoben und befanden sich mehrere Stunden Flug entfernt unterwegs zum Nadirsprungpunkt des Systems.

Ran war noch auf dem Planeten geblieben, um denkbare offizielle oder bürokratische Stolpersteine aus dem Weg räumen zu können, die Hasek-Davion ihnen aus gekränkter Eitelkeit vor die Füße werfen mochte. Die Mark Capella-Miliz stand offiziell noch immer unter dem Befehl des Herzogs, auch wenn sie zeitweilig von Prinz Davion persönlich Lees Hamman zugeteilt worden war. Der Herzog von New Syrtis hatte zwar keine

Möglichkeit, die Invasion aufzuhalten, aber er konnte auf tausenderlei Wegen das Sammeln und Einschiffen seiner Truppen verzögern. Schon eine einzige Order an loyale Einheitskommandeure, die Einschiffung langsam anzugehen oder die Genehmigungsformulare für eine wichtige Munitionsladung zu verlieren, konnte die Abreise der Truppen um Tage, wenn nicht sogar Wochen, verzögern.

Felsners Lösung war ebenso simpel wie riskant. Er stellte sicher, daß Michael den neuen Plan für die Geheninvasion nicht behinderte, indem er den Herzog mit ernster Miene informierte, daß nach sorgfältiger Abwägung die Davion-Kommandeure sich doch entschieden hatten, beim ursprünglichen Plan zu bleiben.

Ardan betrachtete diese Strategie als gefährlich und unehrenhaft. Er wußte, daß Hasek-Davion wütend und beschämt reagieren mußte, wenn er herausfand, daß er angelogen worden war. Sich einen einflußreichen und mächtigen Adligen wie den Herzog von New Syrtis zum Feind zu machen, war kein Spaß. Es waren diese verschachtelten Intrigen, und nicht die Aussicht auf die Schlacht, die Ardan nachts den Schlaf raubten.

Aber er war zu beschäftigt, um sich lange Sorgen zu machen. Als es an der Zeit war, seine Einheit zu verladen, fand er sich in einem laufenden Zweifrontenkrieg mit dem Technischen Offizier von Novaya Zemlya und dem Chef der Beschaffungsabteilung.

Ein JM6 *JägerMech* in Kompanie C, 1. Bataillon der 17. Avalon-Husaren, gab mitten auf dem Landefeld im Schatten des *Union*-Landungsschiffs den Geist auf, als er an Bord marschieren wollte. Ein alter Fehler in einer Servoeinheit sorgte für einen Kurzschluß auf einer Beinaktivatorplatine, die zu oft nur geflickt statt ausgewechselt worden war. Das Bein wurde steif, verhinderte jede Bewegung der Maschine und blockierte den Zugang zum Laderaum Nummer Eins des Landungsschiffs.

Das Auswechseln einer Platine war zwar nicht weiter

schwierig, aber zu dieser Reparatur war es notwendig, das Bein des *JägerMech* in Kniehöhe abzumontieren, eine Prozedur, die zumindest einen Feldkran oder eine komplette Wartungsanlage erforderte. Die Feldkräne der 17. waren bereits zerlegt und verstaut, und die Beschaffungsabteilung weigerte sich, eine neue Platine zu liefern, wenn der beschädigte Mech nicht ins Wartungszentrum zweihundert Meter abseits neben dem Landefeld gebracht wurde. Das Gesuch nach einem Feldkran wurde abgelehnt; wozu eine Anlage ins Freie schicken, wenn auf der anderen Seite des Felds Wartungskräne standen?

Unglücklicherweise konnte die Technische Abteilung des Raumhafens keine Transporter für die drei Stunden Arbeit abstellen, die notwendig waren, um den Mech auf einen Flachbetttransporter zu heben und hinüber in die Wartungshalle zu befördern. Die Genehmigung zur Umleitung eines Transporters mit Crew mußte vom Basiskommandanten erteilt werden, und der war in einer offiziellen Besprechung bei Seiner Gnaden dem Herzog und bis zum Abend nicht erreichbar — vielleicht auch erst am nächsten Morgen. Tut uns wirklich leid, erklärte man ihm, aber wir sind echt beschäftigt hier, und ob er nicht später noch einmal wiederkommen könne. Oder er könne es beim Logistikstab in Pallos versuchen, achtzig Kilometer entfernt. Die könnten einen Transporter haben, und wenn er eine Genehmigung bekäme ...

In der Zwischenzeit hätten die drei übrigen Mechs in der Lanze des *JägerMech* das Schiff durch die blockierte Luke betreten sollen, und die gesamte Einschiffung geriet ins Hintertreffen. Nach zwei Stunden ergebnisloser Hetzjagd fand Ardan die einzig gangbare Lösung. Er ließ zwei der schwersten wartenden Mechs den unbeweglichen Fünfundsechzig-Tonnen-JM6 über das Feld zur Wartungshalle schleppen und dort ablegen — quer vor der Ausfahrt der unterirdischen VIP-Garage des Gebäudes.

Wenn der Major, dem die Technische Abteilung unterstand, an diesem Abend nach Hause kommen wollte, mußte der Mech am Nachmittag noch repariert werden, ob mit Kran oder ohne.

Zu niemandes Überraschung wurde er repariert, und die Einschiffung lief beinahe planmäßig weiter.

Als die Startzeit näherrückte, wurde die Szenerie noch chaotischer und hektischer. Die Hafenanlagen von Novaya Zemlya waren ein gewaltiger Ameisenhaufen, dessen Aktivität sich auf die wuchtigen Landungsschiffe konzentrierte — in der Hauptsache *Unions* und *Overlords* —, die in ihren Startgruben hockten, umgeben vom Spinnennetz der Ladekräne und Stützgestänge. Irgendwie mußten Hunderte von Tonnen Nahrungsmittel, Wasser, Munition und Ersatzteile aus den Lagerhallen des ganzen Planeten pünktlich ans richtige Schiff gebracht werden.

Die physikalischen Gesetze der Masse und Massenverteilung kannten keine Rücksicht auf Flugpläne und die Probleme der Zahlmeister. Wenn nicht jede Tonne Ausrüstung präzise plaziert wurde, würde das Schiff nicht wie erwartet reagieren, wenn sein Kapitän später eine Manöverdüse zündete, um einer anfliegenden Rakete auszuweichen oder in einer turbulenten planetaren Atmosphäre den Kurs zu halten. Schlimmer noch, wenn die Tonnen von Vorräten nicht in der richtigen Reihenfolge verladen wurden, konnte es geschehen, daß Bodentruppen, die anstanden, um Munition zu erhalten, erfuhren, daß ihre Ausrüstung irgendwo hinter 400 Tonnen Trockenfleisch und einem Container mit *Jäger-Mech*-Aktivatorschaltungen lag.

Schließlich wurde nach drei Tagen harter Arbeit irgendwie der letzte Mech in seine Transportnische gehievt und gesichert, der letzte Liter Treibmasse in die Tanks und die hohlen Freikammern zwischen Schotts und Decks gepumpt, und der letzte Zug Infanterie an Bord geschleust, wo sie die engen, gepolsterten Pritschen fanden, die während der nächsten Tage ihr Zuhause darstellen sollten. Lees war einen Tag zuvor mit der Mark Capella-Miliz gestartet. Nachdem die Bedrohung einer offiziellen Verzögerung von seiten des Herzogs überstanden war, machte sich Ran wenige Stunden später auf den Weg zu seiner Einheit.

Es blieb Ardan überlassen, die letzten Botschaften abzusenden, die Protokoll und Etikette erforderten — eine an Michael Hasek-Davion, mit der Mitteilung, daß der ursprüngliche Schlachtplan nach langer und eingehender Überlegung doch geändert worden sei; und eine zweite über diplomatische Kanäle direkt an Hanse Davion, in der die Änderung erklärt und die Reibereien zwischen dem Kommandostab der Einsatztruppe und dem Herzog von New Syrtis beschrieben wurden. Ardan hatte diese letzte Botschaft mit einem Seufzer der Erleichterung aufgesetzt. Sollte Hanse sich mit seinem Schwager auseinandersetzen, dachte er. Von jetzt ab brauche ich mir nur um Liaos BattleMechs Sorgen zu machen!

Nachdem er die Botschaften abgeschickt hatte, ging Ardan an Bord des Landungsschiffs *Exeter* und blickte ein letztesmal hinaus auf die beinahe menschenleere Ebene, die als größter Raumhafen von Novaya Zemlya diente. Die meisten Schiffe hatten bereits abgehoben, und die einzigen Menschen, die er sah, waren kleine Grüppchen, die durch die Starts der Landungsschiffe angerichtete Brandschäden beurteilten. Müll und Trümmer bedeckten das Landefeld — tonnenweise Papier, weggeworfene Vorratskisten und Frachtcontainer, der Müll von zehntausend Mann, die Skelettüberreste teilweise abmontierter Kräne und Gerüste. Das Ganze bot ein gespenstisches Bild der Einsamkeit und Leere.

Novaya Zemlya war die innerste Welt eines MO-Zwergsterns. Die Gesetze des Kearny-Fuchida-Antriebs verlangten, daß sich die beiden Sprungpunkte dieser Sonne sieben Zehntel einer Astronomischen Einheit weit entfernt befanden, der Zenitpunkt über dem Nordpol der Sonne, der Nadirpunkt über ihrem Südpol. Bei konstanter 1-g-Beschleunigung mit Pause für eine Kehrtwende in der Mitte der Strecke dauerte die Reise vom Planeten zum Sprungpunkt dreißig Stunden.

Mit einer bewußten Anstrengung vertrieb Ardan die Depression aus seinen Gedanken, wandte sich um und betrat die *Exeter.* Zwanzig Minuten später hob sich das Landungsschiff auf einer lodernden Säule aus fusionserhitztem Plasma in den Himmel.

11

Der Pilot der *Exeter* näherte sich der am Sprungpunkt versammelten Flotte mit gebührender Vorsicht. Die Plasmaströme der Parktriebwerke, von denen die Sprungschiffe gegen die Gravitation des 105 Millionen Kilometer unter ihnen liegenden roten Sterns in Position gehalten wurden, waren tödlich, wenn sie auf kurze Entfernung über den ungeschützten Rumpf eines Landungsschiffes strichen. Die Stöße hochbeschleunigten Plasmas aus den Schubdüsen der *Exeter* hätten das empfindliche schwarze Material eines Sprungsegels zerfetzt, wenn sie ihm zu nahe gekommen wären. Ihr Ziel war das langgezogene Sprungschiff *Schwert Davions* der *StarLord*-Klasse. Aus der Entfernung wirkte es glatt wie eine Nadel, aber wenn man näher herankam, wies es eine verwirrende Ansammlung von Ecken, Auswüchsen, Geschütztürmen, Antennen, Streben und Klammern auf. Dockklammern hinter den Frachträumen des Sprungschiffs lieferten fünf Landungsschiffen der *Union*-Klasse einen Halt. Ein sechster Dockring mit geöffneten Klammern lud die *Exeter* ein, sich zu den anderen zu gesellen. In einem gespannten Augenblick vorsichtiger Manöver wurde ein Magnetkabel über die wenigen Dutzend Meter geschossen, die Landungsschiff und Sprungraumer noch trennten. Die elektrische Ladung, die von den eigenen Plasmaströmen im Rumpf der *Exeter* aufgebaut worden war, wurde in die Transformer des Sprungschiffs abgesaugt, und dann wurde die *Exeter* langsam zwischen die Dockklammern der *Schwert Davions* gezogen.

Es bestand keine Notwendigkeit, Fracht oder Personal auszuladen. Die angedockten Landungsschiffe wurden Quartier und Frachtmodul für diesen Teil der Raumschiffladung. Einzelne Personen konnten andere Landungsschiffe oder den Aufenthaltsraum im Bug des Sternenschiffs besuchen, indem sie Luken und Korridore passierten, die durch das ganze, mehrere hundert Meter lange Schiff führten. Die meisten Passagiere zogen es jedoch vor, unter Freunden und vertrauten Gesichtern zu warten. Sie widmeten sich auf den engen Deckräumen zwischen den zu sechst übereinander gestapelten Pritschen dem Glücksspiel, drängten sich um erfahrene Veteranen, die grünen Rekruten erklärten, *daß früher alles anders war,* oder lagen allein auf ihren Pritschen und lasen oder machten sich Sorgen.

Die Bedingungen waren platzangstfördernd, und die Schwerkraft war miserabel schwach. Die Parkdüsen des Sprungschiffs ahmten einen Bruchteil der normalen Schwerkraft nach — viel zu wenig, um die Mägen zu Raumkrankheit neigender Soldaten ruhig zu halten. Jede Sektion unterhielt eine im Stundenturnus rotierende Wache, die je nach Abteilung als ›Putzkommando‹, ›Reihermeister‹ oder ›Kotzbrigade‹ bekannt war. Sie wurden auch benötigt; die für diese Alptraumzwischenfälle verantwortlichen Truppen schafften es nur sehr selten, rechtzeitig eine entsprechende Tüte zu erreichen, und waren hinterher grundsätzlich nicht in der Lage, selbst hinter sich aufzuwischen.

Ardan hatte als Regimentskommandeur den Luxus einer winzigen Privatkabine, komplett mit Pritsche,

Tisch, Stuhl, Schreibtisch, Schrank und Waschraum, der — wenn alle Gerätschaften in Deck, Schottwand oder Decke versenkt waren — in drei Schritten von einem Ende zum anderen abgeschritten werden konnte. Niedrige Schwerkraft machte ihm weit weniger zu schaffen als ein Sprung, daher machte er sich lieber Sorgen anstatt sich elend zu fühlen.

Die Änderung der Planung war auf seinem Mist gewachsen. Er hatte die Kette von Gedanken, Worten und Taten in Bewegung gesetzt, die Prinz Davions Plan eines Blitzangriffs auf Follys Hauptstadt in einen Feldzug aus Manöver und Gegenmanöver verwandelt hatte, in einen langsamen Abnutzungskrieg in den Bergen und den dahintergelegenen Sümpfen. Was, wenn er unrecht hatte? Wenn Michael Hasek-Davions Einwände vernünftig waren und die Mechs der 17. im unerwartet weichen Boden um die Ordolo-AZ versanken? Was, wenn ... was, wenn ...

Außerhalb der Schottwände seines Schiffes versammelten sich die letzten Elemente der Angriffsflotte und erreichten volle Ladung. Sobald ein Schiff die maximale Hyperladung in seinen gestaffelten und abgeschirmten Akkumulatoren verzeichnete, begann die Besatzung mit der komplexen und zeitraubenden Aufgabe, das Sprungsegel einzuholen und alles für die Transition durch den Hyperraum vorzubereiten. Für die Sprungschiffbesatzungen war dies die hektischste Zeit überhaupt, aber an Bord der Landungsschiffe hing sie bleischwer über den Truppen und MechKriegern. Ihnen blieb nur die Routine aus Essen (soweit sie dazu noch in der Lage waren), Glücksspiel, Schlafen, Aufräumen und Sorgen.

Und dann war die Zeit für Grübeleien vorbei. Die letzten Sprungsegel der Flotte waren eingeholt und zusammengelegt, und ruhten eng eingerollt im Innern des schmalen Mastes, der wie ein monströser Stachel aus dem Heck jedes Schiffes ragte. An Bord des Flaggschiffs

Avalon gab Ran Felsner sein Okay, und Admiral Bertholi gab den Befehl.

Im Bruchteil einer Sekunde öffnete sich der Weltraum um die Flotte und die Raumschiffe verschwanden im Innern eines Loches, das sie im nächsten Augenblick zwölf Lichtjahre entfernt wieder ausspuckte. Unter sich sahen sie einen Stern der Klasse K6, größer, heller und farblich stärker zu Orange neigend als die Sonne Novaya Zemlyas. Die Entfernung zu ihm betrug knapp unter 1 AE. Radarfühler tasteten die Umgebung ab und meldeten ein deutliches Echo von einem großen Objekt in 80 000 Kilometer Abstand.

Das war wahrscheinlich die Sprungstation, und das vermutliche Versteck für Liao-Jäger, die zur Abwehr einer Invasion wie dieser eingeteilt waren. Die Davion-Luft/Raumjäger starteten. Die Sprungschiffe schalteten ihre Parktriebwerke ein, entfalteten jedoch nicht ihre Segel. Die riesigen kreisrunden Segelflächen waren ein zu gutes Ziel. Auch wenn die Schiffe das System nicht wieder verlassen konnten, bevor sie ihre Akkumulatoren wieder aufgeladen hatten, wagte kein Schiffskapitän, die Segel auszufahren, solange noch die Gefahr eines feindlichen Jägerangriffs bestand.

An Bord ihrer Schiffe warteten die Soldaten. Jetzt wurde kaum noch gespielt und überhaupt nicht mehr geplaudert. Endlos wanderten die Blicke über die grauen Schottwände, als könnten sie das Metall durchdringen und das dahinterliegende Vakuum absuchen. Sie hörten natürlich nichts und waren abhängig davon, was ihnen aus der Zentrale mitgeteilt wurde. Keiner von ihnen, der sich nicht fragte, ob der Kapitän ihnen etwas sagen würde, wenn ihr Schiff in Gefahr war — und ob dieses Wissen ihnen irgendwie helfen könnte.

Ardan war auf der Brücke der *Exeter,* die über eine offene Sichtverbindung mit der Brücke der *Schwert Davions* verbunden war. Der Kapitän der *Exeter,* Harvey Danelle, schüttelte den Kopf, als er die vor sich aufgereihten Monitorschirme absuchte. Dann drehte er sich zu Ardan um. »Das macht mir mehr Angst als eine Front mit 5 g heranstürmender feindlicher Jäger.«

»Was?«

»Nichts.«

»Nichts?«

»Genau, Sir. Absolut gar nichts. Unsere Jäger haben an der Sprungstation nichts gefunden. Nichts ... und niemand.« Er überprüfte seine Monitorschirme noch einmal. »Die Patrouillen kehren zurück. Es sieht aus, als hätte Liao uns den Sprungpunkt kampflos überlassen.«

Ardan machte sich angesichts dieser Mitteilung eine Weile ebenfalls Sorgen. Möglicherweise war die gesamte Liao-Raumstreitmacht am anderen Sprungpunkt konzentriert, — aber das war auch extrem unwahrscheinlich. Radar- und IR-Abtastungen des gesamten Systems hatten bisher ebenso negative Ergebnisse erbracht. Es schien ganz so, als ob sich Maximilian Liaos Verteidigung des Planeten Stein's Folly auf und um diese Welt selbst konzentrierte.

Schließlich gab die *Avalon* das Signal. Die Dockklammern an den Schiffen der gesamten Flotte öffneten sich, und die Halterungen fielen lautlos zur Seite. Wie Samen, die aus schlanken Hülsen ausgestreut wurden, lösten sich die Landungsschiffe von ihren Sprungschiffen. Sobald sie weit genug entfernt waren, berechneten die Landungsschiffe Anflugvektor und Beschleunigung und begannen, während ihres Aufenthalts am Rumpf der größeren Schiffe wieder voll aufgetankt, den langen Flug nach Folly. Hinter ihnen legten sich in majestätischer Langsamkeit zwei Kilometer durchmessende Sonnenschirme aus Metallfolie über die Sterne. Die Flotte machte sich daran, ihre Triebwerke für den nächsten Sprung aufzuladen.

Die Entfernung vom Sprungpunkt zur Sonne des Systems betrug 0,9 AE. Die Entfernung von der Sonne zum Planeten lag bei 0,37 AE. Mit Hilfe simpler geometrischer Berechnungen ergab sich daraus eine Entfernung zwischen Sprungpunkt und Planet von beinahe 1 AE, beziehungsweise etwas über 67 Stunden Flug bei einer konstanten Beschleunigung von 1 g.

Ardan hatte die Daten schon einige Male in Gedanken überprüft.

Die gesamte Mannschaft der Einsatztruppe, Ardan eingeschlossen, wartete jetzt angespannt und frustriert auf das sprichwörtliche dicke Ende. Nach den normalen Regeln der Gefechtsdoktrin mußten die Verteidiger eine Invasionsflotte soweit möglich vom zu schützenden Planeten entfernt stellen um ihr möglichst schwere Schäden zufügen zu können, bevor die Landungsschiffe eine Gelegenheit erhielten, ihre kostbaren Mechs abzuwerfen oder zu landen.

Die erste Angriffswelle erreichte sie zweiundvierzig Stunden nach dem Aufbruch, lange nachdem die Landungsschiffe ihre Kehrtwendung durchgeführt und in den Bremsflug übergegangen waren. Davion-Jäger der Typen *Korsar* und *Stuka* schossen aus ihren Hangars an Bord der Landungsschiffe und beschleunigten mit hohem Schub in Richtung der Angriffsformationen, die plötzlich auf den Schirmen der Flotte auftauchten.

Stunden vergingen, eine Zeit unbeschreiblicher Agonie, in der die Erwartung eines plötzlichen Einbruchs todbringender Gewalten die Männer und Frauen an Bord der Schiffe in ihren Klauen hielt. Hinter den Triebwerksflammen der Landungsschiffe verzeichneten die Gefechtsscanner entfernte Ziele und lodernde Energielanzen. Die Schirme auf der Brücke der *Exeter* erzählten die Geschichte von Überleben und Feuertod in winzigen Grüppchen bewegter Farbpunkte.

Der Kapitän der *Exeter* murmelte etwas. Ardan blickte vom Vektorschirm zu ihm auf. »Du hörst dich unzufrieden an, Harve.«

»Bin ich auch. Es ist zu leicht.«

»Wir haben drei Jäger verloren.«

»Zum Teufel, Ardan, ihre gesamten Luft/Raumreserven hätten auf uns warten müssen ... und zwar schon am Sprungpunkt! Ich habe den Eindruck, wir werden geradewegs in eine Falle gelotst.«

Ardan nickte. Das Ganze ergab dann einen Sinn, wenn der Kommandant der Liao-Bodeneinheiten eine Überraschung vorbereitete — zum Beispiel, indem er die Davion-Invasoren nach Steindown lockte, um sie dann aus den Bergen einzukesseln. Das Problem dabei war nur, vielleicht warteten noch andere, weniger offensichtliche Fallen auf sie?

Ardan beobachtete, wie ein weiterer gelber Lichtpunkt — eine Liao-*Drossel* — aufflammte und verglühte. Er fürchtete einen Fehlschlag.

Die Flotte beendete ihr Bremsmanöver und ging über Stein's Folly in eine niedrige Umlaufbahn. Auf dem gesamten Flug waren nur drei feindliche Jäger durch die Davion-*Stukas* und *Korsaren* gebrochen und hatten Hochgeschwindigkeitsattacken gegen die Landungsschiffe durchführen können. Ein Landungsschiff, das schon überalterte *Union*-Schiff *Alphecca,* hatte leichte Schäden im Feuerleitsystem gemeldet. Unter den MechKriegern der Kompanie A, 2. Bataillon, 5. Crucis-Lanciers, die den Angriff an Bord über sich ergehen lassen mußten, hatte es jedoch keine Verluste gegeben.

Als die Landungsschiffe die Umlaufbahn erreicht hatten, beherrschten die Davion-Einheiten die Raumstraßen. *Stuka*-Kampfstaffeln tankten an Bord ihrer Landungsschiffe neu auf, wurden mit Bomben und Luft-Boden-Raketen bestückt und tauchten hinunter in die goldumrandeten Wolken über Folly. Berichte kamen von den *Stukas* zurück zur Flotte: Feindliche Mechs in Steindown und am Highland-Raumhafen gesichtet; auf der Küstenstraße westlich Travis schwere Liao-Mechs gesichtet und bombardiert; keine Jäger gesichtet auf irgendeinem der Raumhäfen; Luftabwehrfeuer schwach ...

Der Kapitän der *Exeter* kam über den Stahlgitterboden des Mechhangars, in dem Ardan eine letzte Systemüberprüfung des über ihm in der Auswurfnische emporragenden achtzig Tonnen-*Victor* durchführte. Der Mech verlor sich beinahe in dem Wald aus Röhren, Kabeln, Drähten und Schmelzplatten, die ihn wie ein Kokon umgaben.

»Ich bin heruntergekommen, um dir Glück zu wünschen, Ardan«, erklärte Danelle.

»Dank dir, Harve. Irgendwelche Veränderungen?«

Der ältere Mann schüttelte den Kopf. »Vielleicht ... vielleicht haben wir sie im Sack.«

»Hm-Hmm. Nicht Maximilian Liao. Der hat irgendeinen Trumpf im Ärmel.« Ardan lächelte, und einer seiner Mundwinkel zuckte. »Vielleicht einen Dolch.«

Der Kapitän der *Exeter* sah ihn prüfend an. »Geht es dir gut?«

»Aber sicher. Ich bin nervös. Ich hab' Angst ... wie sollte ich mich denn fühlen?«

»Bevor du in einem dieser Schrotthaufen ins Leere geschossen wirst? Nervös und krank vor Angst, würde ich sagen.«

»Harve ... was ist, wenn ich mich geirrt habe?«

»Dann mußt du damit leben ... oder sterben, wie immer es sich ergibt. Jetzt steht dein Kurs fest. Mit deinen späten Zweifeln kannst du nichts mehr ändern ... höchstens deine Überlebenschancen, wenn es hart auf hart kommt und du in Topform sein mußt.«

Ardan blickte an seinem *Victor* empor. Ein Techniker in grauem Overall winkte ihm vom Cockpit aus zu, und gab ihm zu verstehen, daß die Instrumente durchgecheckt waren und der Mech bereit zum Abschuß.

»Zwanzig Minuten bis zum Abwurf«, stellte der Kapitän fest. »Du solltest an deinen Platz gehen.«

»Stimmt. Und ... danke. Danke für alles.«

»Gehört alles zum besseren Davion-Reiseservice«, erwiderte Danelle, aber er lächelte nicht dabei.

Harvey Danelle starrte Ardan nach, als er eine schmale Leiter zur Luke des *Victor* hinaufkletterte und sich hindurchzwängte. Die Trübsinnigkeit des jungen Sortek machte ihm Sorgen. Er hatte schon zu viele MechKrieger gesehen, die von Depressionen oder düster-nachdenklicher Stimmung gepackt wurden — und meistens kamen gerade sie nicht zurück. Er sprach ein stummes Gebet für Ardans Sicherheit.

Der Landeplan sah einen atmosphärischen Abwurf statt des üblichen Raumabwurfs vor. Bei so gefährlich dicht an Meer, Dschungel und Hochgebirgen liegenden Abwurfzonen war absolute Präzision geboten. Nacheinander flammten die Haupttriebwerke der Landungsschiffe auf, bremsten ihren Flug ab und ließen die Schiffe in die oberen Luftschichten Follys sinken.

Ardan war in seinem Cockpit eingeschlossen und lauschte den plappernden Stimmen auf den Funkkanälen. Er konnte das langsam lauter werdende Tosen der Luftmassen an der Außenhülle fühlen, das gelegentliche Bocken in einer Turbulenz und den Ruck beim Feuern einer Lagekontrolldüse. Er kämpfte seine brodelnden Emotionen nieder und beschäftigte sich mit den beinahe automatisch ablaufenden Vorbereitungen für den Abwurf. Er hatte seine Kleidung schon bis auf Stiefel und Shorts abgelegt — in Kürze würde sich die Kanzel des *Victor* in eine Sauna verwandeln — und eine leichte Kühlweste angelegt. Sorgfältig verband er die Schulterpumpen und den Kühlstofftank knapp über seinem Gesäß. Eine Kelvin 000 Lancer 3-mm-Laserpistole fand ihren Platz in seinem Holster, und er befestigte den Netzgurt, an dem es hing, um seine Hüften. Das neue Kampfmesser band er samt Scheide knapp über seinem niedrigen Stiefel um die Wade. Der Kanister mit der Überlebensausrüstung wanderte in eine flache Tasche am Gürtel.

Der Neurohelm des *Victor* war natürlich schon auf sein Gehirnwellenmuster eingestellt. Er holte den Helm aus den Halterungen über seiner Rückenlehne, schob ihn über die Schultern und schloß ihn. Langsam erwachte der *Victor.* Das Feedback durch den Helm vermittelte Ardan über die Nervenenden seines Mittelohrs ein Gefühl für die Lage und Balance der Maschine. Er fühlte ... Macht.

Seine Furcht zerfloß, und seine Unsicherheit mit ihr. Gerüchten zufolge kontrollierten MechKrieger ihre massigen Fahrzeuge allein durch ihren Gedanken, so als verwandle sich der Mech durch irgendeine magische Besonderheit der Neuroverbindung in ihren Körper. Die menschliche Technik war natürlich nie soweit fortgeschritten, aber es gab Spekulationen, nach denen eine solche Kontrolle eines Tages möglich werden könnte. Wenn man den Neurohelm eines BattleMechs aufsetzte, wechselte man weniger den Körper als den Blickwinkel auf die Welt. Aus einer Höhe von acht Metern, mit achtzig Tonnen humanoider Kampfmaschine, die auf jede leise Bewegung seiner Fingerspitzen reagierte, veränderte sich die Weltsicht eines Menschen.

Seine Blicke fielen auf die Zeitanzeige über dem Helmvisier. Noch vier Minuten bis zum Abwurf. Der Flug wurde rauher, härter. Durch seine Neuroverbindung konnte er plötzliche Bewegungen nach *oben* und *unten* spüren; Kapitän Danelle manövrierte sein Schiff in Position.

»Da sind sie!« Danelles Stimme drang klar durch seine Helmlautsprecher. »Banditen, Dutzende! Sie kommen aus den Wolken!«

Ardan sah nichts und mußte sich auf den Kommentar von der Brücke der *Exeter* verlassen. Schweiß perlte ihm über Stirn und Oberlippe, und es war noch nicht einmal warm.

»Bis jetzt haben wir 112 dieser Hurensöhne entdeckt«, sprach Danelle weiter. »Sie müssen unter der Oberfläche gewartet haben, vor unseren Scouts getarnt. Sie sind von einem Dutzend Stellen gleichzeitig aufgestiegen, verteilt über den ganzen Nordkontinent … aber seltsamerweise habe ich den Eindruck, daß sie einen falschen Kurs fliegen. Sie kommen rauf, um uns abzufangen, aber sie müssen eine Menge Treibstoff verbrennen, um von ihrem ursprünglichen Kurs abzudrehen.« Eine Pause folgte. »Laut Gefechtsanalyse waren sie auf einem Kurs, der es ihnen gestattet hätte, uns beim Anflug auf Steindown abzufangen. Aber wir sind viel weiter nördlich, und sie haben Schwierigkeiten, sich darauf einzustellen.«

Das war die Falle, dachte Ardan erleichtert. *Sie haben in Steindown auf uns gewartet! Ich hatte recht!*

»Unsere Jägereskorte nimmt den Kampf auf. Ha! Erwischt. Wups … der ist durchgebrochen, aber die gute alte *Deneb* hat ihn weggepustet. Was für ein Feuerwerk! Jetzt kommen unsere Reserven …«

Nach einer langen Pause hörte Ardan: »Wir nähern uns der Abwurfzone. Position bestätigt. AZ in Sicht! Zwölf Sekunden, Leute!« Wieder eine Pause, eine Ewigkeit. Jeder MechKrieger hegte eine besondere Angst bei dem Gedanken, der Tod könne in den letzten Sekunden vor dem Abwurf zuschlagen, während er noch hilflos an Bord des Landungsschiffes hing. Dann brüllte Danelle: »Viel Glück! Macht sie fertig!«

12

In Ardans Ohren flog die Welt auseinander, als die *Exeter* ihn aus dem Mechhangar schleuderte. In einer Explosion von Metallsplittern und Schmelzplattenabrieb begann der *Victor* seinen Sturz planetenwärts.

Ardan feuerte seine Düsen, beendete ein tückisches Trudeln, bevor es noch richtig einsetzen konnte, und brachte den Stahlkoloß in die klassische Fallschirmspringerhaltung — bäuchlings, Arme und Beine gespreizt. Nur daß er ein zehn Meter großer und achtzig Tonnen schwerer Springer war, der sich rapide der Endgeschwindigkeit näherte. Nachdem er seinen Computer angewiesen hatte, die Metalltrümmer in seiner Umgebung zu ignorieren, schaltete er das Näherungsradar ein und orientierte sich.

Das Jägergefecht, das Danelle beschrieben hatte, tobte noch immer zwischen den Wolken unweit seiner Position. Ardan war allein, wenn man von den Radarechos der übrigen Mechs seiner Einheit absah, die von dem nach Südosten davonrasenden Landungsschiff ausgestoßen wurden. Der Kurs des Schiffes half ihm bei der Orientierung. Dort lag die Highlandhalbinsel, aufgedunsen und gewaltig unter einer zerrissenen Wolkendecke, und ragte hinaus in ein kobaltblaues, inselreiches Meer. Feuerspuren markierten die Flugbahnen anderer Landungsschiffe tief über der Halbinsel. Das mußte Lees mit seiner Mark Capella-Miliz bei seinem Ablenkungsangriff sein — und von Steindown stiegen Feindjäger auf, um ihn zu begrüßen. Die Landenge und die weite Ebene des Ordolobeckens, das sich inzwischen beinahe direkt unter Ardans Füßen befand, wurden von Wolken verdeckt. Im Osten ragten Berge auf. Soweit er feststellen konnte, hielt er seinen Kurs exakt ein.

Er war in einer Höhe von 16 000 Metern ausgestiegen und befand sich seit Sekunden, die ihm wie Stunden erschienen, im freien Fall. Sein Höhenmesser zählte flakkernd die zurückgelegten Meter an, und er hielt die Hände fest auf den Kontrollen, mit denen er seine Sprungdüsen auslösen konnte. Sein Mech besaß keinen Fallschirm. Wenn er die Düsen zu früh zündete, würde ihn das kostbaren Sprungtreibstoff kosten, den er später im Gefecht vielleicht noch bitter nötig hatte. Wartete er zu lange, würden seine Kameraden die traurigen Überreste des *Victor* von einer Bergflanke kratzen können. Mein Gott, waren sie *nah!*

In 1000 Meter Höhe drang er in die Wolkendecke ein.

Nebelschwaden peitschten an den Sichtschirmen seines *Victor* vorbei und nahmen ihm gänzlich die Orientierung. Auch der stürzende Mech begann jetzt zu beben, als er von den Turbulenzen eines sich im Innern der Wolken zusammenbrauenden Gewitters geschüttelt wurde. Ich denke, jetzt ist Trockenzeit, dachte Ardan, und wieder fühlte er ein ängstliches Stechen. Was, wenn …?

Er brach durch die Unterseite der oberen Wolkenschicht. Unter ihm breitete sich eine grüne Fläche mit zerrissenen weißen Flecken aus. Achthundert Meter. Er war auf gleicher Höhe mit den höchsten Berggipfeln. Er feuerte seine Düsen ab und steigerte allmählich die Schubleistung. Wenn er zu abrupt auf volle Leistung ging, konnte er die Verbindungen zum Tornister des Kolosses wie Packpapier zerfetzen. Das hätte dann im Endeffekt die gleichen Auswirkungen auf seine Gesundheit wie eine Bruchlandung im Gebirge mit Endgeschwindigkeit. Sein Fall verlangsamte sich — auf achtzig Meter in der Sekunde … vierzig … zehn … Baumwipfel griffen nach seinen Füßen. Die Düsen arbeiteten jetzt gleichmäßig. Sie fraßen die Reaktionsmasse mit wahnwitziger Geschwindigkeit, aber sie verlangsamten seinen ungebremsten Fall und ließen ihn sanft auf ein freies, ebenes Feld hinabsinken. Ein schneller Blick zeigte ihm die Kondensspuren drei weiterer BattleMechs ganz in der Nähe. Gut. Sie waren nicht allzu weit auseinandergetrieben.

In fünfzig Metern Höhe untersuchte er sein Landegebiet näher. Es sah nach einem unregelmäßigen Feld aus, bedeckt von leuchtendgrüner Vegetation, und abgegrenzt von verschlungenen Sumpfgewächsen. Er war sich nicht sicher, aber möglicherweise war er weiter im Nordwesten, also im Innern des Ordolobeckens, heruntergekommen als geplant. Seine anvisierte AZ lag weiter östlich, am öden Hang der Gebirgskette. Aber nach dem Erscheinungsbild des Kamms konnte er nicht weiter als ein oder zwei Kilometer abgekommen sein. Ardan leitete die Landesequenz ein.

Seltsam. Aus dreißig Metern Höhe wirkte der Boden unwirklich eben, ohne irgendwelche Vertiefungen oder Unregelmäßigkeiten. Und die Farbe ... Die Panik traf ihn wie ein Peitschenschlag. Er konnte die Landung nicht mehr abbrechen, aber er hatte das schreckliche Gefühl, daß der täuschend fest aussehende Boden unter ihm in Wirklichkeit die von Algen oder Treibpflanzen bedeckte Oberfläche eines Sumpfes oder Teichs war. Wenn er hier mit den Füßen voraus und einer Geschwindigkeit von zehn Metern pro Sekunde aufkam, mußte sein achtzig Tonnen schwerer *Victor* sich geradewegs durch den Sumpf hindurch so tief in den Schlamm bohren, daß er keine Möglichkeit mehr hatte, sich aus eigener Kraft zu befreien. Niemand würde ihn je finden.

Er schlug den Hebel der Haltungskontrolle verzweifelt nach vorne und fühlte, wie der Koloß sich bewegte. Der Mech legte sich wieder mit ausgebreiteten Armen in die Fallschirmspringerposition, die er unmittelbar nach dem Abwurf aus dem Landungsschiff eingenommen hatte.

Den Bruchteil einer Sekunde schien die Welt stillzustehen. Wenn er sich getäuscht hatte und das einladend fest wirkende Stück Land unter ihm tatsächlich solider Boden war, mußte sein Mech jetzt mit zehn Metern in der Sekunde flach auf den Bauch knallen. Das wäre mit Sicherheit das Ende nicht nur für den *Victor,* sondern auch für Ardan.

Das Feld schoß auf ihn zu, und er krachte mit einem Donnern wie von einem ganzen Dutzend Granaten mitten hinein. Der Aufprall hämmerte Ardan gegen die Schulterstützen. Er schnappte in seinem Helm nach Luft. Der Mech war durch die Sumpfoberfläche bäuchlings in den Schlamm getrieben worden, aber seine ausgebreitete Haltung hatte verhindert, daß er zu schnell zu tief einsank. BattleMechs haben keinen Auftrieb.

Trotzdem wurde er vom Sumpf nicht verschluckt. Von der vollen Kraft der Bein- und Armaktivatoren getrieben, bewegte er zunächst einen Arm, dann ein Bein, den anderen Arm, das andere Bein. Durch die vorderen Sichtschirme seines *Victor,* die jetzt auf verwirrende Weise unter ihm lagen, konnte er nichts als klebrige Schwärze sehen, aber die Instrumentenanzeigen ließen erkennen, daß sein Tornister über den Schlamm hinausragte.

Über Kopfhörer fing er einen kurzen Funkspruch auf. Die hastigen Worte waren verzerrt, aber die Quelle der Übertragung war ganz in der Nähe. Gut! Die Antenne lag frei.

»Hier spricht Gold Leader, ich benötige Hilfe.« Er sprach langsam und deutlich in das schmale Mikrophon vor seinem Mund, als er die vorher festgelegten Gefechtsfrequenzen durchging. Ardan zwang sich, seine Stimme wenigstens halbwegs unter Kontrolle zu bringen. Himmel, es mußte jemand in der Nähe heruntergekommen sein. Kurz bevor er aufgeschlagen war, hatte er andere Mechs gesehen. Im Augenblick war es ihm fast gleichgültig, ob er von Davion- oder Liao-Einheiten gefunden wurde. Alle anderen Überlegungen mußten jetzt hinter dem einfachen Überleben zurückstehen.

»Gold Leader hier, ich brauche Hilfe. Hört mich jemand?«

»Green Drei an Gold Leader.« Die Antwort schlug über Ardan zusammen wie eine Meereswoge, und er sank schwach vor Erleichterung zusammen. »Ich höre Sie«, sagte Green Drei. »Ich kann Sie sehen. Warten Sie auf mein Kabel.«

Ardan befolgte die detaillierten Anweisungen seines Retters und legte die linke Hand des *Victor* um ein Schleppkabel, das der andere Mech über den Rücken seiner Maschine geschossen hatte. Innerhalb von Sekunden hatte Green Drei das schwere Kabel um einen niedrigen, ausladenden Sumpfbaum geschlungen, und

Ardan zog sich daran Meter für schmerzhaften Meter dem festen Boden entgegen.

Es dauerte beinahe eine halbe Stunde, bis er frei war. Das Kabel war durch Schlamm und Algenschleim glitschig, Ardan konnte darüber hinaus nur die linke Hand einsetzen, weil der rechte Arm des *Victor* nicht in Manipulatoren endete, sondern in einer Pontiac 100-Autokanone. Während seiner langsamen, nassen Rutschpartie fragte sich Ardan mindestens ein dutzendmal, was er wohl getan hätte, wenn er beispielsweise in einem *Marodeur* gesessen hätte, oder in Seps *Kriegshammer.* Ohne Hände wäre er hilflos gewesen, und jede Bewegung hätte seine Maschine nur noch tiefer im Schlamm versinken lassen.

Endlich fühlte er festen Grund unter sich und brachte den *Victor* auf die Knie. Sein Retter, ein wuchtiger *Kreuzritter-D,* half ihm auf. »Sie sehen vielleicht aus, Sir«, stellte der *Kreuzritter*-Pilot fest, »aber ich bin trotzdem verdammt froh, Sie zu sehen! Ich glaube, ich habe mich verirrt!«

»Bestimmt nicht halb so froh wie ich es bin, Pilot«, erwiderte Ardan mit unsicherer Stimme. Seine Hände zitterten an den Kontrollen des BattleMechs. »Bei welcher Einheit sind Sie?« Er hatte das Emblem der 17. Avalon-Husaren am rechten Bein des *Kreuzritter* ausgemacht.

»Codegruppe Red Dog. Siebzehnte Husaren, Sir. Kompanie A, Erstes Bataillon.«

»Kompanie A ... das sind Morrisons Marodeure, richtig?«

»Stimmt, Sir!« Er konnte die Überraschung in der Stimme des Jungen hören. Die höheren Offiziersränge kannten nur selten Einzelheiten der von ihnen befehligten Einheiten, aber Ardan war eine Ausnahme. Er hatte lange Stunden damit zugebracht, die Datenblätter all seiner taktischen Kommandeure bis hinunter zur Kompanieebene zu studieren.

Der *Kreuzritter* deutete nach Osten. »Ich glaube, ursprünglich sollten wir irgendwo näher an dem Gebirge da drüben runterkommen, aber ich habe Probleme, in dieser Richtung festen Boden zu finden.«

»Wie heißen Sie, Soldat?«

»MechKrieger Donald Fitzgerald, Sir. Nummer Drei in Kampflanze O'Hanrahan.«

»Okay, Donald. Dann wollen wir uns mal ein paar Marodeure suchen. Morrisons Marodeure natürlich ... nicht die andere Sorte.«

»Ja, SIR!«

Die beiden Mechs bewegten sich nach Südosten durch Sumpf und offene Wälder. Das Gelände war nicht das undurchdringliche Sumpfdickicht, das Ardan befürchtet hatte, aber es war auch nicht so trocken, wie es den planetologischen Bändern zufolge während der Trockenzeit hätte sein müssen. Er kam zu dem Schluß, daß der Teich, der ihm beinahe zum Verhängnis geworden war, einer der zahlreichen kleinen und nicht näher lokalisierten Tümpel und Seen gewesen sein mußte, die das gesamte Obergebiet des Ordolobeckens überzogen. Er erinnerte sich an die Bezeichnung »Verlorene Seen«, und Ardan wurde klar, daß er zumindest einen gefunden hatte. Als er einen kleinen Wasserfall von den breiten Blättern eines Baumes, an dem er sich vorbeischob, niederplätschern sah, erinnerte er sich auch daran, daß es in einem Dschungel regelmäßig regnete, Trockenzeit oder nicht. Und so kurz nach einem Tropengewitter waren die Seen natürlich größer und tiefer, der Boden weicher als sonst.

Mit jedem Schritt saugte der Schlamm sich an den Füßen seines *Victor* fest. Wenn das hierzulande als trokkenes Wetter durchging, hatte er definitiv keinen Bedarf, das Ordolobecken in der Regenzeit zu besuchen.

13

Als sie allmählich leichter vorankamen, fing Ardans Radio auch heftigen Funkverkehr verschiedener Einheiten auf. Es hörte sich ganz danach an, als sei etwas östlich von ihrer Position ein Gefecht ausgebrochen. »Green Zwo, Green Zwo!« rief eine Stimme mit eindringlicher Schärfe. »Ab nach rechts, der Bastard ist hinter dir!«

»Verstanden! Hölle und Teufel, wo kommt der denn her! Vorsicht, Blue Zwölf! Auf fünf Uhr rückt ein *Panther* an!«

»Nach links, Sieben! Nach links! Oh, verdammt!«

»Da kommt er. Ruhig, ruhig! Mach ihn fertig!«

»Mayday! Mayday! Sie geht gleich hoch! Ich steige aus!«

Ardan und Fitzgerald legten einen Zahn zu.

Die beiden Mechs brachen aus dem Wald und standen fast augenblicklich im Gefecht. Der Boden war auf ihrem Marsch nach Osten gleichmäßig angestiegen. Vielleicht drei Kilometer von Ardans Landestelle entfernt wich der Wald einer hügeligen, mit für Mechs kniehohem blauen Gras bedeckten Ebene. Der östliche Horizont wurde von der Bergkette beherrscht, einer niedrigen bewaldeten Reihe steiler Berge, teilweise mit deutlichen Erosionsspuren, keiner höher als 800 Meter. Die Ebene erstreckte sich etwa zehn Kilometer weit bis zu den Bergen, und war Schauplatz eines wilden Feuergefechts zwischen Mechs der verschiedensten Typen.

In der Ferne gab eine niedrige Bunkerreihe mit grüngefleckten Tarndächern Ardan Auskunft darüber, was geschehen war. Hier hatte sich ein Lager befunden, wahrscheinlich für ein ganzes Bataillon Liao-Mechs und möglicherweise auch eine Fluglanze, weitab von der Stadt und gut positioniert, um den Isthmus der Highlandhalbinsel zu sperren, sobald die Einheiten für die Gegeninvasion am Boden waren. Statt dessen aber waren die Davion-Mechs mitten im Liao-Lager aufgekommen.

Ein DNR *Donnerkeil* schien 200 Meter vor Ardan plötzlich aus dem Gras zu wachsen, eine Illusion, die sich durch sein abruptes Auftauchen aus einer versteckten Senke erklärte. Ardan blieb nur ein Augenblick, den erhobenen Arm mit Schwert vor dem umgekehrten grünen Dreieck auf dem breiten Torso des Mechs zu erkennen. Der schwere Laser am rechten Arm der Maschine richtete sich auf Ardans Cockpit.

Ardan ließ sich nach links fallen, als der Sunglow-Type-2-Laser des *Donnerkeil* einen blendend grellgrünen Lichtimpuls ausstieß. Einen Sekundenbruchteil später löste er seine linken Zwillings-Armlaser aus, aber durch die Überraschung schoß er daneben.

Der *Donnerkeil* war bekannt für seine schwere Panzerung. Noch berühmter war er allerdings als einer der best- und schwerstbewaffneten Mechs der Inneren Sphäre. Der Sunglow-Laser konnte in einem einzigen Impuls Megajoules purer Gewalt ausstoßen, und die drei mittelschweren Laser an seinem linken Torso waren jeder für sich so stark wie die Laser am linken Arm des *Victor.* Und als ob das nicht schon gereicht hätte, die schwere Delta Dart Langstreckenlafette, die auf der linken Schulter des *Donnerkeil* thronte, konnte einen Gegner mit einer geballten Salve aus dem Feld schlagen. Ardans *Victor* mochte fünfzehn Tonnen schwerer sein als sein Gegner, aber sämtliche übrigen Vorteile lagen bei dem DNR.

Die LSR-Lafette des Liao-Mechs spuckte Feuer. Ardan warf den *Victor* nach vorn und rannte im geduckten Zickzacksprint auf den DNR zu. Auf kurze Entfernung waren die LSR seines Gegners wertlos. Beim Rennen eröffnete er das Feuer, und seine beiden Laser fraßen sich in die Panzerung am Torso des *Donnerkeil.*

In diesem Augenblick explodierte eine Raketensalve neben dem *Donnerkeil,* und drei der Geschosse blitzten weiß auf den Beinen der Maschine auf. Der Koloß drehte sich hastig zur Seite. Was …

»Ich hab ihn erwischt, Gold Leader! Ich hab ihn erwischt!«

Ardan hatte Fitzgeralds *Kreuzritter* völlig vergessen. Der Junge hatte vom Waldrand aus seine LSR abgefeuert, und der *Donnerkeil* bewegte sich, um ihm das Zielen zu erschweren.

»Ruhig bleiben, Donald!« mahnte er. »Bleib zurück und halt ihn unter Beschuß! Ich versuche, an ihn ranzukommen!«

Ardan folgte seinem Ziel sorgfältig mit den Lasern und gab in schneller Folge drei doppelte Feuerstöße ab. Der *Donnerkeil* ging zu Boden und suchte zwischen den flachen Grashügeln nach Deckung.

Hastig überprüfte Ardan das Hauptgeschütz seines *Victor.* Die Pontiac-100-Autokanone im rechten Arm hatte die beste Chance, dem *Donnerkeil* entscheidenden Schaden zuzufügen, aber er hatte Angst, daß sein Schlammbad ihre Zuführung verstopft haben könnte. Die Autokanone war eine furchtbare Waffe. Sie feuerte Hochgeschwindigkeitssalven panzerbrechender Explosivgranaten aus riesigen Magazinen ab, die durch eine ausladende Automatikzuführung in die Waffe gespeist wurden. Jedes Magazin enthielt 100 Granaten und wurde in irreführender aber allgemein gebräuchlicher Terminologie als ›Schuß‹ bezeichnet. Ein Magazinschuß war bereits geladen. Neunzehn weitere lagerten in der Zuführungskammer hoch oben im rechten Torso des *Victor.* Er mußte diesen einen Schuß mit Bedacht einsetzen, denn er hatte keine weitere Chance, wenn es zu einer Ladehemmung kam.

Ardan bewegte sich mit aller gebotenen Eile und hielt dabei das Gras im Auge. Der *Donnerkeil* war ungefähr … dort zu Boden gegangen. Er betätigte einen Schalter, und der Infrarot-Scanner fiel vor seine Augen. Um ihn herum wurde es dunkel. Die Welt präsentierte sich in surrealen Schattierungen von Grün und Blau, gespickt mit weißen und roten Wärmequellen.

Fünfzig Meter zu seiner Rechten loderte eine weiße Fontäne in den Himmel, die Wärmespur des versteckten *Donnerkeil.* Ardan löste eine Salve Kurzstreckenraketen aus. Das Gras stob in Rauch und Flammen auseinander, und dann war der *Donnerkeil* wieder auf den Beinen und rannte an ihm vorüber, wobei sein schwerer Laser grünes Feuer spuckte.

Der Laser traf den *Victor* hoch an der linken Schulter. Ardan spürte keinen Aufprall, aber Hitze flutete durch seine Pilotenkanzel. Er brachte das Fadenkreuz seines HUD über das Ziel und löste die Autokanone aus. Die Waffe röhrte wütend auf und schüttelte Ardan in seinem Sitz durch. Der Strom der Explosivgranaten riß und zerrte an der Torsopanzerung des *Donnerkeil,* hämmerte über seine linke Schulter und verwandelte die LSR-Lafette in einen verbogenen, qualmenden Schrotthaufen. Es dauerte sechs Sekunden, bis die Autokanone das Magazin geleert hatte und der dumpfe Knall einer Ladehemmung durch den *Victor* hallte. Er blickte auf die Armaturen. Wie er befürchtet hatte, war der Mechanismus ausgefallen.

Eine Rakete explodierte an der Brustpartie des *Victor,* und der Schlag nahm Ardan den Atem. Sein Mech stolperte einen Schritt zurück. Im selben Moment schlug neues Raketenfeuer über dem *Donnerkeil* zusammen. Fitzgerald hatte sich auf eine Entfernung von 300 Metern zurückgezogen und schleuderte Salve um Salve seiner Langstreckenraketen auf den *Donnerkeil.* Ardan löste seine Holly KSR aus und beteiligte sich an dem Bombardement. Aus einem Riß in der rechten Flanke des DNR stieg Rauch empor, und sein rechter Arm hing nutzlos herab. Der schwere Laser hatte nur noch Schrottwert.

Irgend etwas traf Ardan von hinten. Instinktiv schlug er mit der Hand auf die Sprungdüsenkontrollen. Der

Victor schoß in die Luft und wirbelte herum, als zweifacher Tod in Form fusionsgeladener Blitzstrahlen sich dort trafen, wo er eben noch gestanden hatte.

Als der *Victor* wieder aufkam, fiel er auf ein Knie. Sein Angreifer war ein 70-Tonnen-*Kriegshammer*, der Seps Maschine so ähnlich war, daß Ardan unwillkürlich auf der linken Schulter des vom Kampf gezeichneten Kolosses nach ihrem persönlichen Wappen suchte. Der doppelte Blitzschlag war eine Salve aus den beiden PPKs gewesen, die ihm als ungelenke Arme dienten. Jetzt hoben die Kanonen sich etwas. Ihre Mündungen waren noch immer rotglühend, und in der feuchten Atmosphäre stiegen Dampfschwaden von ihnen empor. Einer der mittelschweren Laser des Mechs feuerte und erwischte den *Victor* oberhalb des linken Knies. Ardan sprang wieder ungestüm empor, bevor die PPKs sich zu einem weiteren Doppelbeschuß auf ihn einpegeln konnten.

Die Schlacht hatte sich inzwischen in ein allgemeines Gemetzel verwandelt. Der Husaren-*Kreuzritter* hinter ihm lieferte sich ein Raketenduell mit dem schwer beschädigten *Donnerkeil,* aber der *Kriegshammer* wandte sich, von Ardans plötzlichem Sprung aus dem Konzept gebracht, und eröffnete das Feuer auf Fitzgerald.

Wenn nur seine Autokanone noch funktioniert hätte! Ardan eröffnete aus weniger als sechzig Metern mit seinen beiden Sorenstein-V-Lasern das Feuer und zertrümmerte die rechte Seite des *Kriegshammer.* Ohne Energie und außer Kontrolle sank die rechte PPK abrupt herab, aber der KHM drehte den Torso auf dem Hüftgelenk und stellte sich dem Angriff. Flüssiges Feuer sprühte aus den Mündungen in der Brustpartie der Maschine, wo sich eigentlich die beiden Sperry Browning-Maschinengewehre hätten befinden sollen. Ardan spürte die eisige Hand der Furcht, als ihm klar wurde, daß dieser *Kriegshammer* ein KHM-6L war, eine Haus Liao-Variante des gebräuchlicheren 6R, bei der die MGs durch zwei Flammer ersetzt waren. Die Flammen loderten dicht am Torso seines *Victor* vorbei, als er ihnen zur Seite auswich. Rauch brodelte über seine Sichtschirme. Er feuerte erneut die Laser ab, diesmal ohne zu zielen. Er deckte das Gebiet ein, in dem er den *Kriegshammer* vermutete.

Der Temperaturalarm des Metallriesen plärrte ihm in den Ohren, und über seine Armaturen huschten rote und gelbe Warnlichter. Die Hitze im Innern des Cockpits war kaum noch zu ertragen. Sein Körper glänzte vor Schweiß, und die winzigen Elektropumpen in seiner Kühlweste heulten. Er hatte sich zu viel bewegt, war zu oft gesprungen und hatte seine Laser zu häufig abgefeuert. Der *Victor* konnte den dadurch entstandenen Hitzestau nicht viel länger aushalten.

Und er konnte es auch nicht. Die Hitze brachte ihn zum Keuchen, jeder Atemzug schmerzte. Er fühlte sich schwach und schwindlig, und nur das Adrenalin in seinem Blutkreislauf hielt ihn noch in Bewegung.

Er trat durch das Feuer, und seine Sicht klärte sich. Der *Kriegshammer* war dicht vor ihm, viel dichter, als er erwartet hatte, kaum dreißig Meter entfernt. Er hatte sich wieder umgedreht, um auf Fitzgeralds *Kreuzritter* zu feuern, und wandte Ardan den Rücken zu.

Der Bordcomputer des *Victor* ließ eine Warnmeldung über seinen Hauptgefechtsschirm laufen: *Wärmeentwicklung kritisch. Empfehle sofortige Abschaltung.* Er schlug auf die Vetoschaltung und ließ die Faust noch einmal auf die Sprungdüsenkontrollen fallen. Sein *Victor* sprang auf pulsierenden Feuerstrahlen hinauf in den Himmel. Er löste kurz die Manövrierdüsen aus und ließ die massige Maschine sich gegen ihre aufheulenden Stabilisatoren wenden. Der *Kriegshammer* drehte sich um, blickte empor. Seine PPK hob sich zu spät ...

Der Aufprall war ohrenbetäubend. Metall kreischte auf und das Cockpit des *Kriegshammer* öffnete sich wie eine Blüte zwischen den Füßen des *Victor.* Im Gefecht überraschte der *Victor* MechKrieger, die zum ersten Mal gegen ihn antraten, immer wieder, denn niemand erwartete bei einem Mech seiner Größe eine derartige Sprungkapazität. Obwohl der Pilot des *Kriegshammer* den *Victor* schon hatte springen sehen, hatte er sich umgedreht, um dem LSR-Bombardement des *Kreuzritter* ein Ende zu machen, bevor er sich wieder Ardans Maschine zuwandte. Dieser Fehler hatte ihn das Leben gekostet.

Ardan erhob sich aus den zerbeulten Wrackteilen, und die Autokanone seines *Victor* zerrte zerfetzte Myomerfasern und lose Drähte mit. Als er sich entfernte, explodierten die Brennstofftanks der Flammer; die Trümmer des WHM verschwanden unter einer Säule öligschwarzen Rauchs.

»Der *Donnerkeil* hat sich abgeschaltet«, stellte Fitzgerald fest. Die Erregung des Gefechts klang in den Worten mit. »Der Pilot ist ausgestiegen.«

Ardan schwang herum und sah den DNR stehen. Jetzt war er nur noch ein unbewegliches gußeisernes Standbild. Die abgesprengte Luke des Notausstiegs hing noch an den Trümmern der auf der Schulter des Kolosses montierten LSR-Lafette. Wenn *Donnerkeile* einen Schwachpunkt hatten, dann war es ihre Neigung, im Kampfeinsatz schnell zu überhitzen — das war der Preis für ihre schwere Bewaffnung.

Die Schlacht hatte sich inzwischen zum Vorteil der Invasoren gewendet. Ardan setzte seinen Mech in Bewegung und suchte nach anderen Maschinen seiner Einheit, die er im Bunkergelände des Gegners ausmachen konnte. Ein versprengter Haufen Liao-Mechs zog sich den Hang hinab in das bewaldete Sumpfgebiet im Westen zurück.

Er öffnete einen anderen Funkkanal. »Gold Squadron, Gold Squadron, hier spricht Gold Leader. Hört ihr mich?«

»Wir hören Sie, Gold Leader!« Die Stimme gehörte

Eric Garrand, dessen rotlackierter *Schütze* als Nummer Zwei-Mech in Ardans Befehlslanze fungierte. Seine Stimme klang ungeheuer erleichtert. »Gold Zwo gibt den Befehl wieder an Sie ab, Sir! Teufel, ich hab Sie in den Sumpf fallen sehen! Wir dachten, Sie wären in einer anderen Welt!«

»Nicht einmal auf einem anderen Planeten, Eric. Wie sieht's aus?«

»Die 17. sind unten, aber ziemlich weit verstreut. Während ich die Truppen befehligte, haben sich etwa 40 Prozent bei mir gemeldet, aber es werden ständig mehr. Ein paar von uns sind mitten in dieser Schlangengrube gelandet, aber es sieht ganz danach aus, als hätten wir sie jetzt einigermaßen gesäubert. Ein paar sind in den Dschungel hinter ihnen abgehauen. Die Hauptstreitmacht zieht sich nach Süden zurück.«

»Gut. Irgendwelche Nachrichten von den 5.?«

»Noch nicht, Sir. Wir haben keine Direktverbindung, und unsere Satellitenrelais sind noch nicht etabliert. Ich habe Kundschaftertrupps die Berge hinaufgeschickt, und wenn sie die 5. sichten, können sie als Laserfunkrelaisstation eingesetzt werden.«

»Das sollte reichen.« Ardan warf einen Blick auf die Zeitanzeige und stellte erstaunt fest, daß seit seiner mißglückten Landung nicht einmal eine Stunde vergangen war, einschließlich der mehr als vierzig Minuten, die er damit zugebracht hatte, durch den Sumpf zu planschen und zurück ins Gefechtsgebiet zu marschieren.

Es waren keine Ziele mehr in der Nähe. Er verriegelte die Kontrollen, hob den Neurohelm von den Schultern. Dann entschied er sich, das Wagnis einzugehen und die Schädelkuppe seines *Victor* zu öffnen. Die runde Dachluke sprang auf, ein Strom kühler Luft drang herein, und Ardan kletterte hinaus auf die Schulter seines Mechs.

14

Draußen war es schwül und heiß, aber die Luft war erheblich kühler und frischer als im Innern seiner Pilotenkanzel, und Ardan sackte in heller Begeisterung gegen den massigen Kopf des *Victor.* Er hatte den Funkset des Helms aufbehalten und konnte neue Berichte über weitere Mechs verfolgen, die auf dem weiten, rauchverhangenen Feld eintrafen. Die Gefechtsanalytiker der 17. berichteten, daß sich 85 Prozent des Regiments gemeldet hatten und noch weitere Berichte in Bearbeitung waren. Vielleicht hatten die 17. doch keine allzu großen Verluste durch den ungeschickten Abwurf in den Sumpf erlitten. Es konnte noch Tage dauern, bis die letzten Nachzügler eintrafen, aber er war jetzt sicher, daß die Verluste durch Fehllandungen in Seen oder Sümpfen gering waren.

In der Zwischenzeit öffnete er eine Wartungsluke, zog sein Messer und bearbeitete den Mechanismus seiner AK-Munitionszuführung. Der gesamte Mechanismus war mit Schlamm überzogen, der durch die Hitze, die der Mech im Verlauf des Gefechts abgestrahlt hatte, zu einer Festigkeit gebacken worden war, die an Beton erinnerte. Er hackte fluchend auf das Zeug ein. Aber trotz allem hatte er sich schon lange nicht mehr so gut gefühlt.

»Gold Leader! Gold Leader!« Garrands Stimme drang durch seinen Kopfhörer. »Wir bekommen Gesellschaft, Boss!«

»Was für Gesellschaft?« Er blickte zum Horizont. Abgesehen von vereinzelten Gruppen Davion-Mechs, die sich nach dem ersten Gefecht wieder sammelten, schien das Gelände frei. Vom Osthang klang ferner Donner herunter, der Lärm einer hitzigen Schlacht auf der anderen Seite.

»Wir haben einen LRJ auf dem Radar, im Süden. Niedrige Flughöhe, hohe Geschwindigkeit. Sieht nach Luftunterstützung aus.«

Ardan schlug die Wartungsluke zu, schob sein Messer in die Scheide und glitt in das stickige Mechcockpit zurück. Er wußte nicht, wie das Luft/Raumjägergefecht ausgegangen war, das er beim Anflug der *Exeter* auf die AZ verfolgt hatte, aber es war nur logisch anzunehmen, daß der Feind die Davion-AZs attackieren würde, sobald seine eigenen Einheiten aus dem Weg waren und Jäger zur Verfügung standen.

»Ankunftszeit?« Er senkte den Neurohelm wieder auf die Schultern und überprüfte die Verbindungen.

»Dreißig Sekunden, Gold Leader. Richtung Eins-Sieben-Neun, Flughöhe — ach, Mann! Der Kerl muß den Boden aufpflügen! Wo ist er ... Da! Sicht ...«

»Ziel im Süden! *Feuer!*« Ardans Befehl ging über die Befehlsfrequenz direkt an alle Einheiten und unterbrach Gold Zwo. Von den Mechs, deren Position ihnen gestattete, die anfliegende Maschine anzuvisieren, stiegen Lasersalven in den Himmel. Ardans Sichtprojektion leuchtete auf seinen Schirmen auf, und eine Autotrack-Visierhilfe fing die Spitze des Jägers ein.

Er erkannte die gedrungene Diskusform augenblicklich. Es war eine *Drossel,* einer der beliebtesten Liao-Luft/Raumjäger, und nach den Lasernarben über Bauchpanzerung und Rumpf zu urteilen, ein kampferprobter Veteran. Einen Augenblick lang sah er den Kopf des Piloten durch das Kanzeldach, von einem Helm mit schwarzem Visier verborgen. Unter dem Dach zog sich eine Reihe von Silhouetten entlang, dreizehn an der Zahl. Die letzte der Abschußmarkierungen war noch hell und neu. Dieser Pilot war ein alter Hase, ein erfahrener Killer.

Die Laser der *Drossel* feuerten noch bevor einer der Mechs sie in der Zielerfassung hatte. Einen Moment später brach ein Strom wirbelnder silberner Zylinder aus der Unterseite der Jagdmaschine. Sie bildeten eine Wolke, die sich immer weiter ausdehnte, während sie sich auf das Feld hinabsenkte.

Ardan hielt seine Stellung. Er feuerte beide Laser ab,

löste seine sämtlichen verbliebenen KSR aus und verfluchte seine nutzlose Autokanone. Als die *Drossel* über ihn hinweg donnerte, explodierte um ihn herum das Gelände. Brodelndes Feuer spritzte hoch. Die brennende Flüssigkeit spritzte über Gras, Mechs und schreiende Männer, und klebte an ihnen wie ein lebendiger, hungriger Organismus. Vor Ardans innerem Auge stand wie eingebrannt das Bild von Fitzgeralds *Kreuzritter,* eingehüllt in lodernde Flammen, der von erneuten Explosionen, die seine Beine zerfetzten, in die Luft geschleudert und in einer sich windenden Masse flammenden Metalls vornüber geworfen wurde. Auch an Ardans *Victor* hing das Feuer. Infernobomben waren eine verbesserte Version des Napalms früherer Kriege, ein gelierter chemischer Brandstoff mit der Hitzeentwicklung weißen Phosphors. Ein Teufelszeug! Um ihn herum stand das Gras in Flammen.

Er wendete seinen *Victor* und trottete auf den Wald zu. Seine Maschine zog Flammenfahnen hinter sich her. Als er das Flammenmeer des Feldes hinter sich gelassen hatte, wälzte Ardan seinen schweren Mech über den Boden, um die Flammen zu ersticken, und grub dabei riesige, tiefe Gräben in den schlammigen Boden. Rußgeschwärzt und verdreckt erhob sich der *Victor* schließlich wieder.

Er hatte nur die eine *Drossel* gesehen, und die war lange fort, aber das beruhigte ihn keineswegs, denn bei Luftangriffen gegen Bodenziele wurden grundsätzlich mehrere Maschinen im Team eingesetzt. Auf diesen ersten Angriff mußte jeden Augenblick der nächste folgen. Er gab Befehle, nahm Meldungen entgegen. Zwei Mechs waren bei dem Angriff getroffen worden, eine *Hornisse* und Fitzgeralds *Kreuzritter.* Beide Maschinen waren zerstört, beide Piloten tot.

Die *Drossel* war jetzt außer Sicht, aber es konnte nicht lange dauern, bis andere auftauchten. Er befahl den 17. Husaren, sich zu verteilen, wobei das zweite und dritte

Bataillon sich in Richtung der Berge im Osten und das erste Bataillon in die Sümpfe zurückziehen sollte. Auf dem bewaldeten Hang um das Ordolobecken hielten sich immer noch Liao-BattleMechs auf. Das Regiment mußte sie ausschalten oder aber die Feindmechs noch weiter auseinandertreiben, wenn sie nicht zum Ziel von Heckenschützen und Überraschungsangriffen in ihrem Rücken werden wollten, während sie gegen Jordan's Paß vorrückten. Jenseits der Baumgrenze reduzierte sich ihre Sicht auf unter dreißig Meter. Da er nicht mehr in der Lage war, die übrigen Mechs des Bataillons in seiner Umgebung auszumachen, benutzte Ardan die Funkverbindung dazu, die unsichtbare Formation in eine Linie zu organisieren, die mehr oder weniger gerade von Norden nach Süden verlief und in westlicher Richtung vorrückte. Das Blätterdach schloß sich über ihnen und schützte sie vor weiteren *Drossel*-Angriffen. Ardan fragte sich, wo der Nachfolgeangriff blieb. Konnte es denn wahr sein, daß der *Drossel*-Pilot allein gehandelt hatte? Was ließ sich daraus über die Organisation der Liao-Truppen schließen?

Die Ausmaße der Liao-Falle war jetzt offenkundig. Er hatte natürlich noch keinen Gesamtüberblick. Dazu fehlte ihm noch ein Erfahrungsaustausch mit Ran und Lees. Aber ihre Vermutung bezüglich einer Falle war korrekt gewesen. Es gab keinen Grund, eine so große Mechtruppe so weit außerhalb Steindowns kampieren zu lassen, wenn nicht der Plan bestanden hatte, eine Invasionstruppe Davions auf die weite Ebene zwischen Steindown und dem Gebirge zu locken, auf der Halbinsel einzuschließen und durch gezielte Bombardements in einen hilflosen Schrotthaufen zu verwandeln. Die Landung nördlich der Halbinsel schien die Liao-Mecheinheiten völlig überrascht zu haben — und selbst die zu ihrer Unterstützung eingesetzten Luft/Raumjäger schienen in einem unorganisierten richtungslosen Zustand.

Diese Verwirrung bedeutete, daß die Davion-Kräfte im Vorteil waren, aber es würde einige Anstrengung kosten, diesen Vorteil zu behalten. Die Schlacht war noch nicht gewonnen, nicht im entferntesten.

Der Boden wurde steiler und unwirtlicher. Er benutzte die Masse seines Mechs, kleinere Bäume beiseite zu drücken, die mit lautem Krachen brachen. Andere massive, äonenalte Herrscher des Urwalds ragten in immer größerer Zahl um ihn herum auf, als er sich tiefer in den Wald bewegte. Voraus bemerkte er das schwache Glitzern einer Wasserfläche.

Gold Zwo und der Rest von Gold Squadron waren weiter rechts. Sie waren nicht zu sehen, aber höchstens 500 Meter entfernt. Er mußte näher an sie heranrücken, oder er riskierte, sie zu verlieren. An seiner Linken bewegte sich Blue Squadron. Einmal erhaschte er einen Blick auf Mech Nummer Vier der Scoutlanze des Regiments, eine *Wespe.* Die kleineren Mechs eigneten sich besser für diese Umgebung. Sie waren leichter, so daß sie weniger Gefahr liefen, im Schlamm steckenzubleiben. Ihre Beweglichkeit zwischen Bäumen, Lianen und Unterholz war beeindruckend.

Er schob sich nach rechts, mußte dann jedoch einen Umweg um einen unerwartet auftauchenden See machen, dessen Oberfläche unter einer leuchtendgrünen Pflanzendecke derselben Art lag, die ihn bei seiner Landung getäuscht hatte.

Rechts von ihm krachte Kanonendonner. Gold Sieben meldete Kontakt mit einem Liao-*Kampfschütze.* Als Ardan mit im Schlamm schmatzenden Schritten losstürmte, bemerkte er vor sich eine Bewegung. Der *Victor* stürmte zwischen zwei Bäumen hindurch, die zitternd zurückschnellten und unter lautem Getöse entwurzelt wurden. Unmittelbar voraus ragte eine gewaltige, unbewegte Gestalt auf, bedrohlich und riesenhaft, ein leuchtend grünes Liao-Emblem auf der schweren Torsopanzerung. Ardan erkannte die Silhouette seines Gegners.

Es handelte sich ursprünglich um ein Steiner-Modell, aber offensichtlich waren ein paar dieser Monster in die Hände Liaos gefallen. Der überschwere 80-Tonnen-Mech mit der Typenbezeichnung ZEU-6S *Zeus* ähnelte in vielerlei Hinsicht Ardans *Victor.*

Natürlich gab es Unterschiede im Detail. Der *Zeus* hatte eine leichtere Torsopanzerung als der *Victor* und einen dickeren Panzer an Armen und Beinen. Entscheidender war die Tatsache, daß der *Victor* einiges an Platz und Masse für die HildCo-Modell-12-Sprungdüsen opferte. Das bedeutete, daß der nicht sprungfähige *Zeus* weit stärker bewaffnet war. Insbesondere jetzt, wo die Autokanone des *Victor* blockiert war.

Der *Zeus* feuerte als erster. Das Monstrum schien geradewegs hier abgestellt worden zu sein, um auf ihn zu warten. Eine Salve schwerer und mittelschwerer Laserimpulse zuckte über das Wasser. Dicht hinter Ardan schoß eine Dampffontäne aus dem See, und der Baum zu seiner Rechten fing Feuer. Ein dumpfer Knall irgendwo kündete vom Ausfall einer nicht näher zu indifizierenden Anlage. Ardan betete, daß es nichts Wichtiges war.

Seine Zwillingslaser erwiderten das Feuer, aber die Treffer schienen wirkungslos vom Torso des *Zeus* abzuprallen. Dann löste er eine Salve von vier Kurzstreckenraketen aus, die als sonnenhelle Lichtpunkte vor einer Rauchspur auf ihr Ziel losschossen. Treffer! Eine der Raketen riß einen Krater im Schulterpanzer der Feindmaschine auf, richtete aber, soweit Ardan sehen konnte, weiter keinen Schaden an.

Jetzt bekam Ardan es mit der Angst zu tun. Ohne seine Autokanone war er dem *Zeus* praktisch hilflos ausgeliefert, und hier zwischen den Bäumen war seine größere Beweglichkeit nutzlos. Der *Zeus* hob den linken Arm, der mit einer schwarzläufigen Defiance-Autokanone bestückt war. Ardan wußte, daß der Mech seines Gegners kleinere Schußmagazine für seine Kanone benutzte als der *Victor,* aber auf diese Entfernung waren sie mehr als ausreichend, insbesondere, da Ardans Maschine von Bäumen und Unterholz am Ausweichen gehindert wurde.

Er zog sich zwischen die Bäume zurück, als die Autokanone feuerte. Ihr Mündungsfeuer war ein beinahe gleichmäßiges Flackern, das vom Sumpfwasser reflektiert wurde. Das Tosen der explodierenden Granaten und splitternden Bäume donnerte als Trommelfeuer gegen den Rumpf des *Victor.* Er drehte sich um. Ein Fehler! Er hätte sich nach rechts wenden müssen! Granaten schlugen in seinen linken Arm ein, und auf der Konsole blinkten Warnlichter. Einer seiner Laser war ausgefallen, der andere beschädigt.

Er gab eine weitere Raketensalve ab, konnte jedoch das Ergebnis nicht sehen. Rauch wallte über den Sumpf und verbarg seinen *Victor* vor der drohend aufragenden Gestalt des *Zeus.* Angesichts der Schäden an seinen Waffensystemen konnte Ardan nur hoffen, daß ihm im Schutz des Rauchs der Rückzug auf eine vorteilhaftere Position gelang. Dort mochte die Chance einer Unterstützung durch eigene Kräfte bestehen.

Autokanonenfeuer schlug in seinem Rücken ein, hämmerte auf seine Sprungdüsen, zerriß seine Panzerung und hackte an seinem rechten Bein. Das Bein erstarrte und weigerte sich, Befehle anzunehmen. Schwerfällig versuchte er den *Victor* auf seinem unbeweglichen Bein zu drehen, um dem Angreifer die Stirn zu bieten. Dort draußen bewegte sich der *Zeus,* schob sich gewaltig und unheilschwanger durch Wald und Rauchschwaden. Ein drittesmal flackerte die Autokanone auf und zertrümmerte den nutzlosen rechten Arm des *Victor.* Rauchend wirbelten die Bruchstücke seiner Autokanone davon.

Ardan schmeckte Rauch und Blut, vermischt mit dem Gestank seiner Angst. Der *Zeus* ließ sich Zeit, schwankte näher heran, wählte seine Schritte über den sumpfigen Boden mit Bedacht. Ardan hielt mit seinem einen verbliebenen Laser das Feuer aufrecht, versuchte verzweifelt, einen Treffer am Cockpit des *Zeus* zu landen. Seine Raketenlager waren geleert. Mit einem Knattern und dem Funkenflug kurzgeschlossener Schaltkreise erstarb sein Laser, obwohl er mit dem Daumen weiter auf den nutzlos gewordenen Feuerknopf drückte. Seine Feuerkontrollsysteme fielen aus, als die Platinen in der ungebändigten Hitze seines Mechreaktors zu schmelzen begannen.

Der *Zeus* war noch näher herangekommen, war nur noch dreißig Meter entfernt. Die Autokanone hob sich zur nächsten Schnellfeuersalve. Es hieß aussteigen — oder sterben.

Ardan klappte die Schutzabdeckung über dem Schleudersitzschalter zurück, löste die Sicherung, preßte die Systemabkupplung und machte den Auslösemechanismus scharf. Ein Alarm ertönte, über dem leuchtend roten Auslöseknopf schob sich eine Plastikhaube zurück, und seine Handfläche knallte mit schmerzhafter Gewalt herab. Die Pilotenkanzel verschwamm in einem Meer von Rot, und Ardan wurde wie von Riesenhand gegen seinen Sitz gepreßt. Er war sich keines Lärms bewußt — die Explosion hatte ihn momentan taub werden lassen —, aber einen Sekundenbruchteil bevor der Schleudersitz aus dem zerstörten *Victor* flog, wurde die Schädelkuppenluke abgesprengt.

Sein Flug war nicht von langer Dauer. Der *Victor* lehnte schräg an einem brennenden Baum, und der Schleudersitz prallte gegen einen verwachsenen Ast, wurde abgelenkt und schoß auf schlingernder und taumelnder Bahn hinunter über den Sumpf. Die Landedüsen des Sitzes erwachten zu feurigem Leben, um den Aufprall zu dämpfen, aber die Bodensensoren waren zertrümmert, so daß die Düsen parallel zum Boden zündeten. Seine Sicherheitsgurte lösten sich, und Ardans bewußtloser Körper stürzte mit den Füßen voraus in das trübgrüne Wasser des Ordolosumpfes.

Sein Bewußtsein kehrte nur langsam zurück. Ferner roter Nebel des Schmerzes waberte durch sein Hirn. Sein Arm pochte dumpf, aber grausam — ein Bruch! Er hielt ihn gegen die Brust gepreßt und stand langsam auf. Er schwankte. Die Wogen des Schwindelgefühls drohten, ihn erneut in das grünliche Wasser zu stürzen. Er hörte ein Krachen hinter sich und drehte sich um. Der *Zeus* gab seinem zerschundenen *Victor* einen letzten Schlag, worauf dieser hintüber in den Morast kippte. Der *Zeus* schien nach ihm zu suchen. Er sah, wie der wuchtige Kopf sich langsam vor dem Hintergrund der grünen Blätter und des hängenden Mooses von einer Seite zur anderen bewegte. Ardans Gedanken suchten eine Waffe. Seine 000-Lancer-Laserpistole war verloren, bei seinem kurzen Flug aus dem Holster gerissen. Ihm blieb nur noch das Messer — nichts als ein Messer gegen einen 80-t-Mech. Bei dem Gedanken mußte er kichern. Sein vom Schock betäubtes Bewußtsein war am Rande der Hysterie. Er fühlte geradezu den Blick des *Zeus* auf sich ruhen, und ging langsam in Deckung, bis nur noch sein Kopf aus dem Wasser ragte, aber der *Zeus* schien kein Interesse an einer weiteren Verfolgung zu haben. Die Kampfgeräusche kamen jetzt aus dem Osten, vom Rande des Sumpfgebiets. Einen Augenblick lang schien der *Zeus* den hilflosen Ardan zu betrachten, dann drehte er sich um und brach durch das dichte Unterholz in Richtung der Kampfgeräusche davon.

Jetzt war er allein. Mit den ungeschickten Bewegungen eines Automaten suchte er seinen halb im Schlamm steckenden Schleudersitz. Mit einer Hand suchte er die Seitentaschen ab, bis er einen Rettungsärmel gefunden hatte. Nachdem er ihn um den gebrochenen Arm gelegt und aufgeblasen hatte, stabilisierte dieser den Arm und verhinderte, daß die gesplitterten Knochenenden zusätzlichen Schaden anrichteten. Dann stolperte er durch den wadentiefen Schlamm auf das nahe Ufer zu.

Er stakste mit steifen Beinen aus dem Sumpfwasser,

kaum fähig sich zu bewegen. Seine Kehle schrie nach Wasser. Seine unverletzte Hand fummelte am Gürtel nach dem Überlebenskanister. Er war fort, irgendwo über dem Sumpf abgerissen. In seinem Innern hatten sich Kapseln zur Entgiftung von Trinkwasser und ein Untersuchungsset für Nahrungsmittel befunden ... Fort.

Ardan sank auf die Knie. Das rechte Bein hatte er sich wahrscheinlich verstaucht, und in seinem Schädel pochte es. Er konnte sich nicht erinnern, beim Aussteigen seinen Neurohelm verloren zu haben, aber auch der war fort, und sein Schädel fühlte sich an, als wäre er von hinten mit einer Keule eingeschlagen worden. Jahre des Trainings sorgten für eine automatische Bestandsaufnahme: Messer, Stiefel, Shorts. Die zerfetzten Überreste einer Kühlweste. Keine Lebensmittel. Kein Trinkwasser. Ein gebrochener Arm ...

Übelkeit und Schmerzen schlugen über ihm zusammen, und die Schutzwälle, die Training und Wille aufgebaut hatten, brachen in sich zusammen. Er sank zu Boden, und Tränen des Schmerzes, der Erschöpfung und der aufgestauten Angst strömten über sein Gesicht. Die Erschöpfung siegte. Zum ersten Mal in seinem Leben wurde Ardan Sortek von einer Ohnmacht überwältigt.

15

Maximilian Liao war außer sich. Als Ridzik eintrat, stand er stocksteif in seinem Arbeitszimmer und strahlte unverhohlene Wut aus.

»Was ist geschehen, Pavel? Wie konnte unser schlauer Hinterhalt so fehlschlagen?« Der Kanzler war so angespannt, daß seine schmalen Schultern zitterten, während seine Finger mit den Ringen an seinen Händen spielten.

»Davion hat sich nicht an den Plan gehalten, den uns die Agenten mitgeteilt hatten. Sie änderten ihn in letzter Minute. Viel zu spät, als daß uns noch eine Nachricht hätte erreichen können, nicht einmal über eine Kommandostrecke. Am Abend waren sie noch auf alle logischen Ziele konzentriert. Am nächsten Morgen kamen sie querbeet herunter. Es gab keinen Ort auf Folly, an dem sich unsere Einheiten nicht feindlichen Schiffen oder Mechs gegenübersahen.«

Liao war entgeistert. »Aber das bedeutet, Davion selbst weiß nicht, was seine Kommandeure getan haben. Wie ist das möglich? Wie konnten sie so etwas wagen? Ihr Leben ist verwirkt!«

Oberst Ridziks Blick war düster. »Nicht jeder Herrscher verlangt eine ebenso gewissenhafte Befolgung seiner Wünsche wie Ihr, Euer Gnaden. Davion gestattet seinen Kommandeuren weitgehende Freiheiten. Sie können im Feld den Umständen entsprechend ihre eigenen Entscheidungen treffen. Das ist gelegentlich ein ganz guter *Modus Operandi.*«

Liaos fahles Gesicht rötete sich leicht. »Wollen Sie damit sagen, daß meine Art des Vorgehens manchmal schlecht ist?«

Ridzik verzog keinen Muskel. »Auf keinen Fall, Sire. Aber andere Methoden können ebenfalls sehr gut funktionieren. Diesmal funktionierte die Methode Davions. Unsere einzige Hoffnung, Folly zu halten, bestand darin, seine Truppen bei ihrer Ankunft zu überraschen. Auf Grund ihrer Strategieänderung in letzter Sekunde ist uns das nicht gelungen.«

»Und so müssen wir uns, da wir über weniger Waffen verfügen, zurückziehen. Ist es das, was Sie mir sagen wollen?«

»Ja. Nach Redfield. Innerhalb der nächsten sechs planetaren Tage, wenn wir nicht noch mehr Mechs und Fahrzeuge verlieren wollen, was wir uns nicht leisten können. Noch haben wir die Kontrolle über unser

Hauptquartier und ein paar andere wichtige Punkte, aber wenn Davion einen entschlossenen Vorstoß unternimmt, werden wir uns ergeben müssen.«

»Ergeben? Niemals! Wir werden uns zurückziehen, wenn es notwendig sein sollte. Aber wir werden uns niemals ergeben.« Liao drehte sich um und blickte auf die Sternkarte. »So nah ... so nah! Wenn sie sich nur an ihre Planung gehalten hätten!«

Ridzik sagte nichts. Er hatte entschieden, daß dies im Augenblick das vernünftigste war.

Der kleinere Mann wirbelte auf der Ferse herum. »Und wir waren so nahe daran, ein Druckmittel gegen Davion zu finden! Die Berichte sagen aus, daß Ardan Sortek bei den Sturmtruppen ist. Wenn wir in der Lage gewesen wären, ihn gefangenzunehmen ... aber jetzt ist das zu unwahrscheinlich. Wir haben keine Zeit mehr.«

Ridzik schien interessiert. »Sortek? Ja, er muß es gewesen sein ...«, sagte er mehr zu sich selbst. »Ich habe einen Bericht über eine Begegnung östlich der Haupthafenstadt mit einer Einheit erhalten, die von einem *Victor* geführt wurde. Seine Methoden ähnelten denen, die wir von Sortek kennen.« Er ging zu einer anderen Karte, klappte das Blatt mit dem fraglichen Gebiet herab und deutete darauf.

»Eine große Einheit Truppen und Mechs landeten auf dem Grasland östlich des Hafens. Sie wurden von einer unserer Gruppen gestellt, zu der auch ein *Zeus* gehörte, den wir vor einiger Zeit Steiner abnehmen konnten. Der Pilot gehört zu meinen Informanten. Nach dem Treffen brachte er die Überreste seiner Einheit zurück ins Hauptquartier, um seinen Bericht abzugeben.

Er hat den Anführer der feindlichen Mecheinheit persönlich getroffen. Der *Victor* trug unter dem Emblem der Vereinigten Sonnen das Sortek-Wappen. Unser Mann schaltete den Mech aus, glaubt aber, daß der Pilot in den Sumpf entkommen konnte, der weniger als einen Standardkilometer vom Schlachtfeld entfernt war.«

Liaos Miene erhellte sich. »Sortek ... zu Fuß. Möglicherweise verwundet ... hier bietet sich eine höchst interessante Möglichkeit. Welchen Status hat dieses Gebiet zur Zeit? Können wir den Sumpf absuchen, ohne von Davion-Truppen gestört zu werden?«

Ridzik nickte. »Die Einheiten, mit denen wir zu tun bekamen, haben sich in ihr örtliches Kommandozentrum zurückgezogen, nachdem sie unsere Verteidigung durchbrochen hatten. Sie haben kein Interesse an diesem Gebiet. Ihnen geht es darum, den verbliebenen Widerstand in der Stadt und um den Hafen zu erstikken.«

»Dann lassen Sie augenblicklich den Sumpf absuchen!« befahl Liao mit scharfer Stimme. »Stellen Sie an Männern dafür ab soviel Sie brauchen! Aber achten Sie darauf, daß keine schwere Ausrüstung eingesetzt wird! Davon haben wir in diesen verfluchten Sümpfen schon genug verloren. Aber sorgen Sie dafür, daß sie ihre Arbeit gut machen!«

Ridzik salutierte. »Zu Befehl, Euer Gnaden. Ich werde mich auf den Weg machen, sobald ich alle Computerdaten habe, die wir benötigen. Ich versichere Euch, daß wir Sortek finden werden, wenn er noch lebt ... Und wenn nicht, dann ebenfalls.«

Nachdem sein Militärkommandeur gegangen war, stand Liao am Fenster und blickte hinaus auf seinen Garten. Diesmal sah er jede prächtige Blüte, jeden bunten, flinken Vogel. Der Anblick beruhigte ihn, half ihm, die fürchterliche Anspannung der letzten Tage zu überwinden.

Während sein Herrscher sich entspannte, fühlte Ridzik sich mehr und mehr unter Druck gesetzt. Er hatte eine ganze Welt voller Männer und Maschinen zu evakuieren. Er hatte dafür zu sorgen, daß Vorräte soweit möglich verschifft, und wo das nicht zu machen war, vernichtet wurden. Und jetzt mußte er auch noch eine sorgfältige und gefährliche Suchaktion organisieren. Er verfluchte den Tag, an dem er zum erstenmal den Namen Ardan Sortek gehört hatte.

Nichtsdestoweniger rief er nach seiner Ankunft im Liao-Hauptquartier auf Stein's Folly den Kommandanten einer Einheit zu sich, die ihm schon in vielen ungewöhnlichen und gelegentlich zwielichtigen Unternehmungen gute Dienste geleistet hatte.

»Henrik, wir haben eine wichtige Aufgabe. Der Sumpf in Sektor Fünf ... genau, der da.« Er lächelte, als der Offizier an eine Karte in seinem Büro trat und den Finger auf einen grünen Fleck legte. »Wir glauben, daß sich in diesem Sumpfgebiet ein Überlebender unseres Gefechts von neulich aufhält.«

Der Mann nickte mit fragendem Gesicht. Rettungsmissionen rangierten bei Liao-Truppen generell sehr weit unten auf der Prioritätenliste.

»Dieser Mann ist für unseren Herrscher von Bedeutung. Der Herzog benötigt ihn, obwohl er ein Feind ist. Wir müssen ihn finden, tot oder lebendig. Wenn Sie ihn haben, bringen Sie ihn sofort an Bord des zum Rückzug nach Redfield bereitstehenden Landungsschiffes. Dies ist ein Auftrag von äußerster Wichtigkeit, Henrik. Haben Sie verstanden?«

Der Offizier hatte schon häufig mit Ridzik zusammengearbeitet und verstand nur zu gut. Liao akzeptierte kein Versagen, auch nicht angesichts absoluter Unmöglichkeit. Er salutierte. »Ja, Sir!«

Als Ardan erwachte, war es dunkel. Sein Körper brannte vor Fieber und schmerzte von Kopf bis Fuß, als sei er brutal zusammengeschlagen worden. Verwirrt und benommen war er zunächst nicht sicher, wo er sich befand, oder wie er hierher gekommen war. Sein Arm, der in der Halterung des Rettungsärmels pochte, brachte die Erinnerung zurück ... der Sumpf ... der Ausstieg aus seinem *Victor* ... die Angst, daß der feindliche *Zeus* ihm ebenso ein Ende machen würde wie seinem Mech ...

Im Dunkel der Nacht konnte er kaum etwas ausmachen, aber die Bäume in seiner Umgebung waren mit Leben erfüllt. Heulen, Bellen, Tschilpen, Krächzen, Pfeifen und andere beunruhigende Geräusche ließen daran keinen Zweifel. Mit seinem fiebrigen Geist schien ihm jeder Laut als bösartig oder bedrohlich. Als er die Kraft aufbrachte, den Kopf zu heben, und durch das Pechschwarz des Sumpfes etwas zu erkennen versuchte, platschte hastig etwas durch das Schilf fort und sprang mit lautem Klatschen ins Wasser.

Ardan bewegte sich erneut sehr vorsichtig. An seiner Seite ertönte mit aufreizender Ausdauer ein dünnes Stimmchen. »Miep? Miep?« Er griff nach dem Messer in seiner Beinscheide. Als er das in dieser Welt der Schatten beruhigend solide Metall schließlich in der Hand spürte, fühlte er sich sofort etwas besser. Sein Körper schrie nach einem Schluck Wasser, aber er wagte es nicht, seinen Durst mit der dreckigen Sumpfbrühe zu stillen. Wenn er nur seinen Kanister noch hätte ...

Dieser Gedanke brachte die Erinnerung an die letzten Momente seines Gefechts mit dem *Zeus* wieder zurück. Er war nicht hiergeblieben, um ihn zu töten, sondern in Richtung der Kämpfe im Osten davongeschwankt. Aber was, wenn der *Zeus* doch noch einmal zurückkehrte? Wie konnte Ardan sich gegen ihn verteidigen? Nur mit einem Messer bewaffnet, und in Shorts und der nutzlosen Kühlweste praktisch unbekleidet? Er mußte von hier weg, überlegte er im Fieber, aber er wagte es nicht, im Dunkeln durchs Wasser zu waten.

Die Nacht verstrich mit schmerzhafter Langsamkeit, aber die Geräusche und Bewegungen rundum wurden nicht weniger. Und was diese Kreaturen auch ursprünglich gewesen sein mochten, in Ardans gefährdetem Zustand von Geist und Körper wurden sie zu weit gefährlicheren Bedrohungen als alles, was je ein Sumpf hervorgebracht hatte.

Als endlich ein dünner Lichtstreifen den Himmel über den dichten Baumwipfeln erhellte, ließ seine Anspannung etwas nach. Er hatte es zwar geschafft, während der Nachtstunden ein bißchen einzudösen, aber jede Berührung seiner Haare oder seines Körpers durch irgendwelches Getier oder Pflanzen hatte ihn immer wieder aufgeschreckt. Jetzt stellte er fest, daß sich die Nachttiere in ihre Verstecke zurückgezogen hatten. Er war allein am schlammigen Ufer. Ardan nahm seinen ganzen Mut zusammen und ließ sich mit dem Kopf voran in das grünlichschwarze Wasser gleiten.

Es war seicht. Er konnte den Kopf über Wasser halten und sich mit seiner unversehrten Hand über den klebrigen Lehmboden des Teiches ziehen. Von Zeit zu Zeit traf seine Hand etwas, das unter ihrer Berührung zitterte oder pulsierte, wiederholt zuckte er erschrocken zurück.

Er versuchte sich parallel zum Ufer zu bewegen. Dieser Sumpf mußte Teil eines Stromsystems sein, das früher oder später in einem Fluß mündete. Und wenn er diesen Fluß gefunden hatte ... was dann? Er weigerte sich, über diesen Punkt hinauszudenken. Er würde Hilfe finden, oder vielleicht auch nicht. Sein Geist war momentan nicht in der Lage, einen zusammenhängenden Plan zu entwickeln.

Die Luft erwärmte sich, aber er zitterte vor Kälte. Seine Haut wurde durch das Wasser runzlig und fahl, aber Ardan schob sich weiter. Die Welt drehte sich um ihn. Sie verschwamm im Dunst über dem Wasser, verschwamm in der wachsenden Benommenheit seiner Gedanken. Nach einer Weile wurde er von so heftigen Schauern durchgeschüttelt, daß er auf einer Schlammbank rasten mußte. Er bemerkte die Spuren eines großen Körpers mit breitem Schleppschwanz in der Schlammoberfläche. Es war ihm egal.

Er lag auf dem Bauch, keuchend, zitternd. Dann krümmte sich sein Rücken, und er erbrach eine dunkle Flüssigkeit. Hatte er etwas von dem Wasser getrunken. Er mußte es wohl getan haben. Jetzt schien sein Magen sich zu einem Knoten verformen zu wollen. Ardan wurde von Krämpfen und Übelkeit geschüttelt. Er krümmte sich wie ein Fötus zusammen. Es schien ihm, als ob er stundenlang so dagelegen hätte, unfähig, sich zu bewegen, bis er von einem Grunzen ganz in der Nähe aus seiner Benommenheit geweckt wurde.

Er drehte sich um und erblickte eine dicke, hellhäutige Kreatur, die unter ihm im seichten Wasser lag. Ihr schweineähnlicher Kopf ragte aus dem Wasser. Sie betrachtete ihn. Die Augen waren klein, schwarz und feindselig. Als er den Blick erwiderte, schlug das Wesen mit einem breiten, ledrigen Schwanz auf das Wasser und warf einen Tropfenschauer auf.

Der Eigentümer der Schlammbank, dachte Ardan wie durch einen Nebel. Dann sank er wieder ins Delirium.

Diesmal träumte er.

Er war in seinem Mech, stand Feinden gegenüber. Er versuchte den Arm zu heben. Keine Reaktion. Er versuchte seine Umgebung abzusuchen, aber alle Monitore waren dunkel. Er wollte rennen … irgendwohin, nur um sich zu bewegen. Die Beine verweigerten ihm den Gehorsam.

Er war blind und hilflos, im Innern des Metallriesen gefangen, konnte nur darauf warten, daß sein Gegner ihm den Todesstoß versetzte. Er schrie, und das Echo hallte unablässig durch seinen Helm. Er rutschte … abwärts … abwärts über eine Rutsche zum Notausstieg.

Er fiel auf eine weite Ebene, die sich in beiden Richtungen bis zum Horizont erstreckte. Seine verzweifelt suchenden Blicke konnten kein Anzeichen von Leben entdecken. Das Gras unter seinen Füßen war dunkelbraun. Der Himmel war von einem kupfrigen Gelb, und eine böse Sonne starrte aus ihm herab. Seine Kehle war rauh; der Atem erreichte seine Lungen nur unter Schwierigkeiten.

Er keuchte und sank auf die Knie. Er fühlte sich, als säße ein Mech auf seiner Brust. Was war aus seiner Einheit geworden? Wo war Sep? Jarlik? Denek und Fram?

Er stöhnte, und seine eigene Stimme weckte ihn. Er blickte in zwei runde, rosafarbene Augen, und der Schock riß ihn zurück ins Bewußtsein.

Mit erheblichen Schwierigkeiten drehte er sich auf die Seite. Das kleine Tier — wenn es denn eines war — neben ihm schien sich an der Bewegung nicht zu stören. Es sah ihn gleichmütig an, als er sich mit einem Arm hochstemmte und aufsetzte.

Sein Kopf schwamm immer noch, aber Ardan war sicher, daß er wieder in der Wirklichkeit war. Der Sumpf wirkte exakt so, wie er ihn in Erinnerung hatte. Die Schlammbank war Wirklichkeit. Und die Schmerzen in seinem Arm, in Beinen, Kopf und Rücken waren auch echt.

Das Wesen, das er anstarrte, war klein. In sitzender Haltung reichte es ihm gerade bis zur Schulter. Sein Kopf war ebenso rund wie seine Augen, und es hatte Ohren mit langen Lappen, die ihm bis zu den Schultern reichten. Sein Mund war dünn und gerade, was einen affektierten Ausdruck zur Folge hatte, der in Kontrast zu den kindlichen Augen stand. Was Ardan zunächst als Tier angesehen hatte, schien ihm jetzt mehr ein Wesen irgendwo zwischen Tier und Mensch.

Ardan räusperte sich und schmeckte die letzten Reste von Erbrochenem im Mund. »Hallo«, sagte er mit einigen Schwierigkeiten.

Die Kreatur sprang mit katzengleicher Agilität aus seiner sitzenden Position nach hinten. Jetzt, wo sie stand, konnte er lange, dünne Beine, einen gedrungenen Körper und einen nervös zuckenden rudimentären Schwanz erkennen.

Sie starrte ihn einen Moment lang an. Dann stieß sie

ein hohes, dünnes Heulen aus, dessen Echo aus den Tiefen des Sumpfes widerhallte.

Verwirrt schüttelte Ardan den Kopf. Das Wesen beobachtete ihn aufmerksam. Dann schüttelte es den Kopf, wobei es Ardans Bewegung exakt nachvollzog. Als Ardan in der Geste, die auf den meisten Welten als Zeichen des Friedens verstanden wird, die Hand hob, streckte es auch die seine aus. Ardan war klar, daß dies keine Bedeutung hatte. Es war reine Nachahmung.

Dann hörte er in der Ferne ein anderes Geräusch. Platschende Schritte eilten durch seichtes Wasser. Schrilles Pfeifen und Zirpen begleitete den Lärm. Noch bevor ihm klar wurde, was da vor sich ging, war er von einem Dutzend dieser Kreaturen umringt. Sie waren in ihrem fahlen Fell nicht voneinander zu unterscheiden.

Die Neuankömmlinge pfiffen ihren Artgenossen kurz an, worauf dieser ein dichtgepacktes Klangpaket zirpender Antworten gab. Sie schienen sich in einer Sprache zu unterhalten. Ardan erinnerte sich vage an eine Reihe der Computerbänder über die Sumpfbewohner von Stein's Folly, aber keine der darin enthaltenen Informationen hatte ihn auf die Intelligenz vorbereitet, die er unter diesen rosaäugigen Gestalten spürte. Sie drehten sich wie ein Wesen um und sprangen Ardan an. Bevor er reagieren konnte, war er mit Stricken zu einem Bündel verschnürt. Dann hoben die Wesen ihn auf ihre Schultern und trugen ihn fort in den Dschungel, tiefer und tiefer zwischen die immer höher aufragenden Bäume.

Hier wurde die ganze Angelegenheit etwas undeutlich. Gelegentlich schien es Ardan, daß er wieder auf der Farm seines Vaters war und auf einer Ladung Getreide zur Scheune fuhr. Dann wieder fühlte er sich von einem wildgewordenen Mech davongetragen, der unkontrolliert dahinstürmte.

Er brannte vor Fieber. Er zitterte vor Kälte. Er erbrach sich und besudelte sich und die Wesen, die ihn trugen.

Sie tauchten ihn in einen Tümpel, wuschen sich ab und marschierten weiter.

Schließlich versank er in einer tiefen Dunkelheit, die ihm eine gewaltige Erleichterung brachte. Als er wieder zu sich kam, befand er sich erneut in der absoluten Finsternis des nächtlichen Sumpfes.

Er bewegte sich. Irgendwo in seiner Nähe zirpte es. Ein zweites, ferneres Zirpen antwortete. Ein Lichtschimmer näherte sich ihm, und er sah, daß er sich in einer Art Flechthütte befand, die zwar primitiv war, aber durchaus ihren Zweck erfüllte.

Er lag auf einem Lager aus Moos. Er war immer noch gefesselt, aber seine Schmerzen hatten nachgelassen. Sein Mund fühlte sich sauberer an. Anscheinend hatten sie ihm Wasser gegeben. Er hoffte, es handelte sich nicht um das furchtbare Zeug aus dem Sumpf.

Eine kurze Gestalt mit einer winzigen Fackel in der Hand stapfte in die Hütte. Soweit Ardan erkennen konnte, sah sie genauso aus wie alle anderen dieser Wesen, die er bisher zu Gesicht bekommen hatte. Nicht einmal das Geschlecht dieser Kreaturen ließ sich ausmachen.

Die Gestalt hockte sich neben ihn, überprüfte seine Fesseln, hob die Fackel und zog eines von Ardans Augenlidern nach oben. Sie grunzte. Das Geräusch schien Zufriedenheit auszudrücken.

»Schön, daß du dich freust. Das wäre dann wenigstens einer von uns«, erklärte er verärgert.

Das Wesen ließ sich auf die Fersen sinken und starrte ihn an. Eine komplexe Folge von Zirp-, Grunz- und Pfeiflauten lieferte Ardan eine mögliche Erklärung für den Ursprung zumindest eines Teils der nächtlichen Geräusche, die ihm zu schaffen gemacht hatten. Er konnte jedoch keinerlei Gemeinsamkeit mit irgendeiner Sprache ausmachen, die ihm je zu Ohren gekommen war. Er wollte die Achseln zucken, aber durch seinen gebrochenen Arm fuhr ein Schmerz, daß er aufstöhnte.

Das Wesen nickte zweimal entschieden. Es berührte sein Gesicht mit einem fragenden Finger, stieß ihm in die Rippen, untersuchte mit großem Interesse seine Zehen. Dann zog es sich zurück und nahm die Fackel mit. Die Hütte versank wieder in Dunkelheit.

Ardan schlief ein. Als er aufwachte, fiel Licht in die Hütte. Grünes Licht, von dem er annahm, daß es durch die Blätter und Zweige der riesigen Bäume gefiltert wurde.

Er fühlte sich krank. Noch nie im Leben hatte er sich so elend gefühlt, nicht einmal nach Verwundungen in der Schlacht. Von Zeit zu Zeit wurde er vom Fieber übermannt, mit Schüttelfrostanfällen und Gänsehaut. Sein Magen krampfte sich zusammen, fand aber nichts mehr, was er hätte erbrechen können.

Er roch Rauch. Er hatte es eindeutig mit intelligenten Lebewesen zu tun, die Feuer und Werkzeuge benutzten. Auf den Welten der Inneren Sphäre waren ein paar wenige nichtmenschliche Intelligenzen aufgetaucht, aber diese hier waren mit Sicherheit die seltsamsten.

Er lag still da und wartete. Das Fieber schottete ihn von der Wirklichkeit ab. Nichts war von Bedeutung für ihn. Ihm war gleichgültig, was geschah.

Als die Prozession kam, wehrte er sich nicht. Sie hoben ihn hoch und trugen ihn hinaus zu einer Bahre aus grünen Zweigen, die mit Stricken zusammengebunden waren. Nachdem sie ihn darauf gelegt hatten, füllten sie den Rest der Bahre mit stark duftenden grünen, rosafarbenen und purpurnen Blumen, die bis auf ihren drachenähnlichen gelben Schlund an Orchideen erinnerten.

»Hier kommt die Braut«, murmelte er und zitierte dabei ein altes Buch. Überlieferte Traditionen und Rituale hatten ihn schon immer fasziniert. Jetzt sah es ganz danach aus, als sollte er an einem solchen Ereignis teilnehmen.

Einer der Eingeborenen kreischte schrill. Die übrigen

stellten sich augenblicklich auf, hoben die Bahre hoch und planschten ins Wasser um den Hügel, auf dem die Hütte stand.

Ardan hatte den Eindruck, daß sie einen weiten Weg zurücklegten. Er starrte hinauf in die lianenverhangenen Baumwipfel. Vogelähnliche Kreaturen flatterten vorbei, während andere Wesen, die an Primaten der alten Erde erinnerten, die Prozession entlang der Äste und Lianen begleiteten.

Er sank in einen Zustand inneren Friedens, der erst unterbrochen wurde, als seine Träger anhielten. Sie richteten die Bahre auf, bis er stand, gestützt von dem Holzrahmen, an den sie ihn gebunden hatten.

Er befand sich auf einem größeren Stück trockenen Lands, umgeben von tiefgrünem Wasser. In beträchtlichem Abstand voneinander erhoben sich einige Bäume. Aus unerfindlichen Gründen zählte Ardan sie. Insgesamt waren es achtzehn. An alle Bäume bis auf einen war mit Stricken ein Skelett gefesselt.

Die Knochen waren unzweifelhaft menschlichen Ursprungs. Kein Eingeborener hatte diese Größe. Die Schädel waren unverkennbar, die Brustkörbe von Kletterpflanzen überwuchert. Die Fußknochen wurden von einem spärlichen Wuchs dünnen Grases verdeckt.

»Wundervoll!« stöhnte er. Wie lange mochten die Wilden wohl auf das letzte Opfer gewartet haben, das den Satz komplettierte?

»Stein? Bist du das alter Junge?« fragte er laut. Die Eingeborenen ignorierten ihn.

»Folly — Torheit — ein passender Name. Ich wette, du bist mit deinen Leuten in die Sümpfe marschiert, ganz wild auf Entdeckerruhm, und gebracht hat es dir ... *das!*« Er richtete seine Aufmerksamkeit wieder auf die Eingeborenen, die mit irgendeiner nicht zu deutenden Angelegenheit ungeheuer beschäftigt schienen.

Sechs von ihnen kamen auf ihn zu, schnitten die Bahre mit ihren krallenbewehrten Fingern ab und lehnten ihn an den letzten unverzierten Baum. Sie warfen ein paar Stricke über ihn und wanden sie immer wieder um seinen Körper und den Baumstamm.

Ohne einen weiteren Laut waren sie verschwunden, und Ardan blieb zurück. Nun hatte er Zeit, sein Schicksal zu überdenken.

16

Hanse Davion stand neben dem Holotisch und starrte auf die nervös blinkenden Lichtpunkte, die Schiffe im Sprung repräsentierten. Die Tatsache, daß sämtliche der weit entfernten Schiffe ihr Ziel bereits erreicht hatten und der Tisch ihm nur die neuesten Informationen vermittelte, hatte keinerlei beruhigende Wirkung auf ihn. Er wußte, daß seine Leute Stein's Folly zurückerobert hatten, aber noch war der Kampf nicht vorbei. Jetzt mußte der Prinz Entscheidungen treffen, die den Kommandanten, dessen Instinkt ihren Sieg im letzten Augenblick aus dem Schlund des Untergangs gerissen hatten, eine Hilfe sein mochten oder eine Behinderung.

Er blickte auf, als sein persönlicher Adjutant Ferral den Raum betrat. »Wir hatten Glück, Fer. Wenn wir den Job nicht den besten Kommandeuren übertragen hätten, wäre es ein Schlag ins Wasser gewesen. Ist der Bote mit seinem Bericht fertig?«

Der jüngere Mann sah zu Boden. Seine Kiefermuskeln spannten sich, und seine ganze Haltung zeugte von der Scheu, das zu sagen, was ihn hierher gebracht hatte.

Als er aufsah, starrte Hanse ihn an, und die ersten Sorgenfalten zeigten sich auf seiner Stirn.

»Der Bericht besagt, daß ... daß Ardan Sortek vermißt wird. Er wird nicht als tot geführt ... man hat keine Leiche gefunden, obwohl sein *Victor* schwer mitgenommen war. Aber von ihm war keine Spur zu entdekken.«

»Hat man das Gelände nach ihm abgesucht?« Die Frage kam in einem Tonfall, der in seiner Schärfe für den Prinzen unüblich war.

»Nein. Angesichts des unverändert heftigen Widerstands blieb dazu keine Zeit. Die gesamten verbliebenen Kräfte sind damit beschäftigt, die eroberten Gebiete zu halten. In geregelten Abständen ziehen Liao-Truppen ab, und wir nehmen an, daß sie sich nach Redfield zurückziehen, aber wir haben trotzdem noch alle Hände voll zu tun.«

Hanse starrte wieder auf den Holotisch, als könnte der Mechanismus ihm sagen, wo sein Freund steckte. Als er wieder aufsah, hatte er sich unter Kontrolle.

»Geben Sie Befehl, daß alle Anstrengungen unternommen werden, Sortek zu finden! Er ist nicht nur ein alter und guter Freund, er weiß Dinge über mich und unsere Methoden, die dem Feind sehr nützen würden. Die Befragung mit chemischen Mitteln umgeht auch die Instinkte des loyalsten Freundes. Er darf nicht in die Hände des Gegners fallen. Und sollte es doch geschehen, muß er gerettet werden, koste es, was es wolle.«

Davion wandte sich um und starrte durch das Kuppelfenster in den nachmittäglichen Himmel. »Stellen Sie mindestens eine Einheit für diese Aufgabe ab. Sie ist für mich und für unsere Sicherheit gleichermaßen von äußerst wichtiger Bedeutung.« Er blickte sich nicht um, als sein Adjutant antwortete.

Erst als die Tür sich wieder schloß, drehte Hanse sich um. Das ganze Unternehmen war ein Tanz auf des Messers Schneide gewesen; ein Tanz, den sie mit Glück und Geschick auf die Bretter gelegt hatten. Er war der glücklichste aller Sterblichen, in seinen Diensten Männer vom Kaliber eines Felsner zu wissen, eines Hamman ... und eines Ardan Sortek.

Er erinnerte sich an Ardan als Kind, wie er auf Hanses starken jungen Schultern geritten war, und später an ihre Spaziergänge durch die Felder vor der Stadt, in der sie aufgewachsen waren. Bei Sport und Spiel war der junge Sortek sein Schüler gewesen.

Er schüttelte sich und ging an einen Monitor. Es wurde Zeit, daß er die neuesten Berichte las. Er hatte wichtige Entscheidungen zu treffen. Er durfte sich nicht wieder von Gedanken an Ardan ablenken lassen, bis sich eine konkrete Möglichkeit bot, etwas zu tun.

Die Baumrinde war rauh. Die inzwischen stark abgenutzte Kühlweste konnte seinen Rücken immer noch schützen. Die Eingeborenen hatten ihm jedoch die Arme nach hinten gefesselt, und die Stricke aus groben Rindenfasern gruben sich in seine Haut.

Ardan war immer noch in den Krallen des Fiebers; er mußte unwillkürlich kichern. Das war bei weitem die lächerlichste Halluzination, die er je erlebt hatte. Die Eingeborenen waren Witzfiguren. Und das Ritual mit den skelettverzierten Bäumen war noch komischer. »Ich werde euch wegen eurer schönen rosa Augen Pinks nennen«, lallte er und kicherte von neuem.

Er schaute sich die Knochentrophäen an. Die meisten waren mit der Zeit braun geworden, und ein paar hatten durch Pilzbefall einen grünlichen Schimmer. Ziemlich widerwärtig. Wie hatte es sein Geist geschafft, auf etwas derart Bizarres zu kommen, selbst im Fieberwahn?

Er starrte das Skelett an, das an dem Baum gegenüber gefesselt war. Der Nachbar grinste abwesend zurück. Das Skelett wirkte gelangweilt, so als sei der Witz schon seit langem nicht mehr komisch. Ein kleines Reptil tauchte auf, leuchtend gelb, mit schmutziggrünen Streifen. Es kroch durch seinen Brustkorb, und wand sich um ein Schlüsselbein.

Sein Magen rebellierte, und Ardan begann krampfhaft zu würgen. Wogen des Schmerzes brandeten durch seinen Körper. Die engen Fesseln hatten den Blutkreislauf seiner Gliedmaßen unterbrochen und tausend Nadeln stachen in ihnen.

Die Schmerzen zwangen ihn zum ersten Mal seit Stunden wieder in den Wachzustand. Das hier war keine Einbildung. Das war Wirklichkeit. Mitten im Sumpf stand er an einen Baum gefesselt, umgeben von den Überresten früherer menschlicher Expeditionen in dieses Gebiet. Er würde verrotten wie seine Vorgänger, und Schlangen würden in seinem Bauch nisten.

Er wußte, daß Hilferufe zwecklos waren, aber er schrie trotzdem. Zu seiner Überraschung antwortete ihm ein fernes, aber deutliches »Hallooooo!«

Freund? Feind? Im Augenblick war das Ardan egal.

Henrik haßte den Sumpf. Seine normale Liao-Uniform war zu dick, zu heiß und zu eng, um damit durch ein derartiges Gelände zu streifen. Das Schmutzwasser drang durch die Hosenbeine und in seine Stiefel. Seine Füße schwollen an und dampften. Er wußte, daß seine Männer ihn heimlich verfluchten. Er verfluchte seinen Kommandeur ganz genauso, auch wenn er wußte, daß Ridzik gute Gründe hatte, diese Suche anzuordnen.

Dieser Pfuhl quoll über vor Reptilien und anderen ekligen Kreaturen, die noch bösartiger aussahen. Die Luft war voller Insekten, die unentwegt damit beschäftigt waren, sie zu stechen oder zu beißen. Er schob eine herabhängende Liane zur Seite und hatte plötzlich einen langen, grünen Tierkörper in der Hand, der mit fürchterlicher Geschwindigkeit herumfuhr und lange Zähne in seinen Ärmel schlug.

Einen Augenblick lang war er dankbar für die schweren Kleider, die er die ganze Zeit verflucht hatte. Die Fänge kamen nicht durch den schweren Stoff, und zwei gelbe Gifttropfen perlten ab und fielen ins Wasser neben seinen Stiefeln.

Mit einem Aufschrei schleuderte er das Ding von

sich, und seine Männer sprangen auseinander, um ihm einen Fluchtweg zu ermöglichen. Die meisten stammten von Welten, auf denen es keine Schlangen gab, und zuckten unwillkürlich zurück. Henrik selbst tat einen Schritt nach hinten in ein tiefes Loch und stürzte mit einem gewaltigen Klatschen hintüber. Der grünbraune Schlamm unter ihm brodelte auf, und er fand sich auf dem Rücken wieder, von wo aus er in den Baum hinaufstarrte.

Henrik blickte geradewegs in zwei rosafarbene Augen, die kreisrund und ängstlich in einem beinahe leeren, runden Gesicht standen. Noch so ein verrücktes Tier. Ein fahles Fell hing an farbloser Haut, und sein kurzer, nutzloser Schwanz zuckte nervös.

Er wurde von zwei seiner Männer wieder hochgezogen, die ihm halfen, den stinkenden Dreck von der Uniform zu wischen. Henrik trocknete sorgfältig seine Waffen. Was für ein Ort! Voll von Tieren, Schlangen, Insekten! Nur der Kerl, nach dem sie suchten, schien spurlos verschwunden zu sein.

Aber sie hatten am grasbedeckten Rand des Tals einen Kanister mit Feldausrüstung gefunden, der das Sortekwappen trug. Ein deutlicher Weg aus niedergedrückter Vegetation hatte sie geradewegs hierher geführt. Auf einer Schlammbank hatten sie allem Anschein nach von einem Menschen stammende Spuren gefunden.

Sortek mußte hier irgendwo sein!

Der Tag verging und zeigte sich noch unbehaglicher, als selbst ein Soldat erwarten durfte. Als die Dunkelheit hereinbrach, mußten sie wohl oder übel wie ein Schwarm dreckiger und mißgelaunter Vögel auf einem krummgewachsenen Baum Zuflucht suchen, wo sie sich zusammenkauerten, bis das Tageslicht wiederkehrte. Selbst in einem vertrauten Sumpf konnte man leicht genug jemanden verlieren. An einem so fremdartigen Ort wie diesem gab es keine Möglichkeit, sich vor seinen unbekannten Gefahren zu schützen.

Seine Gruppe aus vier Mann hatte diesen Weg genommen. Vier andere waren in entgegengesetzter Richtung aufgebrochen. Weitere vier hatten sich, so gut sie es anhand ihrer Karten ausmachen konnten, in Richtung auf das Zentrum des Sumpfgebiets aufgemacht. Das mußte doch genügen, den Kerl aufzustöbern, den sie suchten!

Der Morgen zog sich mit lähmender Zähigkeit dahin. Sie platschten, brachen und krochen durch das Gelände, drangen immer tiefer in die Wildnis aus Wasser und Bäumen vor. Die Sonne versank bereits hinter dem dichten Blätterdach, als Henrik in der Ferne irgend etwas hörte. Einen Ruf! Von einem seiner anderen Männer?

Mit einer Geste hielt er seine Gruppe an. Dann legte er die Hände trichterförmig um den Mund und brüllte: »Hallooooo!«

Einen Augenblick lang herrschte Stille. Dann ertönte der Ruf erneut. So gut er konnte, bestimmte er die Richtung, aus der er kam. Dann winkte er seine Männer weiter.

So schnell es angesichts des unsicheren Geländes ging, bewegten sie sich weiter. Noch bevor die Dunkelheit vollends hereingebrochen war, stand Henrik auf einem großen Erdhügel, der aus dem Wasser ragte und einen Hain gewaltiger Bäume trug.

Er sah den Mann zuerst, der sich in seinen engen Fesseln drehte und wand.

Zwei von Henriks Männern eilten vor, um ihn loszuschneiden. Selten hatten sie ein bemitleidenswerteres Exemplar der Gattung Mensch zu Gesicht bekommen. Der halbnackte Mann war mit Schnitten, Striemen, blutigen Narben und den Spuren der grausam einschneidenden Stricke bedeckt. Feind oder nicht, Henrik bedauerte ihn.

Der Mann war so mit Dreck und Schlamm verschmutzt, daß es kaum möglich war, sein Aussehen festzustellen. Seine Augen jedoch waren aufgerissen; sie wirkten wild und wirr.

»Folly!« stieß er aus. »Steins Torheit! Seht euch um? Seht ihr, was ich gesehen habe? Oder habe ich mir das alles nur eingebildet?«

Henrik schaltete den Scheinwerfer ein und ließ den Lichtkegel von einem Baum zum anderen wandern. Fast hätte er die Lampe fallen lassen, als er erkannte, was die Gestalten, die er für Lianenwucherungen gehalten hatte, tatsächlich bedeuteten.

Er hörte auch das Keuchen seiner Männer, als sie erkannten, daß sie von menschlichen Skelettresten umgeben waren. Henrik schauderte. Er war Soldat. Der Tod war weder ihm noch einem seiner Männer fremd. Aber das hier war kein Tod auf dem Schlachtfeld, das war etwas Fremdartiges, Gräßliches.

Hastig bauten die Männer eine Trage. Mochten sie auch auf festem Boden stehen, so kam doch keiner von ihnen auf die Idee, hier die Nacht zu verbringen. Nur ein Gedanke hatte Platz in ihren Köpfen, einschließlich dem Henriks.

Sie mußten schleunigst aus diesem Sumpf hinaus. Wer immer dies getan hatte, war intelligent. Und feindselig. Sie hatten keinerlei Interesse daran, ihm zu begegnen.

Der folgende Nachtmarsch war fürchterlich. In regelmäßigen Abständen pausierte Henrik, um sein Signalhorn zu betätigen und den übrigen Trupps mitzuteilen, daß ihre Suche beendet war. Jedes dieser Signale scheuchte die Bewohner der Sümpfe zu neuen Höchstleistungen auf: Der Lärm, der ihm folgte, war ohrenbetäubend.

Die Scheinwerfer halfen kaum. Statt dessen sorgten sie für schreckenerregende Schattenspiele und ließen Myriaden von Augen aufleuchten, die jeden Schritt mit bösen Blicken begleiteten.

Kurz vor Morgengrauen trafen Henrik und seine

Männer auf den Rest ihrer Einheit, aber auch das konnte das Gefühl des Schreckens nicht vertreiben. Als es endlich hell wurde und die dunstige Wasseroberfläche, die schattigen Baumriesen und die rätselhaften Tiefen des Gebüschs zu sehen waren, atmeten sie wie ein Mann erlöst auf ... und hasteten noch schneller durch das widerliche Wasser und den noch widerlicheren Schlamm.

Sie waren nicht überrascht, daß ihr Gefangener in Ohnmacht gesunken war. Der Gedanke daran, allein in diesem Sumpf zu bleiben, an einen Baum gefesselt, in der Gesellschaft längst Verstorbener, erfüllte Henrik mit Gefühlen, denen er wohlweislich nicht auf den Grund ging.

Als sie die Ebene erreichten, warf sich Sortek auf der Bahre wild hin und her und machte es seinen Trägern schwer. Abwechselnd schrie und weinte er. Der Medpack schien nichts zu enthalten, was ihm Erleichterung verschaffen konnte. Als sie ihn endlich in ihr Fahrzeug verfrachtet hatten, kam es ihnen wie eine Erlösung vor.

Die Gruppe erreichte die Hauptbasis ohne Schwierigkeiten, und Henrik war dafür ehrlich dankbar. Diese Aufgabe war von Beginn an die schlimmste seiner Laufbahn gewesen. Er übergab den Gefangenen entsprechend der Dienstvorschrift an Ridzik und sah neugierig zu, als die MedTechs ihn abtransportierten.

»Es würde mich wundern, wenn er lange genug überlebte, um noch jemandem zu nützen«, stellte er murmelnd fest.

Ridzik drehte sich mit einem wütenden Blick um. »Er wird überleben, Henrik. Wir werden dafür sorgen. Sie haben gute Arbeit geleistet. Bereiten Sie Ihre Einheit zum Abtransport nach Redfield vor. Wir ziehen in den nächsten zwei Tagen ab.«

»Was ist mit ihm?« Henrik deutete mit einem Kopfnicken in die Richtung, in die Sortek verschwunden war. »Sir?«

»Er ist nicht transportfähig. Das sehe sogar ich. Er

wird bei den letzten sein, die aufbrechen. Das gibt uns Zeit ...« Ridziks Stimme verklang, und er schien sich auf etwas vor seinem inneren Auge zu konzentrieren.

»Keine Zeit für Spekulationen«, sagte er schroff. »Machen Sie sich fertig, Henrik! Und danke.«

Henrik dachte über die letzten Worte des Oberst nach. Die Gefangennahme dieses kranken Mannes mußte wichtig gewesen sein. Ridzik war nicht dafür bekannt, daß er seinen Untergebenen dankbar war.

17

»Kultur Dreizehn, Negativ. Wir beginnen mit dem Test der Kultur Vierzehn.«

Die Stimme schien im Innern seines Schädels zu erklingen. Ardan wollte die Augen öffnen, um festzustellen, wer diese seltsamen Sätze sprach, aber er war nicht dazu in der Lage. Kein Muskel seines Körpers schien bereit zu gehorchen. Nicht einmal sein Wille funktionierte. Er wollte sich weder bewegen noch reden. Er wollte nicht einmal atmen.

Er fühlte, wie seine Brust sich bewegte. Er wußte, daß er sie nicht hob und senkte ... er war fertig mit dem Atmen. Fertig mit allem. Aber unbeirrt pumpte sein Körper Luft in die Lungen und preßte sie wieder hinaus.

Er versank in schwarze Tiefen ... wie Sumpfwasser. Er versuchte zu schreien, aber nichts geschah. Dann war er tief im Innern der Dunkelheit und sah Lichterschemen bösartiger Farben. Augen ohne Körper. Körper ohne Augen.

Rosa Augen. Blinde Schädel.

An einen Baum gefesselt hing ein Kind, seine Eingeweide hingen aus einer Bauchwunde. Eine Schlange versuchte hineinzukriechen ... die Stelle der Gedärme einzunehmen. Und das würde das Kind in ein Monster verwandeln! Ein fremdartiges Monster, das zu jedem Verbrechen in der Lage war!

Ardan wand sich und stöhnte. Er spürte Hände. Etwas brannte sich eine Ader seines linken Arms entlang, und Vergessen schien ihm zu folgen. Doch das Vergessen verwandelte sich in einen neuen Alptraum.

Er wanderte in seinem *Victor* durch eine wunderschöne Landschaft. Vor ihm standen Bäume, die reifes Obst trugen. Ihre Äste bogen sich hinab zu den in sanften Tönen blühenden Blumen im Gras. In gepflegten Gärten standen Häuser, deren Wände von Ranken bedeckt waren, an denen schwere Trauben hingen.

An der Straße, die er entlangging, breiteten sich Felder aus. Vögel sangen, während sie in Formation vorbeiflogen und Insekten fingen. Es war so wunderschön! Er achtete darauf, seinen Mech genau in der Mitte des gepflasterten Weges zu halten, um nichts zu beschädigen.

Er trat in den von dichten grünen Schatten erfüllten Wald. Ein Gefühl des Friedens lag über diesem Ort, und gerne hätte er angehalten, um sich auszuruhen, aber der Mech marschierte weiter. Egal was Ardan tat, es schien, als hätte der *Victor* einen eigenen Willen. Er konnte ihn nicht kontrollieren.

Endlich blieb der Mech stehen. Er schwankte … und drehte sich auf seiner metallenen Ferse um.

Ardan keuchte auf. Hinter ihm lag völlige Zerstörung. Der Wald war zerschlagen, ruiniert. Nur Baumstümpfe und verkohlte Stämme zeigten, wo er einmal gestanden hatte. Die Straße war aufgerissen. In den Spalten wucherte Unkraut, und kleine Bäume erhoben sich aus ihren Überresten. Die Häuser waren verschwunden. Die Felder waren öde, braun, verbrannt. Nicht ein Obstbaum war geblieben, kein Vogel, nicht einmal ein Insekt lebte noch in der leeren Szenerie.

»Ich bin ein Vernichter!« sprach er mit lauter Stimme. »Ich bin ein Schwert und ich bringe Unheil, wohin ich auch gehe. Selbst der heimtückischste Dolch kann nicht schlimmer wüten als ich.«

Und mit diesen Worten wachte er zum ersten Mal seit zwei Tagen völlig auf.

Er sah sich um. Sein Blick war vernebelt, aber er reichte aus. In der kleinen Kammer befand sich sonst niemand, aber der Vorhang über der Tür bewegte sich noch, so als sei gerade erst jemand hindurchgegangen. Ein Tablett neben seinem Bett enthielt Sprühgeräte mit Medikamenten, die wohl für ihn gedacht waren.

Mit einiger Mühe fixierte er das Tablett. Auf den Medikamentenbehältern sah er das winzige grüne Dreieck mit dem gepanzerten Schwertarm Haus Liaos.

Er war ein Gefangener.

Der Gedanke löste einen Adrenalinstoß aus. Er bewegte sich. Seine Muskeln gehorchten.

Einen Moment lang blieb er erstaunt liegen. Er war so lange Zeit so schwach gewesen ... wie konnte er sich jetzt plötzlich bewegen? Die verantwortlichen Med-Techs mußten Meister ihres Fachs sein.

Er wand sich und setzte sich ungeheuer vorsichtig auf. Bevor er einen weiteren Versuch unternahm, ließ er zunächst das Schwindelgefühl in seinem Schädel abklingen. Er blickte an sich hinab und sah, daß er in einen sauberen weißen Kittel gekleidet war. Unter der Pritsche, auf der er gelegen hatte, stand ein Paar Pantoffel.

Vorsichtig schwang er die Beine zur Seite. Nicht schlecht ... ein leichtes Schwindelgefühl, aber das schien sich zu legen. Die Pantoffel hatten die richtige Größe für seine breiten Füße.

Als er aufzustehen versuchte, stürzte er beinahe. Sein Gehirn schien im Innern seines Kopfes zu schwanken wie ein Schiff bei starkem Seegang. Aber er war entschlossen zu stehen, zu gehen. Von hier wegzukommen, solange sein Wärter anderweitig beschäftigt war.

Noch während er seine Beine zur Kooperation zwang,

wunderte sich Ardan über die Situation, in der er sich befand. Er war ein Gefangener. Die MedTechs mußten wissen, was ihre Medikamente bewirken konnten. Warum hatten sie ihn alleingelassen, als er gerade das Bewußtsein wiedererlangte?

Er brachte seine abschweifenden Gedanken wieder in feste Bahnen. Wie der Grund auch lauten mochte, er mußte hier raus. Seine Einheit wiederfinden. Sehen, ob sein Tech den *Victor* reparieren oder genug Ersatzteile auftreiben konnte, um einen HybridMech daraus zu machen. Es gab soviel zu tun ... und er hatte keine Ahnung, wie der Angriff verlaufen war.

Hinter dem Vorhang lag ein leerer Korridor. An seinem Ende konnte er hinter einer geschlossenen Türe Stimmen hören. Er schlich sich in den Gang und wandte sich in die andere Richtung. Tür reihte sich an Tür. Manche standen offen und führten in leere Räume wie den, den er gerade verlassen hatte, andere waren geschlossen. Ardan stieß eine von ihnen auf und sah sich einer bandagierten Gestalt in einem orthopädischen Rahmen gegenüber.

Er ging weiter und versuchte von Zeit zu Zeit eine der Türen. Schließlich fand er eine, die in einen anderen Korridor führte. Er war dunkel, so als werde er kaum benutzt. Mit Glaseinsätzen versehene Türen auf beiden Seiten ließen einen schwachen Lichtschein in den Gang fallen. Er trat an die linke Tür und blickte in den dahinterliegenden Raum.

Es war ein großer Raum, gefüllt mit ungewöhnlichen und irgendwie beunruhigenden Instrumenten. Zellen mit Glaswänden bedeckten eine der Seitenwände, und er hörte das Summen von Motoren, als ob unter dem Boden Kompressoren arbeiteten.

Er lehnte sich gegen einen Metalltisch in der Mitte des Zimmers. Sein Kopf ... in seinem Kopf drehte sich wieder alles. Hinter seinen Augen entstanden Bilder. Alptraumszenen stiegen aus den Tiefen seines Unterbewußtseins an die Oberfläche. Er preßte die Hände auf die Augen und stöhnte.

Das Geräusch wurde aus einer der Zellen leise beantwortet. Er drehte sich schwerfällig um und versuchte, durch die Reifschicht zu blicken, die das Glas überzog.

Im Innern der Zelle befand sich jemand. Jemand ... den er kannte ...? Er trat näher heran, preßte die Hände gegen das Glas und brachte sein Gesicht dazwischen, um die verschwommene Gestalt anzustarren. Als hätte seine Aufmerksamkeit das Licht eingeschaltet, erhellte sich die Zelle.

»Hanse!« wimmerte er und kratzte mit tauben Fingern an der Glaswand. »Hanse, was haben sie mit dir gemacht?«

Das vertraute Gesicht war leer. Die Augen waren geschlossen.

Während er es anstarrte, begann er kleine Unterschiede festzustellen. Die Lach- und Sorgenfalten, die Hanses eckiges Gesicht zeichneten, fehlten in dieser Version. Der spezielle Ausdruck, der Hanses Züge in etwas Besonderes verwandelte, hatte sich auf diesen identischen Zügen nicht breitmachen können.

Das hier war eine Kopie, die noch auf die Fertigstellung wartete. Die darauf wartete, eingesetzt zu werden ...

Sein Schädel pochte, und sein Hirn schien zu wogen wie Wasser in einem Eimer. Ardan wich von der Tür zurück. Er hatte eine Entdeckung von immenser Wichtigkeit gemacht. Sicher gab es irgend jemanden, der seine Schlüsse daraus ziehen konnte.

Aber erst mußte er fort von hier. Er mußte die Davion-Streitkräfte finden, wo immer sie sein mochten. Blind wandte er sich um; sein geringer Kraftvorrat war verbraucht. Wie im Traum stolperte er zurück in die Zelle, in der er aufgewacht war.

Lees Hamman akzeptierte den Auftrag mit Enthusiasmus. »Ich hole ihn raus«, versicherte er Felsner. »Wenn der Bericht unseres Spions korrekt war, werde ich ihn finden und zurückbringen. Wir haben schon schwierigere Probleme gemeistert als den Einbruch in einen Liao-Stützpunkt. Aber wenn unsere Informationen stimmen, muß er sich in ziemlich schlechtem Zustand befinden.«

»Unseren Informationen zufolge sind kaum noch Bewacher oder Personal da«, stellte Felsner fest. »Ich frage mich, warum sie sich die Mühe gemacht hatten, Ardan zu fangen, wenn sie ihn dann kaum bewachen? Das ist seltsam.«

»Freuen wir uns lieber. Ich werde eine Infanterieeinheit als Reserve mitnehmen. Das verlangt eine subtilere Vorgehensweise als einen direkten Mechangriff. Sie könnten ihn umbringen, bevor wir ihn gefunden haben.«

»Allerdings. Wir haben einen Kundschafter dafür abgestellt. Er könnte sich als nützlich erweisen.« Felsner reichte seinem Untergebenen die Hand. »Viel Glück, Lees. Von diesem Auftrag hängt einiges ab.«

»Ich weiß. Also machen wir uns auf den Weg!«

Der Kundschafter, ein Mann namens Rem, wartete zusammen mit den übrigen sechs Mann, die für diese Operation eingeteilt worden waren, auf Hamman. In seinem Quartier knieten sie sich auf den Boden und breiteten die detaillierte Karte des Liao-Hauptquartiers zwischen sich aus.

»Ihr Freund ist in sehr schlechter Verfassung. Der Informant hat ihn gesehen, als er gebracht wurde. Dehydriert, im Delirium. Halb verhungert. Verletzt ... ein gebrochener Arm, schwere Schnittwunden und Prellungen am ganzen Körper. Und die Meds nehmen an, daß er irgendeinen Organismus geschluckt haben muß, der seinen Körperhaushalt und seine Verdauung schwer durcheinandergebracht hat. Er wird das Gebäude nicht aus eigener Kraft verlassen können.« Rem deutete auf einen L-förmigen Anbau des Hauptgebäudes.

»Das ist der Haupthospitalflügel. Jedenfalls haben ihn unsere Kommandeure dafür benutzt. Er beherbergt alle notwendige Ausrüstung, Betten, alles. Also benutzen die Liaos ihn genauso. Ich bin mir ziemlich sicher, daß er irgendwo an diesem Hauptkorridor liegt.«

Hamman betrachtete die Entfernung von ihrer derzeitigen Position zum Liao-Stützpunkt. »Wie lange dauert es, bis wir dort sind? Und können wir ungesehen herankommen?«

»Sechs Stunden mit einem Schweber«, erwiderte Rem. »Und wir können in diesem Waldstreifen hier runtergehen ... sehen Sie?« Er legte einen Finger auf die Karte. »Genau hier. Dann können wir in einen Abwasserkanal klettern, der in diesen Bach mündet. Er versorgt die Reaktoren, wir werden also Strahlenschutzanzüge und -stiefel brauchen. Aus dieser Richtung werden sie keinen Einbruch erwarten — wenn sie überhaupt etwas von dem Rohr ahnen.«

Er grinste. »So lange sind sie noch nicht hier. Ich bezweifle, daß sie ihn schon entdeckt haben.«

»Gut«, erklärte Hamman. »Können Sie die notwendige Ausrüstung innerhalb der nächsten zwei Stunden besorgen? Damit könnten wir etwa gegen Sonnenuntergang dort sein. Die passende Zeit für einen derartigen Vorstoß.«

»Ist klar«, antwortete der Kundschafter. »Landezeit neunzehn Uhr?«

»Ganz genau.«

Sie schafften es nicht exakt, aber ihr Timing reichte aus. Als sie den Schweber auf einer Lichtung abstellten, war es dunkel. Sie legten ihre Schutzanzüge an und schlichen durch den Wald, um den Bach zu suchen. Sie fanden ihn zwischen schmalen Ufern, halb zugewachsen mit Farnen und Unterholz. Der plätschernde Bach konnte die Männer vor einer Entdeckung verbergen, bis sie die Stelle erreichten, an der er in den Tunnel mündete.

Sie bewegten sich so leise wie möglich durch das Wasser, bis neben ihnen eine noch tiefere Finsternis auftauchte. Der Eingang des Abwasserkanals.

Vorsichtig entfernten sie das Schutzgitter mit den Spezialwerkzeugen, die Rem dafür besorgt hatte. Einmal im Innern des Rohrs wurde das Wasser seicht. Als sie sich einen Weg den Tunnel hinauf bahnten, begannen ihre Geigerzähler schneller zu rattern.

Sie verzichteten weitestgehend auf Licht. Nur Rem hatte einen Leuchtstab, der gerade ausreichte, um zu verhindern, daß sie an Tunnelbiegungen gegen die Wand liefen.

Als sie die Abschirmwand erreichten, von der aus das Hauptrohr gespeist wurde, sahen sie sich einem weiteren Schutzgitter gegenüber. Auch dieses Gitter mußte ihrem Werkzeug weichen. Diesmal waren sie so vorsichtig, daß kaum ein Geräusch ihre Arbeit begleitete.

Und dann standen sie im Untergeschoß des Gebäudes. Hamman, der die Karten auswendig gelernt hatte, wandte sich nach rechts und kletterte zu einem Inspektionssteg hinauf. Jetzt kam es darauf an, ob sie Glück hatten ... oder Pech. Er konnte nur das Beste hoffen.

18

Ardan hatte es irgendwie geschafft, zurück in sein Bett zu kommen, bevor er wieder ohnmächtig wurde. Jetzt bewegte er sich wieder, versuchte zu sprechen, und eine Hand berührte sein Gesicht. Eine gedämpfte Stimme sprach mit jemand auf der anderen Seite der Tür. Er versuchte etwas aufzuschnappen, aber die Worte waren zu verzerrt, um einen Sinn zu ergeben.

Er erinnerte sich an etwas ... an eine solide Tatsache,

auf die er sich verlassen konnte. Er *hatte* die Medikamente gesehen. Sie *waren* mit Liao-Insignien markiert gewesen. Also war er in der Hand des Feindes.

Er versuchte nicht mehr zu sprechen und die Menschen in seiner Umgebung vor dem Hanseduplikat zu warnen, das er gesehen hatte. Die Erinnerung an seine Wanderung durch das Gebäude wurde allmählich unwirklich und verschwommen, aber der Anblick jenes leeren Gesichts in der Zelle war klar und deutlich in seine Erinnerung eingebrannt.

Eine Hand schüttelte ihn an der Schulter. Die Stimme vor der Tür wurde deutlicher. »Hat er es gesehen?«

Was gesehen? fragte sich Ardan, als er sich unter dem Druck der Hand schlaff bewegte. Er wollte jetzt nicht wieder ins Bewußtsein zurückkehren. Er war zu groggy ... und es warteten zu viele Fragen auf ihn. Er sank tiefer ...

Dann erklang draußen Lärm. Keine Stimme. Ein Schlag. Das Krachen einer Handwaffe. Ein Schrei, der plötzlich abbrach. Die Hand war fort. Das Zimmer schien bis auf ihn verlassen.

Mit einer ungeheuren Anstrengung öffnete er die Augen. Die Lider waren schwer, wie verklebt. Er sah Gestalten in hellen Anzügen, die sie von Kopf bis Fuß einhüllten. Zwei von ihnen drangen in sein Zimmer. Er versuchte sich zu bewegen, sich aufzusetzen. Eine der Gestalten riß sich die Kapuze vom Kopf.

»Lees!« flüsterte er. »Wie ...? Woher ...?«

»Später! Jetzt müssen wir dich erstmal in den Overall kriegen, der da im Schrank hängt. Versuch nicht, mir zu helfen. Ich kann dir ansehen, daß du noch nicht ganz auf dem Damm bist. Rem, pack ihn an der anderen Seite! Okay, Ardan? Wir hauen ab!« Die Stimme verstummte, und die beiden Männer hoben Ardan hoch. Sie trugen ihn den Korridor entlang, den er schon einmal gesehen hatte.«

Schon auf der kurzen Strecke bis zu den Doppelschwingtüren an seinem Ende driftete Ardan immer wieder in die Bewußtlosigkeit. Sie stürmten durch die Türen und holperten die dahinter liegende Treppe hinab.

Ardan biß die Zähne zusammen und kehrte in die Wirklichkeit zurück. Die Schmerzen hatten seine Benommenheit einen Moment lang durchstoßen. Schmerzen schossen durch seinen Arm, als sein Gewicht sich verlagerte.

»Gleich geschafft«, grunzte Lees. Das Knattern einer Waffe ertönte. Sie erreichten einen weiteren Korridor.

»Okay.« Das war eine unbekannte Stimme. »Der Weg zum Haupteingang ist sauber. Es ist kaum noch jemand hier. Es ist richtig gespenstisch.«

»Los!« Das war Rem.

Ardan wurde wieder hochgehoben und hastig weitergeschleppt, während seine Füße hinterherschleiften. Er konnte seine Beine nicht richtig bewegen, also entspannte er sich und ließ die beiden anderen arbeiten. Hoffentlich wußten die, was sie taten.

Lichtblitze aus den Nebenkorridoren zeigten ihm, daß es doch noch Widerstand in diesem Komplex gab, aber sie waren zu schnell vorbei, um festzustellen, was dagegen unternommen wurde. Und dann waren sie draußen.

Es regnete. Er war augenblicklich durchnäßt und mußte so heftig niesen, daß er seinen beiden Trägern fast entglitten wäre.

»Wir sollten ihn so schnell wie möglich ins Trockene bringen«, stellte Rem fest. »Er könnte sich eine Lungenentzündung holen.«

»Wir haben die Bodenfahrzeuge gefunden, die sie hiergelassen haben«, ertönte eine Stimme. »Hier drüben. Wir haben einen Truppentransporter entdeckt, der uns allen Platz bietet. Hoffen wir, daß er aufgeladen und startklar ist.«

Nach einigem Rucken und Schieben fand Ardan sich

flach auf einer harten Oberfläche liegend wieder. Ringsum drängten Männer herein. Ein Motor heulte auf, und die Fläche, auf der er lag, begann zu vibrieren. Dann bewegten sie sich.

Er schrie auf. »Hanse! Warum?«

Lees legte ihm die Hand auf die Stirn. »Fieber«, hörte Ardan ihn sagen. »Hast du den Medpack, Cas?«

Er spürte den vertrauten Druck einer Sprühpistole auf seinem Arm. Dann sank er in eine Dunkelheit so tief wie der Sumpf.

Der Bote schien es grundsätzlich furchtbar eilig zu haben, wenn er ins Zimmer trat. Hanse nahm an, daß ihn dies von der Dringlichkeit der übermittelten Nachrichten und dem Pflichtbewußtsein des Mannes überzeugen sollte. Er ärgerte sich jedesmal darüber.

»Also?«

»Die Säuberungsaktionen auf Stein's Folly sind abgeschlossen. Die letzten Liao-Truppen haben sich nach Redfield zurückgezogen. Wir hatten erhebliche Verluste, die jedoch immer noch hinter unseren Erwartungen zurückblieben. Und Euer Freund Ardan Sortek wurde aus dem Hospitalflügel der Basis gerettet, die Ridzik während seines Aufenthalts auf dem Planeten benutzte.«

Hanse fühlte Erleichterung in sich aufsteigen. Der schmerzhafte Druck auf seinem Herzen löste sich. Er hatte andere, schmerzlichere Nachrichten über seinen Freund befürchtet.

»Ich will einen ausführlichen Bericht über seine Verletzungen und seinen derzeitigen Zustand. Die Einheit, die sich um ihn kümmert. Alles.«

Auf seine Geste hin nahm der Bote Platz. Hanse ließ sich in den tiefen Sessel hinter seinem Schreibtisch sinken. Er legte die Hände auf die Lehnen, atmete tief durch und konzentrierte sich auf die Worte seines Boten. Er war diszipliniert genug, keine Silbe dessen zu vergessen, was er hörte.

Der Bote gab seinen Bericht auf eine automatenhafte Art mit monotoner Stimme ab. »Ardan Sortek hat eine Dehydration erlitten, sowie Nahrungsentzug, einen gebrochenen Speichenknochen und schwere Zerrungen an den Sehnen des linken Beines. Außerdem oberflächliche Prellungen, Schnitte, Kratzer und Pilzinfektionen.« Er machte eine Pause, um Atem zu holen.

»Des weiteren eine Systeminfektion, wahrscheinlich durch Aufnahme verseuchten Wassers und ebensolcher Nahrung. Geistesverwirrung dauerhafter Art, charakterisiert durch wiederholte Bemerkungen über ein verletztes Kind, ungewöhnliche Sumpffauna der fraglichen Welt und eine Art Doppelgängerkomplex.«

»Doppelgänger? Heißt das nicht Geisterpartner ...«, meinte Hanse nachdenklich. »Das ist ein Symptom geistiger Umnachtung, oder?«

»Die MedTechs sagen, es kann ein Symptom sein. Der Komplex ist tief in seinem Geist verwurzelt. Seltsamerweise besteht er auf eine Verbindung mit dem Prinzen Davion.«

»Seltsam«, gab Hanse zu. »Ich wußte, daß Ardan mit einigen Angelegenheiten nicht gerade zufrieden war, aber ich hätte nicht gedacht, daß es derart schlimme Folgen haben könnte.«

»Die Mediziner sind vor allem um seinen Geisteszustand besorgt. Ihre Mittel sind auf Gefechtsverletzungen ausgerichtet, und sie verfügen nicht über die notwendigen psychiatrischen Möglichkeiten, um ein Problem dieser Art effektiv zu behandeln. Sie empfehlen eine sofortige intensive Behandlung.«

Hanse brachte den Mann mit einer Geste zum Schweigen, während er sorgfältig nachdachte. Ardan wußte Dinge über seine Angelegenheiten, die besser niemand erfuhr, nicht einmal die loyalsten MedTechs. Wenn Ardan unter ernsthaften Geistesstörungen litt, war es vielleicht besser, ihn einstweilen von New Avalon fernzuhalten. Der Hof auf New Avalon strotzte vor

Spionen und Informanten, und Ardan konnte viele Staatsgeschäfte gefährden, wenn er im verwirrten Zustand zu plaudern begann. Hanse überdachte Entfernungen, Einrichtungen ... und hatte eine Idee.

»Ist das Steiner-Landungsschiff noch auf Folly?«

»Sein Abflug ist in drei Tagen geplant. Die Vorräte sind ausgeladen, und eine Anzahl der Schwerverwundeten ist zum Transport in die medizinischen Einrichtungen auf Tharkad an Bord genommen worden.«

»Sie werden morgen wieder über die Kommandostrecke zurückfliegen, also sind Sie noch rechtzeitig dort. Lassen Sie Ardan Sortek unter Steiner-Gewahrsam stellen. Ihre Psychologen gehören zu den besten sämtlicher Sternenreiche. Wenn ihm überhaupt jemand helfen kann, dann sind sie es.« Er war beruhigt und erleichtert. »Noch irgend etwas Wichtiges?«

»Ich kann nicht beurteilen, ob der Punkt wichtig ist«, antwortete der Bote. »Der Offizier mit dem Befehl über die Rettungsmission war erstaunt darüber, wie einfach es war, Sortek zu befreien. Er hat darauf bestanden, daß ich Euch von seinem Verdacht berichte, es könnte eine List des Gegners gewesen sein, daß wir Sortek befreien *sollten*. Er fragt sich, ob Sortek möglicherweise mit einer biologischen Waffe infiziert wurde, die Euch bedrohen könnte, wenn er zurück nach New Avalon gebracht wird. Angesichts der Anzahl nichtidentifizierter Infektionen seines Systems wäre dies nicht auszuschließen.«

Hanse beugte sich vor und runzelte die Stirn. »Wenn wir ihn einfach so zurückholen konnten, nachdem Liao sich die Mühe gemacht hat, ihn gefangenzunehmen, statt ihn zu töten, steckt mit Sicherheit etwas dahinter. Nicht notwendigerweise das, aber irgend etwas bestimmt. Warnen Sie die Steiner-Meds, ihn mit äußerster Vorsicht zu behandeln. Und versichern Sie ihnen unsere Dankbarkeit angesichts ihrer Einhaltung unserer Verträge. Noch etwas?«

»Alle technischen Daten werden in die Computer eingespeist. Ihr werdet in Kürze einen Ausdruck erhalten. Im Augenblick ist das alles.« Der Bote wirkte etwas blaß.

Hanse fühlte, wie sich sein Gewissen meldete. Jeder Sprung war eine Belastung des Körpers, und der Bote zeigte die Spuren dieser Belastung. Er lächelte ihn an und sagte: »Sie werden feststellen, daß Ihre gute Arbeit eine entsprechende Belohnung findet. Ich denke, wenn später wieder Zeit für so etwas ist, können Sie mit einer Beförderung und einem Landgut für Ihre Familie rechnen.«

Der Mann wirkte überrascht. Dann grinste er, die erste Emotion, die Hanse je auf seinem verkniffenen Gesicht gesehen hatte. Er verließ den Raum mit einer Spur mehr Farbe im Gesicht als er beim Hereinkommen gehabt hatte.

Noch bevor er außer Hörweite war, hatte Hanse bereits einen Knopf auf seinem Schreibtisch gedrückt. »Ich benötige bitte einen Adepten«, erklärte er dem ComStar-Tech, der sich meldete.

Während er auf die Ankunft des Adepten wartete, verfaßte Hanse eine knappe Mitteilung an Katrina Steiner, in der er sie bat, nicht nur gut für Ardan zu sorgen, sondern auch darauf zu achten, daß er keine Informationen preisgab, die ihren beiden Häusern schaden konnten. Er war gerade fertig, als Adeptin Ara leise an seine Tür klopfte.

»Herein!« rief er ohne Umschweife.

Adeptin Ara war den Vereinigten Sonnen von ihrem Orden als Vertrauensfrau zur Verfügung gestellt worden. Sie war keine Untertanin Hanse Davions und brauchte ihm keine Ehrenbezeugung zu erweisen. Normalerweise irritierte ihn das, aber heute hatte er dafür keine Zeit.

»Ich möchte, daß Sie eine Nachricht für Katrina Steiner auf Tharkad weiterleiten. Sie ist von höchster Wichtigkeit und streng geheim. Wie schnell kann ich erwarten, daß die Botschaft sie erreicht?«

Aras Lächeln enthielt einen leisen Tadel. »Ihr wißt ebensogut wie ich, daß ein Hyperpulssignal die Strecke von New Avalon nach Tharkad in drei Wochen zurücklegt. Nicht mehr, nicht weniger. Ungeduld, Hoheit, ist keine Tugend für einen Herrscher.«

Er seufzte. Sie hatte recht, und das war besonders ärgerlich.

»Natürlich.« Er reichte ihr die Nachricht, an der er gearbeitet hatte. Sie war Drittes Quartal, Zehntag, 3025 datiert. Sie würde Tharkad erreichen, lange bevor das Schiff mit Ardan den Planeten erreichen konnte. Es bestand kein Grund zur Sorge.

Ara warf einen Blick auf die verschlüsselte Botschaft. Sie lächelte leicht. »Eine Nachricht an die hübsche Melissa?«

Woher wissen Sie so etwas? Hanse verlagerte sein Gewicht, ließ sich jedoch sonst nichts anmerken. Ein Glück, daß er den neuen Codeschlüssel benutzt hatte. »Wie Sie sehen können, ist sie an den Archon adressiert«, erwiderte er. »Persönlich.«

Sie nahm die Nachricht und nickte. »Sie wird sofort abgeschickt. Guten Abend, Euer Hoheit.«

Hanse starrte ihr nach. Nichts war so flüchtig wie Geheimnisse. Wenn seine persönliche ComStar-Adeptin von seiner heimlichen Verlobung mit Melissa Steiner wußte, wer wußte es sonst noch? Die Union ihrer beiden Häuser würde eine formidable Barriere für die Ambitionen Liaos und Kuritas bedeuten. Und diese Information konnte für beliebige andere Mächte von unschätzbarem Wert sein.

Er seufzte. Was blieb einem übrig, als sich darauf zu verlassen, daß ComStar noch immer die neutrale und unparteiische Gruppierung war, als die sie auftrat?

19

Der erste Sprung spielte dem ohnehin stark geschwächten Ardan extrem übel mit. Während die Transitpassagiere darauf warteten, daß das Triebwerk neu aufgeladen wurde, wurde er unter die Obhut eines Doktor Karn gestellt, der ihn nicht aus den Augen ließ.

Ardan war nach dem Sprung eine Weile hellwach gewesen. Er hatte unter deutlicher Belastung gestanden und versucht, eine Information weiterzugeben, die ihm unglaublich wichtig schien. Es hatte eines Sedativs bedurft, ihn zu beruhigen, und Ardan wußte, daß Karn jetzt immer wieder einen Blick in seine Kammer warf.

Er mochte den jungen Arzt. Nicht zuletzt, weil er nicht sonderlich gesprächig war. Die kühle, saubere Aura der Kompetenz, die ihn umgab, hatte etwas ungeheuer Beruhigendes. Und Ardan brauchte das im Augenblick ganz besonders.

Karn erklärte zum fünften Mal: »Ja, Colonel Sortek, Sie befinden sich auf dem Weg nach Tharkad. Sie sind ein persönlicher Gast des Archon. Auch andere Mitglieder der Expeditionstruppe sind unterwegs zur Behandlung in unsere Einrichtungen. Sie sind wirklich nicht mehr in den Händen der Liao-Truppen. Bitte beruhigen Sie sich. Alles ist in Ordnung. Versuchen Sie zu schlafen! Ruhen Sie sich aus! Wenn Sie gesund werden wollen, brauchen Sie Ruhe.«

Ardan schloß die Augen. Sie sprangen wieder auf, als wären seine Lider an Rückholfedern gekoppelt.

»Da ist etwas, das ich unbedingt loswerden muß. Ich bin nicht oft in der Lage, so klar zu denken wie im Moment, Doktor. Aber Sie müssen mir zuhören.«

Der junge Mann nickte, und auf seinem Gesicht mit den buschigen dunklen Augenbrauen lag ein Ausdruck der Geduld. »Gut. Ich höre.«

»Es gab ein Duplikat von Hanse. Dort, wo ich festgehalten wurde. Ich nehme an, es war die Liao-Basis?«

Karn nickte.

»Ich wachte auf. Jemand hatte gerade das Zimmer verlassen. Ganz entgegen meinen Erwartungen stellte ich fest, daß ich mich bewegen konnte, obwohl ich dazu vorher nicht in der Lage gewesen war. Ich hatte mich nicht einmal längere Zeit auf irgend etwas konzentrieren können. Aber plötzlich schien es mir sehr viel besser zu gehen. Ich glaubte, entkommen zu können, wenn das Glück mir hold blieb.«

Ardan machte eine Pause, während Karn ihm Wasser reichte. Dankbar zog er am Strohhalm.

»Ich ging den Gang hinab. In der einen Richtung hörte ich Stimmen, also nahm ich die andere. Verstehen Sie?«

Wieder nickte der Arzt.

»Am Ende des Korridors war eine Tür ... auf der Seite. Ich hatte schon andere ausprobiert, aber die führten in Zimmer mit Verwundeten. Diese Tür öffnete sich in einen dunklen Flur. Auf halbem Weg den Gang entlang waren auf beiden Seiten große Glastüren. Ich schaute durch eine davon und sah eine Art Labor.

Ich ging hinein. Ich weiß nicht genau, warum, aber ich ging hinein. In der Mitte stand ein Tisch ... ich erinnere mich, daß ich mich für einen Moment dagegenlehnen mußte, um Atem zu holen. Entlang einer Wand standen Glaskästen.« Er schauderte, und der Doktor legte ihm ermutigend die Hand auf die Schulter.

»Ich blickte in einen davon, und Hanse lag darin. Oder vielmehr jemand, der ganz genau wie Hanse aussah, nur ... nur anders. Sein Gesicht ... er hatte ein Gesicht, das noch nie *benutzt* worden war. Verstehen Sie, was ich sagen will?«

»Sie haben ... Sie glauben, einen Doppelgänger oder ein Duplikat Ihres Prinzen des Hauses Davion gesehen zu haben? Interessant. Hochinteressant.«

»Die anderen Ärzte haben behauptet, es sei eine Halluzination gewesen. Sie redeten über einen Doppelgängerkomplex, was immer das sein mag. Aber ich habe ihn gesehen. Alles andere ist verschwommen, aber daran erinnere ich mich ganz genau. Sie glauben mir doch?« Er sah Karn besorgt an.

Der junge Arzt senkte den Kopf. »Ich glaube, daß Sie etwas gesehen haben. Ob Sie es richtig interpretiert haben, kann ich beim besten Willen nicht entscheiden. Aber irgend etwas muß dort gewesen sein, das eine derart tiefe Überzeugung in Ihnen aufkommen ließ. Aber jetzt müssen Sie sich ausruhen.«

Ardan packte seine Hand. »Warum bin ich für die Reise nicht in Kälteschlaf versetzt worden? So haben wir unsere Verwundeten bis jetzt immer nach Hause geholt.«

Karn lächelte. »Ihr physischer Zustand war so ungewöhnlich, daß die Behandlung bei Ihnen nicht anschlug. Eine dieser seltsamen Infektionen vermute ich. Aber die haben wir inzwischen unter Kontrolle. Keine Sorge, Sie brauchen nicht alle Zwischenstationen zu ertragen. Wenn Sie das nächstemal aufwachen, sind wir auf Tharkad.«

Ardan sank zurück auf das Schaumstoffkissen. »Danke, Doktor. Sie haben mir sehr geholfen. Ich mußte einfach jemand erzählen, was ich gesehen habe. Sie werden es doch weitergeben?«

»Selbstverständlich. Und jetzt schlafen Sie. Die Injektion, die ich Ihnen gegeben habe, sollte Sie beruhigen. Wenn Sie die Augen wieder öffnen, sind Sie im Palast von Tharkad City. Es ist zwar gerade Winter, so daß die Vergnügungsmöglichkeiten sich in Grenzen halten, aber zumindest ist es Tharkad.«

Und genauso war es. Noch bevor er die Augen öffnete, roch Ardan die Bergfichten, deren Duft die Luft der Hauptstadt des felsigen Planeten erfüllte. Selbst im Innern eines Gebäudes gelang es dem frischen Duft des Grüns, sich durch die Ventilation zu drängen und den antiseptischen Geruch der Klinik etwas aufzufrischen.

Er seufzte tief und herzlich. Jetzt wußte er, daß er sicher war. Die Steiner-Dynastie war zu einem treuen Verbündeten der Vereinigten Sonnen geworden ... und Hanses. Er lächelte. In ein paar Jahren würde Hanse Melissa heiraten, die Tochter des Archon Katrina Steiner. Mit fünfzehn war sie doch noch etwas zu jung für die Ehe mit einem so deutlich älteren Mann.

Er hatte sie bereits kennengelernt, ebenso wie ihre Mutter. Bei Hanses letztem Besuch auf Tharkad hatte Ardan die Gardeeinheit befehligt, die den Prinzen begleitete. Diese Aufgabe hatte ihm mehr Freude bereitet als die meisten anderen.

Dieser Planet war rauh, nicht so übermäßig üppig und bequem wie die Mehrzahl der bevölkerungsreichen Welten. Tharkad bot seinen Bewohnern noch Herausforderungen und Gefahren. Hanse hatte gewünscht, daß er diese Welt und ihre Bewohner kennenlernte, und dementsprechend hatte Ardan viel Zeit mit Bergsteigen verbracht, häufig in Begleitung von Männern und Frauen der Lyranischen Garde.

Während jenes Besuchs hatte Hanse Katrina um die Hand ihrer Tochter gebeten. Die Eheschließung war als ein Punkt in das umfangreiche Bündnis aufgenommen worden, das sie damals aushandelten und das später auf Terra unterzeichnet worden war.

Ardan bewegte sich. Zum ersten Mal seit Ewigkeiten fühlte er sich stark genug, sich aufzusetzen. Er zog den rechten Arm an und versuchte sich aufzustützen.

»Nichts da!« Es war der Archon selbst. Sie glitt durch den als Tür dienenden Vorhang herein. »Bleiben Sie ruhig liegen und werden Sie gesund, Ardan. Hanse hat mir aufgetragen, besonders gut auf Sie aufzupassen.«

Ardan lächelte. Katrina Steiner war eine Frau, wie er sie liebte: stark und entschlossen. Sie stand in dem schmalen Stück Freiraum zwischen seinem Bett und dem Wandschirm, hinter dem der nächste Patient lag. Ihr Haar war zusammengesteckt und ihr feingeschnittenes Gesicht vom frischen Wetter gerötet.

»Wie geht es Ihnen, Ardan?« Sie setzte sich auf die Bettkante und legte ihre Hände um die seine. »Ich habe eine Nachricht vom Prinzen erhalten. Er macht sich große Sorgen um Sie. Wir nehmen Sie mit in den Palast. Melissa wird sich um Sie kümmern und für Sie Krankenschwester spielen.«

Der junge Mann versuchte sich aufzusetzen, aber die Frau drückte ihn sanft zurück. »Ich bin froh, Euch zu sehen«, erklärte er. »Ich glaube, meine Zeit auf Tharkad war der schönste Teil meiner Dienstzeit. Aber seht Euch vor, Madam. Ich bin von einigen sehr seltsamen Infektionen und Viren befallen. Geht kein Risiko ein, daß ich Euch oder den designierten Archon anstecke.«

Sie lachte. »Ich habe von unseren Ärzten einen vollen Bericht erhalten. Machen Sie sich keine Sorgen. Sie werden sich wundern, wie schnell wir Sie wieder gesund bekommen. Jetzt sollten Sie aber noch etwas schlafen. Wir holen Sie ab, wenn der Schneesturm vorbei ist — oder auf jeden Fall morgen früh, auch wenn er länger anhält.«

Er schloß die Augen, nur um sie beim Klang einer ruhigen Stimme an seiner Seite wieder zu öffnen. Melissa stand neben ihm. Sie war in einen langen Pelzmantel gehüllt, und ihr glattes Haar wurde von einer runden Pelzkappe gekrönt. Ihre grauen Augen musterten ihn prüfend.

»Wie fühlst du dich?« fragte sie leise. »Mach dir keine Sorgen um uns. Die Ärzte haben alle Krankheiten eliminiert, mit denen du dich infiziert hattest. Es besteht keine Ansteckungsgefahr mehr.«

Sie war noch immer das große, schlanke Mädchen seiner Erinnerung. Mit fünfzehn war sie noch nicht zu der atemberaubenden Gestalt herangereift, die ihr bestimmt schien, aber ihre Schönheit war nicht zu verkennen. Auch ohne die politischen Beweggründe hinter dieser Eheschließung hätte Hanse es bei der Wahl seiner Gattin weit schlechter treffen können.

»Dann können wir gehen! Ich erinnere mich noch gut an den Palast. Ist er im Winter genauso angenehm wie im Frühling?«

»Nicht ganz«, antwortete sie und rümpfte ihre Patriziernase. »Wenn du nicht zum Eiszapfen erstarren willst, mußt du lange Unterwäsche tragen. Aber bis du aufstehen darfst, wird noch einige Zeit vergehen. Wir werden zusammen lesen, und du kannst mir etwas über ... über deinen Prinzen erzählen. Wenn es dir nichts ausmacht?«

Er verstand ihre Neugierde. Sie hatte ihren Bräutigam zum letztenmal vor mehreren Jahren gesehen. Damals war sie noch ein Kind gewesen, dem viele Dinge herzlich egal gewesen waren, die ihr inzwischen Gedanken machen mußten.

Er nickte knapp. »Das werde ich. Ich kenne Hanse, seit er etwa fünfzehn war. Ich war damals erst fünf oder so. Wir waren Nachbarn, und er wuchs bei guten Freunden von uns auf. Obwohl er fast schon ein Mann war, hatte er viel Geduld mit mir, selbst als kleines Kind. Ich liebte ihn wie den Bruder, den ich nie hatte. Wir sind uns sehr nah, selbst wenn wir weit entfernt voneinander sind.«

Noch während er sie aussprach, erkannte Ardan, wie wahr seine Worte waren. Warum hatte er aufgehört, Hanse zu vertrauen? Warum hatte er die moralischen Grundsätze des Mannes in Frage gestellt, den er besser kannte als irgendein anderer? Eine Welle der Trauer brach über ihn herein.

»Was ist? Was hast du?« fragte Melissa, und beugte sich über ihn, um ihre kleine, kühle Hand auf seine Stirn zu legen. »Geht es dir schlechter?«

Ardan zwang sich zu einem Lächeln, aber es blieb halbherzig. »Nein. Jedenfalls nicht körperlich. Mir ist nur gerade klargeworden, daß ich mich wie ein Narr benommen habe, und das ist nie sehr angenehm. Aus irgendeinem idiotischen Grund glaubte ich plötzlich, ich verstünde mehr davon, wie man ein Sternenreich regiert, als die, die dafür ausgebildet wurden. Irgendwie glaubte ich, meine persönlichen Grundsätze müßten notwendigerweise auch die Grundsätze sein, an die sich alle anderen halten müssen. Ziemlich lächerlich, nicht wahr?«

»Na, du siehst jedenfalls schlechter aus als vorhin, als meine Mutter gegangen ist. Ich denke, ich rufe besser einen Arzt.« Ihr Tonfall war entschieden. In diesem Moment sah Ardan die zukünftige Herrscherin. Melissa würde eine ebenso gute Fürstin abgeben wie ihre Mutter. Vielleicht keine Kriegerin — dazu war sie schließlich nicht ausgebildet — aber als Staatsfrau, als Lenkerin menschlicher Geschicke würde sie von bemerkenswerter Statur sein.

Sie verließ ihn, und eine Brise Blumenduft mit einem Hauch von Pinien blieb zurück. Einen Augenblick später kam ein MedTech herein und gab ihm eine Injektion. Ardan wurde von den Medikamenten mitgeschwemmt, aber ein Teil seines Geistes blieb wach, forschend, in Kontakt mit der Welt um ihn herum. Und so kam es, daß er die ruhigen Stimmen auf dem Gang hörte.

»Hat er immer noch Halluzinationen?« Das war Katrinas Stimme.

»Nur noch sehr begrenzt. Das verletzte Kind hat er inzwischen wieder im Griff. Unsere Psychologen haben die Wurzel dieser Fixation ausgegraben. Ein fürchterliches Erlebnis ... damit hätte jeder schwer zu schaffen. Die Krankheit und die Verwundungen haben es nur an die Oberfläche geschwemmt. Auf lange Sicht war das wahrscheinlich das Beste.«

Diese Stimme gehörte einer anderen Frau. Sie war höher und weniger kultiviert als die der Herzogin von Tharkad.

»Nein, diese andere Sache, um die kreisen seine Gedanken noch immer. Das angebliche Duplikat von Hanse Davion. Wir machen uns allmählich Sorgen. Er hätte das inzwischen im Griff haben sollen, so wie sein anderes Problem.«

»Ich habe in alten Literaturbänden von so etwas gelesen«, bemerkte Melissa. »Es gab ein Buch mit dem Titel *Der Gefangene von Zenda* über einen Mann, der Doppelgänger eines Herrschers war. Er nahm während der Krönungszeremonie dessen Platz ein und vereitelte dadurch eine Verschwörung. Und dann tauschten sie wieder die Plätze. Es gibt einige Bücher über Doppelgänger, die den Platz einer wichtigen Person in Schwierigkeiten einnehmen.«

Katrina schob den Vorhang beiseite und warf einen Blick auf Ardan. Seine Augen waren geschlossen, er war völlig entspannt und atmete tief und ruhig. Sein Körper schlief; sein Geist jedoch war hellwach.

»Beim Studium der Militärgeschichte entdeckt man die seltsamsten Tatsachen. Vor langer Zeit gab es einmal einen Krieg auf der alten Erde. Der Befehlshaber einer Seite — ich glaube sein Name war Montgomery oder so ähnlich — besuchte Truppen im Kampfgebiet und führte den Feind völlig in die Irre. Der Mann war ein Doppelgänger. Der echte Feldmarschall war dabei, einen Großangriff vorzubereiten, der teilweise gerade wegen dieses Täuschungsmanövers einen durchschlagenden Erfolg hatte. So etwas hat es schon mehr als einmal gegeben.«

»Nun, in diesem Fall ist das sicher nicht so«, erklärte die Ärztin. »Solche Schauspielereien hatten ihre Zeit in der fernen Vergangenheit, nicht in unserer zivilisierten Gegenwart.«

Eine andere Stimme mischte sich ein, tiefer, selbstbewußt. Doktor Karn. »Er ist von diesem Anblick zutiefst beunruhigt. Aber es ist schwer zu sagen, ob er sein Bett überhaupt wirklich verlassen hat. Es ist durchaus denkbar, daß die ganze Geschichte eine Halluzination war. Aber er wiederholt die Ereignisse mit absoluter Detailtreue. Das ist bei echten Halluzinationen höchst ungewöhnlich. Es ist ein echtes Problem.«

»Wir werden ihn von allem fernhalten, was ihn daran erinnern könnte«, erklärte der Archon. »Melissa wird ihn unterhalten. Wir werden dafür sorgen, daß nichts Schmerzliches oder Besorgniserregendes seine Gesundung stört.«

»Das wird eine große Hilfe sein. Er ist um die Freundschaft mit der Herrscherin des Lyranischen Commonwealth zu beneiden«, antwortete die Ärztin. Ihr kriecherischer Tonfall widerte Ardan an.

Er versuchte sich zu bewegen und schaffte es, die Hand zucken zu lassen, aber die Arzneien trugen ihn tiefer und tiefer ins Dunkel. Die Stimmen waren verklungen. Vielleicht waren die Redner auch fortgegangen. Das machte nichts. Er brauchte Schlaf.

Aber als er in die Dunkelheit sank, sah er wieder das Gesicht des anderen Hanse vor sich. Unbewegt. Ausdruckslos. Unbenutzt.

20

Auf der anderen Seite der isolierten und doppelt verglasten Fenster in ihren eleganten Bögen tobte ein Schneesturm. Melissa Steiner saß auf dem gepolsterten Fensterbrett und blickte hinaus in das Unwetter. Von Zeit zu Zeit wischte eine Brise den Schneevorhang beiseite und ermöglichte ihr einen kurzen Blick von dem Gipfel, auf dem sich der bevorzugte Wohnsitz Haus Steiners erhob, zu den übrigen Bergen der Kette.

Melissa gefiel das stürmische Klima ihrer Heimatwelt. Der Anblick der fernen, sturmumtosten Klippen und Gipfel Tharkads und die Gebirgszüge kleinerer

Berge mit ihren schweren weißen Kapuzen erfüllten sie mit unbändiger Freude. Sie hoffte, daß Ardan wach war und aus dem Fenster an seinem Bett blicken konnte. Sie erinnerte sich, daß auch er diesen Planeten liebte.

Bei dem Gedanken an ihren Gast verdunkelte sich ihr Gesicht. Vom ersten Moment an, in dem sie den schmucken jungen Offizier gesehen hatte, der Hanse Davions persönliche Garde führte, hatte sie ihn gemocht. Er hatte sie immer mit Respekt behandelt, aber gleichzeitig hatten die beiden sich auch eine verschwörerische Freude daraus gemacht, Streiche auszuhecken, die ihnen niemand anhängen konnte.

Wahrscheinlich lag das daran, daß niemand von dem Bücherwurm Melissa erwartete, daß sie sich mit solchen Albernheiten abgab. Ardan Sortek war der erste Mensch gewesen, der diese unterdrückte Seite ihres Wesens angezapft hatte. Als sie sich jetzt daran erinnerte, mußte sie lächeln, und ein plötzliches Verlangen unterdrücken, eine Dummheit zu machen.

Sie war jetzt fünfzehn, beinahe eine Frau, und zu alt, um sich mit Narreteien abzugeben. Aber sie war wirklich froh, daß Ardan zurückgekommen war. Der Winter auf Tharkad konnte lang und langweilig sein. Es war eine willkommene Abwechslung, ihre Zeit mit ihm verbringen zu können.

Das erinnerte sie daran, was sie auf ihrem Lesegerät hatte nachsehen wollen. Ardans Insistieren, einen Doppelgänger Hanses *gesehen* zu haben, hatte sie ungemein an jenen uralten Roman erinnert, den sie gelesen hatte. Melissa stand auf und ging hinüber an das Lesegerät, um die Computerdateien nach etwas zu diesem Thema zu befragen.

Sie tippte »Doppelgänger« ein und betätigte die Eingabetaste. Der Monitor fragte: Historisch? Sozial? Literarisch? Wirtschaftlich?

Das überraschte sie. Die Antwort des Computers schien darauf hinzudeuten, daß die menschliche Geschichte voll von derartigen Ereignissen war. Sie entschied sich, mit den literarischen Quellen zu beginnen, da es *Der Gefangene von Zenda* gewesen war, der sie überhaupt auf diesen Gedanken gebracht hatte. Eine Liste von Titeln und Autoren begann über den Schirm zu laufen.

Sie druckte die Titel aus, die ihr am interessantesten erschienen. Da waren *Prinz und Bettelknabe. Der Mann in der eisernen Maske* und eine Reihe anderer, die sie nicht kannte. Als nächstes rief Melissa die historischen Daten ab.

Auch das Ergebnis dieser Anfrage war eine Überraschung für sie. Geschehnisse dieser Art waren nicht auf längst vergangene Jahrhunderte beschränkt. Erst 2381 hatte ein Doppelgänger die Rolle des Elazar von Trimmerion so erfolgreich gespielt, daß sein Planet in einen Krieg stürzte, der beinahe sein Verhängnis geworden wäre. Der echte Elazar hatte sich nicht aus den Händen seiner Kerkermeister befreien können, bis es zu spät war, die Katastrophe zu verhindern.

Melissas graue Augen verengten sich. Die Lage unter den Herrscherhäusern der Nachfolgerstaaten war instabil geworden. Das Bündnis zwischen Davion und Steiner war sowohl für Kurita wie auch Liao ein gewaltiger Dorn im Fleisch. Dadurch war alles, was die geplante Union des Lyranischen Systems mit dem der Vereinigten Sonnen störte, für das Draconis-Kombinat und die Konföderation Capella von erheblichem Wert.

Sie las weiter. 2738 hatte einer der wichtigsten Verbündeten des Ersten Lords des Sternenbunds seine Politik plötzlich so drastisch verändert, daß dies die Entscheidungen mehrerer anderer Staaten beeinflußte, die später an den Nachfolgekriegen beteiligt waren. Erst nach seinem Tod hatte man erkannt, daß der Mann gar nicht Faillol Esteren gewesen war. Seine Fingerabdrücke waren natürlich so verändert worden, daß sie mit denen Esterens übereinstimmten, und sein Retinamuster war ähnlich genug, um die Sicherheitsanlagen zu täuschen.

Aber die Autopsie erbrachte, daß der falsche Esteren in seiner Jugend mehrere Knochenbrüche erlitten hatte, sein Blinddarm dagegen noch an seinem Platz war. Dem echten Faillol war im Alter von 15 Jahren der Blinddarm entfernt worden, dafür hatte er sich jedoch nie auch nur einen Knochen gebrochen.

Das Rätsel dieses Doppelgängers war nie gelöst worden. Es wurde auch nie festgestellt, wer hinter dem Tausch stand, noch, wie er bewerkstelligt worden war.

Sie studierte die detaillierte Geschichte der Zeit und erfuhr, daß die Entscheidungen des falschen Herrschers zwei verschiedenen Interessen genutzt hatten. Es schien keine direkte Beteiligung dieser Interessen an der Verschwörung nachweisbar, aber es war erstaunlich, daß die beiden engsten Freunde Faillols etwa zur gleichen Zeit von der Bildfläche verschwunden waren. Einer war plötzlich so krank geworden, daß sein Geist angegriffen wurde. Er wurde zunächst in ein Krankenhaus und später in eine geschlossene Anstalt verlegt, erholte sich jedoch nicht mehr.

»Drogen«, stellte Melissa fest. »Kein Zweifel.«

Der andere wurde des Verrats beschuldigt, als gewisse Staatsgeheimnisse an die Öffentlichkeit gelangten. Der offensichtlich falsche Faillol hatte halbherzig für ihn ausgesagt und dem Unglücklichen damit mehr geschadet als genutzt. Er wurde schlußendlich schuldig gesprochen und hingerichtet. Daß ein Unschuldiger entehrt und getötet worden war, kam erst Jahre später ans Tageslicht, nach dem Tod des Doppelgängers. Der Tote war ein so enger Vertrauter des echten Esteren gewesen, daß er einen Betrüger augenblicklich entlarvt hätte.

Auch Ardan war ein enger Vertrauter seines Prinzen Hanse Davion. Konnte es einen heimtückischen Grund dafür geben, daß er gerade rechtzeitig eine plötzliche Verbesserung in seinem Zustand erlebt hatte, um jene Gestalt im Innern des Labors zu entdecken?

Im Laufe der nächsten Woche las Melissa alles, was sie auftreiben konnte. Die Romane, die historischen Berichte, sogar die Berichte über soziale Doppelgänger. All das verstärkte noch ihren ersten Eindruck, daß Doppelgänger keineswegs so selten vorkamen. Vielmehr wurden sie nur selten entlarvt. Wieviel andere hatten ihre Aufgabe mit vollem Erfolg abgewickelt, so daß der Doppelgänger unentdeckt sein Leben vollendete?

Als sie sich, soweit es ihre geistigen Kapazitäten erlaubten, in diesen Hintergrund eingearbeitet hatte, ging Melissa zu ihrer Mutter. Katrina war, wie üblich, voll mit den Angelegenheiten der Welten unter ihrer Herrschaft und ihrer Verbündeten und Feinde beschäftigt. Aber sie machte auf dem Teppich neben sich Platz, immer gerne bereit, sich Zeit für ihre Tochter zu nehmen.

»Und was hast du die ganze Woche gemacht, Liebes? Kann Ardan schon aufstehen und herumgehen?«

Melissa schüttelte den Kopf. »Beinahe. Doktor Karn sagt, morgen darf er aufstehen und sich in den Wintergarten setzen. Ich habe schon einen Stapel Bücher für ihn hinüber gebracht. Aber Ardan ist der Grund für meinen Besuch, Mutter. Ich glaube, an seiner Geschichte über den Doppelgänger Hanses, den er in der Liao-Basis gesehen hat, könnte etwas Wahres sein.«

Katrina spielte mit einer Locke ihres Haars. Ein sicheres Zeichen, daß ihr etwas unangenehm war.

»Das beweifle ich wirklich, Liebes. Die Ärzte meinen, daß die fremdartigen Infektionen, unter denen Ardan gelitten hat, auch seine geistige Stabilität angegriffen haben. Im Zusammenwirken mit den Belastungen, denen unser junger Freund ausgesetzt war, reichte das aus, ihn zumindest ein wenig aus dem mentalen Gleichgewicht zu bringen. Allerdings nur zeitweise. Das haben sie mir versichert. Nichts, was nicht durch einen langen Erholungsaufenthalt im Sommerpalast des Prinzen in Ordnung gebracht werden könnte.«

»Aber Mutter«, bestand Melissa. »Ich habe alles

durchgesehen, was ich in unserem Computerarchiv über Doppelgänger und Verwechslungen finden konnte. Du würdest dich wundern, wie viele solcher Fälle es gegeben hat ... und das waren natürlich nur diejenigen, die auch entdeckt wurden. Mutter, es sind noch vor vergleichsweise kurzer Zeit Herrscher durch Doppelgänger ersetzt worden, die erhebliche Auswirkungen auf das politische Geschehen hatten.« Melissa legte ihr Kinn auf Katrinas Knie. »Denk bitte einmal darüber nach. Scheint es dir nicht seltsam, daß Ardan gerade in dem Augenblick aufgewacht ist, in dem er allein war?

Und ist es etwa nicht seltsam, daß die Stimmen an einem Ende des Gangs dafür sorgten, daß er in die andere Richtung lief? Geradewegs zu der einzigen Tür, die weiter führte? Geradewegs in das Labor, in dem der Körper in seiner Gefrierzelle auf ihn wartete? Ich denke, das strapaziert den Glauben an einen reinen Zufall doch spürbar.«

Katrina legte die Hand auf den Kopf ihrer Tochter. »Ich sehe, daß dir die Situation zu schaffen macht. Das verstehe ich. Es gab Fälle in der jüngeren Geschichte, sagst du?«

»In den letzten paar Jahrhunderten, was aus geschichtlicher Sicht keine Spanne darstellt. Und zu Zeitpunkten, an denen die Entscheidungen der betreffenden Personen von ungewöhnlicher Bedeutung waren. Ich habe den Eindruck, unser Bündnis mit Hanse könnte eine ähnliche Situation darstellen. Überleg doch, Mutter!«

»Was du da sagst, gibt einen Sinn«, gab ihre Mutter zu. »Aber ich muß auch die Expertenmeinung derer berücksichtigen, die für körperlich oder geistig Kranke sorgen. Es geht hier nicht allein um die Vermutungen der Ärzte, die direkt am Fall unseres Gastes beteiligt sind. Ich habe auch Spezialisten der berühmtesten Institute Tharkads befragt.« Sie bog Melissas Kopf zurück und blickte in ihre intelligenten grauen Augen.

»Sie sind sich in ihrem Urteil einig. Er erholt sich von einer schweren Krankheit. Er hat ernste physische wie mentale Belastungen aushalten müssen. Er ist dabei, sie allmählich zu verarbeiten. Und die Geschichte über diesen Doppelgänger ist ohne jeden Zweifel eine Einbildung.«

Melissa stieß einen Seufzer aus.

»Du bist noch immer anderer Meinung?«

»Irgendwie paßt das nicht. Ardan ist kein Mensch, der so krampfhaft auf etwas beharrt, wenn auch nur die kleinste Möglichkeit besteht, daß er sich irrt. Bitte, Mutter, teil Hanse zumindest mit, was sein Freund glaubt. Wenn nichts dergleichen existiert, kann es nicht schaden. Aber wenn es eine solche Verschwörung *gibt,* könnte es helfen, ihn davor zu bewahren.«

»Ein guter Gedanke«, bestätigte Katrina. »Wenn die nächsten Nachrichten abgehen, werde ich daran denken. Und jetzt geh und heitere unseren jungen Gast auf. Als ich ihn das letztemal gesehen habe, starrte er gegen die Wand und murmelte wilde Flüche. Die Schwester hatte versucht, ihn im Bett zu waschen.«

Melissa lachte. »Ich kann mir gut vorstellen, wie ihm das gefällt, wenn er inzwischen in der Lage ist, sich selbst zu bewegen. Danke, daß du mich angehört hast, Mutter. Ich werde dich jetzt wieder an deine Arbeit gehen lassen.« Sie starrte auf den Wirrwarr von Papieren, Ausdrucken und Mikros.

»Eines Tages werde ich all das machen müssen. Wie soll ich das schaffen? Du hättest eine MechKriegerin aus mir machen sollen! Ich weiß nicht, ob ich es je zu einer Bürostute bringen werde.«

»Du wirst es geradeso machen wie ich — so gut du kannst. Und jetzt ab mit dir, und richte Ardan liebe Grüße von mir aus!«

Melissa spazierte auf Fellschuhen durch die eisigen Steinkorridore, die Hände in den tiefen Taschen eines fellbesetzten Hausmantels aus Wolle vergraben. Der Palast war solide gebaut und so gut wie möglich isoliert, aber die bitteren Winterwinde Tharkads krochen durch Ritzen in sein Inneres, die nur sie selbst kannten.

In den luxuriösen Zimmern, an denen sie vorbeiwanderte, loderten offene Feuer in den Kaminen. Das von einem Reaktor tief im Felsgestein unter dem Gebäude angetriebene Heizungssystem sorgte mit leisem Summen für Wärmeströme, die sich im eisigen Stein jedoch verloren.

»Ich wünschte, ich lebte in einer Blockhütte mit einer Decke, die keine sechs Meter hoch ist«, murmelte Melissa und bog in den Flur zu Ardans Zimmer ein, in das gerade Doktor Karn getreten war. Vor der Tür blieb sie stehen und wartete, bis er mit der Untersuchung seines Patienten fertig war.

Melissa hatte zwar nicht die Angewohnheit, an Türen zu lauschen, aber sie konnte das Murmeln der Stimmen nicht überhören. Sie war erstaunt zu hören, wie der Doktor Ardan ermutigte, den Glauben an das, was er gesehen hatte, nicht aufzugeben.

»Keine reine Einbildung könnte sich so fest in ihr Gedächtnis eingebrannt haben«, sagte Karn. »Lassen Sie sich von niemandem einreden, daß Sie verrückt sind, weil Sie darauf bestehen. Sie sind so gesund wie ich. Da bin ich mir sicher.«

Sie trat zurück und ging nachdenklich ein Stück den Flur hinauf. Das war genau das Gegenteil von dem, was er ihrer Mutter erst am Tag zuvor gesagt hatte. Irgendwo war hier etwas ganz gehörig faul. Konnte es sein, daß eine Verschwörung bis nach Tharkad reichte? Schlimmer noch, bis in ihren eigenen Haushalt?

Als die Tür sich öffnete, ging Melissa wieder auf Ardans Zimmer zu.

»Hallo, Doktor... wie geht es unserem Patienten heute?«

Karn lächelte, und sein dunkles Gesicht legte sich in charmante Falten. »Schon viel besser. Wenn Ihr versprecht, ihn sofort zurück ins Bett zu bringen, wenn er müde wird, kann er aufstehen. Wir müssen uns vorsehen ... er ist noch immer in einem empfindlichen Zustand.«

Melissa lächelte süß, aber dabei dachte sie: *Ich werde ein Auge auf dich halten, mein Freund. Du bist nicht das, was du zu sein vorgibst.*

21

Ardan blickte auf, als Melissa sein Zimmer betrat. Zum ersten Mal an diesem Tag lächelte er. »Du siehst aus wie eine Schneekönigin«, sagte er. »Ich wünschte, ich wäre kräftig genug für einen Skilanglauf. Erinnerst du dich, wie die Mitglieder des Hofes sich bei meinem letzten Besuch damit vergnügten?« Er seufzte.

»Draußen stürmt es, daß man es kaum beschreiben kann«, erwiderte sie. »Warte, laß mich den Vorhang öffnen! Siehst du? Nur ein Schwachkopf würde bei diesem Wetter freiwillig hinausgehen. Aber der Doktor meint, du könntest eine Weile aufstehen. Ich habe Bücher und Spiele an einem schönen warmen Plätzchen im Wintergarten. Kommst du mit?«

Er setzte sich kerzengerade auf und suchte nach dem schweren Morgenmantel, den Katrina ihm hatte bringen lassen. Melissa reichte ihm schon ein Paar fellgefütterte Pantoffel.

Sekunden später waren sie auf dem Weg den Korridor entlang in die feuchte Wärme des Gewächshauses, in dem Pflanzen der unterschiedlichsten Welten koexistierten. Ganze Stränge orchideenähnlicher Blüten hingen von gänzlich andersartigen Bäumen aus den Sümpfen von Stein's Folly. Ardan schauderte, als er eine schlanke, geradstämmige Baumsorte erkannte, deren Schirmkrone aus gummiartigen Blättern beinahe bis an die weit über ihnen liegende Glaskuppel reichte. Die

Orchideen hatten zwischen den Dolden rosiger Blüten Halt gefunden, die wie ein Pelz auf der glatten Rinde der Pflanze wucherten.

An einem Auslaß des Heizungssystems standen zwei Polstersessel. Zwischen ihnen wartete ein Stapel wertvoller gedruckter Bücher in wasserdichten Hüllen auf sie.

Schon von diesem kurzen Spaziergang erschöpft, sank Ardan in einen der Sessel und legte sich die leichte Decke über die Knie, die für ihn bereitlag. Er blickte empor. Schling- und Luftpflanzen aller Art erstreckten sich von den Stützpfeilern kreuz und quer durch den Raum unter dem kuppelförmigen Glasdach.

»Das ist ein Ort zum Genesen«, erklärte er. »Mein Vater sagt immer, es gibt keine bessere Umgebung als gesundes, strotzendes Wachstum, damit man wieder zu sich kommt und sich besser fühlt.«

»Ich erinnere mich daran, wie dein Prinz hier war. Um die ... um die Sache mit meiner Mutter zu regeln. Er kam häufig hierher und saß einfach nur da und schaute nach oben, so wie du jetzt. Damals hatte ich den Eindruck, daß er einsam war. Hat er viele Freunde außer dir?«

Ardan senkte den Blick auf das Mädchen, das jetzt sehr ernst schien. Er fragte sich plötzlich, wie es sein mußte, einen Fremden zu heiraten, den sie nur einmal gesehen hatte und von dem sie praktisch nichts wußte.

»Nein. Eigentlich nicht. Die Leute, die Wert darauf legen, in seine Nähe zu kommen, hoffen im allgemeinen, ihn irgendwie ausnutzen zu können. Politiker, Bürokraten, Schmeichler, was so kommt. Und Leute, die ihm etwas bedeuten, sind zu wertvoll, um sie an den Hof zu verschwenden. Die muß er fortschicken, als Botschafter oder Armeekommandeure oder Repräsentanten bei empfindlichen Verhandlungen aller Art.« Ardan erkannte, daß er diesen Aspekt im Leben seines Freundes erst jetzt wirklich verstand.

Deswegen hatte Hanse so traurig geblickt, als Ardan ihn um seine Versetzung gebeten hatte. Von all den Menschen bei Hofe war Ardan der einzige gewesen, den Hanse Davion ohne Einschränkungen seinen Freund nennen konnte.

Er seufzte. »Als ich darum gebeten habe, in einen Einsatz gehen zu dürfen, war mir das nicht klar. Nicht, daß ich das nicht gewollt hätte ... ich habe mir nur nicht klar gemacht, wie einsam mein alter Freund dadurch wurde.«

Melissas Augen füllten sich mit Sorge. »Liebst du ihn? Ist es leicht, ihn zu lieben?«

Ardan dachte über diese Frage sorgfältig nach. »Ich würde nicht sagen, daß es leicht ist, ihn zu lieben. Um ihn zu lieben, muß man ihn gut kennen. Er kann sehr hart und streng erscheinen, wenn es nötig ist. Aber in seinem Innern steckt ein mitfühlender Kern. Selbst als ich noch ein kleiner Kerl war und er so viel älter, größer und kräftiger, war er immer geduldig, sogar sanft — für einen Jungen —, wenn es mich betraf. Er hat mir nie das Gefühl gegeben, daß ich lästig sei, obwohl es bestimmt häufig genug der Fall war.«

»Was habt ihr zusammen erlebt? Als Jungen?« Melissa saß mit gekreuzten Beinen auf dem Teppich und blickte mit den funkelnden Augen eines Kindes zu ihm auf. Ardan sah sie ernst an.

»Wir gingen auf Fischfang und harpunierten Wale, die sich in Stichlinge verwandelten, wenn wir nach Hause kamen. Wir fingen Grasvögel für die Farmer, damit sie nicht die Getreidefelder verwüsteten. Wir pflückten Obst von den Bäumen meines Vaters, und wir halfen auch der Familie, die sich um Hanse kümmerte, bei der Arbeit. Hanses Vater hielt nichts davon, einen Prinz so aufzuziehen, daß er sich einbildete, mehr wert zu sein als die einfachen Menschen.«

»Wie meine Mutter!« rief Melissa.

»Ganz ähnlich«, bestätigte Ardan. »Wir sind mit dem

Boot den Fluß hinunter gesegelt ... beinahe wären wir ertrunken. Heute ist mir klar, daß die Fischer, die zur Stelle waren, um uns aus dem Wasser zu ziehen, in Wahrheit aufpaßten, daß der jüngere Sohn ihres Herrschers das Ende seiner Kindheit auch erlebte. Und das war ein Glück. Sonst hätte es nach Ians Tod der schmierige Michael geschafft, an die Macht zu kommen. Hanses Schwester ist keine Katrina. Sie ist leicht zu beeinflussen.«

»Und als er fortging ... in die Ausbildung zum Mech-Krieger ... hast du ihn vermißt?«

»Fürchterlich. Wenn mein Vater mir nicht versprochen hätte, daß ich auch gehen dürfte, sobald ich alt genug war, wäre ich möglicherweise vor Sehnsucht eingegangen. Wie ein Hund, den sein Herrchen verlassen hat.«

Melissa stützte ihr Kinn auf beide Fäuste. »Ich habe gehört, daß Hanse ein brillanter Krieger ist, mutig und erfindungsreich. Bist du je mit ihm in die Schlacht gezogen? Als du alt genug warst?«

»Nur einmal, kurz bevor sein Bruder ums Leben kam. Ich war noch jung. Gerade mit der Ausbildung fertig. Hanse pflegte sich persönlich um mein Training zu kümmern, wenn er Zeit und Gelegenheit hatte. Wir griffen eine feindliche Stellung von zwei Seiten an. Ich war auf der linken Flanke, er war mit einem *Kriegshammer* in der mittleren Schlachtreihe auf der rechten.« Vor seinem inneren Auge konnte Ardan die Schlacht noch immer vor sich sehen. Die Erinnerung ließ ihm warm werden.

»Wir hatten es mit einer Mecheinheit zu tun, verstärkt durch Infanterie mit Handwaffen und kampfbereiten Panzern. Es war die letzte feindliche Befestigung auf dem Planeten, und wir mußten sie vertreiben.

Ihre Stellung war in eine Steilwand mit einem schweren Granitüberhang gegraben. Der Sandstein darunter war von irgendeinem Fluß oder Meer in grauer Vorzeit ausgewaschen worden. Eine unmögliche Position. Wir hatten schwere Verluste, weil wir dichtgedrängt gegen den einzigen Eingang stürmen mußten, und das bedeutete, sie konnten uns voll mit ihren Geschützen eindekken.«

Melissa saß aufrecht, und hörte mit geweiteten Augen zu.

»Als Hanse durch unsere Linien kam, gab er uns das Zeichen, zurückzufallen. Als wir ihm gehorchten, marschierte er geradewegs auf dieses Tor zur Hölle los und feuerte mit allem, was er hatte. Dann stand er einfach da, von allen Seiten unter Beschuß, mit allen Waffen, die man sich nur vorstellen kann, und seine PPKs hämmerten auf den Sandsteinpfeiler am Rand des Eingangs ein.«

»Was passierte dann?« drängte Melissa, als er eine Pause machte, um Atem zu holen.

»Hanse muß sich gefühlt haben wie ein Ei in der Pfanne — sein Mech wurde von Minute zu Minute heißer. Aber er feuerte immer weiter, bis das Granitdach über der feindlichen Stellung einstürzte — Männer, Mechs, Panzer, alles wurde darunter begraben. Wir haben sie später ausgebuddelt, aber nur ein paar hatten es überlebt. Wir haben Mechs und Ersatzteile erbeutet, die wir heute noch benutzen.« Er dachte an seinen ruinierten *Victor* und seufzte.

»Ein mutiger Mann. Und ein origineller Denker... das gefällt mir. Ich glaube nicht, daß ich mit jemandem glücklich werden könnte, der immer streng nach den Regeln lebt.«

Ardan lachte. »Das kann man Hanse wirklich nicht vorwerfen! Wenn es sein muß, schreibt er sich neue Regeln, und er denkt gar nicht daran, sich auf Methoden zu beschränken, die schon erprobt sind.«

»Wir waren nur ein einzigesmal längere Zeit zusammen, und da war er sehr nett zu mir. Wir hatten uns schon gesehen, wenn er mit meiner Mutter und ihren

Ratsherren sprach, aber wir hatten uns nur ein- oder zweimal kurz unterhalten. Mutter hat eine Feier veranstaltet, als der Vertrag fertiggestellt war ... — erinnern Sie sich? Es war alles sehr förmlich und elegant. Es war meine Verlobung, und ich bestand darauf, dabeizusein, obwohl ich viel zu jung war.« Sie kicherte. »Ich habe auch darauf bestanden, mein Haar aufzustecken und ein schwarzes Abendkleid zu tragen. Ich muß fürchterlich ausgesehen haben.«

»Ich hatte in der Nacht Dienst, deswegen habe ich dich nicht gesehen. Aber du kannst gar nicht fürchterlich aussehen, nicht einmal, wenn du dich so aufführst«, sagte Ardan lächelnd, und erinnerte sich an einen Teil der Streiche, die sie miteinander verbrochen hatten.

»Jedenfalls hatte Hanse eine unglaublich alte und wertvolle Vase für meine Mutter mitgebracht — eines von den Stücken, die eigentlich in ein Museum gehören. Und sie war wunderschön. Von einem durchscheinenden Pfauenblau mit rosenfarbenen Lichtern. Wunderbar.« Sie seufzte.

»Ich war wirklich zu jung für so eine Gelegenheit. Ich war völlig aufgedreht und versuchte, Eindruck zu machen. Sie wissen ja, wie Kinder sind.«

Ardan verkniff sich ein Lächeln.

»Jedenfalls bestand ich darauf, die Vase anzusehen und selbst zu halten.« Sie stockte bei der Erinnerung. »Und ich ließ sie fallen ... Eine antike Vase, mit der man einen Planeten hätte kaufen können, und ich habe sie auf dem Parkett des Ballsaals in tausend Stücke zerspringen lassen. Ich war wie erstarrt.

Mutter war wirklich wütend. Ich habe sie selten so außer sich gesehen. Und ich konnte alle hinter vorgehaltener Hand flüstern und murmeln sehen ... Ich habe mich wie ein Wurm gefühlt!«

»Glaub ich«, sagte Ardan, der sich die Szene bildlich vorstellte.

»Ich begann zu weinen. Wie das Kind, das ich natürlich war, aber darüber schämte ich mich noch mehr als über den Unfall mit der Vase. Ich stand da in meinem eleganten schwarzen Abendkleid, meine Haare fielen herab, und mein Gesicht war naß vor Tränen. Ich erinnere mich, wie ich dachte, der Prinz würde nie einen solchen Versager wie mich zur Frau nehmen, wo er selbst so erwachsen und souverän war und alles, was um ihn herum geschah, unter Kontrolle hatte.«

Melissa lächelte. »Ich suchte mir eine dunkle Ecke, um mich zusammenzureißen, und wollte mir gerade das Gesicht trocknen, als ich fühlte, wie jemand mir die Hand auf die Schulter legte. Als ich aufsah, war es Hanse. Er lächelte mich an.«

»Das paßt zu ihm«, murmelte Ardan. »Er haßt es, wenn jemand unverschuldet Schwierigkeiten hat.«

»Das habe ich gemerkt. Aber ich war immer noch entsetzt darüber, daß ich dabei ertappt worden war, wie ein kleines Kind zu heulen. Ich sagte: ›Ich schätze, du weinst *nie,* was?‹ Und seine Antwort tröstete mich sofort, obwohl ich nie wirklich verstanden habe, was er damit gemeint hat.«

Ardan blickte auf sie hinab. »Und was hat er gesagt?«

Melissas graue Augen blickten in die Vergangenheit, als sie antwortete. »Er sagte: ›Der Sternenvogel weint nach innen.‹ Weißt du, was das bedeutet?«

Einen Augenblick lang spürte Ardan eine ferne Erinnerung, die sich jedoch augenblicklich verflüchtigte, als er sich darauf zu konzentrieren versuchte. »Nein, aber ich vermute, daß es für Hanse eine sehr tiefe und wichtige Bedeutung besitzt. Und ich weiß, er haßt vieles von dem, was er tun muß, um das Gleichgewicht der Kräfte und Einflüsse aufrecht zu erhalten, das die Vereinigten Sonnen stabilisiert. Ich wünschte, ich könnte dir mehr sagen ...«

Sie erhob sich. »Du siehst müde aus. Zurück ins Bett!«

Zu seinem Erstaunen stellte er fest, daß sie recht hatte. Der kurze Spaziergang und das kurze Gespräch hatten genügt, seine Energie aufzubrauchen.

Als sie ihn zurück in sein Zimmer begleitete, flüsterte Melissa: »Damals wußte ich, daß ich keine Einwände haben würde — gar keine! —, Hanse Davions Frau zu werden.«

Ardan dachte darüber nach. Es konnte natürlich ein politischer Schachzug gewesen sein ... oder Hanses hervorragendes Gespür für die richtige Geste. Aber er vermutete etwas anderes, vermutete, daß Melissas Geschichte einen sanftmütigen Mann zeigte, der ein verängstigtes Kind beruhigte. Es gab schlechtere Grundlagen für eine politische Heirat.

22

Als er seine Kräfte wiedererlangte, benutzte Ardan die ausgezeichneten Sportanlagen des Palastes dazu, täglich bis an die Grenze seiner Leistungsfähigkeit zu trainieren. Gelegentlich leistete Melissa ihm Gesellschaft. Sie machte zwar einen zerbrechlichen Eindruck, war jedoch inzwischen zäh wie Leder.

Bei ihren Übungen an den computerkontrollierten Trainingsmaschinen im Sportsaal lachten und scherzten sie, aber wenn sie an einer Seite des riesigen Saales allein waren, außer Hörweite der Trainer und der anderen Sportfanatiker, wurde ihre Unterhaltung häufig ernster.

Der Winter neigte sich dem Ende entgegen, als Ardan eine wichtige Entscheidung traf. Er wußte, daß er nach Stein's Folly zurückkehren mußte, aber es mußte heimlich geschehen. Und dazu benötigte er Hilfe. Zum einen mußte er eine Nachricht an Sep schicken. Er hoffte, daß sie ihm sein schroffes Benehmen bei ihrer letzten Begegnung verziehen hatte und ihr Versprechen halten würde, ihm zu helfen, wenn er sie irgendwann brauchte. Er klammerte sich an dieses Versprechen, denn es war die einzige Hoffnung, sein Ziel zu erreichen.

Melissa hörte ihm aufmerksam zu, als er ihr zwischen den Kraftstößen auf der Muskelmaschine keuchend seine Folgerungen mitteilte. Schon die ganze Zeit über hatte er den Eindruck gehabt, daß sie von allen Bewohnern Tharkads als einzige bereit war, seine Geschichte von dem seltsamen Doppelgänger Hanses zu glauben. Jetzt fühlte er ihre Zustimmung zu seinen Plänen, auch wenn sie nur wortlos die Griffe ihrer Trainingsmaschine pumpte.

»Ich bin beinahe wieder auf dem Normalstand«, begann Ardan. »Wenn man den Computerausdrucken glauben kann, bin ich stark genug, längere Belastungen auszuhalten. Das bedeutet, ich muß einen Weg finden, in dieser ... Angelegenheit weiterzukommen.«

Melissa nickte. Ihr Gesicht war von der Anstrengung gerötet.

»Ich muß zurück nach Folly. Seit der Feind abgezogen ist, hat sich die Lage dort beruhigt. Deine Mutter hat mir mitgeteilt, daß auch die Säuberungsaktionen abgeschlossen sind. Die Garnison am Hauptraumhafen ist verstärkt worden, aber alle übrigen wurden geschlossen und mit Fallen versehen. Hanse will verhindern, daß noch einmal jemand unsere eigenen Anlagen gegen uns einsetzt.«

Er machte eine Pause, um die Maschine zu wechseln und Atem zu schöpfen.

»Ich brauche Hilfe. Ich brauche meine Stellvertreterin, Candent Septarian. Sie hat mir erklärt, sie sei jederzeit einsatzbereit, wenn ich sie brauche, und jetzt muß ich so schnell wie möglich Kontakt mit ihr aufnehmen. Hast du Zugriff auf ComStar?«

Melissa lächelte geheimnisvoll. »Ich habe mich mit der Akoluthin hier angefreundet. Sie ist sehr intelligent und ungeheuer pflichtbewußt. Sie hält auch nichts von Regeln.«

»Kann sie an das HPG-System? Ich muß Sep so schnell wie möglich eine Nachricht zukommen lassen.«

»Drei Wochen«, erwiderte Melissa. »Die Naturgesetze sind unüberwindlich. Aber in drei Wochen hat sie die Botschaft. Was genau soll ich ihr sagen?«

Ardan dachte ein paar Minuten lang intensiv nach. »Gibt es inzwischen einen Frachtdienst zwischen Tharkad und Folly?« fragte er schließlich.

»Seit der Rückeroberung hat Kerrion den Dienst wieder aufgenommen. Sein Frachterlandungsschiff liegt gerade im Hafen. Aber ein Frachter ist zu langsam. Du brauchst dein eigenes Sprungschiff. Ein kleines Sprungschiff, mit dem du unauffällig hinüberfliegen kannst. Man wird dich auf Folly nicht gerne wiedersehen.«

»Aber ich habe kein Sprungschiff«, erklärte er geduldig. »Und ich muß mit dem auskommen, was ich habe.«

»Mutter glaubt nicht an deinen Doppelgänger, aber wenn ich sie darum bitte, wird sie dir ein Schiff leihen.«

Er stieß einen Seufzer der Erleichterung aus. »Dann bitte Sep, mich an Punkt X-r-23 zu treffen, hinter dem größeren Mond von Stein's Folly. Bei der Übertragungsdauer der Botschaft ... plus der Zeit, die sie benötigt, um sich und wen immer sie mitbringen kann vorzubereiten ... plus den acht Sprüngen von New Avalon ... Es dürfte zeitlich mit unserem Treffen ungefähr hinkommen.«

Er sprang hoch in die Ringe und schwang auf in einen Handstand. »Bitte sie, alle mitzubringen, die sich freimachen können. Wenn möglich mit ihren Mechs. Wir könnten beim Einbruch in die Anlage einige Schwierigkeiten bekommen.

Sie kann Hanse um Hilfe bitten«, keuchte er. »Aber nur privat. Noch besser heimlich. Wir wissen nicht, was los ist, oder wer noch in die Sache verwickelt ist.«

Melissa erhob sich von ihrer Maschine und griff nach einem Handtuch. Sie legte es sich über die Schultern und wand ein zweites um ihre schweißnassen Haare.

»Ich bin froh, daß du etwas unternimmst. Ich hatte von Anfang an ein ungutes Gefühl bei der ganzen Sache. Irgend etwas geht hier vor, aber ich kann nicht erkennen, was.«

Sie drehte sich noch einmal um. »Als erstes werde ich die Botschaft abschicken. Dann bitte ich meine Mutter um das Schiff. Sie wäre als Archon nicht soweit gekommen, und noch weit weniger als MechKriegerin, wenn sie die Neigung hätte, sich zurückzuhalten, wenn Handeln angesagt ist. Und ich glaube auch nicht, daß sie von deiner ›Halluzination‹ überzeugt ist. Also nicht schlappmachen!« Und dann war sie fort.

Während er seinen schmerzenden Körper über alle Maßen quälte, dachte Ardan nach. Möglicherweise gab es auf Folly nichts mehr, was ihm einen Hinweis auf seine seltsame Vision bieten konnte. Aber falls doch noch etwas zu finden war, würde er es aufspüren.

Und was dann? Seine einzige Hoffnung bestand in der Anwesenheit eines neutralen und zuverlässigen Zeugen. Nicht Sep ... man würde ihr vorwerfen, daß sie als seine Stellvertreterin bei den Royal Guards automatisch auf seiner Seite stand. Er hoffte, sie würde Freunde mitbringen, aber er betete auch, daß sie jemanden fand, der ihn nicht privat kannte.

Nachdem er seine Übungen abgeschlossen hatte, duschte Ardan und kehrte in sein Zimmer zurück, wo eine Einladung Katrina Steiners zum Abendessen auf ihn wartete. Ardan schloß daraus, daß Melissa ihre Mutter überredet hatte, und der erste Schritt seines Unternehmens getan war. Ein Sprungschiff auszuleihen, auch ein kleines, war kein Pappenstiel — diese Schiffe gehörten zu den seltensten und wertvollsten Überbleibseln der Sternenbundzeit. Katrina Steiner mußte ihre Tochter schon sehr lieben und ihr viel Vertrauen entgegenbringen, wenn sie ihm einen solch gewaltigen Gefallen erwies.

Er legte die formelle Garderobe, die Katrina Steiner

vorsorglich zur Verfügung gestellt hatte, mit Bedacht an. Der Archon konnte sich den Luxus eines privaten Abendessens nicht erlauben. Dazu gab es zu viele drängende Geschäfte. Außerdem waren ständig irgendwelche Würdenträger zu beruhigen oder Potentaten zu beeindrucken.

Und sie machte ihre Sache gut. Er hatte bereits früher an derartigen Essen teilgenommen, allerdings nur als Mitglied der Ehrenwache. Diesmal konnte er das Ganze vom Standpunkt eines Gastes aus betrachten, und er fand den Unterschied recht interessant. Er mischte sich unter den Blumenkorso prächtig gekleideter Männer und Frauen aus allen Ecken und Enden des Lyranischen Commonwealth sowie einiger Repräsentanten kleinerer Systeme.

Am heutigen Abend hatte Katrina volles Haus. Er erkannte Klefft, den Botschafter der Konföderation Capella, der sich intensiv mit Hardt unterhielt, seinem Kollegen aus dem Draconis-Kombinat. Und dort war Baron Sefnes von New Syrtis ... Ardan hatte gar nicht gewußt, daß Michael Hasek-Davion eigene diplomatische Beziehungen mit Haus Steiner unterhielt. Als Staatsoberhaupt der größten Wirtschaftsmacht in der Inneren Sphäre war Katrina eine Pragmatikerin, die Handel und Militärangelegenheiten getrennt voneinander zu halten versuchte. Es spielte keine Rolle, daß ihr Haus militärisch gesehen mit Kurita und Liao verfeindet war — Geschäft war Geschäft. Schließlich war es die innovative Handels- und Wirtschaftspolitik Haus Steiners gewesen, die als Grundlage für das kontinuierliche Wirtschaftswachstum und die Stärke des rohstoffreichen Commonwealth gedient hatte. Seine militärischen Erfolge standen dagegen auf einem anderen Blatt und waren einer der Gründe, warum die praktisch veranlagte Katrina Hanse Davion zum Verbündeten und zukünftigen Schwiegersohn wollte.

Ardan wanderte zwischen den Gästen umher, unterhielt sich mit Melissas Cousine, der Markgräfin Kelya, und studierte besonders das Verhalten der Davion- und Liao-Gäste. Aber der weiträumige Saal war so voller Trubel, daß er sich nur schwer auf einzelne Antagonisten des derzeitigen Konflikts konzentrieren konnte.

Als der Gong zu Tisch bat, sah sich Ardan neben Melissa, die ihn beim Arm nahm und mit ihm auf den großen Torbogen zusteuerte. »Wir sitzen nebeneinander. Ich habe es mit dem *Arbiter Elegantiae* so arrangiert. Er hat sich erst ein bißchen geziert, aber ich weiß einiges von ihm. Er kann sich das Risiko, daß ich ihn verrate, nicht leisten«, erklärte sie in selbstgefälligem Ton.

Neben der Tür des Speisesaals stand ein elegant gekleideter Herr, der die Ankunft der wichtigen Gäste verkündete. Ardan bewußt ignorierend rief er: »Der designierte Archon, Melissa Steiner. Und Begleiter.«

Ardan versuchte sein Grinsen zu verbergen. Er fühlte, wie Melissa an seinem Arm bebte und wußte, daß auch sie ihr Lachen unterdrückte. Wenn es um formelle Gelegenheiten und die damit verbundene Überheblichkeit ging, waren sie einer Meinung.

Als sie alle an der langen, reich geschmückten Tafel Platz genommen hatten, beobachtete Ardan verstohlen Katrina und überdachte wieder einmal das Leben an den Fürstenhöfen der Inneren Sphäre. Er hatte die Kunst noch nie beherrscht, bei den eleganten und tückischen Wortspielchen zu brillieren, die hier als Konversation galten. Kaum jemals sprach man aus, was man meinte, und selbst die harmloseste Bemerkung konnte eine düstere Absicht verbergen. An diesem Abend saß Katrina lächelnd und nickend zwischen den Botschaftern Liaos und Kuritas. Gelegentlich gab sie einen Kommentar zu dem ab, was ihre Tischnachbarn sagten. Ardan konnte nicht alles verstehen, was die drei sagten, und er war nicht in der Lage, ihre ausdruckslosen Diplomatengesichter zu lesen.

Als die Diener gerade den ersten Gang, eine Aspergrotcremesuppe, aufgetragen hatten, warf Katrina einen Blick in die Runde und hob ihre Stimme, um von allen gehört zu werden. »Geehrte Gäste«, begann sie in ihrem gnädigsten fürstlichen Tonfall, »lassen Sie uns zum Ausdruck bringen, welch eine Freude es ist, Sie hier versammelt zu sehen. Und lassen Sie uns hinzufügen, welche besondere Genugtuung es uns bereitet, daß wir einige herausragende Repräsentanten der benachbarten Häuser hier in unserer Mitte begrüßen dürfen.« Katrina lächelte Hardt, Klefft und Sefnes zu, dann sprach sie weiter.

»Wir leben in ungewissen Zeiten, aber Haus Steiner wird fortfahren, wo und wann immer möglich starke Bande des Handels und der Wirtschaftsbeziehungen zu knüpfen. Dies war von je her unsere Stärke. Unsere Wirtschaft ist findig und begabt, und sie verschafft uns Freunde an den erstaunlichsten Orten.«

»Haus Steiners großes Talent auf dem Gebiet des Handels wird von allen in der Inneren Sphäre bewundert«, stellte der Botschafter Liaos vielleicht etwas zu glatt fest. »Alle beneiden Steiner um diese Gabe ...«

»... und wären gut beraten, uns nachzueifern«, ließ sich Katrina auf das Spiel ein. »Wir erhielten kürzlich gar Nachricht, daß unsere in die Peripherie vorgestoßenen Freihändler dort unter den Außenweltlern sehr gute Geschäfte machen konnten, die zu ihrem Wohlstand und dem unseres Hauses beitragen. Wie meine gelehrte Tochter es auszudrücken pflegt« — Katrina lächelte Melissa zu — »scheinen unsere Händler eine wahre Midasgabe zu besitzen!«

»Ah«, meldete sich Kuritas Gesandter Hardt. »Euer Gnaden bezieht sich auf die alte Erdensage von dem König, der den Reichtum derart liebte, daß er die Götter bat, alles in Gold zu verwandeln, was er berührte.«

»Wie ich sehe, ist auch der Botschafter Luthiens mit den alten Legenden vertraut«, stellte Katrina umgänglich fest.

»Nun, wenn meine Erinnerung nicht trügt, berichtet die Sage, daß jener Midas beinahe verhungerte, als seine magische Berührung auch Nahrung und Getränke in Gold verwandelte.«

Katrina ignorierte den versteckten Sarkasmus und lachte. »Nun, eines ist sicher, heute nacht wird niemand Hungers sterben.« Damit deutete sie auf die Berge von Delikatessen, die über die ganze Tafel verteilt waren. »Wir wollen uns gemeinsam dieser Reichtümer erfreuen, denn sie sind rein und unverdorben von des Midas' Gabe.«

Die Diener trugen einen Gang Köstlichkeiten nach dem anderen auf. Die einfachen Speisen akzeptierte Ardan, aber die unglaublich hergemachten und überladenen Angebote wehrte er ab. Jetzt, wo es ihm wieder besser ging, hatte er nicht die Absicht, sich mit schweren Gerichten von fernen Welten den Magen zu verderben.

Als die Diener silberne Schälchen für diejenigen Gäste auftrugen, die ihre Häppchen mit den Fingern gegessen hatten, nutzte Katrina die Pause, um mit dem Griff ihres Messers auf eine Glasglocke zu klopfen.

»In den letzten Monaten hatten wir einen sehr lieben Gast hier auf Tharkad«, erklärte sie mit Blick auf Ardan. »Wir freuen uns, Ihnen Ardan Sortek vorstellen zu können, Freund und Untertan Hanse Davions, des Prinzen der Vereinigten Sonnen. Zu unserer Freude hat er sich nun von den Verletzungen erholt, auf Grund derer man ihn hierher brachte. Zu unserem Bedauern kehrt er nun wieder zurück nach Argyle, an die Seite seines Herrschers.«

Sie hob ihr schweres Weinglas. »Bitte erheben Sie ihr Glas zu Ehren dieses mutigen jungen Offiziers. Auf daß wir alle in Zeiten schwerer Prüfungen auf eine solche Treue zählen können!«

Mit einem höflichen Murmeln erhoben die Gäste ihre Gläser. Als er von seinem Kelch nippte, bemerkte Ardan die steinernen Mienen Kleffts von Sian und des Draconies Hardt. Der unbewegliche Gesichtsausdruck der beiden signalisierte deutlich ihr Mißfallen.

Er lächelte, erhob sich und verbeugte sich. »Meinen herzlichen Dank an meine allzu gnädige Gastgeberin. Ein freundlicheres Willkommen und eine großzügigere Gastfreundschaft hat schwerlich jemand genossen. Ich bin ungeduldig, meinen Prinzen wiederzusehen, aber gleichzeitig bin ich auch traurig, die Gesellschaft der hier Versammelten verlassen zu müssen.« Unter höflichem Beifall nahm er wieder Platz.

Die Kunst des Diplomaten war es, zu verbergen, was er dachte und fühlte, und doch schien es Ardan, daß er nicht nur über die Gesichter der Liao- und Kurita-Botschafter Spuren von Überraschung, ja Wut, huschen sah, sondern auch über das des Gesandten Michael Hasek-Davions. Er war sich auch sicher, daß diese drei Männer Blicke austauschten, die weder Höflichkeitsgesten noch diplomatische Kampfansagen darstellten. Ardan hatte eine Reaktion von Klefft und Hardt erwartet, aber was hatte Michaels Botschafter Sefnes mit all dem zu tun?

Melissa lehnte sich herüber und flüsterte ihm ins Ohr. »Meine Mutter tut nichts ohne guten Grund ... und vielleicht mehr als einen. Hast du es gesehen?«

Er lächelte, und es schien wie eine Reaktion auf einen beiläufigen Kommentar. »Allerdings, das habe ich. Ich muß sagen, es überrascht mich. Paß gut auf, Melissa! Die Wurzeln mehr als eines Baumes könnten von Fäulnis befallen sein.«

Ohne ihren fröhlichen Gesichtsausdruck zu verändern, hob seine Freundin eine Braue. Er erkannte, daß ihr dieser Gedanke auch schon gekommen war. Was für eine Herrscherin würde sie einmal abgeben!

Als sich das Bankett endlich dem Ende zuneigte, trugen die Diener Karaffen mit feurigem atreianischen Brandy herein, den sie in Schwenker gossen, die Licht-

Zwischendurch: [redacted] Ardan hat nicht die Absicht, sich mit schweren Gerichten von fernen Welten den Magen zu verderben. Ein vernünftiger Vorsatz unseres Helden. [redacted] Aber auch uns Lesern würden diese Genüsse wohl kaum bekommen – selbst wenn wir jetzt vielleicht den kleinen Hunger zwischendurch spüren. Wir halten uns dann doch lieber an Vertrautes, das wir problemlos genießen und auch vertragen können. Jetzt wäre sicher etwas Leckeres, Leichtes richtig, etwas wie die... [redacted]

kugeln glichen. Sie waren aus einem einzigen Kristall geschnitten und so verziert, daß jeder Lichtstrahl gleißend reflektiert wurde. Das Auftragen des Brandys schien die Gesellschaft fast übermütig zu machen.

Ardan jedoch lehnte dankend ab. Seine Körperfunktionen waren noch immer nicht voll im Lot, und die Ärzte hatten ihm empfohlen, noch einige Zeit abstinent zu bleiben. Melissa akzeptierte einen Finger bernsteinfarbenen Brandys, an dem sie langsam nippte, während um sie herum die Gespräche über Themen von den Handelsbeziehungen mit den Freien Welten bis hin zur kürzlichen Rückeroberung von Stein's Folly brandeten.

Schließlich erhob sich Katrina Steiner. »Wenn Sie mir in den Ballsaal folgen wollen, können diejenigen, die den Wunsch danach verspüren, ein Tänzchen wagen. Ältere Semester wie ich mögen es vorziehen, eines der zu Ihrer Kurzweil vorbereiteten Spiele anzugehen. Und diejenigen unter Ihnen, auf die Verpflichtungen warten, oder die am morgigen Tage schon früh aufstehen müssen, sind natürlich entschuldigt.«

Das war eine ihrer zivilisiertesten Gewohnheiten. Viele Herrscher bestanden darauf, daß sämtliche Gäste blieben, bis sie sich selbst zurückzogen. Katrinas Entschuldigung gab Ardan Gelegenheit, in sein Zimmer zurückzukehren und Vorbereitungen für seine Abreise am folgenden Tag zu treffen.

Er war noch nicht einmal umgezogen, als jemand leise an die Tür klopfte. Draußen wartete Melissa in ihrem warmen Morgenmantel.

»Das war ja mal wieder geradezu tödlich«, stellte sie fest. »Aber wir haben etwas Wertvolles erfahren, meinst du nicht?«

Ardan hatte an nichts anderes denken können. »Ja, es scheint seltsam... Wenn meine Begegnung mit dem Doppelgänger ein Zufall gewesen wäre, hätte man davon ausgehen müssen, daß die Hintermänner dieser Aktion alle Hoffnung darauf setzen, daß mir niemand

Glauben schenkt und sie es geheimhalten können. Aber heute abend schien so mancher darüber enttäuscht, daß ich das Urteil meiner Ärzte angenommen zu haben scheine und nicht mehr öffentlich auf meiner Geschichte bestehe.

Ich hatte erwartet, sie würden ... ah ... froh sein, daß ich mich auf den Weg nach Argyle zu Hanse mache. Aber das waren sie mitnichten. Sie schienen schockiert, so als hätten sie etwas anderes von mir erwartet. Liaos Botschafter Klefft wirkte geradezu entsetzt.«

»Ich habe es auch gesehen«, stimmte Melissa zu. »Wußtest du, daß Doktor Karn Hypnotherapie angewendet hat, als du so krank warst? Er behauptete, es sollte dir helfen, mit deiner fixen Idee fertigzuwerden. Und er hat nicht zugelassen, daß ihn jemand dabei beobachtete, weil er dadurch auf gefährliche Art und Weise abgelenkt werden könnte.«

Ardan starrte sie an, und in seinen Gedanken wirbelten Spekulationen und Theorien durcheinander.

Melissa machte ein ernstes Gesicht. »Er könnte dir etwas einsuggeriert haben. Du mußt sehr vorsichtig sein, Ardan ... Dieses Vorhaben könnte dir von jemand anderem aufgezwungen sein.«

Obwohl er diesen Gedanken augenblicklich verwarf, wurde er von ihm doch verunsichert. »Hat deine Mutter zugestimmt, mir ein Schiff zu leihen?«

Melissa nickte. »Allerdings mußte ich dazu meine ganze Überredungskunst aufbieten. Die Ärzte haben sie beinahe überzeugt. Aber glücklicherweise respektiert sie auch mein Urteil. Die *Atlan* ist sprungbereit. Sie ist klein, aber verläßlich. Nach eurem letzten Sprung wird ihr Landungsschiff dich in eine Synchronumlaufbahn um Follys größeren Mond bringen, wo du auf deine Freudin Sep warten kannst. Sofern sie nicht schon vor dir eintrifft.«

Das Mädchen schüttelte die Kleider aus, die er achtlos in den Koffer geworfen hatte. Dann faltete sie die Sachen und legte sie ordentlich wieder hinein. »Das Schiff ist kurz nach Sonnenaufgang sprungbereit. Wir hielten es für das beste, wenn du schnell von hier wegkommst. Man weiß ja nie ...«

Ardan ließ sich auf die Bettkante sinken und starrte aus dem Fenster. Der Schnee war fast geschmolzen, und die Felsen Tharkads standen vor wie Knochen durch geplatzte Haut. Er löste sich von diesen düsteren Gedanken und verbeugte sich vor Melissa. »Ich bin Euch allzeit Dank schuldig, Euer Hoheit.«

Sie lachte. »Soweit kommt es noch! Unter Gaunern reicht ein einfaches Melissa. Aber ich werde dir, Ardan Sortek, allzeit Dank schulden, wenn du meinen zukünftigen Gemahl vor einem Unglück bewahrst.«

23

Der Tag war mehr als hart gewesen. Die Verschiffung des gesamten Personals, der Mechs und der Vorräte für die Guards nach Argyle war immer eine langwierige Prozedur, und Sep hatte gerade erst begonnen, ihre Einheit nach der Reise wieder in Form zu bringen. Aber sie wußte, warum dieser Sommerausflug nötig war. Argyle war wichtig für die Vereinigten Sonnen, und seine Bewohner ein entscheidender Faktor im Drahtseilakt des Prinzen, das Machtgleichgewicht aufrecht zu erhalten. Aber für die Guards war es die Hölle, ganz zu schweigen von den Palastbediensteten.

Sep war endlich wieder soweit, die Einheit drillen zu können. Der Spießrutenlauf war aufgebaut, und sie hatte den Morgen damit zugebracht, MechKrieger durch seine wenig einladenden Tore zu schicken. Nach der erzwungenen Ruhepause wurde es höchste Zeit, erneut ihre Reflexe zu schärfen.

Sie war müde. Das Herumkommandieren unwilliger

Männer und Maschinen hing ihr zum Halse heraus. Sie brauchte Urlaub, aber Ardans Abreise hatte ihre Pläne über den Haufen geworfen. Auch ihr Stellvertreter Jarlik hatte Recht auf eine Pause. Sie fragte sich, ob er sie wohl begleiten wollte. Denek würde es gut tun, eine Weile den Befehl zu übernehmen. Ein MechKrieger konnte nie wissen, wann plötzlich eine solche Situation für ihn auftrat. Und Denek war ihr persönlich ausgewählter Nachfolger, so wie sie Ardans Nachfolgerin gewesen war.

Das waren die Gedanken, mit denen Sep sich beschäftigte, als sie in ihr Quartier zurückkehrte und in die Naßzelle trat. Sie fühlte sich unbeschreiblich wohler, als sie den Schweiß und Schmutz abgewaschen hatte und wieder ins Zimmer ging, um einen leichten Bademantel anzulegen. Hier auf Argyle war es jetzt schon schwül.

Im Postkorb an der Tür lag eine Nachrichtenkapsel. Der Bote mußte gekommen sein, während sie geduscht hatte. Es sah nach ... ja! ... es war eine ComStar-Botschaft.

Sep fühlte, wie ihr Herz in der Erwartung schlechter Nachrichten dumpf pochte. Ardans Verschwinden während der Gefechte auf Stein's Folly war die schlimmste aller möglichen Nachrichten gewesen, aber die Meldung seiner Befreiung hatte das wieder korrigiert. Was war es diesmal?

Sie hob die Kapsel heraus, fand die Naht und brach sie auf. Ein leises Zischen bestätigte, daß die versiegelte Botschaft nach dem Empfang durch den örtlichen ComStar-Adepten nicht in falsche Hände gelangt war.

Sie erkannte den Code. Ardan brauchte sie! Der Gedanke erfüllte sie wie ein frischer Windhauch.

Natürlich hatte sie von seiner Krankheit gewußt. Selbst die Nachricht von seinen Zwangsvorstellungen hatte Sep und Ardans andere Freunde erreicht, denn Hanse verstand, welchen Wert persönliche Loyalitäten für MechKrieger darstellten.

Sie las die Botschaft ein zweitesmal und dachte dabei an all die Dinge, die sie gehört hatte. Als sie den Text das drittemal gelesen hatte, wußte sie, was ihr alter Freund plante. Sie hätte ebenso gehandelt.

Ardan war ein zu rationaler Mensch, um auf etwas zu bestehen, das jeder realen Grundlage entbehrte. Er glaubte, auf Folly Beweise finden zu können. Sie wußte mit ziemlicher Sicherheit, daß es keine Überprüfung der Einrichtung gegeben hatte, in der Ardan gefunden worden war. Davions Truppen waren zu beschäftigt damit gewesen, die Invasoren zu besiegen und die Ordnung wiederherzustellen.

Die Zivilbevölkerung des Planeten war klein und bestand in der Hauptsache aus Serviceangestellten in den Städten und Raumhäfen. Die wenigen übrigen Einwohner waren Farmer, deren Hauptsorge darin bestand, genug Lebensmittel für die Versorgung der Städte anzubauen. Sie konnte sich auch keinen Grund vorstellen, warum diese Menschen in versiegelten militärischen Anlagen herumschnüffeln sollten.

Nein, wenn das, was Ardan gesehen hatte, wirklich existierte, bestand durchaus noch die Chance, einen Hinweis darauf zu finden. Immerhin hatten sich die Liao-Einheiten gänzlich ungeordnet zurückgezogen. Aber Ardan und sie würden ihre Mechs für die Nachforschungen brauchen. Davions Fallen würden mit ungeschützten Eindringlingen kurzen Prozeß machen.

Es fiel ihr nicht schwer, eine Audienz beim Prinzen zu arrangieren. Sie brauchte nur ihren Namen an die Spitze der Liste seiner Leibwächter zu setzen. An diesem Abend war eine Besprechung mit Repräsentanten des New Avalon Instituts der Wissenschaften angesetzt, immer eine langwierige Angelegenheit. Seit ihrem letzten Dienst dieser Art war eine Woche vergangen. Da sie die Dienstpläne schrieb, war absolut nichts Ungewöhnliches daran, daß sie sich wieder selbst dafür einteilte.

Sep nahm Ardans Bitte, die Angelegenheit als geheime Privatsache zu behandeln, sehr ernst. Sie wartete geduldig, während die Ehrbaren Doktoren der Wissenschaften endlos über abstruse Themen debattierten, die den Prinzen weit weniger zu langweilen schienen als seine Leibwächterin.

Sie konnte seinen wachen Blick erkennen. Er verstand, was diese Gelehrten sagten, egal, wie technisch oder rätselhaft es ihr erschien. Von Zeit zu Zeit machte er einen Vorschlag oder einen Einwand, und die Männer und Frauen vom NAIW waren immer gezwungen, ihn ernsthaft zu überdenken. Ihr Respekt vor der rein intellektuellen Seite dieses vielseitigen Mannes wuchs.

Als der letzte der Doktoren fort war und Hanse den Raum verlassen wollte, bat Sep ihn mit einer stummen Geste, noch zu bleiben.

Hanse hätte noch dem besten Spion eine Lektion erteilen können. Er seufzte, schloß das Fenster, durch das vom Fluß am anderen Ende des Gartens eine plötzliche Brise hereinwehte, und dämpfte das Licht auf seinem Schreibtisch.

Sep suchte den Raum erneut mit dem Spürgerät nach versteckten Mikrophonen ab. Dann aktivierte sie das zweite, stärkere Gerät, mit dem sie auch noch die Signale entfernter Richtmikrophone auffangen konnte. Nichts.

»Euer Hoheit«, begann sie schließlich, »ich habe über ComStar eine Nachricht von Ardan Sortek erhalten. Um Zeit zu sparen möchte ich, daß Ihr sie selbst lest.« Sie reichte die Botschaft über den Tisch.

»Danke, Major Septarian.« Er nahm die Kapsel, öffnete sie und überflog ihren Inhalt, wobei er wiederholt nickte.

Als er fertig war, sah Davion zu Sep auf und sagte: »Der Archon hat mir schon vor einer Weile von dieser Behauptung Ardans berichtet, auf Folly einen Doppelgänger von mir gesehen zu haben. Die Ärzte bestehen darauf, daß es eine Halluzination war. Aber ich kenne Ardan. Wenn er der Sache nachgehen will — und darin dürfte der Sinn dieser Nachricht liegen —, sollte man ihm die Chance dazu geben. Wenn schon nicht meinetwegen, dann zu seinem eigenen Besten.«

Er drehte sich zur Computerkonsole an seiner Seite um und rief mit fliegenden Fingern die Akten Septarians und Jarliks auf.

Sep mußte sich ein Grinsen verkneifen. Die Gedanken des Prinzen verliefen in fast parallelen Bahnen zu ihren eigenen Überlegungen.

»Ich sehe hier, daß Sie und Captain Jarlik Ihren regulären Urlaub noch nicht hatten. Das geht aber nicht. Wir können doch nicht zulassen, daß unsere Offiziere sich in Friedenszeiten überarbeiten. Was halten Sie davon, eine Weile freizunehmen, Major? Möglicherweise könnten Sie sogar ein paar Ihrer Offizierskollegen als Begleitung mitnehmen. Ich weiß, wie nahe Sie einander in Ihrer Einheit stehen. Und Ihre Familie ist weit entfernt, wie ich sehe.«

»Das wäre mir sehr angenehm, Euer Hoheit. Seit wir Stein's Folly zurückerobert haben, wollte ich mir diesen Planeten schon einmal näher ansehen. Als Einsatzkommandant dürfte ich dort allerhand lernen können, sowohl was Offensive angeht wie auch Defensive. Und wenn Ihr einverstanden seid, würde ich gerne Jarlik und Ref Handrikan mitnehmen. Und unsere Mechs. Vielleicht langweilen wir uns und sind froh über die Möglichkeit zu einem kleinen Training.«

»Zufällig wartet gerade ein kleines Sprungschiff, das eine ... Botschaft ... nach Stein's Folly transportieren soll. Das kommt Ihren Wünschen doch sicher sehr entgegen. Ich werde es Ihnen zur Verfügung stellen.« Er blinzelte ihr verschwörerisch zu.

»Finden Sie für mich heraus, was los ist«, flüsterte er so leise, daß es kaum zu hören war. »Und passen Sie auf Ardan auf!«

»Vielen Dank, Hoheit«, sagte sie und salutierte. »Und gute Nacht. Meine Ablösung wartet in der Halle. Ich kann sie schon hören.«

Danach zögerte sie nicht mehr. Jarlik schlief bereits, als sie gegen die Tür seines Quartiers hämmerte.

»Werssnda?« ertönte sein bärbeißiges Brummen. »Wehe, wennas kein Notfall ist!«

»Jarlik! Hier ist Septarian! Laß mich sofort rein!«

Die Tür klickte, und ein verdächtig gelbes Auge kam zum Vorschein.

Bei ihrem Anblick weitete es sich ebenso wie der Türspalt. »Sep! Komm rein! Ich dachte, es wäre wieder dieser dreimal verfluchte Fram, der mir einen Streich spielen will. Was ist los?«

»Wir machen einen Ausflug. Nach Stein's Folly. Aber damit genug. Mach dich und deinen Mech fertig zur Einschiffung. Am Sprungpunkt wartet ein Schiff auf uns. Und sag Ref Bescheid. Er kommt auch mit. Vor der ersten Zwischenstation will ich nicht ins Detail gehen.«

Jarlik war sofort hellwach. Er suchte nach seinem Koffer, zog seine Sachen aus Schränken und Schubladen und warf sie hinein, ohne sie zusammenzulegen oder auch nur nachzusehen, was er packte. Seine Aufregung ließ den Raum vibrieren, wie es sonst nur ein Hochleistungsgenerator zustande gebracht hätte.

Sep grinste. Ihre Packerei würde sich nachher wahrscheinlich nicht allzusehr von dieser Szene unterscheiden.

»Ich muß auch Denek alarmieren. Er wird die Einheit führen müssen, bis wir zurück sind. Übrigens haben wir zwei Standardmonate, exklusive Aufladezeit, und zwei weitere Monate Spielraum. Wir sind beide lange überfällig, was unseren Urlaub angeht, so daß es keine Fragen geben wird. Aber mach dich fertig. Wir fliegen ab, sobald ich alles geregelt habe.«

Sie eilte weiter zu Deneks Quartier, das er mit seinem Intimfeind Fram teilte. Bei den beiden war der Versuch, sie mit einem Klopfen zu wecken, von vornherein zum Scheitern verurteilt. Sie benutzte ihren Generalschlüssel und marschierte hinein.

Sep zog Denek die Decke weg und drehte die Klimaanlage auf kalt. Kurz darauf begann er zu zittern und öffnete die Augen.

»He!« protestierte er. »Was soll das?«

»Du hast das Kommando«, erwiderte sie knapp, »bis Jarlik und ich aus dem Urlaub zurück sind. Wir haben uns den Rücken krumm geschuftet, während ihr tauben Nüsse auf der faulen Haut gelegen habt. Jetzt haben wir die Chance, auf Reisen zu gehen, und die lassen wir uns nicht entgehen. Sechs Uhr morgen früh, mein Freund. Sei pünktlich und vergiß das Drillen nicht, oder ich heiz dir ein, wenn ich zurück bin.« Sie ging zur Tür und grinste den verschlafenen Offizier noch einmal an.

»Und glaub bloß nicht, ich erfahre nicht davon, wenn du dich blöd anstellst. Keinen Unsinn. Keine Streiche. Keine tollen Einfälle. Mach einfach deine Arbeit, Denek. Ich weiß, daß du es kannst. Und damit, adieu!«

Als sie wenig später ihre eigene Packorgie abhielt, zitterte Sep vor Aufregung. Was hoffte Ardan auf jener hartumkämpften Welt zu finden, auf der er beinahe gestorben war?

Sie machte sich auch noch darüber Gedanken, als sie das Verladen ihrer Mechs in das Landungsschiff überwachte, das sie zu dem tief im Raum wartenden Sprungschiff transportieren sollte. Neben ihrem Tech standen die von Jarlik und Ref, und alle drei gähnten um die Wette. Ihre Ersatzmänner blieben auf Argyle. Das war kein Kampfeinsatz. Eine Urlaubsreise erforderte keine gefechtsbereite Truppe, auch dann nicht, wenn sie mit Trainingseinlagen verbunden werden sollte.

Das Schiff startete wenige Minuten nach Sonnenaufgang. Nur ein schläfriger Mechposten und eine Handvoll Infanteristen sahen den Start, und keiner von ihnen zerbrach sich deswegen den Kopf. Landungsschiffe stiegen zu jeder Tages- und Nachtzeit vom privaten Raumhafen des Prinzen auf, und Landungen waren nicht seltener. Er war in ständigem Kontakt mit Planeten nah und fern.

Sep fand ihre Pritsche und legte sich hin, um ein Nikkerchen zu machen. Wenn sie am Sprungpunkt aufwachte, würde sie ihren Begleitern erzählen, worum es ging. Jetzt aber brauchte sie erst einmal Schlaf. Auf der langen Reise nach Stein's Folly war Zeit genug.

24

Die wochenlange Sprungreise machte Ardan weniger zu schaffen als sonst. Auch die langen Wartezeiten an den Zwischenstationen, um den Antrieb aufzuladen, belasteten seine Nerven nicht. Er malte sich ständig aus, was er bei seiner Rückkehr nach Stein's Folly vorfinden mochte. Ihr letzter Sprung brachte sie an einen irregulären Sprungpunkt seines Zielsystems, und von dort aus konnte er mit dem Landungsschiff an den Treffpunkt auf der Rückseite des größeren Mondes fliegen, den er mit Sep ausgemacht hatte. Er wußte, daß sie kommen würde, und obwohl der Sprungschiffkapitän darauf bestand, daß die Steiners ihm nie verzeihen würden, ihren Gast in einer derart gefährlichen Lage allein zu lassen, bestand Ardan darauf.

Die Ortungsgeräte des Landungsschiffs lieferten ihm während des Orbits einen guten Ausblick auf die trostlosen Konturen des felsigen Planetoiden. Der Himmel war schwarz, denn das Schiff befand sich im Schatten. Ardans Auftauchen im Innern des Systems war durch den Mond gegen die Ortungssysteme auf Folly abgeschirmt gewesen. Jetzt konnte er glitzernde Lichter am mitternächtlichen Himmel sehen, andere Welten und Sonnen, die er wahrscheinlich nie besuchen würde.

Der winzige Klumpen Felsgestein drehte sich ins Sonnenlicht, das lange Schatten über seine pockennarbige Oberfläche warf. Ardan entspannte sich. Er döste sogar ein. Er war hier, und er hegte keinen Zweifel daran, daß Sep unterwegs war. Schon bald würde es losgehen.

Er schreckte auf, als ein metallisches Krachen ihm sagte, daß seine Kapsel an ein anderes Schiff gekoppelt wurde. Als er hinausblickte, hatte der Mond sich wieder gedreht, und er war auf der Nachtseite. Seine Ortung zeigte ein zweites schlankes Landungsschiff. Als er sich umwandte, öffnete sich das Luk.

»Sep, du hast es geschafft!« schrie er freudig erregt und stand auf, um sie zu begrüßen.

»Wir sind so schnell wie möglich gekommen, Dan. Der Prinz hat uns geschickt.« Sep faßte ihn an den Schultern und musterte besorgt sein Gesicht. »Aber wie geht es dir? Bist du wieder in Ordnung?«

»Von mir können wir später reden«, erwiderte er. »Die Tatsache, daß Hanse euch geschickt hat, erklärt wohl, woher du ein Schiff hast. Aber wen hast du mitgebracht?«

»Jarlik und Ref Handrikan. Und unsere Mechs. Schade um deinen *Victor.* Sie mußten ihn ausschlachten. Er war nicht mehr zu reparieren. Aber wir haben eine Menge Eisen dabei ... meinen *Kriegshammer,* Jarliks *Kreuzritter* und Refs *Kampftitan.* Ich würde sagen, was wir nicht umhauen können, das ist nicht kleinzukriegen.«

Ardan fühlte, wie ihn die Enttäuschung zu Boden drückte. Ohne Mech konnte er nur zusehen, wie die anderen in die Anlage einbrachen. Aber Hanse hatte ihm natürlich keine Maschine schicken können. Der Neurohelm mußte präzise und sorgfältig auf seinen Träger abgestimmt werden.

»Na gut, ich habe vielleicht keinen Mech, aber dafür kenne ich einen Weg, wie wir nach unten kommen, ohne daß jemand unsere Annäherung bemerkt. Ich will nicht sofort offiziell in Erscheinung treten, weil ich nicht mehr weiß, wem ich noch trauen kann, nicht einmal unter unseren eigenen Leuten ... Es gibt noch zu viele offene Fragen ... Und nichts wird mich daran hindern, in diese Klinik zu kommen und nach Beweisen für das zu suchen, was ich gesehen habe, als ich dort lag!«

»Gut und schön, aber wie kommen wir an den Raumlotsen des Systems vorbei? Ihre Computer werden unsere ID-Codes verlangen, und nach den ganzen Schwierigkeiten mit Liao werden sie wahrscheinlich alles mit Adleraugen absuchen.«

»Ganz genau«, bestätigte Ardan aufgeregt. »Die Raumlotsen lesen nur, was der Transponder sendet und auf ihren Schirmen angezeigt wird. Ich habe aber einen Code, der den Computern befiehlt ›Ignoriert mich, ich bin gar nicht da‹. Wir werden auf den Schirmen gar nicht auftauchen, und demzufolge werden sie uns einfach ignorieren.

Der Code rangiert unter höchster Geheimhaltungsstufe. Es gibt nur ganz wenige Menschen, die ihn kennen oder auch nur den Verdacht haben, daß er existiert. Ich habe ihn von Hanse persönlich gelernt, und auch das nur, weil ich einmal eine streng geheime Mission für ihn ausführen mußte.«

»Und was ist mit Sichtkontakt?« fragte Sep.

»Dagegen gibt es keinen Schutz, aber die Gefahr, daß wir entdeckt werden, liegt bei eins zu einer Million. Besonders wenn wir unseren Anflugwinkel sorgfältig wählen.«

»Na, die Piloten, die uns hergebracht haben, sind die besten ihres Fachs. Davions Elite.«

»Ein Glück«, erwiderte Ardan lachend. »Da wir in den Flugplänen nicht auftauchen, müssen wir nämlich selbst aufpassen, daß wir niemandem in die Quere kommen.«

Sep lachte auch. »Das muß ich sehen«, erklärte sie,

und die beiden stiegen fröhlich durch die Ausstiegsluke hinüber in ihr Landungsschiff.

Sep hatte recht. Die Piloten des Prinzen waren ausgezeichnet. Mit Hilfe von Ardans streng geheimer Codesequenz konnten sie die Raumkontrolle umgehen und unbemerkt auf Stein's Folly landen. Während der Nacht gingen sie im östlichen Küstengebirge der Highlandhalbinsel nieder.

Die Pilotin hatte einen sicheren Landeplatz in der Nähe der Koordinaten gewählt, die sie ihr gegeben hatten. Sie waren etwa drei Kilometer von ihrem Ziel entfernt.

Ardan und seine drei Gefährten kletterten aus dem Landungsschiff, um sich zu orientieren und über ihren nächsten Zug klarzuwerden.

»Das einzige, was noch zwischen uns und der Anlage liegt, ist dieses Mittelgebirge«, stellte Ardan fest. »Das dürfte nicht allzu schwierig werden.«

»Ich schätze, den Wagen, den wir für dich mitgebracht haben, wirst du brauchen«, bemerkte Sep nachdenklich. »Wenn nötig, können wir ihn an einem unserer Reaktoren aufladen, aber wahrscheinlich wird es gar nicht soweit kommen.«

Kurz vor dem Morgengrauen studierten Sep, Ardan, Jarlik und Ref die letzten Kilometer, die sie noch zurücklegen mußten.

»Die Wärmeortung zeigt keine Zivilisten in neunzig Klicks Umkreis«, meldete Ref. »Wir können unsere Scheinwerfer ohne Gefahr einsetzen. Hier ist die Karte. Wir suchen uns die beste Route aus, und dann machen wir uns besser schleunigst auf den Weg.«

Die vier knieten sich neben das Landungsschiff und starrten im Licht ihrer Taschenlampen auf die vor ihnen ausgebreitete Plastikkarte. »Von außen hab ich das Ding nicht bewußt wahrgenommen«, stellte Ardan fest, »aber bevor wir angriffen, habe ich alle Einrichtungen dieses Planeten studiert. Die hier ist auf allen Seiten stark befestigt.« Er zog mit dem Finger eine Linie über die Karte. »Der Weg ist auch nicht schlechter als irgendein anderer.«

Er zeigte auf einen schwarzen Punkt auf der Karte. »Wir hatten vor, durch das Osttor zu stürmen, wenn wir es bis hierher geschafft hatten.«

»Na, wenigstens brauchen wir nicht gegen Mechs anzutreten«, kommentierte Sep, während sie die Karte wieder einrollte und verstaute.

»Hoffentlich nicht«, brummte Jarlik.

Innerhalb einer halben Stunde hatten sie die Mechs ausgepackt und bestückt, den Wagen durchgecheckt und sich über die grasbedeckten Berge auf den Weg zum Ziel gemacht. Ardan führte die Kolonne an, weil die Scheinwerfer seines Wagens dichter am Boden waren. Er konnte Löcher und andere Hindernisse ausmachen, die aus acht Metern Höhe nicht zu erkennen waren.

Die Anlage war schon weit eher zu erkennen, als er erwartet hatte. Der Funkturm stand noch und ragte wie ein dürrer Finger in den dunklen Himmel. Er gab einen guten Orientierungspunkt ab.

Ardan drosselte seinen Wagen. Mit ausgeschalteten Scheinwerfern näherte er sich langsam ihrem Ziel. In neunzig Metern Entfernung hielt er an und gab den riesigen Mechs hinter sich ein Zeichen, anzuhalten. Er hatte gelernt, allem zu mißtrauen, was sicher oder leicht schien. Deshalb kletterte er nun aus seinem Wagen und schlich zu Fuß weiter.

Das Gebäude war so massiv gebaut, daß es mehr an einen Berg erinnerte als an das Ergebnis menschlicher Anstrengungen. Der Stahlbeton folgte den Formen des Geländes, und die Stockwerke zogen sich Stück um Stück zur Gebäudemitte zurück. Die wenigen Fenster bestanden aus mehrfach verstärktem Duraglas. Das Eingangstor war ein Monolith aus Metall und hochverdichtetem Plastik.

Ardan kannte sich zu gut aus, um weiterzugehen. Wenn Davions Männer ein Gebäude sicherten, dann war es sicher. Er hatte schon erlebt, daß kleine Wildtiere Fallenmechanismen auslösten, wenn sie bei ihren nächtlichen Streifzügen zu dicht an ein Bauwerk herankamen.

Er umkreiste die Einrichtung in einiger Entfernung und überzeugte sich mit Hilfe seines Nachtglases, daß die Tore den üblichen Standards entsprachen. So weit sah alles gut aus.

Schließlich gab er den anderen das Zeichen zum Vorrücken. Donnernd marschierten sie heran. Jarlik deckte ihnen wie üblich den Rücken. Sollte jemand Anstalten machen, von hinten über sie herzufallen, erwartete ihn eine üble Überraschung.

Über Funk ertönte Seps Stimme. »Alles klar?«

»Meine Unterschrift würde ich nicht druntersetzen. Aber alles ist ruhig. Ich habe mit keinem meiner Instrumente Körperwärme entdeckt. Was nicht heißt, daß nicht irgendeine automatische Sicherungsanlage drinnen auf uns wartet.«

»Dann zieh dich zurück ... und ich meine *zurück!*« ermahnte ihn Sep. »Wir wissen nicht, was wir auslösen, wenn wir das Tor aufbrechen.«

Das war Ardan klar. Er rannte zurück zum Wagen und warf sich hinter ihn. Er hatte gesehen, wie Männer und Frauen von beim Rückzug zurückgelassenen Fallen in Stücke gerissen worden waren. Im Innern eines Mechs brauchte man sich darüber keine Sorgen zu machen, aber die bloße Haut bot keinen Schutz.

Sep marschierte auf das Tor zu und stellte mit dem gigantischen Fuß ihres *Kriegshammer* das Portal auf die Probe. Das Metall protestierte mit dem Dröhnen eines titanischen Gongs, und irgend etwas im Gebäudeinnern schien zu brechen.

Ardan blinzelte hinter dem Wagen hervor. Er sah, wie der *Kriegshammer* mit dem Bein zu einem vernichtenden Tritt ausholte. Unwillkürlich zuckte Ardan zusammen, als es vorschnellte.

Mit einem Krachen, Donnern, Hallen und Bersten beulte sich das Panzertor ein und riß den Stahlbeton mit, in den es eingelassen war. Der Mech sprang augenblicklich zurück.

Dann war Ref an der Reihe. Er hämmerte auf die Trümmer ein, die den Eingang blockierten. Im schwachen Licht des Sternenhimmels stieg eine Staubwolke auf. Ardan sah, wie sich die Bresche in der Fassade verbreiterte. Refs *Kampftitan* verschwand in der Dunkelheit, und hinter ihm wirbelte immer mehr Staub auf.

Sep folgte ihm. Jarlik ging an die Öffnung und blieb mit dem Rücken zu dem Gebäude stehen, um das Gelände nach allen Seiten abzusuchen. Ardan, der keine weiteren Geräusche hörte, wagte sich vor und wartete auf das Signal, in das Gebäude kommen zu dürfen.

Schließlich hob sich der gewaltige Arm und winkte. Ardan rannte an die Seite des Stahlkolosses.

»Sep meint, du kannst rein. Wir halten Wache, während du dich umsiehst.«

Ardan nickte und bahnte sich einen Weg über die Stahlbetontrümmer in den Hauptflur der Anlage. Abgesehen von den Stellen, an denen die Mechs das Gebäude verwüstet hatten, war es noch immer fest und solide. Er erinnerte sich an den Plan dieses Anlagentyps. Der Hospitalflügel ... dort entlang!

Er eilte weiter. In einem Gebäude dieser Größe dauerte es seine Zeit, einen Korridor zu finden, an den er sich nur dunkel erinnerte. Er versuchte es in den oberen und den tieferen Stockwerken — ohne Erfolg. Als er schließlich doch noch den richtigen Gang entdeckt hatte, erkannte er ihn sofort. Er ging ihn entlang und warf dabei einen Blick in jeden Raum. Er war sich ziemlich sicher, damals im dritten Zimmer auf der linken Seite aufgewacht zu sein.

Er blickte zurück. Die Schwingtüren, durch die er gekommen war, hatten die Personen verborgen, deren Stimmen er gehört hatte. Noch etwas weiter voraus ...

ja. Hier rechts waren die Türen, durch die er damals gekommen war.

Er rannte den Korridor entlang und durch die Schwingtüren. Der Gang dahinter war finster. Diesmal schien kein Licht durch die Glastüren der Labors. Aber diesmal hatte er seine eigene Lichtquelle dabei. Er schaltete den Scheinwerfer am Gürtel ein und stieß die schwere Tür auf.

Alles war so, wie er es in Erinnerung hatte. Der Tisch in der Mitte des Raums, die Ausrüstung ringsum ebenso wie an der Decke. Die Zellen an der Wand ... alles noch genau wie damals. Bis auf eins.

Er trat in die Lücke, die entstanden war, als man eine der Zellen entfernt hatte. Ja, genau hier hatte der Doppelgänger Hanses gelegen, im Tiefschlaf ... Worauf hatte er gewartet?

Er hatte natürlich nicht erwartet, ihn noch zu finden. Er hatte einen Zweck, und es war klar, daß der Feind ihn nicht zurückgelassen hatte. Aber wenn er sich aufmerksam genug umsah, konnte er vielleicht etwas finden — vorausgesetzt, er erkannte dessen Bedeutung, wenn er es fand.

Systematisch suchte Ardan alles ab. Er begann an der Tür und bewegte sich von dort nach rechts. Aktenschränke. Ein kleiner Instrumentenschrank voller Glasflaschen, Reagenzgläsern und Pipetten. Er ging weiter.

Hier stand eine Vitrine mit Holos. Auf der Schreibtischplatte am unteren Rand erhob sich ein Lesegerät. Ardan fühlte Erregung in sich aufsteigen. Konnte sich das als nützlich erweisen?

Er überprüfte das Gerät und stellte fest, daß es auf Netzstrom oder Batterien lief. In dem Instrumentenschrank hatte er doch Batterien gesehen!

Tatsächlich fand er zwei Batterien, die in das Lesegerät paßten. Er steckte sie in den Batterienschacht und schaltete das Gerät ein. Ein Lichtstrahl fiel auf die bleiche Mauer.

Er arbeitete sich durch die Holostapel. Zunächst fand er Dutzende von Aufnahmen widerlicher Gebilde, die Viren und Bakterien sein mochten. Kulturen? Vielleicht.

Über ein Dutzend unentzifferbarer Schemata folgten. Er war sich nur einer Sache sicher — sie hatten nichts mit Waffen oder Mechs zu tun.

Dann kam er an den dritten Stapel. Schon beim ersten Bild pfiff er durch die Zähne. Es war eine Studie Hanses, wie er ihn hundertmal gesehen hatte: vorgebeugt an seinem Schreibtisch, und wie es für ihn typisch war, seine Argumente mit ausgreifenden Handbewegungen unterstützend. Das nächste Bild zeigte Hanse, wie er durch einen Garten spazierte, das dritte bei einem festlichen Abendessen.

Und so weiter und so fort. Eine wahre Bilderflut Hanse Davions bei seinen alltäglichen Aufgaben und den formellen Anlässen, die zu seinen Pflichten gehörten.

Studien! Verdammt noch mal, das waren Studien! Wer auch immer jenem nachgemachten Körper Leben gab, mußte lernen, wie er sich zu bewegen hatte, und das war offensichtlich Teil seiner Ausbildung gewesen.

Ardan ließ die Studien Revue passieren und suchte nach einem Hinweis darauf, wer hier ausgebildet worden war oder wozu dieses Double eingesetzt werden sollte. Der letzte Stapel enthielt Studien des Sommerpalastes auf Argyle, aus jedem Blickwinkel, von innen wie von außen.

Er fand Nahaufnahmen des gesamten fürstlichen Haushalts, der Guards, der Höflinge, der Beamten, mit denen Hanse Kontakt hatte. Wer immer diese Aufnahmen vorbereitet hatte, er hatte eine bemerkenswerte Gründlichkeit an den Tag gelegt.

Und dann sah er den falschen Hanse ... noch immer nur ein Körper, der darauf wartete, benutzt zu werden. In der Zelle, geradeso, wie er ihn beim ersten Mal gesehen hatte. Daneben waren Maße verzeichnet, mit codierten Symbolen, die er nicht entziffern konnte.

Ardan fühlte, daß er sich nur im Hinblick auf eine Sache wirklich sicher sein konnte ... was auch immer geplant war, es sollte auf Argyle geschehen. Wozu sonst derart sorgfältige Studien einer Welt und eines Gebäudes, das Hanse nur wenige Monate im Jahr bewohnte?

Er drehte sich um und rannte durch das Gewirr der Korridore zurück. Er mußte Sep rufen, um einen Zeugen für diese Entdeckung zu haben!

25

Sep war aus ihrem Mech gestiegen und wartete auf Ardan, als er den Hauptkorridor vor dem Eingang erreichte. Auch Ref stand bereit.

»Ich habe Ref als unbeteiligten Zeugen mitgebracht, wie du es wolltest. Du siehst aufgeregt aus, Dan. Was hast du gefunden?«

Ardan machte kehrt und rief über die Schulter, während sie zurück in die Richtung liefen, aus der er gekommen war: »Holos. Einen ganzen Packen, die Hanse bei so ziemlich jeder Beschäftigung zeigen, die du dir vorstellen kannst. Und andere, die den Sommerpalast zeigen, ganz abgesehen von denen, die einen erstklassigen Blick auf den Ersatz-Hanse in seiner Zelle bieten.« Er fühlte, wie etwas gegen seine Seite schlug und steckte die Hand in die Uniformtasche.

»Ich muß eines davon eingesteckt haben, aber wir brauchen nicht anzuhalten, um es uns jetzt anzusehen. Das wirklich gute Material liegt im Labor.«

Sie rannten den Gang hinunter, hasteten Feuertreppen hinauf, hetzten in höchster Eile um die Ecken. Sie hatten gerade den richtigen Korridor erreicht, als sie unter sich ein Beben spürten, eine Vibration im Stahlbeton, die das gesamte Gebäude erfaßt zu haben schien. Sep packte seinen Arm und brachte ihn zum Stehen.

Ref hob den Kopf und nickte in Richtung des Korridorendes.

»Hört euch das an!«

Dann hörten sie es ... eine Serie dumpfer Schläge vor und unter ihnen, als habe jemand an den Stützpfeilern auf einer Seite des Gebäudes, in dem sie standen, Sprengladungen ausgelöst.

»Raus hier!« schrie Sep und zerrte an Ardans Arm. »Es stürzt in unsere Richtung! Wir können es noch schaffen.«

»Nein! Ich muß die Holos da rausholen. Wenn ich das nicht tue, wird mir nie jemand glauben.« Ardan wandte sich um, aber sofort packten ihn vier starke Arme und zerrten ihn den Weg zurück, den er gerade gekommen war.

»Versteht ihr denn nicht«, stöhnte er. »Sämtliche Ärzte halten mich für verrückt. Hanse wird gar keine andere Wahl haben, als ihnen zu glauben. Ich war in keiner guten Verfassung, als ich das letztemal mit ihm geredet habe. Er wird auch denken, ich sei verrückt.«

Keiner von ihnen antwortete. Hinter ihnen brachen die Decken herab, zerfielen die Mauern zu Staub. Sie hasteten dem Untergang voraus, aber nur knapp.

Mehrere Stufen auf einmal nehmend sprangen sie die Treppen hinab und spurteten mit äußerster Geschwindigkeit den nächsten Gang entlang. Als die runden Wände über ihnen Risse zeigten, krachte Jarliks *Kreuzritter* durch das schwankende Bauwerk und streckte die Arme nach ihnen aus.

Sep packte die rechte Autokanone. Ref sprang auf einen gepanzerten Fuß und hob Ardan empor, so daß er die linke Kanone erreichen konnte. Dann schob sich der Mech rückwärts aus dem Gebäude, das im nächsten Moment in sich zusammenstürzte.

Rundum war alles in Staub gehüllt; ein ohrenbetäubendes Tosen erhob sich. Als die letzten Mauern nachgaben, rutschten zerborstener Stahlbeton, Wandabdekkungen und Einrichtungsgegenstände nach und bildeten schließlich einen riesigen Trümmerhaufen.

Jarlik ließ seine Passagiere auf das kühle Gras abseits der Staubwolken nieder. Dann öffnete er das Cockpit kletterte aus dem Mech, um sich ihnen anzuschließen.

»Was für eine Falle«, grunzte er. »Was haben sie bloß gedacht, das es dort zu finden gäbe?«

»Sie haben wohl vermutet, die Liaos könnten versuchen, das Gebäude wieder zu benutzen. Hätten sie es getan, hätten sie damit eine Menge ihrer Techs und Stabsbediensteten ausgelöscht. Eine böse Überraschung«, stellte Sep fest.

Ardan war still. Er saß auf dem Gras und stützte den Kopf in beide Hände. Er hatte das Gefühl, daß seine letzte Hoffnung, seine Geschichte zu beweisen, unwiederbringlich verloren war. Wie sollte er Hanse vor einem Austausch schützen, wenn er seine Geschichte nicht beweisen konnte? Jetzt lag seine einzige Hoffnung darin, daß die *geretteten* Holoscheiben genug Beweiskraft besaßen. Sie würden sie später im Landungsschiff betrachten.

Jarlik kam herüber und setzte sich neben ihn. »Ich weiß wirklich nicht, warum du so geknickt bist. Sep hat mir nur das erzählt, was ich wissen mußte, und keinen Ton mehr. Also pack aus, Ardan! Vielleicht kann ich dir helfen.«

Ref setzte sich an seine andere Seite. Sep seufzte und ließ sich ebenfalls ins Gras fallen. »Deine Botschaft war verständlicherweise ziemlich knapp. Jetzt ist es an der Zeit, uns zu erklären, was du vorhast. Wir haben alle seltsame Berichte über deinen Geisteszustand gehört. Meiner Meinung nach scheinst du ganz normal. Aber wir sollten wirklich mal erfahren, was eigentlich genau los ist. Und zwar jetzt.«

Ardan schälte einen Grashalm, während er sprach. »Ihr habt recht, aber haltet mich nicht für verrückt, bevor ich fertig bin. Und sagt mir ehrlich eure Meinung.«

Er griff in die Tasche. »Ich habe einen Stapel Holoplatten gerettet. Wenn wir zurück im Schiff sind, könnt ihr selbst sehen, was sie enthalten ... ich habe keine Ahnung. Ich kann mich nicht erinnern, sie eingesteckt zu haben.«

Der Wind säuselte durch das Gras. In der Nähe zirpte ein Insekt: »Ziet! Ziet!« Die Mechs standen stumm neben ihnen, ein monströses Trio, das zu lauschen schien.

»Ich war in einem üblen Zustand, als sie mich hierher brachten. Ich nehme an, ihr habt davon gehört. Knochenbrüche, Verstauchungen, nicht zu diagnostizierende Infektionen aus dem Sumpf, in dem ich mich versteckt hatte. Ich gebe zu, daß ich einige höchst seltsame Erlebnisse und auch Halluzinationen gehabt habe. Als ich durch diese Türen getragen wurde, war ich völlig am Boden. Ich habe lange Zeit überhaupt nichts mitbekommen. Möglicherweise tagelang nicht. Ich kann es nicht sagen.

Als ich zu mir kam, konnte ich sehen, daß gerade jemand aus dem kleinen Raum gegangen war, in dem sie mich untergebracht hatten. Der Vorhang bewegte sich noch. Ich dachte nur an eines — daß ich in Feindeshand sein mußte. Ich erinnerte mich an die Liao-Uniformen der Männer, die mich im Sumpf von dem Baum geschnitten hatten, an den ich gefesselt war.«

Sep hob den Kopf. Jalik brummte: »Baum? Gefesselt?«

Ardan schüttelte den Kopf. »Das ist im Augenblick nicht wichtig. Wenn ich die Gelegenheit bekomme, erzähle ich euch später davon. Also, ich mußte wohl Gefangener der Capellaner sein. Der einzige Gedanke, den ich fassen konnte, war Flucht. Also ging ich in die andere Richtung, als ich am einen Ende des Korridors Stimmen hörte — da, wo wir jetzt gerade waren, als die Sprengsätze explodierten. Auf der rechten Seite war eine Schwingtür, und dahinter lag das Labor, das ich gefunden habe.

In dessen Innerem waren Kälteschlafzellen. In einer davon lag der Körper eines Mannes, der Hanse Davion hätte sein können. Ich ging dicht heran und sah ihn mir genau an. Das Gesicht war genau dasselbe. Mit einer Ausnahme. Hanse steckte nicht dahinter.«

Sep nickte. Jarlik rieb sich das Kinn, und Ref schloß die Augen zu engen Schlitzen.

»Wie eine Lebensmaske? Wenn man sie trägt, sieht man genau wie das Original aus, aber irgendwie ist der Gesichtsausdruck immer leicht daneben.«

Ardan blickte Ref an. »Genau. Ganz genau! Die Züge waren korrekt, die Gesichtsform stimmte, aber der Gesamteindruck war falsch. Das Gesicht war noch nie ... lebendig gewesen.«

»Okay. Wir wissen, was du gesehen hast. In welchem Zustand warst du, als du es gesehen hast?« Sep war wie immer praktisch.

Ardan überlegte sich seine Antwort. »Ich war fürchterlich krank gewesen, aber ich war weit genug wiederhergestellt, um eine größere Strecke zurückzulegen. Ich hatte keine allzu starken Schmerzen. Ich konnte klar denken. Ungewöhnlich klar sogar, so als hätte ich irgendein Aufputschmittel bekommen ... Ehrlich gesagt, Melissa Steiner und ich haben uns gefragt, ob ich diesen Austausch-Hanse womöglich sehen *sollte.*« Er schüttelte den Kopf.

»Ich war natürlich erschöpft, nach all der Bewegung. Ich wurde schnell schwächer und schaffte es gerade noch zurück in mein Bett. Ich fiel augenblicklich wieder in Schlaf, und danach erinnere mich nur noch an meine Rettung durch Lees Hamman.«

»Und deshalb hielten die Meds dich für verrückt. Das ergibt irgendwie keinen Sinn«, bemerkte Jarlik.

»Na ja, da gab es noch andere Probleme. Ich hatte vor langer Zeit ein übles Erlebnis, das mir schon lange zugesetzt hatte. Das hatte sich mit dem Ding in dem Labor vermischt, und sie kamen zu dem Schluß, daß das Ganze Einbildung war. Ein Teil davon war auch Einbildung, das gebe ich zu. Aber der Rest hat sich tatsächlich so abgespielt. So wahr wie wir vier hier im Gras sitzen. So wahr die Mechs da drüben stehen.« Er zeigte hinüber zu den wartenden Kolossen.

»Und du kannst es nicht beweisen, es sei denn, wir finden etwas auf dem Satz Holos, den du mitgenommen hast«, grübelte Ref. »Und was machen wir jetzt?«

»Wir fliegen zurück zum Mond, bevor irgend jemand herausfindet, daß wir hier sind. Und morgen kommen wir *offiziell* zurück. Ich sollte sagen, *ihr* kommt morgen zurück und bittet den befehlshabenden Offizier der Garnison formell um eine Bergungsoperation. Ich sollte besser im Landungsschiff bleiben und mich bedeckt halten. Wenn sie eine Verbindung zwischen der Anfrage und mir feststellen, werden sie die Mitarbeit auch einem Offizier der Guards in Hanses privatem Kurierschiff verweigern.«

»Meinst du, es gibt überhaupt eine Chance, in dem Trümmerhaufen noch etwas zu finden?« fragte Sep und deutete auf die Überreste der Anlage.

»Es müßte am entgegengesetzten Rand liegen. Das Ding ist durch die Druckwellen der Sprengungen mit einer leichten Neigung hier herüber zusammengefallen. Es müßte etwa fünfzig Meter innerhalb der früheren Außenmauer liegen, ziemlich genau in der Mitte des linken Flügels. Die Holos waren in einer Vitrine und müßten es eigentlich überstanden haben. Ich erinnere mich, wie ich das Schloß geknackt habe — ein hübscher Doppelriegel. Die Vitrine war mit einem Schreibtisch kombiniert. Das ganze Teil muß etwa zwei Meter breit und drei Meter hoch gewesen sein. Aus solidem Metall mit Duraplasttüren. Mit einem Metallspürer müßte es leicht zu finden sein. Natürlich liegt unter dem Schutt eine Menge Metall. Aber vielleicht ...«

»Wir werden es auf jeden Fall versuchen«, stellte Sep fest. »Und wenn das nicht funktioniert, werden wir uns etwas anderes einfallen lassen. Ich vertraue deinem Urteilsvermögen, Ardan. Wenn du sagst, du weißt, daß du klar denken konntest, dann konntest du auch klar denken, verdammt noch mal. Du sagst, du weißt, wo die Halluzination aufhörte und die Wirklichkeit anfing, und das genügt mir.« Sie stand auf und klopfte sich das trokkene Gras von der Uniform.

Auch Jarlik kam stöhnend auf die Beine. »Wir sollten uns besser davonmachen, bevor es hell wird. Wir müssen unbemerkt abdampfen, damit wir schön sauber und offiziell wiederkommen können.«

Ref half Ardan hoch. »Als Sep mich freiwillig gemeldet hat, habe ich so etwas bestimmt nicht erwartet. Ich frage mich, was für einen Empfang wir morgen vom hiesigen Kommandanten erwarten können. Jetzt, wo die Gegeninvasion beendet ist, haben Herzog Michaels Männer wieder die Garnison auf Folly übernommen.«

Wie sich herausstellte, hatte Ref den Nagel auf den Kopf getroffen. Der Kommandant, ein Hasek-Davion-Offizier der Syrtis-Füsiliere mit Befehl über eine gemischte Truppe aus regulären Davion-Einheiten und Einheiten der Leichten Eridani-Reiterei, war desinteressiert, um nicht zu sagen: abweisend.

»Ich habe eine Welt zu verwalten, die umkämpft, zertrampelt, zerbombt und auf dutzenderlei andere Arten verwüstet worden ist. Die Zivilbevölkerung nagt am Hungertuch, und die Anforderungen an meine Zeit und Möglichkeiten lassen sich kaum in Worten ausdrücken. Und da kommen Sie und wollen, daß ich meine Männer in einer durch Fallen gesicherten Anlage nach etwas graben lasse, von dem Sie annehmen, es könnte sich dort befinden? Sagen Sie das noch mal!«

Er schien zur gleichen Zeit verärgert und angewidert.

»Dann haben Sie sicher nichts dagegen, wenn wir uns ein paar Spürgeräte ausleihen und selbst nachsehen.« Seps Antwort war halb Frage, halb Feststellung.

Der Kommandant schien überrascht, gab aber dann

mit einem müden Achselzucken nach. »Von mir aus. Aber passen Sie auf. Unsere Pioniere verstehen ihr Geschäft. Ihre Fallen sollte man nicht auf die leichte Schulter nehmen.«

Mit der Versicherung, daß sie sich vorsehen würden, brachte Sep ihre Begleiter so schnell es der Anstand zuließ auf den Weg. Als sie an ihrem Landungsschiff Station machten, um ihr Allgeländefahrzeug auszuladen, schien es zu verantworten zu sein, daß sie Ardan in ihre Gruppe integrierten. Sie versteckten ihn unter einem Stapel Spürgeräte und Sonden. Niemand widmete ihnen einen zweiten Blick, als sie die Hafenstadt hinter sich ließen.

Sie kamen schnell voran und sprachen kaum miteinander. Sie hatten Glück, daß der Kommandant nicht darauf bestanden hatte, zur Sicherheit einen seiner Offiziere mitzuschicken. Ihre Situation wäre etwas unangenehm geworden, wenn sie hätten erklären sollen, wieso sie gerade eine Anlage untersuchen wollten, deren Falle bereits ausgelöst worden war. Dieser Zufall wäre sicher nicht unbemerkt geblieben.

Diesmal fuhren sie zunächst nach Süden, um den südlichsten Ausläufer der Yaegerberge und durch die Hügel an der Ostküste der Halbinsel wieder hinauf. Die Spuren des Krieges waren überall zu sehen. Riesige Brandschneisen zogen sich schwarz über die grünbraunen Wiesen. Häuser waren aufgebrochen wie Eierschalen. Felder waren zertrampelt von den Mechs, die auf ihnen gekämpft hatten.

Ardan dachte wieder an jene andere verwüstete Landschaft und an das entsetzlich verletzte Kind. Die Erinnerung war düster, aber sie hatte ihren Schrecken verloren. Das Weinen des Kindes war leise geworden und die Schmerzen tragbar, auch wenn er nicht hoffen konnte, jemals völlig frei von ihnen zu sein.

Sie umfuhren ein niedriges Wäldchen. Sie hatten erwartet, die Trümmer der Anlage vor sich zu sehen, aber wo sich gestern noch Schuttberge erhoben hatten, gähnte jetzt eine tiefe Senke.

»Verdammt!« knurrte Jarlik. »War das ein Teil der Falle oder hat sich unter der plötzlichen Belastung der Erdboden gesenkt?«

Sie fuhren näher heran und kletterten aus dem Wagen. Ein riesiges, kreisrundes Loch kennzeichnete den Punkt, an dem das Gebäude gestanden hatte. Sie rannten zum Rand und blickten hinunter.

Zwanzig Meter unter ihnen waren der Stahlbeton ebenso wie auch alle anderen Materialien mehr oder weniger in ihren Rohzustand zurückverwandelt worden. Zwischen den staubbedeckten Schmutz- und Felsbrocken war nichts mehr zu erkennen.

Irgendwie war Ardan davon kein bißchen überrascht. Langsam fühlte er sich wie ein Bauer auf einem gewaltigen Schachbrett, der hierhin und dorthin geschoben wurde, seine Wahrnehmungen Teil des Spiels, seine Absichten ohne Bedeutung.

»Ich glaube, das war Absicht. Ein Sekundäreffekt, der nach dem Auslösen der Falle aufgetreten ist. Irgend jemand wollte, daß dieses Gebäude nicht mehr untersucht werden kann.« Ein nervöses Lachen stieg in seiner Kehle hoch. »Und sie haben verdammt gute Arbeit geleistet.«

Sep legte eine Hand auf Ardans Schulter. »Aber nicht so gut wie deine, als du die anderen Holos gerettet hast, die du uns an Bord des Schiffes gezeigt hast«, stellte sie fest. »Das sind verdammt gute Beweise!«

26

Ardan wußte, was zu tun war. Hanse befand sich in seiner Sommerresidenz auf Argyle, und er mußte zu ihm. Sep, Jarlik und Ref jedoch mußten ihren ›Urlaub‹ fortsetzen, um keinen Verdacht zu erregen. Sie mußten zumindest eine kurze Zeit der Erholung und Entspannung auf Stein's Folly zubringen.

»Wir bringen dich zurück zu deinem Landungsschiff«, erklärte Sep. »Von dort kannst du wieder an Bord des Steiner-Sprungschiffs gehen, das dich hergebracht hat.«

Ardan nickte. »Aber ich glaube, ich werde nicht öffentlich zurückkehren. Die Leute, die hinter dieser ganzen Angelegenheit stecken, wollen doch nur, daß ich vor aller Augen geradewegs zu Hanse renne, sobald ich die Möglichkeit dazu habe.

Wenn ich abtauche — was ich inzwischen ja effektiv getan habe — und auf keinem Schiff oder Frachter zu finden bin, den sie beobachten, könnte das die Verschwörer zwingen, früher zu handeln als ursprünglich geplant. Sie können sich meiner nicht mehr sicher sein. Bin ich überzeugter von meiner Krankheit, als sie geplant haben? Habe ich mich in einem Anfall von Depression umgebracht? Darauf haben sie keine Antwort.« Er grinste.

»Steiner ist völlig sicher. Keiner der beiden Archonten wird auch nur ein Wort über Art und Termin meiner Abreise verlauten lassen. Und niemand kann davon wissen, daß du Argyle verlassen hast, Sep. Davon wissen nur du, Hanse und die Pilotin. Also dürfte ich keine Schwierigkeiten haben, auf Argyle zu landen und unterzutauchen.

Ich kenne den Sommerpalast wie meine Hosentasche. Es gibt Wege, hineinzukommen, von denen keiner eine Ahnung hat. Ich kann Hanse erreichen, ohne daß irgend jemand ahnt, daß ich in der Nähe bin. Ihr könnt zurückkommen, sobald ihr damit keinen Verdacht erregt.«

Sep startete den Schweber, der sich schnell auf sein Luftkissen hob und zurück zur Hafenstadt fuhr.

Ardan landete offen auf dem Handelshafen Argyles und verbrachte den Rest des Morgens damit, sich zum Palastgelände zu begeben.

Es war kurz nach Mittag, und um die Lagerhallen und in den Gärten um den Sommerpalast waren nur wenige Arbeiter zu sehen. Ardan trug Kleidung, die er an Bord des Landungsschiffs gefunden hatte, und erregte genausowenig Aufsehen wie ein beliebiger Tech auf dem Weg zur Arbeit. Er verschwand in einer der Hallen und suchte die Spinde der am privaten Raumhafen beschäftigten Arbeiter.

Auch wenn es ihm unangenehm war, er durchstöberte die Spinde so lange, bis er einen sauberen, dunkelblauen Overall fand, wie er vom Gartenpersonal bevorzugt wurde. Nachdem er sich umgezogen hatte, legte er eine Münze im Wert von zwei Anzügen in den Spind.

Nun zum nächsten Schritt. Er ging in den Waschraum, in dem sich zu seiner Erleichterung niemand aufhielt. Ardan starrte in den Spiegel und betrachtete sein hellbraunes, leicht gewelltes Haar, seine schmalen gelben Augen und seine hohen Backenknochen. Wie konnte er sein Aussehen verändern?

Er blickte sich in dem keimfreien Raum um und fand schnell, was er brauchte. Ein Spender mit Stiefelwichse kam ihm gerade recht, dann die Schachtel mit Tüchern zum Entfernen von Ölresten und eine Wegwerfschutzbrille für Schweißarbeiten.

Ardan drückte sich eine Portion Stiefelwichse in die Hand und schmierte sich die klebrige Masse ins Haar. Es war eine ausgesprochen unangenehme Arbeit. Als er fertig war, rieb er sein Haar kräftig mit ein paar Papiertüchern und entfernte das überschüssige Fett.

Als er mit dem Kamm durch seine gefärbten Locken ging, lagen sie glatt am Kopf an. Der Unterschied im Aussehen war erstaunlich.

Er nickte zufrieden. Dann riß er einen Streifen Tuch ab und rollte ihn fest zusammen. Mit je einer dieser Füllungen in beiden Wangen veränderte sich die Form seines Gesichtes. Nun noch die Schutzbrille in eine weniger erkennbare Form verbogen und den klaren Plastikrahmen geschwärzt, und seine Augen und Backenknochen waren ausreichend verdeckt.

Als Ardan sich so im Spiegel betrachtete, stellte er fest, daß ihn sein eigener Vater nicht wiedererkennen würde. Jetzt konnte er sich daran machen, Hanse zu finden und zu warnen.

Der Weg durch den Garten war leicht zu finden. Sein gespeicherter Daumenabdruck gestattete ihm, sich im Sommerpalast frei zu bewegen. Die Automaten unterschieden nicht zwischen den Daumen von Kriegern und Dienstboten.

Ohne Schwierigkeiten fand er die dicke Blumenhekke, die er sich als Eingangspunkt ausgesucht hatte. Nachdem er sich umgeschaut hatte, um sicherzugehen, daß ihn niemand beobachtete, sank Ardan auf Hände und Knie und kroch durch die herabhängenden Blätter. Hinter diesem Gebüsch führte ein schmaler Weg zur Ekke des Gebäudeflügels.

Nach etwa drei Metern fand er die Lüftungsöffnung, an die er sich erinnert hatte. Ihr Schutzgitter war für sein Allzwecktaschenmesser kein Hindernis, und kurz darauf befand sich Ardan zwischen den Schatten des oberen Weinkellers.

Er strebte schnellen Schritts auf die Treppe zu, die in den Dienstbotenflügel führte. Als er die oberste Stufe erreichte, hörte er eine scharfe Frauenstimme. »Was! Was machen Sie im Innern des Palastes? Gärtner haben strikte Order, dieses Gebäude nicht zu betreten! Erklären Sie sich, aber augenblicklich!«

Er schloß verzweifelt die Augen. Fani Lettik war der sprichwörtliche Schmerz im Steiß — für MechKrieger, Adlige, Gärtner und Koch gleichermaßen.

Ardan wandte sich um; sein Gesicht zeugte von Wut. »Ich bin im Augenblick dabei, für den Maître des Haushalts ein defektes Gitter zu inspizieren«, schnauzte er zurück. »Ich habe den Palast durch eine vollkommen unautorisierte Öffnung betreten, die sofort repariert werden muß. Wir können froh sein, daß ich die Büsche auf Wurzelfäule untersucht habe!« Er starrte die Frau, die ihn so gut kannte, aus nächster Nähe wütend an.

Sie wich einen Schritt zurück. Fani war ein Snob reinsten Wassers, wie er sehr wohl wußte, und hielt bewußt Abstand von allen Personen unterhalb ihres Ranges. Ihr gelbliches Gesicht lief leicht rötlich an.

»Dann besorgen Sie das augenblicklich und machen Sie sich wieder an Ihre Arbeit!« keifte sie. »Wurzelfäule!« Wütend murmelnd drehte Fani sich um. Ohne Zweifel würde sie sich jetzt auf die Suche nach einem anderen armen Teufel begeben, den sie abkanzeln konnte.

Ardan mußte sich ein Lachen verkneifen. Zum ersten Mal in seinem Leben hatte er es geschafft, dieser Frau eines auszuwischen, und das ausgerechnet in der Verkleidung eines Palastgärtners!

Sein Weg führte ihn durch selten benutzte Korridore, quer durch den Dienstbotenflügel. Um diese Tageszeit waren die Wohnräume leer, und er kürzte entsprechend ab. Er benutzte enge Hilfstreppen und Ecken, von denen nur das Personal des riesigen Haushalts wußte.

Endlich erreichte er einen Gang, der auf den Hauptflur traf, an dem Hanses Arbeitszimmer lag. Ardan kannte den Wachtposten an der Tür nicht, und als Gärtner konnte er auf keinen Fall hoffen, vorgelassen zu werden.

Er zog sich in den Gang zurück. Ganz in der Nähe war ein freies Zimmer, das er häufig benutzte, wenn es zu spät war, um in die Kaserne zurückzukehren. Ob es wohl immer noch unbelegt war? Da er Hanse kannte, war sich Ardan beinahe sicher, daß sein Freund den Raum für ihn reserviert hatte, auch wenn Ardan zum Zeitpunkt des Umzugs nach Argyle Lichtjahre entfernt gewesen war.

Er mußte sich auf seinem Weg zu der wohlvertrauten Tür mehr als einmal hinter Vorhängen oder hohen Möbelstücken verbergen, aber schließlich erreichte er sie doch und legte den Daumen auf die Sensorplatte.

Als er das vertraute Klicken hörte, seufzte Ardan erleichtert. Wenn der Raum fertig war, konnte er sicher sein, mindestens einen Anzug zu finden.

Die Kammer wirkte so, wie er sie immer vorgefunden hatte — beinahe, als hätte er sie erst am Tag zuvor verlassen. Im Wandschrank hingen mehrere Uniformen, und in der Naßzelle fand er Seife und Shampoo. Er war versorgt!

Innerhalb von Minuten war der schmuddelige Gärtner Vergangenheit. Sein Overall verschwand zusammen mit der Brille und den Papiertüchern im Müllschlucker. Als Ardan wieder auf den Gang hinaustrat, war er auf beeindruckende Art und Weise er selbst.

»Wenn ich schon wieder da bin, kann ich sie eigentlich auch gleich mal richtig beeindrucken«, hatte er seinem Spiegelbild erklärt. Er trug seine beste Ausgehuniform, mit Litzen in Gold und leuchtenden Orden auf der rechten Brust. Das als Halbweste gearbeitete Sonnenemblem auf seiner linken Brusthälfte war mit Edelsteinen besetzt.

Ardan schritt den Gang entlang und kümmerte sich nicht um die überraschten Blicke all derer, an denen er vorbeikam. Er wußte, daß niemand Hanse mehr vor ihm erreichen konnte. Er war schon fast an seiner Tür.

Der Wachtposten nahm Haltung an. »Sir!« rief er und salutierte.

Ardan nickte freundlich und legte seinen Daumen auf die Meldeplatte. Sofort ertönte die ihm vertraute Stimme seines Freundes. »Ardan! Komm rein!«

Er trat ein und schloß die Tür hinter sich. Dann legte er den Riegel vor, der ein automatisches Öffnen verhinderte. Hanse begrüßte ihn mit ausgebreiteten Armen, und Ardan erwiderte die Umarmung herzlich. »Ich habe mich geirrt«, erklärte er, als sie sich trennten. »Ich weiß jetzt, daß du nur tust, was du tun mußt. In den letzten Monaten ist mir vieles klar geworden. Verzeih mir, Hanse.«

Hanse Davion strahlte ihn an. Sein rosiges Gesicht zeigte seine Erleichterung nur zu deutlich. »Vergiß es!« rief er. »Laß mich dich ansehen. Was ist da draußen passiert, Ardan?«

Natürlich wurde es eine lange Geschichte. Sie saßen zusammen vor dem großen Panoramafenster, das einen weiten Blick über das Land um den Hügel freigab, auf dem der Palast sich erhob. Es war ein schönes Land, die Kornkammer dieses Systems. Weite Felder, von Mauern eingegrenzt, um die Erosion aufzuhalten. Am Himmel zogen Vogelschwärme vorbei.

Ardan stieß bei diesem Anblick einen freudigen Seufzer aus. »Wie schön es ist, wieder hier zu sein! Bis heute habe ich Argyle nie besonders gemocht ... zu still und friedlich. Aber jetzt kann ich davon soviel gebrauchen, wie ich nur bekommen kann.« Er wandte sich seinem Prinzen zu und berichtete, was sich ereignet hatte.

Als er fertig war, saß Hanse schweigend da und starrte ihn an. Ardan fühlte, wie sein alter Freund seine Erklärung abwägte, sein Erscheinungsbild und sein Auftreten einschätzte. Ohne Zweifel war der Prinz gewarnt worden, daß Ardan Sortek geisteskrank war. Jetzt mußte er zu einem eigenen Urteil kommen.

Ardan stand auf und ging ans Fenster hinüber. Eine Raumfähre senkte sich auf den privaten Raumhafen nieder. Boten oder Beamte, nahm er an. Er drehte sich wieder zu Hanse um.

»Ich bin überzeugt, daß irgendeine Verschwörung im Gange ist. Warum sonst hat man zugelassen, daß ich den Doppelgänger sehe und danach fliehe? Selbst Lees dachte, daß die Flucht verdächtig leicht war. Ich nehme an, daß er dir das berichtet hat.«

Der Prinz stand auf und trat an seine Seite. »Ich habe einige ziemlich wilde Geschichten über dich gehört«, stellte er nachdenklich fest. »Aber ich kenne dich zu gut. Was da draußen auch passiert sein mag, du bist geistig normal. Allerdings hat jemand deine Glaubwürdigkeit auf hervorragende Weise untergraben. Warum? Ich kann mir nicht vorstellen, wie irgend jemand sich einbilden kann, er könnte jemand anderes an meine Stelle setzen.«

Ardan legte eine Hand auf die Schulter seines Freundes. »Deine Verlobte hat einen bemerkenswert klugen Kopf auf ihren jungen Schultern. Sie war es, die in den Computern die Daten früherer Austauschaktionen gefunden hat. Sie war es, die mich dazu gebracht hat, über die verdächtige Leichtigkeit meiner Flucht nachzudenken. Sie war es, die ihre Mutter dazu gebracht hat, mir ein Sprungschiff zu leihen. Ohne das hätte ich keine Chance gehabt, Tharkad City zu verlassen, ohne gesehen zu werden.

Sie war der Ansicht, daß mindestens einer der Ärzte, die mich behandelt haben, in die Sache verwickelt ist, und sie hat mir ganz besonders aufgetragen, dich zu warnen.« Ardan lächelte. »Ich glaube, du bist da eine Verbindung mit einer Frau eingegangen, die dir viel Freude machen wird. Nicht nur politisch.«

Hanse sah ihn fragend an. »Du bist nicht zufällig selbst ein wenig verliebt in sie?« fragte er sanft.

Der Gedanke überraschte Ardan. Es stimmte, daß er Melissa gern hatte, aber jener spezielle Part in seinem Herzen schien bereits vergeben.

»Ich mag sie ganz besonders«, antwortete er. »Aber da könnte noch jemand anders sein. Eines Tages. Wenn es sich ergibt.«

Hanse lachte. »Ich schätze ...«, begann er, bevor er durch plötzlichen Lärm auf dem Korridor unterbrochen wurde, der selbst durch die schallschluckende Tür des Arbeitszimmers drang.

»Was zum ...?« Er trat an die Tür, öffnete sie und riß sie weit auf. »Was auf der Großen Grünen Runway geht da vor?« rief er. Dann blieb Hanse Davion stocksteif stehen, und sein Gesicht wurde totenbleich.

Er blickte sich geradewegs selbst in die Augen.

27

Für den designierten Archon war es nicht leicht, irgend etwas heimlich zu tun, aber Doktor Erl Karn ahnte nichts davon, daß Melissa ihn heimlich observierte.

Ardan hatte Tharkad City in den trüben und langweiligen Tagen des späten Winters verlassen. Der Schnee war zu weich zum Skilaufen und zu tief zum Wandern, und es gab wenig andere Unterhaltungsmöglichkeiten. In praktisch ganz Tharkad herrschten Ruhelosigkeit und Langeweile, jetzt wo das Ende der Wintermonate so nahe schien. Dadurch wirkte Melissas beständiges, scheinbar zielloses Streifen durch das große Haus der Steiners völlig natürlich. Ihr bester Verbündeter aber war das Computersystem.

Die Steiner-Infothek war umfassend und wurde ständig aktualisiert. Aus allen nur vorstellbaren Quellen flossen täglich Daten in seine unbegrenzt aufnahmefähigen Speichereinheiten, einschließlich der Personalakten aller Einwohner Tharkads, die irgendeine Beziehung zum Fürstenhaus hatten, zu seinem Personal, zum Militär, dem Diplomatischen Corps, bekannten oder möglichen Kriminellen, Spionen und Wirtschaftsspionen, so entfernt diese Beziehungen auch sein mochten. Es gab kaum etwas, das nicht früher oder später seinen Weg in dieses System fand.

Melissa kannte sich mit Computersystemen aus. Sie hatte im Alter von zwei Jahren an einem Computer Lesen gelernt und hatte sich seitdem durch eine Unzahl exotischer, langweiliger und ungewöhnlicher Dateien gewühlt. Sie wußte auch, wie sie ihre Spuren verwischen konnte, nachdem sie das Dossier über Erl Karn gefunden hatte. Nicht die geringste Spur blieb zurück, die darauf hingewiesen hätte, daß sie sich Informationen über ihn verschafft hatte.

Natürlich hatte sie ihrer Mutter von ihrem Vorhaben erzählt. Katrina, die voll damit beschäftigt war, die zahllosen für das Commonwealth wichtigen Entwicklungen im Griff zu halten, hatte ohne einen weiteren Gedanken ihre Zustimmung gegeben. Und so kam es, daß die Nachrichten ihrer Tochter sie einigermaßen überraschten, als sie am frühen Morgen eines vom anbrechenden Frühling kündenden Tages an die Tür ihres Arbeitszimmers klopfte.

»Der gute Doktor Karn hat mit unseren Feinden zu tun gehabt. Mehr als einmal. Er war vier Jahre auf Luthien, angeblich um ein Virus zu isolieren, das die Kurita-Garnisonen auf Rasalhaag plagte. Eine Art mysteriöse Tropenkrankheit.«

»Daran ist nichts Besonderes«, stellte Katrina fest. »Ein Arzt muß an vielen Fronten tätig werden. Ein Virus auf einer Welt, selbst wenn sie dem Feind gehört, kann zahlreiche andere bedrohen, wenn es nicht bekämpft wird.«

»Dann ist er nach Capella umgezogen, wo er ein Fortgeschrittenenstudium in Innerer Medizin absolviert hat, mit Schwerpunkt auf ungewöhnlichen Virenerkrankungen. Von dort aus ging es nach New Syrtis, wo er der intime Freund einer Liao-Konsularbeamtin wurde. Und das in einer Zeit besonderer Spannungen zwischen den Vertretern Davions auf diesem Planeten einerseits und denen Kuritas und Liaos andererseits.«

»Ich kann immer noch nichts Verdächtiges an einem Arzt erkennen, der offensichtlich ein besonderes Interesse an ungewöhnlichen Viruserkrankungen hat, diese bis an ihren Ursprung verfolgt, und sie an den Orten studiert, wo sie am häufigsten auftreten.« Katrina wurde allmählich ungeduldig.

Melissa legte ihr einen Computerausdruck auf den Schreibtisch. »Hier ist eine Liste der Personen, mit denen er sich an all diesen Orten angefreundet hat. Seine ständigen Begleiter und seine gelegentlichen Abstecher. Lies, und dann sag mir noch mal, daß an unserem arbeitsamen Doktor nichts verdächtig ist!«

Katrina überflog den Ausdruck. Zu Beginn waren ihre Brauen skeptisch geneigt. Sie wurden gerade. Dann hoben sie sich. Sie blickte mit weiten, wütenden Augen auf.

»Warum hat der Sicherheitsdienst das nicht längst aufgedeckt?« fragte sie Melissa.

»Das habe ich mich auch gefragt. Ich habe das System überprüft und alles abgecheckt, was mir einfiel. Aber ohne meinen Systemcode hätte ich Karns Aktivitäten überhaupt nicht nachvollziehen können. Seine sämtlichen Dateien sind geschützt. Niemand, der nicht mindestens deine oder meine Autorität besitzt, hat die kleinste Chance, an sein Material zu kommen. So mächtig der Sicherheitsdienst auch ist, diesen letztendlichen Systemzugriff hat er eben doch nicht. Und ich vermute, niemand hat geglaubt, daß wir jemals in die Akten eines so unbedeutenden Arztes blicken würden.«

»Und wir hätten es auch nicht getan, wenn er nicht nach Folly geschickt worden wäre, um die Verwundeten bei ihrem Transport nach Tharkad zu versorgen«, sagte ihre Mutter sinnend. »Ich frage mich, ob das auf normale Personalrotation zurückging oder speziell in die Wege geleitet wurde. Die anderen Ärzte schienen Karn beinahe zu verehren. Hat sich da womöglich jemand für ihn stark gemacht?«

Sie starrten einander an.

»Es war Karn, der Ardan zugeredet hat, darauf zu bestehen, daß der Doppelgänger real war. Das scheint doch seltsam, wenn eine Verschwörung im Gange ist«, meinte Melissa. »Aber als ich die historischen Unterlagen durchgesehen habe, stellte ich fest, daß die engen

Freunde anderer Männer, die ausgetauscht werden sollten, vorher einfach aus dem Weg geräumt wurden. Manchmal sogar ziemlich offensichtlich.« Sie starrte ihre Mutter an.

»Ich glaube, sie wollen Hanse und Ardan gleichzeitig ausschalten. Wahrscheinlich wollen sie die beiden gegeneinander ausspielen. Sie sind nicht gerade als dicke Freunde auseinandergegangen, das ist allgemein bekannt.«

»Die seltsamsten Dinge wären möglich, wenn man auf der einen Seite einen Doppelgänger hat und auf der anderen einen guten Freund des Originals, der deutliche Anzeichen von Geisteskrankheit zeigt«, überlegte Katrina.

Melissa war blaß, und ihre Augen waren sorgenvoll geweitet. »Meinst du wirklich, daß eine Verschwörung gegen Hanse existiert? Glaubst du, sie könnten ihn verletzen?«

»Wie soll ich darauf eine Antwort haben, Melissa? Ohne zu wissen, wer darin verwickelt sein könnte oder was geplant ist? Aber ich werde augenblicklich eine Nachricht an Davion schicken. Auch wenn es Wochen dauert, bis er sie erhält, ich muß Hanse warnen, falls das noch möglich ist.«

Als sie nach dem ComStar-Adepten schickte, stand Melissa auf. Sie wußte, daß Katrina Ruhe brauchte, um die codierte Nachricht an Davion aufzusetzen.

Nachdem sie das Arbeitszimmer ihrer Mutter verlassen hatte, kehrte sie in die Bücherei zurück, in der sie gearbeitet hatte. Melissa überprüfte noch einmal jede Datei, die sie aufgerufen hatte, um sicherzugehen, daß keine Spur ihrer Nachforschungen zurückblieb. Dann versah sie das gesamte Dossier des Erl Karn mit einer eigenen Schutzvorrichtung. Jeder andere, der jetzt noch versuchte, sich über Agent Karn zu informieren, würde eine unangenehme Überraschung erleben. Sie hatte das Gefühl, daß dies alles in allem nur positiv sein konnte.

Sep und Jarlik hatten die Möglichkeiten, die Stein's Folly ihnen bot, bis zur Neige ausgeschöpft, und dabei sich selbst ebenso erschöpft wie Ref. Sie hatten ihr Bestes getan, den Anschein eines Studien- und Erholungsaufenthaltes zu wahren, aber sie waren beide ungeduldig, wieder nach Argyle zurückzukehren. Sie hatten das Gefühl, dort gebraucht zu werden.

Ref äußerte auf ihre Fragen die gleiche Überzeugung. Aber als sie versuchten, eine Freigabe für ihr Landungsschiff einzuholen, mußten sie feststellen, daß ihnen der Rückweg versperrt war. Nicht ein einziges militärisches Sprungschiff war für den Flug nach Argyle eingeplant.

»Das ist nicht normal. Hanse ist auf Argyle. Ich weiß, daß er darüber auf dem laufenden bleiben will, was sich hier und auf den angrenzenden Welten abspielt. Aber soweit ich feststellen kann, operiert in diesem Sektor nicht einmal die Kommandostrecke. Was geht da vor?« beschwerte Sep sich nach einem besonders enervierenden Gespräch mit dem Flugkoordinator der Hafenstadt bei Jarlik.

»Ich habe mir auch die Frachter vorgenommen«, antwortete der. »Nicht ... ein ... einziger ... für den ganzen planetaren Monat. Einen ganzen verflixten Monat! Ist das zu glauben?«

»Nein, ist es nicht. Und du glaubst es genausowenig. Aus irgendeinem obskuren Beweggrund führt man uns hier mächtig an der Nase herum. Irgend jemand will nicht, daß wir in näherer Zukunft nach Argyle kommen. Und ich weiß nicht, was ich dagegen tun kann.«

»Ich schon«, stellte Ref fest. »Ich habe mir die Situation durch den Kopf gehen lassen. Und ich glaube, jetzt kommen wir nur noch mit Korruption und Bestechung weiter. Sozusagen ein Gegenangriff mit den gleichen Mitteln.

In der Kaserne habe ich einen Freund gefunden. Er hat mir ein paar interessante Gerüchte zukommen lassen. Zum Beispiel habe ich erfahren, daß unser guter

Freund Sallek Atrion, der Garnisonskommandeur, streng vertraulich die Parole ausgegeben hat, daß wir mindestens einen Monat hier festgehalten werden sollen.«

»Enthält das Gerücht auch einen Hinweis darauf, woher diese Parole stammt? Der Kommandant hat keinen Grund für dieses Interesse daran, was wir tun oder lassen. Die Sache muß von weiter oben kommen.«

»Oh, Hinweise gibt es mehr als genug, vom Steiner-Verrat bis zur Liao-Bestechung. Ein Hinweis hat sogar Michael damit in Verbindung gebracht, was zunächst einmal völlig lächerlich ist. Aber es ist ziemlich offenkundig, daß niemand etwas Genaues weiß. Ich habe allerdings auch eine handfeste Information ausgraben können.« Ref wirkte sehr mit sich zufrieden.

»Atrion hat unerwartet geerbt. Ein ziemlich großes Vermögen eines entfernten Verwandten. Er hat seine Familie nach Stein's Folly geholt und seine Frau mit den Kindern in einer teuren Villa in den Bergen untergebracht. Seine Geliebte wohnt jetzt in einem komfortablen Appartement in der Hafenstadt. Und er hat sich eine Garderobe zugelegt, die einen Nachfolgerfürsten neidisch machen könnte.«

Jarlik grunzte. Sep sah ihn fragend an. Ref nickte.

»Ein bemerkenswerter Zufall, findet ihr nicht? Irgend jemand hat den Gentleman bestochen, damit er uns hier festhält. Also wird es Zeit, daß wir jemanden bestechen, damit er uns hier wegbringt.«

»Das finde ich allerdings auch, sofern es möglich ist. Aber warum sollte unsere An- oder Abwesenheit auf Argyle irgendeinen Unterschied machen?« fragte Sep.

»Mir fällt nur ein Grund ein. Wenn es zu einem Streit kommt, stünden wir auf der Seite Ardan Sorteks, was Hanse Davion die Unterstützung zumindest eines Trupps MechKrieger sichert. Und für uns ist Hanse Davion der, den Ardan als solchen anerkennt.«

Jarlik sprang auf, stemmte die Arme in die Seiten und

starrte Ref an. »Ardan ist bereits auf Argyle. Was immer sich dort abspielt, bis wir zurück auf unserem Posten sind, ist es längst vorbei. Aber wir müssen trotzdem hin. Ich wünschte mir, wir hätten eine Kommandostrekke zur Verfügung!«

Sep stellte sich neben ihn. Ihre schlanke, aber kräftige Gestalt bildete einen deutlichen Kontrast zu seiner massigen Figur. »Wir werden uns unseren Transport kapern. Hier. Auf Novaya Zemlya. Auf Salem. Auf Victoria. An sämtlichen Sprungpunkten zwischen Stein's Folly und Argyle.«

»Unmöglich!« erklärte Ref.

»So etwas hat es noch nie gegeben!« brummte Jarlik.

»Und genau deswegen wird es funktionieren.« Seps Augen funkelten. »Niemand schützt sich gegen eine nicht existente Gefahr. Wir fangen hier mit einer Bestechung an, um uns ein Landungsschiff und einen Piloten zu sichern. Und dann werden wir für alle weiteren Sprünge ebenfalls zu Bestechung oder Gewalt greifen.

Wir werden die Mechs bestücken und einsatzbereit machen, bevor wir Folly verlassen. Wenn wir schnell genug sind und uns nicht ablenken lassen, sind wir rechtzeitig auf Argyle, um ... vielleicht ... noch etwas zu bewirken.«

»Und für den Rest unseres Lebens ins Loch zu wandern«, stöhnte Ref.

»Das ist auch möglich. Aber wenn wir Ardan und dem Prinzen helfen können, ist es das Risiko wert. Meint ihr nicht?« Sie blickte ihre beiden Gesprächspartner an.

Die nickten mit todernstem Gesicht. Es war das Risiko wirklich wert.

Ardan, der schräg hinter seinem Prinzen stand, blickte von einem der beiden Männer im Eingang zum anderen. Ihm wurde schwindlig. Einen Augenblick kehrte jenes fürchterliche Gefühl der Orientierungslosigkeit wieder, das ihn vor seiner Gesundung geplagt hatte.

Der andere Hanse Davion trat ins Zimmer, gefolgt von Cleery, dem Maître des Haushalts, und Ekkles, Hanse Davions Adjutanten.

»Da! Da steht der Betrüger!« rief er. »Und Sortek ist auch da! Wir haben die beiden Hauptverschwörer zusammen erwischt!«

Hanse wich mehrere Schritte zurück, bis er neben Ardan stand. »Es sieht so aus, als hättest du von Anfang an recht gehabt«, stellte er leise fest. Dann, lauter: »Ich hätte gerne eine Erklärung für dieses Mummenspiel. Cleery, wer hat diesen Mann in mein Haus gelassen?«

Der Maître wirkte verstört. »Niemand hat diesen Mann in den Sommerpalast eingelassen. Er kam aus den Gemächern des Prinzen und rief uns zu Hilfe, nachdem er einen unerwarteten Boten empfangen hatte, der gerade mit einer Raumfähre eingetroffen war.« Das Unbehagen des Mannes war offensichtlich.

Ardan konnte ihn verstehen. Die beiden waren völlig gleich gekleidet, hatten identische Körper, Gesichter, Gesten und Stimmen. Nicht einmal Hanses eigene Mutter, wäre sie noch am Leben gewesen, hätte die beiden auseinanderhalten können. Und doch wußte Ardan in seinem Herzen und in seinem Geist, daß der Mann an seiner Seite sein alter Freund war. Er brauchte keine zusätzlichen Beweise.

»Ich kenne den Prinzen, seit seiner Jugend«, erklärte er mit allem Nachdruck. »Dieser Mann hier ist mein alter Freund. Das kann ich jederzeit beschwören.«

»Ausgerechnet Sie!« schnaufte Ekkles. »Sie sind auch ein Teil dieser Verschwörung! Es ist allgemein bekannt, wie verbittert sie waren, als sie New Avalon und unseren Prinzen verließen. Jetzt tauchen sie aus dem Nichts an der Seite eines Mannes auf, der vorgibt, Hanse Davion zu sein ... die Verbindung ist offenkundig. Sie sind nicht nur geistig instabil, sondern auch noch ein Verräter!« Er drehte sich zu dem Wachtposten neben der Tür um. »Nehmen Sie die beiden fest!« befahl er.

Hanse jedoch ließ sich keine Unsicherheit anmerken. »Ich finde, wir sollten diese Sache etwas näher untersuchen«, stellte er ruhig fest. »Da gibt es zum Beispiel Entwicklungen, Staatsgeheimnisse, von großer Bedeutung für die Zukunft der Vereinigten Sonnen. Ich denke da ganz besonders an eine bestimmte Angelegenheit. Können Sie mir sagen an welche?« fragte er seinen Doppelgänger.

Der andere Hanse rümpfte die Nase auf eine Art, die allen in diesem Zimmer nur zu vertraut war. »Sie wagen es, mich in meinem eigenen Haus auszufragen? Aber ich werde Ihnen antworten, wenn auch nur, um meine Männer zu beruhigen. Sie können nur das Geheimbündnis zwischen den Häusern Davion und Steiner meinen, das nicht nur gegenseitige Unterstützung verspricht, sondern auch meine Heirat mit dem Designierten Archon Melissa Steiner. Es ist mir allerdings schleierhaft, wie Sie davon erfahren konnten!«

Ardan räusperte sich. »Was geschah an dem Tag, als Hanse und ich beinahe ertrunken wären?« fragte er. »Das war vor über zwanzig Jahren auf New Avalon. Können Sie mir das beantworten?«

Der falsche Hanse starrte ihn traurig an. »O ja, das war eine Zeit, zu der wir tatsächlich beinahe Brüder waren. Ich erinnere mich noch sehr gut an jenen Tag ... und an die beiden Fischer, die uns aus dem Fluß gezogen haben, klatschnaß wie zwei Frösche, und uns zurück zu deiner Mutter brachten. Sie hat uns trockene Sachen gegeben, uns anständig die Leviten gelesen, aber meinem Vater nichts davon erzählt.« Er lachte.

»Aber die Fischer waren nicht so zufällig vorbeigekommen, wie es den Anschein hatte. Sie berichteten meinem Vater von dem Zwischenfall. Es stellte sich heraus, daß die beiden zu meinem Schutz abgestellt waren. Immerhin stand ich an zweiter Stelle der Thronfolgeliste. Bist du nun zufrieden, mein alter Freund, der als Verräter und womöglich Spion in mein Haus zurückgekehrt ist?«

Ardan gab sich nicht so leicht geschlagen. »Was haben Sie mir zum zwölften Geburtstag geschenkt?« fragte er.

Der andere Hanse drehte sich um und spazierte zum Fenster. Er spielte in Hanses nervöser Art mit der Uhrkette an seinem Gürtel. Ardan fühlte sich immer elender.

»Die Zulassung zur Militärakademie. Und mein Versprechen, deine Ausbildung soweit irgend möglich persönlich zu überwachen.«

Ardan wandte sich um und blickte in die Augen des echten Hanse, der neben ihm stand. In den vertrauten grauen Augen stand tiefer Schock und wachsende Besorgnis. Hanse wurde gerade erst klar, was für eine Falle man für ihn aufgebaut hatte.

Aber der junge Krieger hatte noch eine letzte Waffe. Es war nur eine schwache Hoffnung, doch er mußte es versuchen.

»Und zu wem haben Sie gesagt, ›Der Sternenvogel weint nach innen‹?« fragte er den Neuankömmling.

Der Mann wandte sich nicht um, antwortete auch nicht, aber seine Hand zuckte erschreckt an seiner Uhrkette. Hanse hingegen keuchte überrascht auf. »Melissa! Ich habe es Melissa gesagt! Woher weißt du das?«

Aber es genügte nicht, um den Adjutanten und den Maître zu überzeugen. »Nehmen Sie diese Männer fest«, forderte Ekkles den Wachtposten neben der Tür erneut auf.

Der neue Prinz Davion drehte sich scharf um. »Sie

können die beiden nicht so, wie sie sind, durch den Palast schleifen. Es fehlte gerade noch, daß die Dienstboten sich darüber das Maul zerreißen, wie ihr Herrscher festgenommen und in die Kerkerzellen unter dem Palast geworfen wurde. Und daß Sortek darin verwickelt ist, können wir auf keinen Fall an die Öffentlichkeit dringen lassen. Das könnte unangenehm werden, er ist ein Favorit Haus Steiners.

Nein, sie müssen versteckt werden, verkleidet ... Lassen Sie sich etwas einfallen!« befahl er dem Adjutanten. »Ich habe genug andere Probleme, die auf mich warten.«

Ardan hatte für sein Wiedersehen mit Hanse seine volle Ausgehuniform angelegt. Dazu gehörte auch eine leichte Laserpistole, die er nun aus dem Holster zog, als der Wachtposten sich ihnen näherte.

»Ich will wirklich niemanden umbringen, aber ich kann nicht zulassen, daß Sie den Prinzen Davion festnehmen«, erklärte er. »Gehen Sie zur Seite. Wir werden das Zimmer jetzt verlassen.«

Wachtposten, Adjutant und Cleery hatten keine andere Wahl, als beiseite zu treten und an die Seite des Mannes, der jetzt zumindest zeitweise Herrscher der Vereinigten Sonnen war. Ardan war versucht, den Betrüger auf der Stelle zu erschießen, aber Hanse erkannte seine Absicht und schüttelte den Kopf.

Dann waren sie draußen. Die Tür ließ sich nicht verriegeln. Der Computer im Arbeitszimmer gab den darin befindlichen Personen ohnehin den unmittelbaren Zugriff auf den gesamten Komplex. Die beiden vergaßen jeden Gedanken an Würde und rannten den Korridor hinunter.

»Hier!« keuchte Ardan und zerrte Hanse in eine Nische mit einem kleinen Springbrunnen und Grünpflanzen.

»Willst du mich hinter einem Philodendron verstekken?« fragte Hanse. Er folgte ihm nur widerwillig in die flach gerundete Wandnische und lauschte angestrengt auf Verfolger.

Ardan antwortete nicht. Er schob den steifen Wandteppich zur Seite, der den Teil der Mauer bedeckte, von dem ein Marmorarm Wasser aus einer Silberkanne goß. Auf seinen Druck hin begann der gesamte Wandblock sich um eine verdeckte Achse zu drehen. Der Arm und das Bassin, in dem das Wasser aufgefangen wurde, schoben sich zur Seite. Die beiden zwängten sich durch den schmalen Spalt.

»Hilf mir, die Wand wieder zu schließen«, flüsterte Ardan. »Der Teppich fällt von selbst wieder an die alte Stelle.«

Hanse murmelte leise Verwünschungen, legte aber seine Schulter an den glatten Stein und schob mit. Lautlos drehte sich die Mauer zurück.

Sie standen in einem engen Gang, der gerade noch Platz für Hanses breite Schultern bot. Von oben fiel trübes Licht zu ihnen herunter.

Ardan deutete auf eine Öffnung in der Decke. Offensichtlich zog sich ein Schacht von diesem Stockwerk des Palastes bis hinauf zum Dach. »Das hier ist ein Lüftungsschacht. Er wurde gegen die Feuchtigkeit im Marmor angelegt ... fühlst du den Luftzug? Er hat auf mehreren Etagen Öffnungen nach draußen, und der Marmor hinter dem Brunnen ist perforiert, um frische Luft in den Gang zu lassen.«

Hanse wirkte wie erschlagen. Er hatte beinahe ein Jahr lang im Sommerpalast gelebt, bevor er auf den Thron stieg. Und schon vorher hatte er ihn häufig mit seinem Vater besucht. Er hatte nie auch nur vermutet, daß sich hinter den Brunnennischen auf allen Etagen des Gebäudes praktisch ein Geheimgang verbarg.

»Das habe ich nicht geahnt!« stieß er hervor.

»Du brauchtest dich auch nicht um die Verteidigung dieses Gebäudes zu kümmern. Wir schon. Die Baupläne befinden sich im Computer und können jederzeit abgerufen werden. Aber außer den mit deiner persönlichen Sicherheit beauftragten Kriegern kommt kaum jemand auf diese Idee.«

»Wohin führt dieser Gang?« fragte Hanse leise.

Ardan wandte sich um und folgte dem Gang in die Dunkelheit. »In die Wand über dem Küchenflügel. Wir müssen warten, bis es dunkel wird, bevor wir versuchen können, die Wand zum Dach hochzuklettern.«

Hanses Augen leuchteten auf. Auf dem Dach stand sein persönlicher Schweber. Damit konnten sie fliehen, bevor der Betrüger und seine Männer das gewaltige, komplexe Bauwerk ganz abgesucht hatten.

Sie krochen wie die Mäuse durch kurvige und unglaublich enge Gänge. Ardans Sonnenweste wies schon bald Kratzer auf, und seine prächtige Uniform war bald staubig und voller Spinnweben. Hanse, der in seinem Arbeitszimmer nur einfach gekleidet war, erging es etwas besser. Auf braunem Leinen fiel Schmutz weit weniger auf als auf dem Grün und Gold mit scharlachroten Biesen von Ardans Uniform.

Von Zeit zu Zeit hielt Ardan an. Ihr Gang kreuzte andere, die noch schmaler waren als der, dem sie folgten. Mehr als einmal zog einer davon in einem stumpfen Winkel davon, und Ardan mußte sich die Baupläne ins Gedächtnis rufen, die er vor Jahren auswendig gelernt hatte.

»Was ist das?« fragte Hanse schließlich und deutete auf einen der dunklen Tunnel.

»Sie verlaufen zwischen den Wänden. Das verhindert, daß die Mauern schwitzen und die Verkleidung und Wandteppiche auf der anderen Seite verrotten. Stein ist ein wahnsinnig feuchtes Material, besonders in einem so schwülen Klima«, flüsterte Ardan.

Hanse schien von diesem Irrgarten in den Wänden seines Sommerhauses ziemlich verstört zu sein. »Es ist nicht zu fassen«, murmelte er. »Jeder, der den Plan kennt, könnte beliebig hier ein und aus schleichen.«

Ardan warf einen Blick über die Schulter. In der Dunkelheit war Hanse kaum zu erkennen.

»Theoretisch schon — aber ich weiß auch, wo die Fallen sind, die ihn daran hindern würden. Bis jetzt sind wir an dreien vorbeigekommen. Gleich kommt die nächste. Soll ich sie dir zeigen?«

»Würde kaum etwas nützen. Wie soll ich sie in dieser Dunkelheit sehen?«

Ardan lachte. Ein paar Schritte weiter hielt er an und nahm Hanses Hand. »Hier, du kannst fühlen, wie ich den Auslöser festhalte.«

Ihre Hände tasteten sich gemeinsam an der rechten Wand entlang vor. Ein schmaler Stab ragte in den engen Gang. Selbst mit einer Taschenlampe wäre es nicht einfach gewesen, ihn zu entdecken, den er befand sich in Schulterhöhe.

»Er ist praktisch unsichtbar«, murmelte Ardan. »Wenn du hier entlanggestolpert kommst, ohne zu wissen, daß er da ist, und dagegen stößt, schieben sich vor und hinter dir Metallplatten in den Gang. Du würdest hier festsitzen, während in der Wachstation der Alarm klingelt. Eine saubere Falle. Warte, ich entschärfe sie.«

Er packte die Stange mit einer Hand und drehte sie, während er sie gleichzeitig gerade nach oben schob. Nachdem Hanse sich an ihm vorbeigezwängt hatte, ließ Ardan die Stange vorsichtig herab und drehte sie wieder in ihre ursprüngliche Position.

»Warum mußte ich mich vorher nicht an dir vorbeizwängen?« fragte der Prinz.

»Oh, die Fallen sind ganz verschieden. Man muß nur genau wissen, wo sie sind und welcher Art die Mechanismen sind. Sonst steckt man ganz schön in Schwierigkeiten. Die nächste ist ein echter Hammer ... und ich bin mir auch nicht sicher, wo sie genau ist.«

»Na wunderbar«, grunzte Hanse Davion.

29

Man konnte viel von ihm behaupten, aber noch niemand hatte Hanse Davion vorwerfen können, er sei geizig. Sep dankte Gott dafür, als sie den Packen C-Noten zählte, den er ihr für das Treffen mit Ardan überlassen hatte. Sie hatte bisher kaum etwas ausgegeben, so daß noch einiges für Bestechungen und andere Notfälle zur Verfügung stand.

Jarlik war derjenige, der eine Transportmöglichkeit für sie fand. In einer Bar hatte er ein paar Krüge Bier mit einem Piloten namens Dahl geteilt, dem Skipper eines Sprungschiffs der *Invasor*-Klasse. Dabei erfuhr Jarlik, daß Dahl eine gediegene Abneigung gegen Sallek Atrion, den Garnisonskommandeur, hatte. Der Mann war mit Freuden bereit, sie mit ihrem Sprungschiff nach Novaya Zemlya zu befördern, wenn sich daraus möglicherweise Schwierigkeiten für Atrion ergaben.

Als sie an Bord von Dahls *Invasor* waren, ihr Landungsschiff sicher angedockt, erklärte Sep: »Wenn wir auf Novaya Zemlya eintreffen, sehen wir uns erst einmal auf der Raumstation um. Es gibt bestimmt irgendeinen ›kooperativen und diskreten‹ Piloten, der nach einer Chance sucht, ein paar zusätzliche C-Noten zu verdienen.«

Dahl fragte: »Warum seh ich mich nicht für euch um? Als Pilot wird mich keiner verdächtigen. Und wenn ihr erst mal weg seid, sitz ich hier völlig harmlos rum und lad mein Schiff auf.«

Die Reise nach Novaya Zemlya verlief geradezu atemberaubend einfach. Dahl fand schnell einen Vorwand, einen weiteren Piloten an Bord des Landungsschiffs einzuladen, auf dem Sep, Jarlik und Ref warteten.

»Die Leutchen hier brauchen dein Schiff«, erklärte Dahl ohne große Umschweife. »Sie zahlen gut. Und wenn jemand fragt, erzählst du ihnen, daß du entführt worden bist. Wie sieht's aus?«

Dahl hatte eine gute Wahl getroffen. Schon fünfzehn Minuten nachdem sie ihr Landungsschiff am Sprungschiff ihres neuen Piloten festgemacht hatten, waren sie unterwegs. Niemand bemerkte etwas von ihrer Abreise, und es war auch nicht damit zu rechnen, bis jemand versuchte, an Bord des auf so mysteriöse Weise verschwundenen Schiffes zu gehen.

Der Sprung von Salem war etwas schwieriger. Ihr letzter Pilot war zwar bereit gewesen, sich ›entführen‹ zu lassen, aber er dachte nicht daran, sich strafbar zu machen, indem er ihnen dabei half, ein anderes Schiff zu entführen. Wieder war es Jarlik, der den Hafen auskundschaftete, herumspazierte und die Möglichkeiten auslotete. Als er von einem Sprungschiff erfuhr, das ohne Auftrag war, hatte er sein Opfer gefunden. »Ich werde den Piloten überreden, mich an irgendeinen fiktiven Zielpunkt zu transportieren, während ihr euch mit der Mannschaft im Landungsschiff versteckt. Wenn wir erst einmal an Bord sind, stellen wir uns vor und erklären dem Kapitän, wohin wir wirklich wollen.«

Als ihr neuer Pilot die letzten Sprungvorbereitungen traf, marschierte Jarlik mit gezogenem Handlaser zu ihm auf die Brücke. »Eigentlich brauchen wir eine Passage nach Victoria«, erklärte er in einem Tonfall, der so sanft war wie sein tiefer Baß es gestattete. Der Pilot sprang mit schwingenden Fäusten auf, aber ein Stoß von Jarliks breiter Hand überzeugte ihn, daß sein Gegenüber ihm bewaffnet wie unbewaffnet über war.

Sie tauchten in der Nähe des Victoriasystems wieder auf, wo vier Sprungschiffe unweit ihrer Position die Triebwerke aufluden.

Jarlik klopfte seinem Gefangenen auf die Schulter. »Gute Arbeit. Hier ist ein kleiner Bonus für Ihre Bemühungen und die zusätzliche Ladung. Sie müssen das natürlich melden, aber Sie haben ja keine Ahnung, wer Sie abgeschleppt hat, oder?«

Der Pilot schüttelte den Kopf. Er wußte es wirklich

nicht. Er verstand kaum, was geschehen war. Immerhin war dies die erste Raumschiffentführung dieser Art, von der er gehört hatte.

Die drei Gefährten suchten sich eines der wartenden Sprungschiffe aus und ließen ihren Piloten signalisieren, daß er an Bord kommen wollte, weil er Hilfe bei einem technischen Problem benötigte. Danach kletterten Ref, Sep und Jarlik zurück in ihr Landungsschiff und ließen sich von ihrer Mannschaft zu dem neuen Schiff hinüberfliegen. Weniger als eine halbe Stunde später hatten sie den nächsten Sprung hinter sich, und ein weiterer Pilot fragte sich, ob das denn alles wahr sein konnte.

Der letzte Sprung von Belladonna nach Argyle erfolgte auf die gleiche Weise. »Sie haben keine Ahnung, wo Sie waren«, erklärte Jarlik dem Piloten und überreichte ihm einen Stoß C-Noten. »Und Sie wissen auch nicht, wer Sie hergeschleift hat, okay?«

Der Pilot schüttelte den Kopf. »Aber ich wüßte schon gerne, was für ein Ende diese ganze Sache nimmt. Hier ist meine Rufnummer. Geben Sie mir Bescheid, wenn Sie können.«

Jarlick nickte. »Machen wir ... wenn wir's überleben.«

Sie setzten ihr Landungsschiff in einem Tal außerhalb der Stadtgrenzen von Stirling auf. Hanse Davions Sommerpalast befand sich oberhalb der Stadt. Da sie nicht am Raumhafen gesehen werden wollten, hatten sie sich einen Landeplatz ausgesucht, der ihnen sicherer schien.

So früh am Morgen stieg noch der Nebel aus den Bächen auf, die sich wie ein riesiges Netz durch die Landschaft zogen. Die Mechs trotteten aus dem Landungsschiff und standen wie prähistorische Monster in der Dämmerung. Die Besatzung des Landungsschiffs hatte Order, sich ruhig zu verhalten und versteckt zu bleiben.

»Am besten verstecken wir die Mechs im Wald und checken den Palast erst einmal zu Fuß«, entschied Sep. »Einer von uns kann hierbleiben, um Wache zu halten.

Die anderen beiden teilen sich auf, um herauszufinden, was hier vor sich geht.«

Sie donnerten durch das Sommergras auf den Wald zu, der sich zwischen den Auen und dem Wiesenstreifen um den Sommerpalast erhob. Hier bot sich genug Deckung für ein ganzes Heer von Mechs. Die Köpfe und Schultern der in einem dichten Gebüsch versteckten Kolosse wurden von den überhängenden Ästen der Bäume verdeckt, die um das Gebüsch herumstanden. Aus einiger Entfernung war es unmöglich, sie zu entdecken, wenn man nicht wußte, wonach man suchte.

Sie kamen zu dem Schluß, daß Ref und Sep wohl relativ einfach in das Palastgetümmel würden eintauchen können, während Jarlik wahrscheinlich sofort erkannt worden wäre. Also entschieden sie, daß er zurückbleiben mußte.

Sep und Ref benutzten verschiedene Eingänge. Ihre Retinamuster sorgten dafür, daß sie eingelassen wurden. Unbewußt schlug Sep den Weg zu ihrer Kaserne ein.

Denek kam gerade die Treppe herunter, als sie hinaufging.

»Wie läuft's, Den?« fragte sie. Er blickte überrascht auf, dann grinste er. »Sep. Mein Gott, bin ich froh, daß du zurück bist. Ich hatte keine Ahnung, daß es so schwer sein kann, eine Einheit zu managen. Komm und erzähl mir, was du erlebt hast!«

Sie wandte sich um und begleitete ihn in Richtung Palast. »Läuft alles zufriedenstellend?« fragte sie noch einmal.

Er blickte zweifelnd. »Ich weiß nicht. Nicht, daß wir irgendwelche Schwierigkeiten hätten, aber es ist nicht so einfach, wo ich die Guards darauf vorbereiten muß, wieder nach New Avalon verschifft zu werden. Und dann dazu auch noch der Ärger mit Steiner.«

Sep blieb stehen. »Ärger mit Steiner? Weshalb Ärger? Ich hatte Urlaub, wie du dich vielleicht erinnerst.«

Er nickte. »Komm schon. Ich hab's eilig. Letzte Inspektion vor dem Abflug. Davion ist schon weg. Wir haben alle protestiert und ihm klarzumachen versucht, daß es ein Fehler ist, aber er hat darauf bestanden, daß er auf New Avalon wichtige Geschäfte zu erledigen hat. Und ist abgeflogen, mit nur einer kleinen Leibwache, seinem Adjutanten und einer Einheit.«

»Was ist mit Steiner?« fragte sie ungeduldig.

»Wir haben alle gedacht, es gäbe eine Art Übereinkunft zwischen dem Commonwealth und den Vereinigten Sonnen. Du erinnerst dich doch bestimmt, daß wir darüber geredet haben. Na, vor etwa einer Woche flog Hanse über die Kommandostrecke nach Sol, um sich mit Katrina zu treffen. Als er zurückkam, hat er vor Wut gezittert und erklärt, er würde sich eher mit einem wilden Bären einlassen. Alle Beziehungen sind abgebrochen.«

Am Tor zum Paradeplatz drehte Denek sich abrupt zu ihr um. »Und das ist verflucht unangenehm für uns. Wenn Liao jetzt versucht, Stein's Folly wieder einzunehmen, stehen wir allein. Sämtliche Großmächte sind jetzt gegen uns.«

Sep verdaute Deneks Informationen, während er die Einheit inspizierte, die Mechs zu ihren Landungsschiffen schickte und die Krieger in die Quartiere. Dann zog sie ihn beiseite. »Wir müssen miteinander reden. Sofort.« Sie erzählte ihm alles von Anfang an. Denek hörte ihr zu, aber je länger sie redete, desto skeptischer wurde sein Gesichtsausdruck.

»Sep, Ardan war völlig daneben. Alle sagen das, die Ärzte, die MedTechs, alle.«

Sie starrte ihn an. »Und genau zu dem Zeitpunkt, an dem Ardan hier hätte eintreffen müssen, beginnt Hanse sich plötzlich grundlegend anders zu verhalten. Ganz davon abgesehen, daß es keine Spur von Ardan gibt oder gab, obwohl er das Sprungschiff benutzte, das Hanse Davion uns überlassen hat, damit wir nach Folly fliegen und ihn treffen konnten.«

Sie faßte ihn an der Schulter und schüttelte ihn. »Ardan ist in die Anlage eingedrungen, in der er festgehalten wurde. Er fand eine Holoanlage mit Bildern von Hanse in den verschiedensten Situationen. Auch von Argyle, in allen Einzelheiten. Als er Ref und mich holen wollte, schnappte die Falle zu, und wir mußten Hals über Kopf abhauen, oder wir wären umgekommen. Aber er hatte einen Satz Holos in der Tasche.«

»Er hatte *was?*«

»Was ich gesagt habe. Er hatte einen Packen in die Tasche gesteckt. Als wir sie in den Betrachter steckten, haben wir den Palast auf Argyle gesehen. Es waren Holos sämtlicher Räume dabei, und das so detailgetreu, daß es beinahe war, als hätte man sein ganzes Leben hier verbracht, wenn man sie studierte. Vom privaten Klo des Prinzen bis zur Voliere, mit den Namen sämtlicher Lieblingsvögel Hanses. *Uns* hat das etwas gesagt. Sagt es dir nichts?«

Denek mochte sich die meiste Zeit wie ein junger Narr benehmen, dem es nur darum ging, sich zu amüsieren, aber er war ein MechKrieger, und ein guter dazu. Das bedeutete, er war kein Narr.

»Sie haben jemanden dazu ausgebildet, den Platz des Prinzen einzunehmen. Und er hat es auch getan. Wenn Ardan hier unangekündigt aufgetaucht ist, wurde er wahrscheinlich entweder getötet, oder er hält sich versteckt, oder er ist … gefangen.«

Er blickte Sep gefaßt an.

»Ich muß meine Einheit von hier wegbringen. Bleib du hier und versuche herauszufinden, was du kannst. In Hangar Zwölf des Privatraumhafens liegt ein Schiff für Notfälle bereit. Der alte Sarnov wohnt im Dorf nördlich des Geländes. Er war früher einer unserer besten Piloten. Wenn du etwas entdeckst … wenn du etwas entdeckst … dann komm nach New Avalon. Dein Urlaub ist ohnehin bald vorbei. Wenn du erst einmal da bist, wird keiner danach fragen, wo du herkommst.

Ich werde deine bevorstehende Ankunft eintragen, mit der Anmerkung, daß du Spielraum für Aufladezeiten hast und dein genauer Ankunftstermin nicht feststeht.«

Sie klopfte ihm auf die Schulter. »Sehr gut. Und trag ein ›Candent Septarian mit Begleitern‹, ja? Vielleicht können wir Ardan auf diese Weise einschleusen. Ganz abgesehen von Hanse, falls er noch lebt.«

Gedankenverloren ging sie zurück zum Wald. Wo konnte der falsche Hanse seine Gefangenen untergebracht haben. War er naiv genug, sie in die Zellen unter dem Palast zu werfen?

Wo steckten sie?

30

Ardan erreichte den Ausstieg des Lüftungsschachtes, als die Sonne noch hoch am Himmel stand. Hanse hinter ihm war still, und Ardan erinnerte sich plötzlich daran, daß der Prinz zur Klaustrophobie neigte. Bei dem Gedanken ihn in eine so eingeengte Lage zu bringen, fühlte er einen Stich.

Dann lachte er.

»Was ist denn so komisch?« fragte Hanse.

»Mir hat gerade leid getan, daß ich dich in so eine drückende Enge geführt habe, als mir wieder einfiel, daß unsere Alternative die Kerkerzellen sind. Hast du sie dir je angesehen? Dabei kommt einem die Galle hoch. Ich frage mich, wie dein Ur-weiß-ich-wieviel-Großvater so etwas bauen lassen konnte.«

Hanse seufzte und hockte sich neben Ardan in den engen Gang. »Der alte Lucien war vermutlich ein komplexer Charakter. Unter anderem besaß er eine Manie, was Altertümer anging. Nicht das, was wir als Altertümer bezeichnen, wohlgemerkt, sondern wirklich alte

Dinge. Er war ein fähiger Kopf und ein hervorragender Organisator, aber gleichzeitig waren bei ihm auch einige wichtige Schrauben locker. Er ließ seine Kerkerzellen exakt so bauen, wie nach den Überlieferungen Verliese ausgesehen haben. Es ist seltsam. Wir haben sie eigentlich kaum benutzt, außer für wichtige Gefangene, die in Lebensgefahr schwebten.«

Als die Sonne unterging, sah Ardan zu, wie sich der Lichtstreifen über die Wand bewegte. Der Mauerschlitz an der Außenwand war nur schulterbreit. An seinen Rändern war der Stein mit gemeißelten Verzierungen versehen, so daß er wie ein hoch eingesetztes Fenster wirkte.

»Na, ich bin jedenfalls lieber hier als in den grausigen Tiefen«, stellte er fest. »Jetzt ist es bald dunkel. Dann können wir hinauf aufs Dach und abfliegen.«

Langsam verdunkelte sich der Himmel. Der Streifen warmen Golds war verschwunden, und der Himmel wurde lila, dann grau und schließlich tiefschwarz. Sterne bedeckten das Firmament, als die beiden Flüchtlinge sich aus dem Spalt zwängten und die steile Mauer erkletterten.

Lucien hatte eine Vorliebe für Steinmetzarbeiten gehabt. So alt die von ihm in Auftrag gegebenen Arbeiten waren, sie waren immer noch stabil und ermöglichten seinem Nachfahren Hanse und Ardan eine — wenn auch anstrengende und schmerzhafte — Klettertour die Wand empor. Von Zeit zu Zeit erstarrten sie, als das Donnern riesiger Füße davon kündete, daß unter ihnen auf dem Pflaster der Terrasse ein BattleMech patrouillierte.

An der Oberkante der Mauer stand ein Sims vor. Das war ein Problem, denn keiner der beiden hatte einen ausreichend festen Halt, um sein Bein über den Dachrand werfen zu können.

Sie blieben einige Minuten hängen und suchten fieberhaft nach einer Möglichkeit, weiter nach oben zu kommen, ohne abzustürzen. Dann flüsterte Hanse: »Komm über dieses Bandwerk näher. Ja, genau so. Gut. Jetzt stell deinen Fuß auf mein Knie. Ich hab es zwischen Stein und Mauer abgestützt. Vielleicht kommst du hoch genug, um einen Arm aufs Dach zu bekommen.«

Ardan folgte den Instruktionen seines Freundes. Als er den Fuß auf Ardans Knie plaziert hatte, konnte er sich nach oben federn. Es reichte aus. Er konnte sich auf dem Rand des Dachsimses mit dem rechten Ellbogen und der linken Hand abstützen. Einen Augenblick später war er auf dem Dach. Er sicherte sich an einem Kamin ab und streckte sich über das Sims.

»Hanse! Kannst du mich erreichen?« zischte er.

Eine große Hand schlug in die seine. Seine andere Hand wurde ebenfalls gepackt. Ardan setzte alle Kraft ein und schwang seinen großen Gefährten zur Seite, damit er am Überhang vorbeikam. Hanses Bein hakte sich über den Sims. Dann lag er neben Ardan auf dem Dach.

»Huuuuh!« keuchte der Prinz. »Ich habe auch etwas gegen allzugroße Höhen, falls du dich fragen solltest. Aber dafür habe ich eine Zuneigung zu meinem Ur-Ur-Urgroßvater entdeckt. Wenn er diesen Palast nicht wie einen Hochzeitskuchen hätte ausstaffieren lassen, hätten wir keine Chance gehabt, das zu schaffen.«

Sie schlichen sich um den breiten Kamin und liefen auf die Plastkuppel zu, unter der Hanses Luftwagen stand. Ein Daumendruck Hanses genügte, die Kuppel zu öffnen, und die beiden schoben das leichte Fahrzeug auf das Dach hinaus. Während Ardan den Checkup durchführte, entriegelte Hanse die Stummelflügel und brachte sie in die senkrechte Startposition.

»Sehr hübsch«, ertönte hinter ihnen eine Stimme. »Wir dachten uns schon, daß Sie versuchen würden, hierher zu kommen.«

Hinter einem anderen Kamin tauchte Cleery auf, begleitet von sechs schwerbewaffneten Soldaten. »Ekkles war völlig verblüfft von Ihrem Verschwinden. Sie werden mir noch erzählen, wie Sie das bewerkstelligt haben, bevor wir miteinander fertig sind.«

»Ich ziehe es vor, mich mit Ekkles zu unterhalten«, erklärte der Prinz. Seine Stimme war ruhig, aber Ardan konnte den Unterton der Enttäuschung darin spüren.

»Ich fürchte, das ist unmöglich. Ekkles hat Hanse Davion nach New Avalon begleitet. Ein unerwarteter Notfall erforderte die Anwesenheit des Prinzen dort. Sie sind jetzt in meiner Hand.« Die Häme in der Stimme des Mannes schockierte Ardan.

Er kannte Cleery seit Jahren, seit der Mann zum Maître des Davion-Haushalts auf Argyle aufgestiegen war. Keiner hatte je geahnt, daß unter seinem gewandten und höflichen Auftreten ein machthungriger Sadist lauerte. Ardan lief ein Schauer über den Rücken. Was stand ihnen jetzt bevor?

Cleery ging keinerlei Risiko ein. Er ließ Ardan und Hanse von den Wachen aneinanderketten. Ihre Füße wurden mit kurzen Ketten verbunden, so daß sie nicht davonlaufen konnten. Dann trat der Maître vor und schnippte mit den Fingern. Ein junger Page brachte ihm einen Sack, aus dem er zwei dicke Mäntel mit großen Kapuzen zog, wie sie die Bewohner von Wüstenplaneten bevorzugten.

In dieser Kleidung waren die Gefangenen nicht mehr zu erkennen, es sei denn, jemand stellte sich unmittelbar vor ihnen auf und schaute geradewegs unter die weit über ihre Gesichter vorstehenden Kapuzen. Cleery war nicht dumm, was immer er sonst sein mochte.

Natürlich hatte der Maître beide Männer augenblicklich entwaffnen lassen. Cleery hatte sie selbst noch einmal abgetastet, um auch wirklich sicher zu gehen. Dann führten die Wachen sie immer tiefer hinunter in den riesigen Palast, durch den feuchten Korridor, der geradewegs zu Luciens originalgetreuen Verliesen im alten

Erdstil führte. Selbst die Stufen, über die sie hinabstiegen, waren künstlich abgeschliffen, um Jahrtausende der Benutzung vorzutäuschen.

Der tiefste Korridor kreuzte ihren Weg. Vor den Scheinwerfern der Wachen suchten Ratten das Weite. Tropfendes Wasser hallte hohl durch den Irrgarten der vom Hauptkorridor abbiegenden Tunnel. Der Geruch hier unten war unerträglich, und er wurde immer schlimmer, je tiefer sie in den Komplex vordrangen.

»Da wären wir«, stellte Cleery mit ironischer Freundlichkeit fest. »Die Fürstensuite. Ohne Zweifel für unrechtmäßige Thronanwärter entworfen. Das dürfte passen. Wir werden Sie beisammen lassen, damit Sie miteinander das Scheitern Ihrer Verschwörung betrauern können.«

Jetzt war sich Ardan sicher, daß Cleery Teil der Verschwörung war. Wie sonst hätte der falsche Hanse so leicht in den Palast und in die Fürstengemächer gelangen können, ohne entdeckt zu werden?

»Cleery, ich habe Sie nie wirklich gekannt«, sagte Hanse leise. »Und jetzt, wo ich Sie langsam kennenlerne, muß ich sagen, daß mir das höchst unangenehm ist.«

Der Maître lächelte, und seine wulstigen Lippen spannten sich obszön über die eckigen weißen Zähne. »Ich denke, Sie werden genug Zeit haben, die großartigsten Rachepläne zu schmieden. Das wird alles sein, was Sie haben — Zeit. Man sagt, sie kann auch den Willensstärksten brechen. Es dürfte interessant sein, diese Theorie auszuprobieren.«

Hanse würdigte ihn keiner Antwort. Sie sahen zu, wie die schwere Tür zugeschlagen wurde. Draußen schoben sich schwere Riegel vor. Schlösser schnappten ein, und der Klang hallte irr durch die Gewölbe.

Im Korridor brannte eine Fackel. Ihr Flackern drang durch ein paar Schlitze in der Felswand und lieferte eine ungemein trübe Beleuchtung für ihre Zelle. Ardan untersuchte die Schlitze, aber sie dienten offensichtlich nur dem Zweck, durch sie den Gefangenen Nahrung und Wasser zu reichen, ohne die Zellentür öffnen zu müssen.

»Da haben wir keine Chance«, stellte er fest, als er die Steinwände abklopfte. »Ich habe das Gefühl, die sind aus dem Naturfels gehauen, auf dem der Palast steht.«

»Dieser verdammte Lucien!« knurrte Hanse. »Genau das sind sie auch. Ich habe seine Tagebücher gelesen. Er war verflucht stolz auf seine authentischen Verliese, aus denen kein Gefangener entkommen konnte.« Er zitterte in der eisigen, feuchten Luft. »Kalt hier, was? Wenigstens können wir froh über die schweren Mäntel sein.«

Ardan nickte. Er hatte sich so verzweifelt den Kopf über die Möglichkeit eines Auswegs aus dieser unmöglichen Lage zerbrochen, daß er die Kälte noch gar nicht bemerkt hatte. Er zitterte ebenfalls und hoffte, daß die Fackel noch eine Weile brannte. Er versuchte, nicht daran zu denken, wie es erst sein würde, wenn sie zusätzlich in totaler Finsternis hockten. Ardan kauerte sich neben Hanse in eine Ecke. Offenkundig war noch nie ein Gefangener hier untergebracht worden, denn der Raum enthielt nicht einmal Stroh.

Zunächst hatten Ardan und Hanse erwartet, daß man sie augenblicklich ermorden würde. Solange sie am Leben blieben, stellten sie eine Gefahr für den Plan dar, Hanse Davion durch einen Betrüger zu ersetzen.

Aber die Tage vergingen, leer, finster, kalt und ohne Ende. Hanse und Ardan wußten nicht mehr, ob es Tag oder Nacht war, obwohl Ardan einen Talisman, den ihm die Soldaten nicht abgenommen hatten, dazu benutzte, die verstrichene Zeit auf der Felswand zu markieren. Ansonsten gab es nicht viel zu tun, außer nachzudenken. Aber als dann endlich eine plötzliche Veränderung in ihr Dasein trat, hätte Ardan sie gerne gegen die Folter der Langeweile eingetauscht.

Eines Tages kamen mehrere Soldaten in die Zelle, packten Hanse und zerrten ihn trotz seiner Proteste fort. »Hanse!« schrie Ardan, packte die Gitterstäbe und preßte sein Gesicht dagegen, während die schweren Schritte den Korridor hinunter verklangen. Als sich wieder Stille über das Verlies senkte, taumelte Ardan von Trauer und Verzweiflung übermannt zu Boden. Er war sicher, daß Hanse den Weg in den Tod angetreten hatte.

Scheinbar Stunden später hörte Ardan erneut schwere Schritte näherkommen. »Jetzt bin ich an der Reihe«, dachte er. Aber die Soldaten öffneten nur die Zellentür und warfen Hanse wieder herein. Ardan kroch kraftlos zu seinem Freund und stellte fest, daß er mit Drogen vollgepumpt war. Er war erleichtert, Hanse am Leben zu sehen, aber was hatten sie mit ihm gemacht?

Er tat sein Bestes, es Hanse bequem zu machen. Er hielt den Kopf des Prinzen auf seinem Schoß und deckte ihn mit seinem Mantel zu, damit er es wärmer hatte. Stundenlang saßen die beiden so da. Ardan hatte die Augen geschlossen und lehnte sich mit dem Rücken gegen die feuchte Felswand. Als Hanse schließlich zu murmeln begann und sich bewegte, als wolle er aufstehen, hielt Ardan ihn fest. »Hanse, nein ... du mußt dich ausruhen, und du brauchst Wärme ...«

»Ardan ... du ...«, murmelte Hanse. »Sie haben mich ...«, sagte er mit deutlicher Anstrengung. »Cleery war da ... und andere ... vielleicht Ärzte ... Haben mir etwas ... Injektionen ...«

»Nicht jetzt, Hanse«, beruhigte ihn Ardan. »Später ... du kannst es mir später erzählen.«

Aber Hanse war nie in der Lage, sich an mehr als das zu erinnern. Die Soldaten kamen jetzt häufig, um ihn abzuholen, und wenn sie ihn Stunden oder auch erst Tage später zurückbrachten, stand Hanse so schwer unter Drogen wie beim erstenmal, oder aber er war vor Erschöpfung so benommen, daß es keinen Unterschied machte. Was immer sie mit Hanse taten, danach brauchte er mehrere Tage, um aus dem Nebel und der Benommenheit aufzuwachen. Dann holten die Soldaten ihn wieder ab, und das ganze Spiel begann von neuem.

Ardan hockte wie ein Tier in der höhlenähnlichen Umgebung seiner feuchten Zelle, nie sicher, ob Hanse diesmal wiederkehrte oder nicht. Auch wenn Hanse sich später an nichts mehr erinnern konnte, Ardan war sicher, daß seine Kerkermeister ihn mit Hilfe von Drogen und Gehirnsonden aushorchten. Trotz der Striche, die er in die Wand kratzte, hatte Ardan keine Ahnung, ob es Tag oder Nacht war, oder wieviel Zeit vergangen war, seit sie in den Kerker und in die Schrecken eines ungewissen Schicksals gestoßen worden waren. Ein schwacher Trost blieb ihm: Er begann endlich zu verstehen, was hier vor sich ging.

Als er und Hanse den falschen Prinzen gestellt hatten, war Ardan verblüfft darüber gewesen, wie Ardan so viele Details aus Hanses Vergangenheit gewußt hatte ... Einzelheiten, die nur er oder Hanse gewußt haben konnten. Etwa die Verlobung mit Melissa, jenen lange verstrichenen Tag, an dem Hanse beinahe ertrunken wäre, oder das Geschenk, das er dem kleinen Ardan zum Geburtstag gemacht hatte. Jetzt begann das Ganze einen Sinn zu ergeben. Zum Beispiel hatte der Betrüger *nichts* vom Sternenvogel gewußt, dessen Geschichte Melissa Ardan erzählt hatte, *nachdem* er aus den Händen der Liao-Truppen befreit worden war. Während er im Delirium in jenem Hospital auf Stein's Folly gelegen hatte, mußten die Liao-Ärzte sein Gehirn mit Drogen und Gehirnsonden ausgeforscht haben, so wie sie es jetzt bei Hanse taten.

Ihre Gegner waren nun sicher dabei, Hanse Davions Gedanken systematisch bis auf das letzte Erinnerungsfragment auszuloten, um seine Erinnerungen komplett ihrem Marionetten-Hanse einzugeben und ihn so über jeden Zweifel erhaben zu machen. Diese Männer waren ebenso verzweifelt wie ehrgeizig, und Ardan war sicher, daß weder er noch Hanse lange am Leben bleiben würden, sobald sie nicht mehr gebraucht wurden.

31

Sep fand Jarlik wachsam, aber wutschnaubend über die Verzögerung in ihrem Vorhaben. »Wir müssen wissen, wo Ardan steckt, bevor wir ihn befreien oder ihm helfen können, Argyle zu verlassen«, stellte sie fest.

»Wenn er gefangen ist, steckt er im Verlies. Und wenn nicht, ist er in unserem alten Versteck im Wald. Aber da habe ich schon nachgesehen, also ist er im Verlies. Und an das Verlies kommen wir nur mit unseren Mechs. Ardan kann wie eine Maus durch den Sommerpalast schleichen, aber ich erinnere mich nicht so gut an die Baupläne wie er.«

Ref stimmte Jarliks Einschätzung der Lage zu, als er zu ihnen stieß. »Niemand hat etwas davon gehört, daß im Palast jemand verhaftet worden wäre. Es ist nichts Ungewöhnliches vorgefallen. Die einzige Person, die einen Verdacht hatte, war Fani Lettik. Vor einiger Zeit hat sie jemand im Küchentrakt gesehen, der nicht dorthin gehörte. Der Mann hat ihr erzählt, er wäre ein Gärtner, der ein beschädigtes Gitter hinter einem Gebüsch untersucht hätte. Aber als sie den Maître fragte, ob er ihm davon Meldung gemacht hätte, hat der es verneint.«

Ref sah Sep mit hochgezogenen Brauen an. »Und niemand sonst hat den Mann auch nur gesehen. Ihrer Beschreibung nach muß er aalglatt ausgesehen haben. Anliegendes, fettig wirkendes Haar. Sehr dunkle Brille. Blauer Overall, wie es zu einem Gärtner paßt. Aber sie sagte, es sah aus, als hätte er Zahnschmerzen. Sein Gesicht war schief.«

»Ardan«, erklärte Sep. Jarlick nickte.

»Er hat sich irgendwas ins Haar geschmiert, um sein Aussehen zu verändern. Hat sich die Wangen ausgestopft. Dann hat er sich irgendwo eine Brille besorgt, um die gelben Augen und seine scharfen Backenknochen zu verdecken. Kein Zweifel. Er ist ins Haus gekommen. Und dann hat Hanse Davion sich plötzlich entschlossen, nicht so lange wie üblich auf Argyle zu bleiben.«

»Ich gehe jede Wette ein, daß Hanse und Ardan unter dem Palast stecken, in dem barbarischen Verlies, das der alte Lucien damals hat bauen lassen. Verdammt!« Sep schlug mit der Faust auf ihr uniformbedecktes Knie.

»Moment mal, Sep! Überlegen wir doch mal ...«, meinte Ref, der auf einem umgestürzten Baumstamm saß und auf das grüne Blätterdach hoch über ihnen blickte. »Wo liegt das Problem? Der Prinz ist fort, richtig? Und er hat einen Teil der Guards mitgenommen. Alles, was außerhalb der Saison im Sommerpalast bleibt, ist die Minimalbesetzung. Also ... Wir marschieren heute nacht rein und holen sie raus.«

Sep überlegte für einen Augenblick, dann begann sie zu grinsen. »Sehr gut, Ref. Du hast recht ... Heute nacht oder nie. Zum einen hab ich die Sicherheitscodes, mit denen sich die Verteidigungsanlagen des Palastes ausschalten lassen, zum andern werden mich die Retinascanner als Kommandantin der Guards erkennen. Das wird Jarlik und mich leicht durch die automatischen Sperren bringen. Inzwischen gehst du, Ref, rüber ins alte Treibstofflager. Ich wette, da liegt noch genug brennbares Zeug rum, mit dem du ein ordentliches Feuerwerk fabrizieren kannst. Und während du den größten Teil der Palastwachen ablenkst, indem du soviel Krach wie möglich schlägst, befreien Jarlik und ich Hanse und Ardan.«

Aus Jarliks Kehle brach ein tiefes Lachen. »Die Mechs, die sich nicht ablenken lassen, werden es bereuen.«

Sep nickte. »Aber wie kommen wir in das Untergeschoß, wo der Zugangskorridor liegt?« fragte sie den Riesen. »Ich habe hier nie persönlichen Wachdienst für den Prinzen geschoben. Ich habe die meiste Zeit die Guards gedrillt und die Bewachung der fürstlichen Residenz anderen überlassen.«

»Macht nichts, ich habe von Ardan im Laufe der Zeit einiges gelernt. Hinten im Dienstbotenbereich gibt es eine Sackgasse, an der die Türen zu den Waschküchen, den Küchen, den Buffeträumen und der Speisekammer liegen. Nachts ist es dort menschenleer.« Nachdem er ein paar tote Blätter beiseite gefegt hatte, zeichnete Jarlik einen groben Plan in den Staub.

»Hier ist der Dienstbotenflügel. Hier ist der Korridor, der hinunter in das Untergeschoß mit den Verliesen führt. Hier ...« — er zeichnete ein paar Querstriche — »sind die Lüftungsschächte. Selbst Gefangene brauchen Luft zum Atmen. Da kommen wir leicht durch. Ich sehe kein Problem, es sei denn, irgendein übereifriger Mechposten versucht den Helden zu spielen.«

Es schien ein ganzes Jahr zu vergehen, bis die Sonne unterging. Um sie herum knisterte und flüsterte der Wald. Von Zeit zu Zeit lugte ein kleines Tier aus den Ästen über ihnen oder den sich schlangengleich über den Waldboden windenden Wurzeln der riesigen Bäume, aber das Trio saß so stumm und unbeweglich da, daß die Waldbewohner bald das Interesse an ihnen verloren und wieder ihren Beschäftigungen nachgingen.

Als der Himmel schwarz geworden war und die Baumwipfel sich in der von Sternen erfüllten Leere verloren hatten, stiegen die drei in ihre Mechs. Ref machte sich auf den Weg zum Treibstofflager, während Sep und Jarlik durch die Weinberge und den Park marschierten, die vor den Palastmauern lagen. Wie erwartet konnten sie die automatischen Verteidigungsanlagen ohne Schwierigkeiten durchqueren.

»Reinkommen war einfach genug«, bemerkte Sep über Funk. »Aber wie wir rauskommen sollen, wird ein ganz anderes Problem. Denek hat mir zwar von dem Landungsschiff für Notfälle erzählt, aber wer weiß, wie wir da hinkommen. Und noch viel weniger, wie wir Kontakt mit dem Piloten aufnehmen sollen, den er vorgeschlagen hat. Das könnte unsere letzte Ruhmestat werden, Kumpel. Laß uns was Hübsches draus machen!«

Sie bewegten sich auf den Palast zu, der bis auf ein paar Lichtschimmer aus den Fenstern des Dienstbotenflügels dunkel war. Sep war zunächst überrascht, aber dann erinnerte sie sich, daß sie den Sommerpalast bisher nur in der Lichterpracht und hektischen Geschäftigkeit erlebt hatte, die den Prinzen umgab. Sie kannte nur das stete Kommen und Gehen in Verbindung mit Staatsgeschäften, Besuchern und Bürokraten. Jetzt waren die dazu benutzten Stockwerke in Finsternis getaucht.

In diesem Augenblick hallte östlich von ihnen eine laute Explosion, und ein gewaltiger Feuerball stieg in den Himmel.

»Sieht nicht schlecht aus«, stellte Sep fest, und Jarlik grunzte zustimmend, als sie am Rand des Vorhofes Halt machten. Sie warteten im Schatten und hofften, daß die meisten Mechposten ihrem Plan entsprechend abgerückt waren, um die Ursache der Explosion zu untersuchen.

Sie konnten zwar nicht feststellen, ob es funktioniert hatte, aber die Tatsache, daß so dicht am Palast alles ruhig war, schien ein gutes Zeichen. »Sieht so aus, als hätten wir freie Bahn«, bemerkte Sep. »Aber wir warten trotzdem noch eine Minute. Ich sehe nichts. Was ist mit dir?«

»Die Luft ist rein«, erwiderte Jarlik.

»Okay, dann laß uns aktiv werden, solange wir die Chance dazu haben!« Die beiden Mechs rannten los; ihre gigantischen Beine stampften über den Platz. In diesem Augenblick bemerkte Sep etwas zu ihrer Rechten ... eine Bewegung an der westlichen Ecke der Palastfassade. Es war eine *Wespe* auf Streifengang. Sie wollte Jarlik gerade eine Warnung zurufen, als sie den Pilot der *Wespe* über die allgemeine Funkfrequenz hörte.

»Halt! Wer da?« Sep und Jarlik rückten weiter vor. Daraufhin hob der Wächter seinen rechten Arm in einer anklagenden Geste und schleuderte ihnen aus seinem mittelschweren Laser einen Feuerstrahl entgegen.

»Feindeinheiten auf Palastgelände. Bin im Gefecht!« hörten sie ihn mit schriller Stimme über die allgemeine Frequenz Alarm geben. Die beiden schweren Mechs wichen aus, und der Schuß ging vorbei.

»Feuer konzentrieren!« schrie Sep über ihre Verbindung. »Rechtes Bein! Alles, was du hast.« Das gemeinsame Feuer aus ihren Lasern, Autokanonen und KSRs war ohrenbetäubend und von blendender Helligkeit. Dann sahen sie die *Wespe* zu Boden stürzen, das rechte Bein zu Metallstaub zerblasen. Die gewaltige Maschine war außer Gefecht.

»Einer weniger«, meinte Sep, »aber er hat Alarm gegeben. Jetzt dauert es nicht mehr lange, und der Rest ist hier. Wir müssen uns beeilen!«

Sie hasteten die verlassenen Wege hinunter auf den Palast zu. Nach Abzug der Guards waren in der Kaserne kaum noch Truppen stationiert. Es war wirtschaftlicher, alle Bewohner im Palastgebäude unterzubringen, dessen Klimaanlage eingeschaltet bleiben mußte, ob es bewohnt wurde oder nicht.

Niemand versuchte sie aufzuhalten, bis sie den Küchenflügel erreichten.

»Was geht hier vor?«

Sep stöhnte. Fani Lettik hatte die unangenehme Angewohnheit, immer dann aufzutauchen, wenn man sie am wenigsten gebrauchen konnte. Angesichts der beiden gigantischen Metallkolosse jedoch erstarrte Fani auf der Stelle. Auf ihrem Gesicht lag ein Ausdruck des Grauens, als sie den *Kriegshammer* und den *Kreuzritter* über sich aufragen sah. Als Sep und Ref sich ihr weiter näherten, schrie Fanie auf, drehte sich um und rannte fort. Es war das erste Mal, daß Sep Fani eingeschüchtert gesehen hatte — aber dazu waren zwei schwere Mechs nötig gewesen.

An der nächsten Ecke kamen die beiden Mechs in die Sackgasse, die Jarlik beschrieben hatte. Sep stand Wache, während Jarlik einen seiner gepanzerten Füße auf das Lüftungsgitter setzte. Auch das Gitter bestand aus solidem Felsgestein. Mit einem gewaltigen Schwung trat er zu und traf den Stein unter dröhnendem Krachen. Rasselnd fielen unter ihnen in der Dunkelheit Steinsplitter den Schacht hinab.

Wieder trat Jarlik zu. Weitere Steinbrocken stürzten hinab und im Gitter wurde ein Loch sichtbar. Sep wagte einen kurzen Einsatz ihres Scheinwerfers. Kein Zweifel, die Wand begann nachzugeben.

Sie zielte mit ihrem Laser und gab einen langen Feuerstoß ab. Der Strahl schmolz den Stein, der dickflüssig und zischend in die immer weiter werdende Öffnung hinabtropfte. Ein weiterer Schuß, und das Gitter war verschwunden. Im Boden war nur noch eine riesige Grube zu sehen.

»Ich geh runter«, erklärte sie. »Du paßt hier oben auf und sorgst dafür, daß mir keiner nachkommt.«

Sep ließ ihren einsatzbereiten *Kriegshammer* stehen und kletterte ins Freie. Der Stein war noch heiß, und sie mußte einen Augenblick lang warten, bevor sie hinab in die Finsternis springen konnte. Aber jetzt flammten im Palastinnern Lichter auf. Stimmen wurden laut. Sie würden nur allzu bald Gesellschaft bekommen.

Sep ließ sich in das Loch fallen und rollte mit geübter Leichtigkeit ab. Sie sprang auf. Um sie herum herrschte Finsternis. Dann schaltete sie ihren Gürtelscheinwerfer an und sah sich um. Sie befand sich in einem Gewirr von Gängen und Zellen, feucht und kalt. Sie rannte ins Innere des Zellenblocks. »Ardan!« rief sie.

Einen Augenblick lang herrschte Stille. Dann ertönte, von Stein und Entfernung gedämpft, die erhoffte Antwort.

»Sep? Mein Gott! Sep!«

Sie peilte die Stimme an und lief los, wobei sie den Boden vor ihren Füßen sorgfältig ableuchtete. Wenn sie jetzt stolperte und das Bewußtsein verlor, konnte sie keinem mehr helfen. Vor ihren Füßen huschten Ratten zur Seite, deren empörtes Pfeifen hinter ihr her hallte. Ein kalter Schauer lief ihr über den Rücken.

An einer Dreifachkreuzung blieb sie stehen. »Ardan!«

»Hier!« Die Stimme klang näher. Nach rechts. Als sie um die Ecke kam, sah sie in einer Wandhalterung eine Fackel flackern. Vor einer Tür halbwegs den Gang hinunter standen ein Wasserkrug und ein Tablett.

Sie eilte den Gang hinab. Die Tür wurde von einer wuchtigen Metallstange verschlossen, die durch mehrere Halterungen geschoben war. Das zusätzliche Schloß an der Tür machte einen ziemlich stabilen Eindruck.

»Weg von der Tür!« rief sie.

Aus dem Zelleninnern drang ein Grunzen, das sie als Bestätigung interpretierte. Sie zielte mit ihrem Handlaser und brannte das Schloß weg. Als sie die Stange mit dem Stiefel lostrat, schwang die Tür auf.

Zwei bärtige Gesichter blinzelten ins grelle Licht ihrer Lampe. Sie sah, daß ihre Augen nicht an die Helligkeit gewöhnt waren und schaltete den Strahl rasch wieder aus. Das Fackellicht wirkte im Vergleich schwach.

Hanse und Ardan sahen furchtbar aus. Sie wich einen Schritt zurück und warf einen Blick auf die Mahlzeit vor der Tür. Verschimmeltes Essen, öliges Wasser. Unberührt.

»Haben Sie euch hungern lassen?« fragte sie wütend.

»Sie haben versucht uns weichzukriegen. Hast du sauberes Wasser? Wir haben nur das dreckige Zeug bekommen, und verdammt wenig davon«, krächzte Ardan.

Sep griff nach ihrer Hüftflasche. Kein Pilot ging je ohne seine Rationen an Bord eines Mechs, gleichgültig, wie harmlos seine Mission war.

»Hier. Langsam trinken. Erste Regel des Überlebenshandbuchs.«

Während sie redeten, ertönte in der Ferne Lärm. Schritte ... Es wurde Zeit.

»Hier entlang!« drängte sie. »Wir haben einen neuen Zugang in Euer Verlies gebrochen, Euer Hoheit. Ich hoffe, Ihr nehmt es uns nicht übel.«

Hanse grinste, seine Lippen waren aufgesprungen. »Nach Ihnen.«

Sie erreichten das Loch ein gutes Stück vor ihren Verfolgern. Jarlik hatte seine Luke geöffnet und horchte. Mit dem gepanzerten Arm seiner Maschine hob er zunächst Hanse empor, dann die beiden anderen.

Sep stieg an Bord ihres Mechs. Ardan kletterte hinter ihr in das enge Cockpit. Hanse war bereits zu Jarlik gestiegen.

»Wir machen uns besser aus dem Staub. Es sind Panzer unterwegs«, meldete Jarlik über Funk.

Die metallenen Füße ihrer Mechs donnerten über die gepflasterten Terrassen, die Rasenflächen, die Blumenbeete. Als sie die Mauer erreichten, schoß Sep eine Bresche hinein, und dann bretterten Jarlik und sie durch die Trümmer, ohne langsamer zu werden.

Auf ihren Ortungsschirmen konnte Sep erkennen, daß der Sommerpalast nun von wilder Aktivität erfüllt war. Überall in der Residenz brannten Lichter, und rote Laserstrahlen schossen durch die Nacht. Sie vermutete, daß die Mechposten in der Verwirrung einander gegenseitig attackierten. Besser konnte es kaum kommen. Niemand hatte die Verfolgung ihres kleinen Trupps aufgenommen, und bis zum Tagesanbruch würden ihre Spuren nicht auffallen.

Sie hastete neben Jarlik zum Raumhafen, wo sie sich mit Ref treffen wollten. Wenn sie Glück hatten, kam niemand auf den Gedanken, sie dort zu suchen, bis es zu spät war. Plötzlich traf sie ein schrecklicher Gedanke.

»Wir haben keinen Piloten!« schrie sie ins Funkgerät.

Einen Augenblick lang erhielt sie keine Antwort, dann ertönte Jarliks vertrautes Brummen.

»Keine Bange. Seine Hoheit meint, er kann das Ding steuern. Wir brauchen ihn nur am Stück hinzuschaffen!«

32

Katrina Steiner war alles andere als dumm. Als ihr Botschafter ihr von seinem seltsamen Gespräch mit Hanse Davion im Sommerpalast von Argyle berichtete, zählte sie zwei und zwei zusammen. Dann rief sie ihre Tochter.

»Es scheint, du hattest die ganze Zeit über recht, Melissa. Der Prinz der Vereinigten Sonnen hat unseren Botschafter gerade informiert, daß er sämtliche Verträge, die zwischen unseren Welten existieren, aufkündigt, einschließlich des Bündnisses, das wir vor ein paar Jahren auf Sol unterzeichnet haben. Der Mann mag wie der echte Hanse Davion ausgesehen, geredet und sich auch so bewegt haben, aber er muß das Double gewesen sein, von dem Ardan gesprochen hat.«

Melissa wurde bleich. »Und Hanse? Was ist mit ihm?«

»Wir wissen nur, daß der Prinz Argyle verlassen hat, um nach New Avalon zu fliegen, was er um diese Jahreszeit noch nie getan hat. Das bedeutet, der echte Prinz ist wahrscheinlich noch dort.«

»Mutter, wir *müssen* ihm Hilfe schicken!« Melissa gewann langsam ihre Farbe zurück, und ihr Kinn schob sich kampflustig nach vorn.

»Nicht nach Argyle. Ich habe großes Vertrauen in den jungen Sortek. Wenn er nach Argyle geflogen ist, war er schlau genug, vorher für die nötige Rückendeckung zu sorgen. Bis wir dort jemand eingeschleust hätten, wäre es längst zu spät. Das Aufladen dauert viel zu lange. Aber ich werde Hilfe senden ... nach New Avalon.«

»New Avalon?« Melissas Stimme zeugte von Zweifel.

Ihre Mutter setzte sich auf ein niedriges Sofa und zog ihre Tochter neben sich. »Wenn Ardan Hanse gefunden und befreit hat, werden sie den Betrüger nach New Avalon verfolgen. Daran kann kein Zweifel bestehen.«

»Aber das ist so ungewiß!« protestierte das Mädchen.

»Ist es«, stimmte ihre Mutter zu, »aber Ardan und Hanse sind zwei ungemein findige und entschlossene Männer. Und außerdem haben sie treue Freunde, die ihnen helfen. Ich vertraue darauf. Wenn sie versagt haben, verschlechtert sich unsere Position dadurch nicht. Wenn nicht, ist unser Botschafter in der Lage, die Sache zu forcieren und dem echten Hanse die Unterstützung zu liefern, die er braucht, um seinen Thron zurückzugewinnen. Botschafter Efflinger ist auf New Avalon. Über ComStar kann ich ihn in wenigen Wochen erreichen. Wir können nur hoffen, daß es ausreicht.«

»Aber welche Anweisungen willst du ihm geben?« Melissa wirkte ungeduldig und verwirrt zugleich.

»Er soll all seine Informantennetze dazu verwenden, nach einem möglichen Hinweis auf einen ›Anwärter‹ auf den Thron der Vereinigten Sonnen zu suchen. Und wenn sich ein solcher Anwärter meldet, soll er sicherstellen, daß er die Möglichkeit zu einer Konfrontation mit dem Mann erhält, der zur Zeit auf dem Thron sitzt. Er soll auf einer gründlichen Überprüfung beider Anwärter bestehen, mit allem Nachdruck, den ihm die Stellung Haus Steiners unter den Nachfolgerstaaten gibt.« Katrina runzelte die Stirn.

»Wir können nur hoffen, daß das ausreicht. In der Zwischenzeit werde ich die Garnisonen verstärken, die durch einen Überfall aus dieser Richtung verwundbar wären. Wenn alle Stricke reißen, haben wir bald Krieg mit unserem besten Verbündeten.«

Katrina ging an die Computerkonsole auf dem kleinen Tisch neben ihrem Schreibtisch und tippte die Botschaft ein, die der ihr zugeteilte Adept übermitteln sollte.

Melissa stand am Fenster und sah zu, wie die Sonne hinter den Gipfeln jenseits der Palastmauern unterging. Schnee lag jetzt nur noch auf den höchsten Bergen weit am Horizont. Einen Augenblick lang wünschte sie, Ardan wäre noch immer sicher hier auf Tharkad. Schließlich war er ihr guter Freund. Dann erinnerte sie sich an Hanse ... vielleicht gefangen, möglicherweise noch schlimmer. Sie wurde von Scheu und wildem Beschützerinstinkt gepackt.

Sie wandte sich wieder ihrer Mutter zu, die ihre Botschaft inzwischen abgeschlossen hatte. »Wenn tatsächlich alle unsere Maßnahmen zwecklos sein sollten, hoffe ich nur, daß ich diesen Doppelgänger-Hanse eines Tages treffe. Vielleicht läßt es sich arrangieren. Ich werde nicht zulassen, daß mein Verlobter dasselbe Schicksal erleidet wie jener arme Esteren, dessen Ruf durch einen anderen rettungslos zerstört wurde.«

Katrina lächelte. Ihre Tochter wurde erwachsen. Sie sagte nur: »Wir werden sehen ...« Wie oft im Laufe der Jahrtausende hatten sich Mütter schon mit diesen drei Worten vor nicht zu beantwortenden Fragen ihrer Kinder gerettet?

Maylor Efflinger neigte zur Faulheit. So weit entfernt von der Heimatwelt und seiner anspruchsvollen Herrscherin hatte er Gelegenheit, seine Faulheit auszuleben, ohne allzuviel Aufmerksamkeit zu erregen. Wenn er jedoch eine Nachricht der Dringlichkeitsstufe erhielt, wie sie soeben direkt von Archon Steiner gekommen war, konnte er überaus gelenkig reagieren.

Steiner unterhielt auf befreundeten wie feindlichen Planeten ein beneidenswert komplettes Spionagenetz. Die perfekten Agenten dieses Hauses waren in der Lage, über absolut jeden nahezu alles herauszufinden, was die Nachforschungen wert war. Und so war es nicht verwunderlich, daß Efllinger mit bewundernswürdiger Geschwindigkeit davon unterrichtet wurde, als die Gerüchteküche in der Gesellschaft New Avalons ein neues Gewürz kostete.

»Vier Männer und eine Frau sind im Sechs-Sterne-Haus abgestiegen. Sie kamen gestern abend zu Fuß in Avalon City an. Sie scheinen eine Menge Credits zu besitzen, obwohl sie ziemlich heruntergekommen und zwielichtig aussehen. Einer von ihnen hält sein Gesicht die meiste Zeit unter der Kapuze seines Mantels versteckt. Er hat die Statur eines Davion, aber bis jetzt hat noch niemand seine Stimme gehört.«

Bei diesem Bericht wurde Efflinger hellhörig. Er wußte, daß er mit mindestens zwei Männern rechnen mußte. Wenn sein Informant recht hatte, wurden sie von mehreren anderen Kriegern begleitet. Zweifelsohne Sorteks Freunde aus den Guards. Und der große Kerl mit der Kapuze ... das hörte sich zu sehr nach Hanse Davion an, um abgetan zu werden.

Der Botschafter hatte nichts von dem, was Katrina in ihrer Nachricht gesagt hatte, wirklich geglaubt. Ihm erschien es einfach zu weit hergeholt, auch wenn er wußte, daß sie ihr Haus niemals in die Angelegenheit verwickelt hätte, wäre sie von ihrem Handeln nicht absolut überzeugt gewesen. Aber ganz gleich, was er persönlich davon hielt, Efflinger wußte, wer seine Miete zahlte. So schnell er es einrichten konnte, machte er sich daran, die Wahrheit über die Neuankömmlinge zu erfahren.

Er verzichtete auf den Einsatz seiner Spione. Er wußte, daß Davions Agenten ihn unter Bewachung hielten, gerade so, wie er jeden observieren ließ, der von politischem Interesse für seine Vorgesetzten sein konnte. Bei seinem Sohn allerdings sah die Sache schon ganz anders aus.

Jeder, der einen Nichtsnutz wie Kolek Efflinger im Auge behalten wollte, hatte eine erschöpfende Aufgabe vor sich. Außerdem war es höchst unwahrscheinlich, daß die Informanten Davions, Kuritas oder Liaos sich weiter um seinen lasterhaften Sohn kümmerten, der ohnehin nie etwas tat, was ihre Aufmerksamkeit lohnte.

Aus genau diesem Grund gab Efflinger gelegentlich wichtige Botschaften über seinen stadtbekannten Sohn an interessierte Gegenüber weiter. Kein Mensch hätte Kolek verdächtigt. Sämtliche Nachforschungen, die er in diese Richtung hatte anstellen lassen, hatten ihm dies bestätigt. Das Sechs-Sterne-Haus war ein reichlich obskures Hotel; keine Absteige, aber auch nicht weit davon entfernt. Das einzige Ruhmesblatt des Hauses war sein ausgezeichnetes Bier.

Als der Abend sich zur Nacht neigte, rief Maylor seinen Sohn ins Arbeitszimmer. »Kol, mein Junge«, begann er freundschaftlich, »ich frage mich, ob du bereit wärst, mir bei einer unbedeutenden Kleinigkeit zur Hand zu gehen ...«

Kolek war ebenso faul wie sein Vater und dementsprechend wenig geneigt, sich einen eigenen Lebensunterhalt zu verdienen. Also war er auch meist gerne bereit, zu tun, was sein Vater von ihm verlangte. Immerhin kam der alte Herr für seine Vergnügungen auf. »Aber sicher«, erklärte er, und ließ sich in einer Haltung in einen Polstersessel sinken, die bei weniger gelenkigen Menschen zu einer schmerzhaften Verrenkung des Hüftgelenks und der Wirbelsäule geführt hätte. »Worum geht's?«

»Kennst du das Sechs-Sterne-Haus?« fragte sein Vater.

Kolek richtet sich ein wenig auf, und seine Augen begannen zu leuchten.

»Allerdings«, bestätigte er. »Da gibt es ein hervorragendes Bier. Ich bin ziemlich häufig dort.«

»Wie einige andere Personen auch ... unter anderem ein paar, mit denen ich auf möglichst unauffällige Art in Kontakt kommen muß.« Maylor wußte, daß sein Sohn bei all seiner scheinbaren Frivolität ausgesprochen geschickt war. Wenn er jemals seine Faulheit überwinden konnte, hatte er das Zeug zu einem guten Diplomaten.

Kolek setzte sich aufrecht. Die Aufträge seines Vaters machten ihm Spaß, da sie selten genug waren, um auf ihn mehr wie Abenteuer denn wie Arbeit zu wirken.

»Vier Männer und eine Frau. Sie wohnen zusammen im Sechs Sterne, sehr unauffällig. Einer davon ist ein großer Kerl mit einer Kapuze. Das sollte dir reichen, sie ausfindig zu machen. Um diese Jahreszeit sind kaum Wüstenbewohner hier. Der Regen macht sie verrückt.«

»Und was willst du von ihnen?« Kolek war aufgestanden, wie ein Rennläufer, der bereit war, die Bahn entlangzuhetzen.

»Ich will wissen, ob der große Kerl Hanse Davion ist«, erwiderte sein Vater.

Kolek war verblüfft. »Aber was ist mit ...«

»Das könnte ein Betrüger sein. Steiner besteht darauf, daß er einer ist. Angesichts der plötzlichen Veränderung in seiner Haltung uns gegenüber, könnte es sogar einen Sinn ergeben. Wenn es der echte Hanse ist, möchte ich, daß du ihn und seine Freunde in die kleine Wohnung bringst, in der du deine Geliebte untergebracht hattest. Du weißt ja wohl noch, wo?«

Ein Lächeln der Erinnerung erhellte Kols Gesicht. »Natürlich. Und dann?«

Maylor grinste und wirkte einen Moment lang keinen Tag älter als sein Sohn. »Laß dich wie üblich bis zum Rand vollaufen und von irgend jemand nach Hause tragen, während du die Nachbarn mit deinem Grölen aus den Betten holst. Und dann sag mir Bescheid, ob es wirklich die sind, für die ich sie halte, und geh ins Bett. Wie es auch kommt, ich bin sicher, du wirst deine Sache gut machen.«

Kolek hielt sich streng an seine Instruktionen. In den frühen Morgenstunden wurde er von einem Polizisten nach Hause gebracht, unterstützt von einem Passanten, der sich zu Maylors Erheiterung als einer der Spione herausstellte, die abgestellt waren, den Efflinger-Haushalt zu überwachen.

Efflinger polterte fluchend die Treppe hinab, öffnete die Tür und half, seinen berauschten Sohn ins Haus zu tragen. »Vielen Dank.« Er reichte dem Spion einen kleinen Geldschein, den er für diesen Zweck mitgenommen hatte.

Dann wandte er sich an den Polizisten. »Wieviel Bußgeld ist es diesmal?« fragte er müde.

»Das Übliche.« Der Polizist grinste über das ganze Gesicht. Kolek war ein junger Bursche, der sich nicht viel Gedanken darüber machte, wo er sich amüsierte, aber er kam nie auf den Gedanken, Schwierigkeiten zu machen. Die Beamten, die ihn nach Hause schafften, konnten immer mit einer guten Belohnung rechnen, und der liebende Vater zahlte seine Bußgelder ohne ein Wort.

Kaum waren seine Helfer gegangen, setzte Kolek sich in dem Sessel auf, in den ihn der Polizist hatte sinken lassen. Seine dunklen Augen lachten.

»Du spielst den Saufkopf wirklich überzeugend«, bestätigte sein Vater.

Kol gluckste. »Inzwischen sollte ich das wohl auch können. Aber du wartest auf meinen Bericht. Es sind tatsächlich die, die du vermutet hast. Der große Kerl ist wirklich der Echte. Er ähnelt dem Kerl im Palast so sehr, daß man denken könnte, man wäre *wirklich* besoffen!«

Efflinger seufzte. »Und in der kleinen Wohnung über der Kneipe in der Wine Street sind sie sicher?«

»So sicher wie in Abrahams Schoß. Es sind vernünftige Leute. Sie haben nicht versucht, mir Theater vorzuspielen, nachdem sie wußten, wer ich war und warum ich dort war. Sie haben bravourös mitgespielt. Wir wurden von Minute zu Minute beschwipster, bis wir uns dann entschlossen, ein Fäßchen mit zu ihnen nach oben zu nehmen und durchzumachen. Und sie hatten einen

Störsender, um mögliche Mikrophone in ihren Zimmern auszuschalten.«

»Gut!« brummte sein Vater. »Ist er tatsächlich der Prinz? Bist du dir sicher?«

»Ich würde sagen, ja. Nachdem ich mich zu erkennen gegeben hatte, haben sie mir ihre Geschichte erzählt. Und es war eine beachtliche Verschwörung, wenn man alles zusammen betrachtet. Ein Doppelgänger, um die Partnerschaft zwischen Steiner und Davion platzen zu lassen. Ein schneller Austausch, bevor das NAIW sein neues Sicherheitssystem installieren konnte. Und die einzige Person, die dem Prinzen nahe genug stand, um einen Betrüger zu entlarven, aus dem Weg geräumt. Still und leise. Aber nicht ganz erfolgreich.«

»Die Polizei und eine Abteilung der Royal Guards haben heut nacht die Stadt durchkämmt«, bemerkte Maylor. »Ich vermute, die Verschwörer haben die Nachricht erhalten, daß der Prinz ausgebrochen ist. Sie müssen Angst haben, er könnte hier direkt unter ihrer Nase stecken. Stimmt ja auch. Aber wo kommt er her?«

»Sie haben den Austausch auf Argyle durchgeführt. Eine hübsche Geschichte ... du solltest sie dir später einmal von ihnen erzählen lassen. Verliese, mitternächtliche Fluchtversuche und massenhaft Details, wie man sie nur in historischen Romanen oder Operetten für möglich hält.«

Maylor saß jetzt ebenfalls in einem tiefen Sessel und entspannte sich. »Eine Weile hatte ich Angst, wir müßten gegen Davion in den Krieg ziehen. Die gebrochenen Verträge, die Entlassung so vieler alter Ratgeber, denen Hanse Davion vertraut hatte, ganz zu schweigen von der wichtigen Bekanntmachung, die sie seit einer Woche überall ankündigen. Das Ganze hat mich ziemlich nervös gemacht. Ein Krieg ist keine Umgebung für jemanden, der die Bequemlichkeit liebt.«

»Und was machen wir jetzt?« fragte sein Sohn. Er schien grundverschieden von dem jungen Mann, der nur wenige Minuten vorher zerzaust und angetrunken ins Haus gebracht worden war.

»Wir werden die Gelegenheit nutzen, die sich uns bietet. Wir werden den echten Prinz und seine Freunde im Palast präsentieren, wenn sämtliche Medien anwesend sind und auf die große Bekanntmachung warten. Und dann verlangen wir mit dem ganzen Gewicht, das unser Haus auf die Beine bringt, daß sich beide einer Prüfung unterziehen.«

Kolek Efflinger nickte, und seine Augen leuchteten noch heller als zuvor. »Und dann ... werden wir sehen.«

33

Avalon City summte vor Unruhe. Unter der Herrschaft der Davions hatten die Bewohner des Zentralplaneten sich an ein ruhiges und friedliches Leben gewöhnt. Aber jetzt schien irgend etwas nicht zu stimmen. Ardan konnte es noch durch die Mauern der Wohnung fühlen, die er mit seinen Freunden teilte.

Die von den Straßen heraufschallenden Gesprächsfetzen, der Lärm aus der Kneipe unter ihnen, selbst das Flüstern der Zimmermädchen auf dem Flur vor der Tür verkündete diese Unruhe im Volk. Sep, die weniger Gefahr lief erkannt zu werden als die übrigen, legte von Zeit zu Zeit Ardans Kapuzenmantel an und schlich sich hinaus, um die neuesten Nachrichten in Erfahrung zu bringen. Sie waren durchweg schlecht.

»Es steht irgendeine Bekanntmachung bevor«, teilte sie ihnen mit, als sie den Mantel abstreifte und eine Tasse Suppe aus Ardans Hand entgegennahm. »Und überall gehen Gerüchte über einen Krieg mit Steiner um. Niemand ist zufrieden, Euer Hoheit. Wirklich niemand. Euer Name wird auf eine Weise gebraucht, wie ich es noch nie erlebt habe. Dieser Betrüger wird die Vereinigten Sonnen in kürzester Zeit ruinieren, wenn wir keinen Weg finden, ihn aufzuhalten.«

»Wir haben nicht genügend Zeit, eine Rebellion zu organisieren«, erwiderte Hanse. Er starrte aus dem schmalen Fenster, dessen schmutzige Scheibe verhinderte, daß man sein Gesicht von der Straße erkannte. »Wir können uns an niemand wenden, der noch ein Amt hat. Wir können nur darauf vertrauen, daß Efflinger für uns die Kastanien aus dem Feuer holt. Wer hätte je gedacht, daß Steiner einmal unser aller Retter wird?«

»Du hast eine gute Wahl getroffen, als du das Bündnis mit Steiner eingegangen bist«, stellte Ardan fest. »Und eine noch bessere, als du deine Heirat mit Melissa arrangiert hast. Du wirst angenehm überrascht sein, wenn du sie das nächstemal siehst. Sie ist zu einer Frau von Witz und Kraft geworden. Ganz ähnlich wie ihre Mutter, aber sanfter.«

Hanse lächelte abwesend. Ardan wußte, daß Melissa in den Gedanken seines Freundes noch immer das Kind war, das er vor Jahren kennengelernt hatte.

»Wir wollen hoffen, daß diese Heirat überhaupt noch möglich ist«, bemerkte der Prinz. »Wir stecken in einer unangenehmen Lage. Wir können uns nicht zu erkennen geben; die Polizei würde uns ins nächste Gefängnis werfen, bevor wir eine Gelegenheit hätten, für unsere Sache Aufmerksamkeit zu erwecken. Ich will hoffen, Efflinger hat noch etwas mehr im Ärmel als seinen faulen Arm.«

An diesem Abend erfuhren sie, daß der Arm des Botschafters, so faul er auch sein mochte, allerhand in Bewegung setzen konnte. Am Nachmittag rief Sep die anderen ans Fenster und lenkte ihre Aufmerksamkeit auf Kolek Efflinger, der in Begleitung einer hübschen jungen Frau das Gasthaus betrat, die weit jünger war als er. Die Flüchtlinge lauschten angestrengt, als eine verwirrende Vielzahl von Schritten und hastenden Zimmermädchen den Flur herab in die Wohnung neben der ihren kam.

»Ich brauche eine Zofe«, erklärte die junge Frau. »Und ich muß sofort einen Einkaufsbummel unternehmen. Kümmerst du dich darum, mein Süßer?«

Kols Stimme war nur ein Murmeln, aber er mußte ihr zugestimmt haben, denn sie begann zu kichern. Türen öffneten und schlossen sich. Auch die Stimme des Gastwirts erklang auf dem Flur. Er gab seiner Bereitschaft Ausdruck, allen Wünschen der ehrenwerten Gäste nachzukommen. Sie brauchten sie ihm nur mitzuteilen.

Dann verklang der Trubel wieder. Nebenan klickten Absätze. Kol sagte leise etwas. Das Mädchen antwortete ebenso leise. Danach wurde es sehr still.

Jarlik grinste Hanse und Ardan an. Ref kicherte, und Sep trommelte mit den Fingern auf den Tisch. Was, bei allen Planeten, stellte dieser junge Idiot nun wieder an?

An der Tür, die ihr Hinterzimmer mit dem der angrenzenden Wohnung verband, ertönte ein leises Klopfen. Jarlik ging leise wie eine Katze hinüber und öffnete sie. Kol schob sich hindurch und schloß sie hinter sich.

»Gut, was?« fragte er.

»Ja, sie ist hübsch«, bestätigte Hanse. »Aber was hilft uns das?«

»Na, heute nachmittag geht sie einkaufen. Sie wird Pakete in allen möglichen Größen und Formen mitbringen. Diese Einkäufe werden mich natürlich völlig ruinieren. Bei der Gelegenheit werde ich aber auch ein paar Teile für mich erstehen.« Er betrachtete ihre abgewetzten Uniformen und die unverkennbaren Mäntel.

»Wenn Sie morgen zur Großen Enthüllung in den Palast wollen, müssen Sie sich schon etwas besser einkleiden.«

Allmählich kam ihnen die Erleuchtung. Auf diese Weise konnten sie alle mit frischen Kleidern, soweit nötig sogar mit Verkleidungen ausgerüstet werden — und das alles völlig unauffällig. Selbst wenn Kolek beschattet werden sollte, wer würde etwas merken?

»Die Hintertreppe führt durch die Dienstbotenquartiere in eine Gasse an der Leather Street. Wenn es dunkel ist, können Sie dort hinausgehen, ohne daß ein Mensch Sie sieht. Ich weiß es, weil ich diesen Weg selbst häufig genug benutzt habe. Prillie hat früher in dieser Wohnung gelebt.« Er blickte listig von einem zum andern.

»Erzählen Sie nichts meinem Vater, aber ich habe vor, das Mädchen zu heiraten, wenn ich bereit bin, mich niederzulassen und eine Arbeit zu suchen. Vater würde nie seine Zustimmung geben und wird mir wahrscheinlich die Unterstützung streichen, also werde ich selbst für uns sorgen müssen.«

Hanse grinste. »Kommen Sie zu mir, wenn Sie eine Arbeit suchen. Listige Burschen kann ich immer gebrauchen.«

Kol nickte. »Dachte ich mir«, erklärte er trocken. »Aber jetzt mach ich mich besser auf den Weg und helf ihr, die Stadt leerzukaufen.«

Jetzt, wo sie einen Plan hatten, konnten die fünf sich entspannen und den Nachmittag verschlafen. Zu ihrem Glück, denn als die Prozession der Paketboten durch die Tür der Nebenwohnung einsetzte, war an Schlaf nicht mehr zu denken. Sep, die durch einen Spalt in der Tür schaute, war überwältigt von den vielen Trägern.

Es dauerte anderthalb Stunden, alle Päckchen, Pakete, Schachteln und Taschen in die Wohnung neben der ihren zu schaffen. Dann meldete Prillie sich flüsternd an der Verbindungstür, und die Flüchtlinge kamen auf Zehenspitzen in ihr Schlafzimmer, in dem sich die Kartons nur so stapelten.

Für Sep lag ein Traum von einem Kleid bereit, aber sie war entgeistert bei dem Gedanken, eine MechKriegerin könne sich mit einem Goldlamékleid über weiten Hosen aus weißer Seide ausstaffieren. Ganz zu schweigen von den Edelsteinen für Haar, Hände und Dekolleté.

»Niemand wird Sie als Candent Septarian erkennen«,

meinte Hanse. »Und dadurch kommen wir mit Sicherheit auf das Gelände. Außerdem werden alle so damit beschäftigt sein, Sie anzustarren, daß man keinen von uns bemerken wird.«

»Vielen Dank, Euer Hoheit«, knurrte Sep. »Wenn wir erst einmal drin sind, marschieren wir schnurgerade zur Kaserne, damit ich mich umziehen kann. Und dann sind wir einfach eine Guards-Einheit, die aus dem Urlaub zurück ist. Denek hat unseren Dienstbefehl geschrieben.«

Für die Männer lagen Uniformen bereit. Kolek hatte es sogar geschafft, die passenden Ehrenzeichen für Hanse und Ardan zu besorgen, während er für Ref und Jarlik Kampagnenbänder geliefert hatte, die von Orten kündeten, die sie nie gesehen hatten. Aber sie sahen trotzdem eindrucksvoll aus.

Sie probierten alle ihre prächtigen neuen Gewänder an, dann zogen sie den ganzen Prunk wieder aus und warteten nervös darauf, daß die Zeit verging. Die Bekanntmachung sollte am Mittag erfolgen. Sie mußten sich anziehen und aus dem Haus sein, bevor es auf den Straßen zu geschäftig wurde. Die Wüstenmäntel konnten dabei wieder gut zu Paß kommen, um Seps Gala und Hanses allzu bekannte Statur zu verbergen. In den Uniformen konnte man notfalls den Vormittag verleben, wenn sie auch für die meisten Geschmäcker etwas zu sehr herausgeputzt wirkten.

»Kol meint, ihr solltet das Palastgelände im Gedränge betreten, wenn die Tore geöffnet werden«, verabschiedete Prillie sich durchs Schlüsselloch, als sie zum Aufbruch bereit waren. »Und viel Glück noch. Es hat mächtig Spaß gemacht!«

»Paß auf dich auf, Prillie«, erwiderte Sep für sie alle, dann eilten sie die dunklen Treppen hinunter auf die Straßen Avalons.

Dort herrschte bereits großer Betrieb. Auf den Hauptstraßen fuhren nicht nur die ersten Lieferwagen, die

Massen drängten schon zum Palast, um die besten Plätze zu ergattern. Der Raum würde nicht ausreichen, um alle Menschen einzulassen, die daran interessiert waren, die Bekanntmachung ihres Herrschers zu hören, und die Bevölkerung sammelte sich an den Palastmauern, um auf das Gelände zu kommen.

Die fünf wurden in einer so vielfältigen und bunten Menschenmenge eingeschlossen, daß Sep unbesorgt ihren Mantel ausziehen konnte. Die Roben um sie herum waren so farbenprächtig, daß nicht einmal ihr Goldlamé auffiel. Nur Hanse hielt sein Gesicht und seine Statur weiter versteckt.

Sie näherten sich dem Palastgelände und drängten sich durch die Menge, bis sie die Mauer erreichten. Dann winkte Hanse ihnen, ihm an dem Stahlbeton entlang zu folgen.

Sie kamen um eine Ecke. An einer kleinen Tür tief in der Mauer blieb Hanse kurz für eine Retinaprüfung stehen, darauf öffnete sich der Eingang mit einem leisen Seufzen.

Sie schlüpften hindurch und schlossen die Tür hinter sich. Jetzt waren sie in einer abgelegenen Ecke des Gartens. Auf der anderen Seite dieser Farbenpracht lag die Terrasse, von der aus Ardan die Szenerie viele Monate zuvor verbittert betrachtet hatte. Die Kaserne lag ein gutes Stück zu ihrer Linken, hinter einem Labyrinth aus Mauern und Hecken.

Sie hasteten über die Beete, um Ecken und durch unerwartet auftauchende Kuppeltore in den Hecken. Einmal sahen sie in der Ferne einen Dienstboten. Er blickte überrascht zu ihnen herüber, aber sie waren schon weitergeeilt, bevor er ein Wort sagen konnte.

Die Kaserne war erfüllt von hektischer Betriebsamheit. Sep versteckte sich hinter einer Hecke, um ihr Kleid auszuziehen. Darunter trug sie ihre alte Uniform. Sie kam als Candent Septarian wieder zum Vorschein, nicht als aufgetakelte Hofdame. Die anderen formierten sich hinter ihr, als sie die breite Treppe zum zweiten Gebäude hinaufstieg, in dem sich ihr Quartier befand.

Seps Retinamuster sorgte dafür, daß sie ohne Probleme ins Gebäudeinnere kamen. Sie wandte sich dem Büro des Tagesoffiziers zu und nahm Haltung an, als Fram verärgert von einem Stapel Formulare zu den Neuankömmlingen aufblickte.

Sein Unterkiefer sackte nach unten. Er sprang auf und kam um seinen Schreibtisch geeilt, klopfte Ardan auf die Schulter, begrüßte Ref und Jarlik, umarmte Sep. »Ihr habt es geschafft! Meine Güte, ihr habt es geschafft! Und wer ist das?«

Er sah Hanses verhüllte Gestalt prüfend an.

»Die Order müßte auf Candent Septarian mit Begleitern ausgestellt sein ...« Seps Stimme war ziemlich streng.

Fram blickte aufs Anschlagbrett. Dann nickte er. »Ganz genau.«

»Das ist einer meiner Begleiter. Und jetzt geh wieder an die Arbeit! Und wenn Denek kommt, schick ihn zu mir! Wir haben viel zu bereden.«

»Und nicht allzuviel Zeit. Die große Bekanntmachung ist in zwei Stunden angesetzt«, erklärte Fram. »Wir müssen um elf Uhr unseren Dienst an den Toren und im Palast antreten.«

»Dann sehen wir uns da. Änder den Tagesbefehl um, Fram, und plazier Ardan, Jarlik, Ref und ...« — sie blickte zu Hanse — »Hannes hinter die Empore, von der der Prinz spricht. Geht das?«

Er sah sie neugierig an, nickte aber gehorsam. »Geht. Was ist mit dir?«

»Laß mich meinen *Kriegshammer* fertigmachen.«

Fram blickte Ardan unsicher an. »Habe ich Ihre Zustimmung, Sir?« fragte er.

Ardan lachte. Als er Sep das Kommando überlassen hatte, hatte er sich gefragt, wie sie wohl mit ihren neuen Untergebenen zurechtkommen würde. Jetzt wußte er es. Sie hatte die notwendige Begabung dafür und wußte sie auch einzusetzen.

»Ich weiß nicht, was sie vorhat, aber ich vertraue ihrem Urteil. Laß ihn bereitstellen, Fram! Und sag Denek, wenn er will, kann er das Kommando abgeben! Aber er kann es auch bis morgen behalten, wenn ihm das lieber ist.«

Fram machte sich knurrend wieder an die Arbeit. Der Anblick dieses Draufgängers als Bürohengst amüsierte Ardan.

Sie folgten Sep in ihr Quartier, da Ardan nicht erwarten konnte, daß seines noch zur Verfügung stand. Die neuen Herren der Regierung wußten, daß er im Kerker sitzen und auf seine Hinrichtung warten sollte.

Es war ein Labsal, die Naßzelle benutzen zu können. Sep legte eine frische Uniform an und sah wieder wie die entscheidungsfreudige Offizierin aus, die sie war. Jetzt blieb nur noch kurze Zeit, bis sie auf ihre Posten gehen mußten.

Jarlik hatte eine seiner Uniformen für »Hannes« gebracht, und sie paßte dem Prinzen ziemlich gut. Er wirkte plötzlich wie ein altgedienter Offizier.

Zur festgesetzten Zeit marschierten sie mit den übrigen MechKriegern, die für diesen wichtigen Anlaß eingeteilt waren, in Reih und Glied an ihre Position. Nur vier BattleMechs waren im Einsatz. Dies war ein formelles Ereignis, keine Schlacht, und die riesigen Maschinen benötigten Raum, der besser Honoratioren und Adligen der Stadt zugeteilt wurde.

Als Ardan seinen Platz hinter der Empore einnahm, stellte er sich hinter Jarlik. Der falsche Hanse Davion stand in der Nähe des Podiums und würdigte ihn keines Blickes. Er bemerkte auch nicht den großen Kerl hinter sich in der etwas engen Uniform.

Ardan fühlte Erregung in sich aufsteigen. Heute war in den Palastgärten von New Avalon tatsächlich eine überraschende Erklärung zu erwarten.

34

Die Zeiger der Uhr bewegten sich mit gleichmäßigem Ticken auf die Mittagsstunde zu. Neben dem Podium nickte der Prinz von seinem Stuhl dem Maître des Haushalts auf New Avalon zu. Der gab ein Zeichen, und die Tore öffneten sich. Eine prächtig gekleidete Menge flutete auf den Platz.

Ekkles, der Adjutant, stand auf. Seine elektronisch verstärkte Stimme brachte das Gemurmel zum Verstummen, aber Ardan beobachtete Hanse, der vorgetreten war und jetzt im Blickfeld des Betrügers stand. Als Ekkles Hanse Davion vorstellte, blickte der falsche Prinz auf. Er erbleichte.

Noch während Ekkles sich ihm zuwandte und ihm gleichzeitig einen Stapel Notizen reichte, fiel der Betrüger ohnmächtig vornüber aus seinem Stuhl. Aus den Kehlen der versammelten Menschen drang ein vielstimmiger Schrei. Ekkles beugte sich über seinen gestürzten Herrscher und erbleichte ebenfalls.

Der Hofarzt stand auf. »Räumt den Platz! Heute gibt es keine Bekanntmachung!« rief er. Die Wachtposten rückten vor, um seinen Befehl auszuführen, und Ardan fand Gelegenheit, Efflinger und zwei seiner Begleiter zu sich zu winken.

Er führte sie um die Außenseite des Palastes herum und durch einen Privateingang, den er häufig benutzt hatte, um Hanse zu besuchen. Dann hörte er Stimmen aus den Gemächern des Prinzen, die ein gutes Stück weiter hinten am Korridor lagen. Angespannte Stimmen, die angestrengt versuchten, leise zu sprechen.

»Sie sind ein Betrüger!« hörten sie Hanses vertrauten Bariton. »Ich bin Hanse Davion, und das hier ist ein Betrüger, der durch eine Verschwörung, die in den Hirnen unserer Feinde ihren Ursprung hatte, an meinen Platz gesetzt wurde.«

»Nehmt diesen Mann fest!« schrie eine zweite Stimme. »Er ist Teil der Verschwörung, die ich aufdecken wollte ... einer Verschwörung gegen die Vereinigten Sonnen. Er ist eine Gefahr für uns alle! Nehmt ihn fest!«

Ardan zog seine Waffe und stürmte durch die Tür. Ref und Jarlik hatten ebenfalls ihre Waffen gezogen und hielten die übrigen vier Guards in Schach. Es dauerte nur Sekunden, sie zu entwaffnen.

Im Zimmer waren Ekkles, der Arzt, die Soldaten der Guards und, zu Ardans Überraschung, drei der wichtigsten Mitglieder des New Avalon Instituts der Wissenschaften. Als sie zurückwichen, bemerkte er, daß auch Efflinger sich zu der Gruppe gesellt hatte. Sein übliches träges Auftreten war durch einen Hauch von Interesse belebt.

Ekkles' Atem ging keuchend, und sein Blick schoß von den entwaffneten Soldaten zu dem Arzt, der sich über den falschen Hanse beugte, und weiter zu dem rothaarigen Mann in der Guards-Uniform, der ihn mit mißtrauischem Blick und unverhohlenem Abscheu musterte.

An der Seite des Gebäudes ertönte ein donnerndes Klopfen, und Ardan konnte durch die Glastüren das Bein eines *Kriegshammer* erkennen, der vor dem Gebäude stand und das Gebüsch zertrampelte. Angesichts der Tatsache, daß dieser Koloß mit der geringsten Bewegung seiner massiven Füße das Glas zerschmettern konnte, öffnete Ekkles die Schiebetüren.

»Hier ist in der Tat eine Verschwörung im Gange«, klang Seps Stimme durch die Außenlautsprecher ihres Mechs. »Ich verlange eine eingehende Untersuchung beider Thronanwärter.«

Der Maître, der soeben ins Zimmer geeilt war, starrte zu der riesigen Maschine hinauf, die vor den Türen aufragte, und fiel beinahe in Ohnmacht. Bevor er etwas sagen konnte, meldete sich eine andere Stimme zu Wort.

»Ich bin derselben Meinung.« Es war eine kühle Stimme, etwas träge, aber präzise. »Ich schlage vor, daß wir beide Anwärter allen üblichen physikalischen Untersuchungen unterziehen, um festzustellen, welcher von beiden der echte Prinz ist.« Efflinger trat hinter Ardan vor und stellte sich neben die beiden identischen Davions.

»Sie können sich nicht einfach in die internen Angelegenheiten New Avalons einmischen«, protestierte Ekkles. »Sie repräsentieren Steiner, unseren Feind ...«

»Seit wann unser Feind? Und auf Grund wessen Beschuldigungen?« fragte der Botschafter. »Haus Steiner und Haus Davion haben über Jahre hinweg zahlreiche gemeinsame Interessen erkannt, auf gegenseitige Unterstützung und beiderseitigen Wohlstand hingearbeitet. Dann hat der Prinz von Davion uns ohne Vorwarnung und sicher ohne irgendeine Aktion von seiten Katrina Steiners zu Feinden erklärt. Kann irgend jemand der hier Versammelten ein Indiz für die Wahrheit dieser Behauptung anführen?« Er blickte Ekkles an, den Arzt, den Maître.

Er zeigte auf Ardan. »Hier steht Ardan Sortek, der seit seiner Kindheit der engste Freund des Prinzen ist. Er war Verdächtigungen und Unterstellungen schlimmster Art ausgesetzt, nachdem er berichtete, im Liao-Hauptquartier auf Stein's Folly einen Doppelgänger seines alten Freundes gesehen zu haben. Fragen Sie ihn, wer der echte Hanse Davion ist!«

Ardan trat neben Hanse. So dicht neben dem Doppelgänger mußte er zugeben, daß er dem echten Prinzen täuschend ähnlich sah, aber es gab auch Unterschiede. Vielleicht waren es Unterschiede, die nur er selbst wahrnehmen konnte ... die kleine Narbe über dem linken Augenlid, die vor vielen Jahren von einem schlecht gezielten Schleuderstein verursacht worden war ... die winzige weiße Linie an der Stelle, wo ihn ein wütender Vogel attackiert hatte, als die beiden Knaben in der Nähe seiner Brut nach Vogelnestern suchten.

Er legte die Hand auf Hanses Schulter. »Dies ist der

Mann, den ich vor wenigen Wochen erst in das Verlies des Sommerpalastes auf Argyle begleitet habe. Nur durch die Hilfe von Freunden konnten wir uns befreien und hierher nach Hause zurückkehren, um diesen Betrug aufzudecken.«

Ekkles war verwirrt und wütend. Er zischte: »Wollen Sie mir einreden, ich, der persönliche Adjutant des Prinzen, hätte von einem derartigen Betrug nichts bemerken müssen? Dieser Mann hier ist unser Herrscher. Diese beiden haben sich, aus welchem verräterischen Grund auch immer, verschworen, ihn von seinem Thron zu stürzen, um die Vereinigten Sonnen in dieser Zeit der Gefahren zu schwächen!«

Efflinger, jetzt dicht flankiert von seinen Begleitern, starrte den Adjutanten arrogant an. »Lassen Sie die Tests durchführen! Was kann es schaden? Wer könnte von einer derart offenkundig vernünftigen Handlungsweise geschädigt werden? Wenn der Mann, der zur Zeit die Regierungsgeschäfte führt, ein Betrüger ist, bedeutet dies, daß unsere Häuser sich *nicht* im Kriegszustand befinden. Wenn er der wahre Herrscher *ist,* wird der Krieg das unvermeidbare Ergebnis seiner Politik sein.

Hier geht es nicht nur um die Herrschaft über eine Welt. Hier geht es um Krieg oder Frieden. Wollen Sie wirklich, daß Ihr Haus mit sämtlichen Großmächten der Inneren Sphäre verfeindet ist?«

Die drei Doktoren des NAIW traten gemeinsam vor. »Lassen Sie die beiden testen!« forderte Doktor Shali, die berühmte Doktorin der Biologie. »Das läßt sich leicht genug arrangieren, und ohne beim Volk Mißtrauen zu erwecken. Bringen Sie beide in die Privatlabors im unteren Geschoß dieses Palastes! Rufen Sie die Techniker! Sie sind schon in zahlreichen Angelegenheiten zur Geheimhaltung verpflichtet. Eine mehr oder weniger macht da nicht viel aus. Wir werden die Tests persönlich überwachen.«

Ardan betrachtete die Gesichter der Soldaten, die

nicht gewußt hatten, was vorgefallen war. Sie waren sichtlich verwirrt. Aber einer oder zwei von ihnen starrten zunächst auf ihn, dann auf Ekkles, und ihre Mienen brachten deutlich zum Ausdruck, daß sie nicht mehr sicher waren, wem von ihnen sie glauben sollten.

Ekkles konnte sich nicht weigern. Hätte er es jetzt noch getan, wäre es mehr als dumm gewesen, und *das* konnte ihm keiner vorwerfen. Er gab mit aller Eleganz nach, die er aufbringen konnte.

»Da diese Angelegenheit — wie sie auch enden mag — auf jeden Fall unter uns bleiben sollte, denke ich, daß es das beste ist, wenn wir die Frage auf die Personen beschränken, die sich hier im Raum befinden, und natürlich die Techs, die für die Untersuchungen nötig werden. Wenn die Doktoren des Instituts als Beobachter fungieren würden? Würde der Botschafter sich ebenfalls dazu bereiterklären? Und schwören die anwesenden Mitglieder der Royal Guards unter Androhung der Todesstrafe, niemals etwas von diesen Vorfällen verlauten zu lassen?«

Shali ging zu den Labors voraus und nahm dort einen Platz ein, von dem aus sie jeden Schritt der Untersuchung beobachten konnte. Als alle Personen Platz genommen hatten und die direkt mit den Tests betrauten Techniker an ihren Geräten waren, gab sie das Zeichen anzufangen.

Die übliche Methode der Identitätsfeststellung war der Retinascanner. Das Abtasten der Netzhaut war die schnellste Methode, Zugriff auf hinterlegte Wertsachen ebenso wie Zugang zu militärischen Installationen zu erhalten. Fingerabdrücke ließen sich zu leicht durch kosmetische Chirurgie nachahmen. Dies waren jedoch nur die ersten von vielen Untersuchungen, zu denen auch Blutproben und Genuntersuchungen gehörten.

Als alle Gewebeproben entnommen und sämtliche Messungen und Überprüfungen durchgeführt waren, wurde Ardan immer unruhiger. Irgendein Instinkt mahnte ihn zur Vorsicht — es war nicht alles so, wie es den Anschein hatte. Er war angespannt, und seine Muskeln schmerzten vor Streß, als er neben Jarlik und Ref auf der Bank saß.

Sie konnten ihren Plan durchsetzen, das war es, was durch seine Gedanken hämmerte. Irgendwie war es ihnen auf eine obskure Art und Weise gelungen, die Tests zu beeinflussen. Er fühlte es in der Magengrube. Der Gesichtsausdruck der Techs war bewußt unbeteiligt, aber er bemerkte winzige Augenbewegungen und augenblicklich abgebrochene Gesten, die seinen Verdacht bestätigten.

Sep, die aus dem Mech im Garten gestiegen war, um dem Test beizuwohnen, legte ihm die Hand auf die Schulter. Er seufzte. Sie fühlte es auch. Es war derselbe Instinkt, der einem MechKrieger sagte, daß er sich gerade in eine unhaltbare Position manövriert hatte.

Was sollten sie — was konnten sie — tun, wenn die empfindlichsten Tests, die der Menschheit zur Verfügung standen, ergaben, daß der echte Hanse nicht er selbst war?

Als das Ergebnis vorlag, schien nicht einmal Hanse, der im weißen Patientenkittel unter ihnen stand, überrascht.

»Dieser Mann ist nicht Hanse Davion. Seine Untersuchungsergebnisse stimmen in weiten Bereichen nicht mit den gespeicherten Daten und eingelagerten Gewebeproben überein. Er ist ein Betrüger.«

Doktor Shali rutschte in ihrem breiten Sessel umher. »Sie haben alles Menschenmögliche getan«, stellte sie fest, aber ihr Tonfall war seltsam zurückhaltend. Sie drehte sich in ihrem Sessel herum und blickte die versammelten Zeugen an. »Und doch bin ich nicht zufrieden. Irgend etwas ist noch nicht getestet worden … etwas Entscheidendes.«

Der Adjutant sprang ungeduldig auf. »Die Untersuchungen sind beendet. Es ist bewiesen, daß dieser

Mann und seine Komplizen nicht die sind, für die sie sich ausgeben. Ich verlange, daß sie mir ausgeliefert werden, um entsprechend den Notstandsgesetzen auf der Stelle hingerichtet zu werden.«

Shali runzelte die Stirn. Sie stand auf, und trotz ihrer kleinen Statur strahlte sie Autorität aus.

»Ich weigere mich, jemanden auszuliefern, solange ich nicht vollständig überzeugt bin. Es hat ... in letzter Zeit ... Unregelmäßigkeiten gegeben. Der Prinz hat zahlreichen NAIW-Projekten seine Unterstützung entzogen, an deren Fortgang er vorher außerordentlich interessiert war. Und seine Politik im Hinblick auf unsere Verbündeten hat eine radikale Wendung genommen. Männer, die auf eine lange und erfolgreiche Dienstzeit zurückblicken können, wurden entlassen ... oder sogar verhaftet.«

Ihre Stimme hob sich. »Ich werde die Leitung dieser Angelegenheit nicht abgeben, bis ich endgültig zufriedengestellt bin. Hat irgend jemand hier noch einen Vorschlag für eine weitere Untersuchung? Irgendeine Prozedur außerhalb der Grenzen der Wissenschaft?«

Ardan dachte verzweifelt nach. Es mußte etwas geben, das die Verschwörer nicht gewußt haben konnten. Etwas so Privates, daß nicht einmal er den Schlüssel dazu besaß. Etwas, das nur Hanse selbst wissen konnte und sonst niemand ...

Ardan fühlte sich wie von unsichtbaren Fäden auf die Beine gezogen. »Madam«, sagte er.

Shali neigte den Kopf. »Bitte sprechen Sie, Ardan Sortek.«

»Es gibt etwas, das nur der echte Prinz vollbringen kann. Kein anderer Krieger der Galaxis wäre dazu in der Lage. Ich schlage vor, daß diese beiden Männer in den Wartungs- und Lagerhangar unter Kaserne A geführt werden und dort versuchen, den *Kampftitan* des Prinzen Davion zu aktivieren.«

Alle Anwesenden keuchten. Er hatte recht — niemand außer seinem Krieger kannte die exakte Abfolge von Worten und Bewegungen, die einen Mech aus dem Ruhezustand weckte.

Ardan blickte hinunter zu den beiden Hanses. Keiner der beiden schien von seinem Vorschlag überrascht oder verunsichert. Jetzt, nachdem er weggeschaut hatte, war er sich selbst nicht mehr sicher, wer von beiden der Echte war. Aber die Techs hatten ihre Hände farblich markiert. Wenn nötig, ließ es sich feststellen.

Shali lächelte. Es war nicht ihr offizielles, undurchdringliches Lächeln, sondern ein Leuchten, das von ihren Lippen bis zu den Augen reichte.

»Gut gemacht, Ardan Sortek. Ein hervorragender Vorschlag. Lek, helfen Sie den beiden Herren, sich entsprechend zu kleiden! Wir werden vorausgehen und sie in den Mechhangars erwarten.«

Ein Rascheln ging durch den Saal, als sich die übrigen Beobachter erhoben, um Doktor Shali zu folgen. Ardan blickte sich zu den beiden Hanses um, die in den Ankleideraum geführt wurden.

Eine der beiden großen rothaarigen Gestalten drehte den Kopf etwas zu ihm her. Die Spur eines Grinsens zeigte sich auf seiner Wange. Ardan entspannte sich.

Er wußte wieder, wer sein alter Freund war. Er schritt fröhlicher aus, als er in den Gang zu Sep und den anderen trat. Jetzt konnte es nicht mehr lange dauern, und die Wahrheit würde offenbar werden.

35

Die unterirdischen Werkstätten und Hangaranlagen für die Mechs und ihre Techniker waren von schier endloser Ausdehnung. Der Transport der gigantischen Maschinen, und erst recht ihre Reparatur, erforderte riesige Hallen. Das blanke Metall der Wände reflektierte die leuchtenden Scheinwerfer an der Decke. Die Wartung eines Mechs war eine Arbeit, die halbwegs zwischen Mechanik und Chirurgie angesiedelt war, und die Techs waren Männer und Frauen von höchster Fingerfertigkeit.

Das Krachen von Metall auf Metall hallte durch die Kuppeln der Hangars. Ein paar der Beobachter zuckten unter dem Lärm zusammen, bis ein von Ardan beauftragter Melder dafür sorgte, daß bis zur Beendigung dieses entscheidenden Tests alle Arbeiten eingestellt wurden.

Sie brauchten nicht lange zu warten. Die LaborTechs kamen kurze Zeit später mit den beiden identischen Hanse Davions im Schlepptau an.

Die Box, in der sich der *Kampftitan* des Prinzen befand, trug das Davion-Wappen, und darunter das Symbol der Vereinigten Sonnen, ein aufrechtes Schwert vor einer vielstrahligen Sonnenscheibe. Das mechanische Monster ragte stumm vor ihnen auf. Der kuppelgleiche Oberkörper wurde von zwei gewaltigen Armen flankiert. Laser und Maschinengewehre ragten drohend aus seinen Geschützluken.

Der zu seiner Wartung abgestellte Tech öffnete das Schiebeportal und brachte den Koloß auf seiner Kettenplattform in die Halle. »Er ist ständig einsatzbereit, allerdings hat der Prinz jetzt kaum noch Zeit, in ihm zu trainieren.«

Die bis weit über ihre Köpfe aufragende Maschine war von ehrfurchterweckender Größe. Selbst aus einem anderen Mech — einem *Kriegshammer* oder einem *Zeus* — konnte sie dem Betrachter Angst einjagen. Ungeschützte, ungepanzerte menschliche Körper versuchten instinktiv, sich in Sicherheit zu bringen, wenn sie mit einem potentiell derart zerstörerischen Titanen konfrontiert wurden.

»Ich zuerst«, erklärte einer der beiden Prinzen.

Ardan konnte nicht sagen, wer es war. Er hoffte inbrünstig, daß sein Vorschlag der Gerechtigkeit zum Sieg verhalf. Wenn nicht … konnte es zum Untergang der gesamten Vereinigten Sonnen führen.

Der Mann kletterte ungelenk in das Cockpit des *Kampftitan*. Innerhalb von Sekunden bewegten sich die riesigen Arme der Maschine, und ihre Beine nahmen eine entspannte Haltung an.

Ardan blickte zu dem Hanse hinüber, der noch am Boden stand. Er wirkte überrascht und elend. Also mußte es der echte Hanse sein. Irgendwie war es den Verschwörern gelungen, die Codesequenz des *Kampftitan* zu entschlüsseln.

Auch Ardan wurde schlecht. Neben ihm packte Sep seinen Arm. Jarlik, der auf der anderen Seite stand, hatte die Lage mit einem Blick erkannt. Er starrte hinauf in das triumphierende Gesicht unter dem roten Haarschopf, das in der Luke auftauchte.

»Machen Sie die Waffen scharf!« brüllte er zu dem herabsteigenden Mann hinauf. »Ein Mech ist nicht einsatzbereit, bevor seine Waffen scharf sind. Machen Sie die Geschütze scharf, oder kommen Sie runter und lassen Sie es seinen wirklichen Herrn tun!«

Der Mann hielt an, zwergengleich neben dem gewaltigen Maschinenmonstrum. Er blickte fragend zu Shali hinab.

Sie sah zu ihm hinauf. »Tun Sie, was verlangt wird!« bestand sie. »Ein unbewaffneter Mech ist nicht einsatzbereit. Machen Sie die Waffen scharf und führen Sie sie uns vor.«

Der Mann zögerte, dann krabbelte er zurück in die Maschine und schloß die Luke.

Eine lange Pause folgte. Die Glieder des Mechs bewegten sich scheinbar unruhig. Der Geschützturm auf seiner linken Schulter bewegte sich leicht, aber nicht annähernd bis an die Grenze seiner Möglichkeiten. Die in ihrer Ruhestellung erstarrten Waffen jedoch rührten sich keinen Millimeter. Schließlich öffnete sich die Luke. Die rothaarige Gestalt kletterte zu Boden.

»Ich möchte wirklich sehen, wie Sie es besser machen«, forderte er seinen Doppelgänger heraus, als er wieder den Boden erreicht hatte. »Die Geschütze haben sich festgefressen und sind nicht mehr zu aktivieren. Der Mech hat zu lange unbenutzt herumgestanden. Das ist das Problem.«

Ein Murmeln war zu hören. So etwas geschah bisweilen. Auch ein Mech war nur eine Maschine, und gelegentlich fiel er aus.

Aber jetzt kletterte der andere Hanse den Mech hinauf, schnell, zuversichtlich. Er ließ sich mit geübter Leichtigkeit in das Cockpit gleiten und schloß es hinter sich. Nach kurzer Pause hoben sich beide Arme des Mechs zum Salut. Der Geschützturm drehte sich einwandfrei durch sein gesamtes Bewegungsrepertoire. Und die Waffen, jene dunklen, kreisrunden Mündungen, aus denen der Tod in vielerlei Gestalt drohte, bewegten sich in Gefechtsposition. Der Mech wandte sich um und zielte auf die Stahlbetonwand, die zum Waffentest vorgesehen war.

Rote Lichtspeere zuckten und hinterließen schwarze Brandnarben auf dem Stein. Maschinengewehre knatterten, und ihre Kugeln prallten harmlos gegen die zum Abfangen von Querschlägern aufgestellten Wände. Der *Kampftitan* vollführte seine Darbietung ohne geringstes Zögern.

Auf Jarliks Gesicht stand ein breites Grinsen. Sep klopfte Ref auf die Schulter, und Ardan war kurz davor, in einen Freudentanz auszubrechen.

Der Mech machte eine Wendung und postierte sich wieder auf dem Kettentransporter. Die Luke öffnete sich. Hanse Davion kletterte unter dem Jubel der Beobachter wieder herab. Doktor Shali wartete auf ihn, als er zu Boden sprang.

»Die Wissenschaft lehnt zwar Gefühle ab, Euer Hoheit, aber ich hatte trotzdem das Gefühl, daß ihr der echte Prinz der Vereinigten Sonnen seid. Ein Mensch besteht aus mehr als der Summe seiner biologischen und chemischen Körperprozesse. Er besitzt noch eine zusätzliche Dimension. In einer früheren Zeit wäre sie wohl als Seele bezeichnet worden. Heute haben wir keinen Namen mehr dafür, aber sie existiert trotzdem. Willkommen zu Hause, Euer Hoheit.« Sie drückte seine Hand und wandte sich dem Betrüger zu.

»Sie werden wir einem Verhör unterziehen«, erklärte sie. »Ich bin sicher, daß Seine Hoheit mir zustimmt. Wir haben im NAIW ... Möglichkeiten ... auch aus den verstocktesten Personen alle Informationen herauszuholen, die wir benötigen.«

Ardan schob sich durch die Menge, Jarlik, Ref und Sep an seiner Seite. Er erreichte Efflinger, der ruhig und gelassen am Rand des Geschehens stand. Auf seine Art genoß auch der Steiner-Botschafter das Ergebnis seines Eingreifens.

»Gut gemacht, Sir«, dankte Ardan ihm. »Und bitte richten Sie auch Ihrem Sohn unseren Dank aus.«

Maylor lächelte reserviert. »Ah ja. Kolek. Er glaubt, ich wüßte nichts von seiner Zuneigung zu einer gewissen jungen Dame namens Prillie. Bitte behalten Sie es für sich, aber ich hoffe, daß er sie bald heiratet. Ich werde ihm eine fürchterliche Szene machen und ihm jegliche Unterstützung streichen. Das wird ihn zwingen, sich endlich zusammenzureißen und eine Arbeit zu suchen. Sind Sie nicht auch der Ansicht, daß es zu seinem Besten wäre?«

Ardan lachte. »Allerdings. Aber er ist kein schlechter Bursche, bei all seinem jugendlichen Übermut. Er ist sehr gewitzt. Ich vermute, er wird für den Prinzen arbeiten ... Macht Ihnen das möglicherweise Probleme?«

»Keineswegs! Keineswegs! Es wird eine weitere Verbindung zwischen den Häusern Steiner und Davion darstellen. Ein höchst wünschenswerter Zustand, finden Sie nicht?«

Sie lachten. Begleitet von den anderen Beobachtern

zogen sich der Doktor und Hanse aus der Halle zurück. In wenigen Minuten würde sich die Menge wieder im Palastgarten versammeln, um die hinausgezögerte Bekanntmachung zu vernehmen ... eine Bekanntmachung, die sich von den Plänen der Verschwörer jedoch grundlegend unterschied.

Er seufzte zufrieden. »Das Volk wird froh sein und nicht ahnen, wie knapp es an einem Krieg mit Steiner vorbeigeschrammt ist. Das Lyranische Commonwealth ist stärker, als landläufig angenommen wird. Und wir haben wirklich schon genug Feinde.«

Ran Felsner stand am oberen Ende der Treppe zu den Quartieren.

»Ardan! Was, im Namen aller sieben Höllen, geht hier vor?«

Ardan nahm Haltung an. »Sir!« Dann grinste er. »Komm mit in den Garten! Wir sind draußen eingeteilt. Auf dem Weg werden wir es dir erklären.«

Er redete wie ein Wasserfall, während sie durch die Gartenanlagen eilten. Er wußte, daß Hanse seinem Befehlshaber später selbst alles erklären würde. Als sie an der Empore angekommen waren, wußte Felsner gerade genug, um überhaupt nichts mehr zu verstehen. Er nahm gerade noch rechtzeitig seine Position am Ende einer Guards-Reihe ein.

Hanse, der seine Ausgehuniform gegen eine neue ausgetauscht hatte, die exakt der seines Doppelgängers entsprach, hatte seine Orden und Kampfabzeichen angelegt. Neben ihm stand ein sehr bedrückter Ekkles, und hinter ihnen saßen Doktor Shali und der Maître, der noch immer völlig verwirrt dreinblickte.

Auf das Gongsignal hin hatte die Menge sich wieder versammelt. Es dauerte nicht lange, bis der freie Platz wieder vor Menschen wimmelte. Viele Gesichter drückten Besorgnis aus, was angesichts des plötzlichen Zusammenbruchs ihres Herrschers niemanden verwundern konnte.

Ekkles trat vor. »Ich freue mich, Ihnen mitteilen zu können, daß die zeitweise Unpäßlichkeit ... unseres Prinzen ohne Gefahr für Leib oder Leben überwunden werden konnte. Wer von Ihnen wäre sich nicht der schrecklichen Konsequenzen bewußt, die der Verlust unseres Herrschers in diesen gefährlichen Zeiten mit sich brächte.«

Er blickte auf den Stapel Notizen, die der andere Hanse auf dem Podium vergessen hatte. Er packte sie zusammen und schob sie unter das Pult.

»Und nun ist es mir eine Ehre und ein Vergnügen, unseren Prinzen anzukündigen: Hanse Davion.« Er verbeugte sich vor Hanse und trat zurück.

Hanses Gesicht war von gesunder Farbe, und seine Augen leuchteten vor Triumph und Energie. »Ich bin sehr froh, heute zu Ihnen sprechen zu können«, begann er.

Seine Worte gingen im allgemeinen Jubel unter. Während der Wartezeit hatten die Menschen darüber nachgedacht, welche Folgen sein Tod für das angenehme Leben auf New Avalon haben mußte. Sie hatten sich die Gefahren vor Augen geführt, die angesichts der gegnerischen Häuser drohten, und diese Zukunftsaussichten hatten ihnen überhaupt nicht gefallen. Die Genesung ihres Prinzen bedeutete, daß sich nichts verändern würde — zumindest hofften sie das.

»Es hat Gerüchte gegeben«, sprach Hanse weiter, nachdem die Hochrufe verklungen waren, »nach denen wir mit unseren zuverlässigsten Nachbarn Probleme hatten. Haus Steiner war das Opfer einer üblen Verleumdungskampagne, ausgelöst von denen, die aus einem Bruch mit unseren Verbündeten Vorteile zu ziehen hofften. Würden wir uns gegen unsere Freunde wenden, geschähe dies zur ungeteilten Freude unserer Feinde.«

Ein zustimmendes Murmeln ging durch die Menge. Viele hatten die Gerüchte gehört, hatten sogar geglaubt, sie stammten von Würdenträgern ihrer eigenen Regierung. Sie wußten sehr wohl, was ein solcher Bruch bedeutet hätte: einen erheblichen Handelsrückgang und ein Absinken des Lebensstandards auf ihrer Welt. Viele in der Menge blickten hinüber zu Efflinger, der in seiner üblichen entspannten Haltung am Rand der Empore stand und das Geschehen zynisch beobachtete.

»Heute wissen wir ohne jeden Zweifel, wer unsere Feinde *nicht sind!*« rief Hanse. »Und so wollen wir in unser Heim zurückkehren und daran denken, wie leicht wir viel hätten verlieren können, ohne etwas dabei zu gewinnen. Laßt uns den festen Entschluß fassen, Gerüchten dieser Art nicht mehr unbedacht Glauben zu schenken, gleichgültig aus welcher Quelle sie zu kommen scheinen.« Er hob die Arme und lächelte seinem Volk zu.

Diesmal glich der Jubel einem Orkan. Hanse kehrte in seinen Palast zurück, und der Tumult der Zuneigung und Zustimmung erstarb erst, als er nicht mehr zu sehen war.

Ardan, der unmittelbar hinter seinem alten Freund ging, berührte Hanse an der Schulter. »Du hattest einen Geheimcode, nicht wahr?« flüsterte er. »Zur Aktivierung des *Titan?*«

Hanse wandte sich um und lächelte ihn an. »Ja, Dan. Den hatte ich.«

Ardan ging ein Licht auf. Etwas, das Melissa ihm auf Tharkad erzählt hatte, wurde ihm plötzlich klar.

»Sternenvogel …«, murmelte er.

»Lieber Freund«, erwiderte Hanse lächelnd, »dazu kann ich wirklich nichts sagen.«

36

Es dauerte eine volle Woche, bis sich das Leben in Avalon City und den übrigen Städten New Avalons wieder normalisiert hatte. Hanse befreite die verhafteten Ratgeber und berief sie mit großem Pomp wieder in ihre Ämter. Auf diese Weise hoffte er, ihre schlechte Behandlung wieder wettzumachen. Gleichzeitig wollte er in der Bevölkerung die Überzeugung stärken, daß ein großes Unrecht wieder ausgebügelt war.

In der Zwischenzeit deckte die vom Prinzen eingeleitete Untersuchung ein Informantennetz im ganzen Palast und sogar im Militär auf. Alle entdeckten Spione wurden von ihren Posten entfernt und durch vertrauenswürdige Personen ersetzt. Ran Felsner übernahm wieder das Oberkommando über die auf New Avalon stationierten Royal Guards. Seine Rückkehr von Stein's Folly gegen Ende der Verschwörung erwies sich als ausgesprochen glückliches Timing. Er machte sich sofort an die Arbeit.

Hanse übernahm die Neuorganisation des Hofes auf New Avalon selbst, und als sich der Staub gelegt hatte, glänzten einige altvertraute Gesichter durch Abwesenheit. Zum Ausgleich waren viele neue Männer und Frauen die Rangleiter hinaufgerutscht. Auch auf Argyle gab es Veränderungen. Hanse ließ Cleery schnell und schmerzlos von seinem Posten entfernen und ernannte Fani Littek zu seiner Nachfolgerin. Obwohl viele ihre Beförderung mit gemischten Gefühlen sahen, stimmten die meisten zu, daß sie für diese Position wie geschaffen war.

Ardan war inzwischen nach Redfield geschickt worden, wo er an der Rückeroberung des Planeten teilnahm. Nach einer erfolgreichen Invasion mit minimalen Verlusten für Davion kehrte er bald nach Avalon City zurück. Ardan stimmte mit den zahlreichen Veränderungen, die Hanse durchgeführt hatte, voll überein. Er war besonders froh, daß Maylor Efflinger weiter als Steiner-Botschafter Dienst tat. Ardan war sicher, daß ihr verzweifelter Versuch, den Thron zurückzugewinnen, ohne die Hilfe dieses Mannes gescheitert wäre.

Eines Abends kurz nach seiner Rückkehr stand Ardan wieder auf der Terrasse und blickte hinunter auf den Garten, während hinter der fernen Palastmauer die bleiche Sonne unterging. Dieser Ort strahlte etwas Friedliches aus, und Ardan fühlte die angenehme Müdigkeit, die häufig auf die erfolgreiche Auflösung einer Krisensituation folgt. Seine Aufmerksamkeit wurde erregt, als er Schritte auf dem Pflaster der Terrasse hörte. Er drehte sich um. Hanse näherte sich, und für einen Moment erinnerte Ardan sich an jenen längst vergangenen Tag, an dem zwischen ihnen eine tiefe Verbitterung bestanden hatte. Er war froh, das in der Vergangenheit zu wissen.

»Wie sich das trifft«, erklärte der Prinz. »Ich hatte gehofft, ich würde die Gelegenheit finden, dir diese Einladung für morgen abend persönlich zu geben.«

»Eine Einladung wozu?« fragte Ardan und konnte einen leisen Unterton der Verärgerung nicht unterdrükken. »Ich bin weiß Gott zu müde für irgendeinen Gala-Abend. Können wir nicht endlich mit diesem Getue aufhören und wieder zum Alltag zurückkehren? Was, in aller Welt, hast du jetzt wieder vor?«

Hanse lachte. »Du wirst es schon sehen, mein Freund. Und jetzt stell dich nicht an, gerade wo sich alles wieder normalisiert.« Mit diesen Worten schlug er dem jüngeren Mann auf die Schulter und schob ihn zur Tür. »Und komm nicht zu spät!«

In seinem Quartier streckte Ardan sich nach einem Besuch der Naßzelle in einem weichen Bademantel auf dem Bett aus. Er nahm die Einladung, öffnete sie und las sie halblaut vor: »... im Ballsaal des Palastes ... acht Uhr ... Ausgehuniform ...« Verdammt! dachte er. Schon wieder formell.

Am nächsten Morgen stand er in düsterer Stimmung

auf. Ardan wollte wieder an seine vertraute Arbeit zurückkehren, ohne die verwirrenden und ablenkenden Störungen, die in letzter Zeit immer häufiger zu werden schienen. Dieser formelle Abend paßte ihm ganz und gar nicht.

Trotzdem verging der Tag recht schnell. Er arbeitete wieder mit Lal und Nym zusammen. Sie machten einen neuen *Victor* einsatzbereit. Die Feineinstellung des Neurohelms war eine langwierige Angelegenheit, und er verbrachte Stunden an Bord des Mechs, in denen er die Polymermuskeln und die Geschütze der gewaltigen Maschine testete.

Der Abend kam, noch bevor es ihm klar wurde. Lal rief zu ihm hoch: »Sir, Sie haben heute abend einen Termin. Haben Sie es vergessen ... Sie wollten, daß ich Sie daran erinnere!«

Ardan stöhnte und kletterte langsam an seinem titanenhaften zweiten Ich herunter. »Ja, ich weiß es noch. Erinner mich morgen daran, daß ich mich amüsiert habe. Sonst weiß ich es bestimmt nicht mehr.«

Lal lachte und half ihm in seine Uniform. Aber Ardan war nicht zum Lachen zumute, als er die Treppe zu seinem Quartier hinaufging.

Auf seinem Bett lag eine neue Ausgehuniform bereit. Anscheinend hatte Hanse sie anliefern lassen. Sie war noch prunkvoller als die, mit der er in das Verlies von Argyle geworfen worden war. Was für ein Kostüm für einen Soldaten!

Er benutzte die Naßzelle. Als er wieder zum Vorschein kam, war er zwar sauber, aber immer noch schlechter Laune. Das Ding paßte perfekt. Er verfluchte Hanses Schneider. Wenn die Uniform nicht gepaßt hätte, hätte er eine einfachere anlegen können. Pünktlich um sieben Uhr dreißig wartete er am Fuß der Treppe, die von der Kaserne hinunter auf den Fußweg führte, auf seine Freunde.

Als er über sich Schritte hörte, blickte er hoch und erstarrte. Sep trug das prächtige Kleid, das Prillie für sie gekauft hatte. Efflinger hatte darauf bestanden, daß sie es behielt. Ardan wurde überdeutlich, daß er viel zu angespannt gewesen war, um sich seine Stellvertreterin wirklich anzusehen, als sie das Kleid zum ersten Mal getragen hatte.

Und das war ein schwerer Fehler gewesen. Sep war bezaubernd. Sie war selbst verschwitzt und schmutzig, wie es bei ihrer Arbeit unvermeidlich war, eine schöne Frau. Jetzt, mit aufgestecktem Haar, einer unter kunstvoll aufgetragenem Make-up leuchtenden Haut und mit den Juwelen, die Steiner ihr geschenkt hatte, an Hals, Ohren und Händen, konnte sie eine der begehrtesten Frauen am Hof Davions werden.

»Mach den Mund zu!« sagte sie lachend, als sie seinen Gesichtsausdruck bemerkte. Aber ihre Augen leuchteten, und in ihrer Stimme war keine Spur von Verärgerung.

Ardan schaffte es, sein Gesicht einigermaßen unter Kontrolle zu bekommen, aber sein Herz pochte wie ein Dampfhammer. Er hatte immer gewußt, daß Sep hübsch war. Aber er hatte nicht geahnt, wie wunderschön sie war.

Jarlik klopfte ihm auf die Schulter. »Beweg dich, Dan! Wir wollen nicht zu spät kommen. Ich vermute, der Prinz will einiges erklären. Ich habe gehört, er hat in den letzten Wochen so ziemlich alles untersucht, was sich überhaupt erforschen läßt. Was mich dabei interessiert, ist, wie die Verschwörer die Tests manipulieren konnten. Das will mir nicht in den Kopf.«

Ardan beeilte sich, um mit seinem langbeinigen Freund Schritt zu halten, aber er war sich sehr bewußt, daß Sep in ihrer weißgoldenen Pracht unmittelbar hinter ihm war. Ein zarter Blumenduft umwehte ihn, und er wußte nicht, ob er aus dem Garten oder von ihr stammte.

Sie kamen gerade rechtzeitig. Lakaien öffneten die

weiten Türen für sie, die von der Terrasse in den Ballsaal führten. Im Innern konnte man eine kleine Gruppe Menschen sehen, die bereits mit golden oder rubinrot schimmerndem Wein gefüllte Gläser in den Händen hielten. Die drei Freunde stiegen die breiten, flachen Stufen zur Terrasse empor und traten ein.

»Da sind sie«, erklärte Hanse. »Kommt herein! Ich möchte Ihnen meine Retter vorstellen ... und die, die ihnen bei ihrem gefährlichen Vorhaben geholfen haben.« Der Prinz klatschte in die Hände, und die Anwesenden im Saal verstummten.

Ardan sah sich um und bemerkte Kolek und Prillie. Er erkannte ein paar der Offiziere der Guards sowie mehrere Palastangestellte, die diesmal nicht als Dienstboten hier waren, sondern als Gäste im feinsten Sonntagsstaat.

Er fühlte wachsendes Unbehagen. War dies eine Art Ordensverleihung? Das war eine Zeremonie, die ihm ganz besonders zuwider war.

Aber Hanse sprach weiter. »Ich hätte es vorgezogen, Ihnen allen öffentlich dafür zu danken, daß Sie mir dabei geholfen haben, meinen Thron zurückzugewinnen, aber dies ist eine Angelegenheit, die besser unter uns bleibt.« Er ließ seinen Blick durch den Saal schweifen.

»Ich bitte Sie alle, die Geschehnisse, die wir in den letzten Monaten gemeinsam erlebt haben, so wenig wie möglich zu erwähnen, wenn überhaupt. Wir kennen die Wahrheit. Wir haben gesiegt. Jetzt müssen wir verhindern, daß der Feind auch nur durch ein Gerücht Profit daraus ziehen kann.«

Ein Murmeln der Zustimmung ging durch den Raum. Ardan blickte von einem Gesicht zum anderen und wußte, daß dies alles Menschen waren, auf die man sich bedingungslos verlassen konnte.

»Viele Aspekte in dieser Angelegenheit waren problematisch, und manche schienen geradezu unerklärlich. Ich weiß, daß Sie sich ebenso wie ich gefragt haben, was genau denn nun wirklich geschehen ist. Wir haben in der Zwischenzeit versucht, die Folge von Ereignissen so gut es geht zu rekonstruieren.« Hanse winkte die Kellner mit den Weingläsern heran.

»Gönnen Sie sich noch eine Erfrischung, meine Freunde ... es ist eine ziemlich lange Geschichte. Ich werde jedoch versuchen, sie so kurz wie möglich zu halten.« Er wartete, bis seine Untertanen sich bedient und einen Sitzplatz an den mit Gobelins verzierten Wänden des Saals gefunden hatten. Dann setzte er sich auf den Hocker vor seinem Thronsessel und streckte die langen Beine.

»Wie wir erfahren haben, begann die ganze Affäre vor einigen Jahren, als die Konföderation Capella unsere Welten entlang ihrer Grenze begehrlich ins Auge faßte. Maximilian Liao suchte dazu auf seine bekannt hinterlistige Art nach einer Möglichkeit, die Vereinigten Sonnen zu schwächen.

Aus offensichtlichen Gründen war er nicht in der Lage, dies auf militärischem Wege zu erreichen. Also begann er sich mit Ratgebern von ... ah ... anderen Häusern ... Gedanken zu machen. Sie kamen zu dem Entschluß, mich vom Thron der Vereinigten Sonnen zu entfernen, indem sie mich gegen einen falschen Hanse Davion austauschten, der meine Politik allmählich so veränderte, daß sie ihren Zwecken diente.«

Er legte die Hände um das Knie, und sein Blick wurde düster. »Der riesige Abgrund zwischen unseren Systemen wird deutlich, wenn ich ihnen berichte, daß sie einen Mann nahmen — einen einfachen Burschen, der zufällig meine Statur und Haarfarbe hatte — und ihm jede Erinnerung an sein eigenes Leben raubten. Ich habe gelegentlich zu politischen Täuschungsmanövern gegriffen, aber ich habe nie einen so grundlegenden Eingriff in die persönlichen Grundrechte eines meiner Untertanen gestattet, und ich hoffe, daß ich niemals so tief sinken werde.«

Ein entrüstetes Murmeln erhob sich. Er nickte. »Sie beschafften sich über Kanäle, die ich inzwischen blokkiert habe, Holographien, die mich bei jeder nur denkbaren Aktivität zeigten. Und sie unterzogen jenen unglückseligen Menschen tiefgreifender plastischer Operationen, bei denen sie alle meine Züge kopierten, soweit es der Chirurgie derzeit möglich ist. Als sie fertig waren, war er für das Auge jedes Betrachters Hanse Davion. Als nächstes tauschten sie durch ihre Agenten hier im Palast meine gesamten medizinischen Unterlagen, Retinamuster, DNS-Analysen, Blutproben usw. gegen die des Betrügers aus.«

Hanse blickte zu Ardan. »Bevor sie ihren Doppelgänger wieder zum Bewußtsein erweckten, gestatteten sie Ardan Sortek, meinem Jugendfreund, ihn zu sehen. Er war ausschließlich dazu gefangengenommen, behandelt und festgehalten worden. Als einziger Mensch, der mich ohne jeden Zweifel identifizieren konnte, wurde er auf diese Weise des Verrats beschuldigt, während man mich als Betrüger hinstellte. Dadurch war es möglich, uns beide gleichzeitig auszuschalten. Ein Streit zwischen uns, der durch bösartige Gerüchte ausgelöst wurde, die speziell auf Ardan abgezielt waren, schien ein tragfähiges Motiv für seine Falschheiten.

Darüber hinaus verfügten sie aber auch über eine Reihe strategisch postierter echter Verräter. Cleery, mein Maître des Haushalts auf Argyle, war einer von ihnen. Sogar im New Avalon Institut der Wissenschaft, meinem Lieblingsprojekt, gab es Verräter. Sie vertauschten meine medizinischen Unterlagen gegen die meines Doppelgängers, und zwar schon lange vor den Untersuchungen, die dann natürlich ergaben, daß ich der Betrüger war.«

»Aha!« rief Jarlik. »Das hat mich wirklich ungeheuer gewundert. Wir haben immer gedacht, es sei unmöglich, die Tests zu manipulieren.«

»Schon ein Jahr später wäre es das auch gewesen.

Unser Sicherheitssystem ist inzwischen soweit verbessert, daß mein Gehirnwellenmuster mich auf der Stelle und ohne jeden Zweifel identifiziert. Das ist auch der Grund für die Hast, mit der die Verschwörung in Gang gesetzt wurde, sobald der Doppelgänger ausgebildet und bereit war.«

Jetzt entspannte Hanse sich und stand auf. »Jarlik, Septarian, Sortek und Reflett retteten mich in letzter Sekunde. Offizier Denek sorgte dafür, daß wir so schnell wie möglich hierher reisen und am entscheidenden Tag seiner großen Bekanntmachung in der unmittelbaren Umgebung des falschen Davion erscheinen konnten.

Maylor Efflinger, ein guter Freund und Verbündeter, brachte sie in eine Position, die es ihnen ermöglichte, Deneks Arrangements auszunützen. Auch die Hilfe seines Sohnes und seiner Schwiegertochter war bei dieser Angelegenheit von unschätzbarem Wert, und ich schulde ihnen meinen tiefempfundenen Dank. Vielleicht sollte ich bei dieser Gelegenheit bekanntgeben, daß ich Kolek Efflinger als persönlichen Verbindungsoffizier zum Haus Steiner in meinen Stab aufgenommen habe.«

Das frischvermählte Paar strahlte, ebenso wie Maylor Efflinger, der es nicht schaffte, seine Freude zu verbergen. Ardan fühlte, wie ein Lächeln um seine Mundwinkel spielte, als die Pokermiene des Botschafters ausnahmsweise zusammenbrach.

»Das Wissen um die Tatsache, daß derartige Täuschungsmanöver in der Vergangenheit bereits mit Erfolg durchgeführt worden sind, bis zurück in jene fernen Zeiten, als nur der Zufall derartige Ähnlichkeiten schuf, hätte uns vor Wiederholungen warnen müssen. Aber wir bildeten uns ein, unsere Kultur sei dafür zu zivilisiert. Wir mußten das Gegenteil erfahren.« Hanse blickte hinüber zu Doktor Shali, die nahe der Stirnwand des Saales Platz genommen hatte.

»Man hat mir versichert, daß die für derartige Transformationen notwendigen Ausrüstungen und Techniken in Zukunft streng überwacht werden. Nicht nur, weil es eine Bedrohung für jeden Herrscher darstellt, sondern auch, weil es die absolute Vernichtung des Mannes bedeutet, der für diese Umwandlung in einen anderen ausgewählt wird. Der Mann, der meine Stelle einnahm, trägt keinerlei Schuld.«

Jarlik wollte protestieren, aber Hanse brachte ihn mit einem Blick zum Schweigen. »Ich meine das ernst. Er wurde ohne seine Zustimmung ausgesucht. Sein Geist wurde leergefegt, bis auch der letzte eigene Gedanke gestorben war. Er wurde mit Hilfe der fortschrittlichsten Lehrmethoden so indoktriniert, daß er tatsächlich wähnte, der wahre Erbe Davions zu sein.

Ich habe eine Pension für ihn bewilligt. Vielleicht ist es nicht möglich, seinen Geist wieder zu säubern und ihm seine eigene Persönlichkeit und Vergangenheit zurückzugeben. Möglicherweise ist es nicht einmal ratsam, das zu versuchen. Aber er hat genug gelitten. Er wird für den Rest seines Lebens versorgt sein ... in Ruhe und Frieden. An einem abgelegenen Ort, an dem seine Besonderheiten für niemanden ein Problem darstellen.«

Ardan fühlte Erleichterung, als er seinem Freund zuhörte. Das war der Hanse Davion, den er sein ganzes Leben gekannt hatte. Ein Herrscher ... jemand, der tun mußte, was immer notwendig war, um die Interessen seines Reiches zu wahren, aber kein Mensch, der sinnlose Gewalt gutheißen konnte.

»Maximilian Liao hat uns in der letzten Zeit erhebliche Kopfschmerzen bereitet, aber unsere Truppen haben wieder einmal ihre Loyalität und ihr Können in der Schlacht unter Beweis gestellt. Stein's Folly und jetzt auch Redfield sind wieder unser!« Bei diesen Worten klang spontaner Applaus auf, und der Prinz lächelte Ardan zu.

»Ja, Liao war in letzter Zeit mehr als lästig«, fuhr Hanse Davion fort, »aber an seiner Stelle würde ich mich vorsehen.«

37

Ardan Sortek scheuchte seine Einheit durch einen mörderischen Drill, während er am Rand des Platzes aus seinem neuen *Victor* zusah. Der Begriff ›neu‹ war nicht ganz zutreffend: der Mech war aus den Überresten mehrerer schrottreifer Maschinen zusammengesetzt, und ein paar seiner Laser stammten von Mechs völlig anderen Typs.

Er brüllte ins Mikro: »Sep, setz dein Monstrum in Bewegung! Ich weiß wirklich nicht, was du an dieser monströsen Schnecke findest. Du hättest einen Springer haben können!«

»Bleib bei deiner Strickarbeit, Muttchen!« antwortete sie. »Ich komm schon ans Ziel. Paß mal auf!«

Der *Kriegshammer* stapfte zwischen die Kiefer des Spießrutenlaufs. Die Wände ließen den Koloß winzig erscheinen. Rubinrote Lichtstöße brannten sich in die Panzerung, und Geschosse rasselten gegen die Gliedmaßen ihrer Maschine.

Die bösartigen Mäuler ihrer Geschütze zuckten hoch, und Feuerstöße bedeckten die Wände. Die Zielgebiete verdunkelten sich in rascher Folge, als Sep den ersten Abschnitt des Spießrutenlaufs außer Betrieb setzte. Also das war ihr Geheimnis ... Treffsicherheit. Gelassene, ruhige Treffsicherheit.

Ardan nahm sich vor, augenblicklich ein intensiveres Training zu beginnen. Beweglichkeit war schön und gut, aber schnelles und akkurates Feuer dieser Güte konnte einer sprungfähigen Einheit eine noch weit größere Überlegenheit geben.

Hinter sich hörte er dröhnende Schritte. Ein Mech. Er drehte sich um und sah nach, wer das sein konnte ... seine Einheit war vollständig auf dem Drillplatz im Training.

»Gute Arbeit«, ertönte die vertraute Stimme Hanse Davions.

»Das ist eine Überraschung«, erwiderte Ardan. »Ich dachte, du hättest dieser Tage keine Zeit mehr zum Trainieren.«

»Habe ich auch nicht. Aber dieses Baby war unsere Rettung. Ich habe mir gedacht, es kann nichts schaden, wenn ich meine Reflexe mal wieder etwas schärfe. In diesem verrückten Universum weiß man nie, wann man darauf angewiesen ist.«

Ardan wußte, daß Hanse Recht hatte. Wenn ihn jemand vor einem Jahr vor all dem gewarnt hätte, er hätte ihn für verrückt erklärt. Und obendrein hatte Felsa ihn auch noch zum Onkel gemacht. Vielleicht würde dieser Sortek auch einmal ein MechKrieger werden.

»He!« rief er, als Hanse an ihm vorbei auf die Hölle des Spießrutenlaufs zumarschierte. »Willst du Taufpate werden? Meine Schwester läßt fragen, ob du Lust hättest. Ich habe einen Neffen!«

Der *Kampftitan* drehte sich um. Sein schwer mit Waffen beladener Arm flog zum Salut nach oben. Ein Laser feuerte blutrot in den Himmel.

»Selbstverständlich«, erwiderte Hanse Davion, Prinz der Vereinigten Sonnen. »Ich kann gar nicht genug Sorteks in meinem Gefolge haben. Und jetzt komm mit! Ich finde, dem Spießrutenlauf ist es lange genug gut gegangen.«

Grinsend folgte Ardan seinem Freund und Herrscher in den Höllenschlund.

ANHANG

Glossar

Schiffs- und BattleMech-Typen

GLOSSAR

Autokanone: Eine automatische Schnellfeuerkanone. Leichte Fahrzeugautokanonen haben Kaliber zwischen 30 und 90 mm, während eine schwere Mechautokanone ein Kaliber von 80 bis 120 mm oder mehr aufweisen kann. Die Waffe feuert panzerbrechende oder hochexplosive Granaten ab. Durch die Beschränkungen in der Zielerfassungstechnik der BattleMechs sind Autokanonen in ihrer effektiven Reichweite auf 600 Meter begrenzt.

BattleMech: BattleMechs sind die gewaltigsten Kriegsmaschinen, die je von Menschen erbaut wurden. Diese riesigen humanoiden Panzergehzeuge wurden ursprünglich vor über 500 Jahren von terranischen Wissenschaftlern und Technikern entwickelt. Sie sind schneller, manövrierfähiger, besser gepanzert und schwerer bewaffnet als jedes Panzerfahrzeug des 20. Jahrhunderts. Sie ragen zehn bis zwölf Meter auf und sind mit Partikelprojektorkanonen, Lasergeschützen, Schnellfeuer-Autokanonen und Raketenlafetten bestückt. Ihre Feuerkraft reicht aus, jeden Gegner mit Ausnahme eines anderen BattleMechs zu vernichten. Ein kleiner Fusionsreaktor liefert ihnen nahezu unbegrenzte Energie. BattleMechs können auf verschiedenste Umweltbedingungen eingestellt werden — von glühenden Sandwüsten bis zu arktischen Eisfeldern.

ComStar: Das interstellare Kommunikationsnetz ComStars wurde von Jerome Blakes entwickelt, der in den letzten Jahren des Sternenbunds das Amt des Kommunikationsministers innehatte. Nach dem Zusammenbruch des Bundes eroberte Blake Terra und organisierte die Überreste des Sternenbund-Kommunikationsnetzes in eine Privatorganisation um, die ihre Dienste mit Profit an die fünf Häuser weiterverkaufte.

Seitdem hat sich ComStar zu einem mächtigen Geheimbund entwickelt, der sich in Mystizismus und Rituale hüllt. Initiaten des ComStar-Ordens müssen sich zu lebenslangem Dienst verpflichten.

Donnerkeil: Ein schwerer BattleMech von 65 Tonnen Gewicht. Der *Donnerkeil* ist einer der bestbewaffneten Mechs überhaupt. Sein am rechten Arm montierter schwerer Laser hat eine durchschlagende Wirkung. Kombiniert mit seinen drei mittelschweren Lasern im linken Torso und der 15er-LSR-Lafette auf der linken Schulter besitzt der Mech auf weite bis mittlere Distanz eine erhebliche Feuerkraft. Für Nahkämpfe verfügt er über eine 2er-LSR-Lafette am Torso und zwei Maschinengewehre im linken Arm.

Dracon: Ein gutbestückter schwerer Mech von 60 Tonnen Gewicht und einer Höchstgeschwindigkeit von 86,4 km/h, die ihn zu einem der schnellsten Modelle seiner Gewichtsklasse macht. Mit 24 Salven Munition für seine 10er-LSR-Lafette und kaum glaublichen 40 Schuß seiner Autokanone kann der *Dracon* auch längere Gefechte problemlos durchstehen. Falls seine Munition doch einmal zur Neige geht, besitzt er in den mittelschweren Lasern am linken Arm und Torso munitionsunabhängige Waffen.

Drossel: Die 25 Tonnen schwere *Drossel* ist einer der schnellsten und beweglichsten Luft/Raumjäger unserer Tage. Sein Mujika-Typ-12-Rumpf ist in der Lage, den Gravitationsdruck und die Streßfaktoren der meisten Gefechtsmanöver aufzufangen. Ihr Rawlings-250-Fusionsantrieb liefert die Energie zur Bewegung und zum Einsatz des mittelschweren Lasers im Bug sowie der beiden Tragflächenlaser. Um unnötige Hitzeentwicklung zu vermeiden, ist deren Einsatz jedoch nur begrenzt möglich.

Hyperpulsgenerator: Das ComStar-Kommunikationsnetz besteht aus einer großen Zahl mächtiger Hyperpulsgeneratoren (HPGs), die in der Lage sind, über eine Entfernung von nahezu 50 Lichtjahren ein Signal praktisch ohne Zeitverlust zu empfangen oder zu senden. Etwa 50 dieser »A«-Stationen sind über die gesamte Innere Sphäre verteilt. »B«-Stationen haben einen Sende- und Empfangsradius von 20 bis 30 Lichtjahren und sind auf den meisten bewohnten Planeten der Nachfolgerstaaten zu finden. »A«-Stationen senden die aufgelaufenen Nachrichten alle 12 bis 24 Stunden ab; »B«-Stationen senden weit seltener (zwei- bis dreimal in der Standardwoche).

Jägermech: Ein schwerer BattleMech mit einem Gewicht von 65 Tonnen und einer Höchstgeschwindigkeit von 64,8 km/h. Er ist mit zwei leichten und zwei mittelschweren Autokanonen sowie zwei mittelschweren Lasern bestückt.

Kampftitan: Ein beeindruckend gefechtsstarker überschwerer BattleMech mit einem Gewicht von 85 Tonnen und einer Höchstgeschwindigkeit von 64,8 km/h. Die Feuerkraft einer einzigen *Kampftitan*-Breitseite ist schier unglaublich und auf kurze Entfernung absolut vernichtend. Als Hauptgeschütz dient diesem Mech die PPK an seinem rechten Arm. Die jeweils zu dritt im linken und rechten Torso untergebrachten mittelschweren Laser liefern unterstützendes Feuer auf kurze Distanz. Zwei der sechs Laser sind auf der Rückseite des Torsos montiert, was diesen Mech zu einem der wenigen Modelle mit rückwärts feuernden Waffen macht. Das Arsenal des *Kampftitan* wird durch eine 6er-KSR-Lafette und zwei Maschinengewehre vervollständigt.

Kommandostrecke: Entlang wichtiger Raumstraßen unterhalten die Nachfolgerfürsten Stafetten fertig aufgeladener Sprungschiffe, um das wochenlange Warten beim Aufladen des Triebwerks zu vermeiden. Wegen ihrer hohen Kosten und dem enormen Wert der Sprungschiffe sind Kommandostrecken für Notfälle und Vorrangsituationen wie persönliche Reisen des

Herrschers oder Boten reserviert, die in kürzester Zeit weite Strecken quer durch die Innere Sphäre zurücklegen müssen.

Kompanie: Eine taktische Militäreinheit bestehend aus drei BattleMechlanzen oder bei Infanterie aus drei Zügen mit einer Gesamtstärke von 60 bis 100 Mann. Infanteriekompanien werden meistens von einem Hauptmann befehligt.

Korsar: Der *Korsar* ist ein 50 Tonnen schwerer Luft/Raumjäger mit mittlerer Schubkapazität, der mit zwei schweren, zwei mittelschweren und vier leichten Lasern bestückt ist. Er ist besonders auf kurze Entfernungen effektiv, und sein kompaktes Lasersystem macht ihn besonders geeignet für Gefechte in der Atmosphäre.

Kreuzritter: Ein schwerer BattleMech mit einem Gewicht von 65 Tonnen und einer Höchstgeschwindigkeit von 65 km/h. Er ist selbst für einen Mech schwer bestückt und verfügt über je einen Laser, ein schweres Maschinengewehr und massive LSR-Batterien in beiden Armen sowie je eine 6er-KSR-Lafette in beiden Beinen.

Kriegshammer: Aufgrund seiner Größe und Bewaffnung ist der 70 Tonnen schwere *Kriegshammer* einer der stärksten und gefährlichsten Kampfkolosse. Er ist mit PPKs an beiden Armen, einer 6er-KSR-Lafette auf der rechten Schulter sowie jeweils einem mittelschweren und einem schweren Laser und einem Maschinengewehr am linken und rechten Torso bestückt. Dadurch besitzt er die für einen Einsatz an vorderster Front notwendige Feuerkraft. Der Suchscheinwerfer auf der linken Schulter des Mechs ist mit seinem Zielerfassungssystem gekoppelt. Er kann sowohl als Lichtquelle wie auch als Zielerfassungssensor fungieren und macht den *Kriegshammer* zu einem hervorragenden Nachtkämpfer. Die Höchstgeschwindigkeit dieses schweren BattleMechs liegt bei 64,8 km/h.

KSR: Abkürzung für »Kurzstreckenraketen«. Es handelt sich um ungelenkte Raketen mit hochexplosiven oder panzerbrechenden Explosivsprengköpfen. Ihre Maximalreichweite liegt unter einem Kilometer, und eine annehmbare Treffsicherheit ist nur bis zu 300 Meter gegeben. Die Sprengwirkung dieser Raketen liegt jedoch über der von LSR.

Landungsschiff: Da Sprungschiffe die inneren Bereiche eines Sonnensystems generell meiden müssen und sich dadurch in erheblicher Entfernung von den bewohnten Planeten einer Sonne aufhalten, werden für interplanetare Flüge Landungsschiffe eingesetzt. Diese Landungsschiffe werden während des Sprungs an die Antriebsspindel des Sprungschiffes angekoppelt. Landungsschiffe besitzen keinen Überlichtantrieb, sind jedoch sehr beweglich, gut bewaffnet und aerodynamisch genug, um auf einer Planetenoberfläche zu landen bzw. von ihr abzuheben. Der Flug vom Sprungpunkt eines Systems zu den inneren bewohnten Planeten erfordert im Regelfall eine Reise von mehreren Tagen bis zu Wochen, je nach Klasse des Sterns.

Die *Overlord*-Klasse ist das größte allgemein eingesetzte militärische Landungsschiff. Ein Schiff dieser Klasse kann ein vollzähliges Bataillon aus 36 Mechs, 6 Luft/Raumjägern und 84 Mann (einschließlich Piloten, Techs, Astechs und MedTechs) befördern. Darüber hinaus kann ein *Overlord* die Infanterieeinheiten oder Fahrzeuge des Bataillons und gelegentlich sogar Familienmitglieder aufnehmen.

Lanze: Eine taktische BattleMech-Gefechtsgruppe, die normalerweise aus vier Mechs besteht.

Laser: Ein Akronym für »*L*ight *A*mplification through *S*timulated *E*mission of *R*adiation« oder Lichtverstärkung durch stimulierte Strahlungsemission. Als Waffe fungiert ein Laser, indem er extreme Hitze auf einen minimalen Bereich konzentriert. BattleMechlaser existieren in drei Größenklassen: leicht, mittelschwer und schwer. Laser sind auch als tragbare Infanteriewaffen verfügbar, die über einen als Tornister getragenen Energiespeicher betrieben werden. Manche Entfernungsmeßgeräte und Zielerfassungssensoren bedienen sich ebenfalls schwacher Laserstrahlen.

LSR: Abkürzung für »Langstreckenrakete«, zum indirekten Beschuß entwickelte Raketen mit hochexplosiven Gefechtsköpfen. Sie haben eine Maximalreichweite von mehreren Kilometern, erreichen aber nur auf Entfernungen zwischen 150 und 700 Metern eine annehmbare Treffsicherheit.

Nachfolgerfürsten: Die fünf Nachfolgerstaaten werden von Familien regiert, die ihre Herkunft von einem der ursprünglichen Lordräte des Sternenbunds ableiten. Alle fünf Hausfürsten erheben Anspruch auf den Titel des Ersten Lords. Sie kämpfen seit Ausbruch der Nachfolgekriege im Jahre 2786 gegeneinander. Ihr Schlachtfeld ist die riesige Innere Sphäre, bestehend aus sämtlichen einstmals von den Mitgliedsstaaten des Sternenbunds besetzten Sonnensystemen.

New Avalon Institut der Wissenschaften (NAIW): Im Jahre 3015 befahl Hanse Davion die Gründung einer neuen Universität auf New Avalon, der Zentralwelt der Vereinigten Sonnen. Das Ziel dieser als New Avalon Institut der Wissenschaften (NAIW) bekannten Einrichtung ist die Wiederentdeckung verlorengegangener Technologien und wissenschaftlicher Erkenntnisse der Vergangenheit. Das Institut ähnelt in seiner Funktion mehr einer Militärakademie der terranischen Geschichte als einer Universität. Nach Bewilligung ihres Aufnahmegesuchs werden Studenten zu ›Schützlingen‹ der fürstlichen Regierung und müssen sich für eine nach Abschluß ihres Studiums beginnende zehnjährige Dienstzeit in den Vereinigten Sonnen verpflichten. Obwohl das Studium extrem schwierig ist, gibt es eine Warteliste für die Zulassung. Sowohl Haus Kurita wie auch Haus Marik haben mit Gründung eigener Universitäten nachgezogen. Diese sind dem NAIW jedoch weder finanziell noch im Niveau des Lehrkörpers ebenbürtig.

Die Peripherie: Jenseits der Grenzen der Inneren Sphäre liegt die Peripherie, der gewaltige Bereich teilweise erforschter und unerforschter Welten und Systeme, der sich bis tief in die Galaxis hinzieht. Der Bereich nahe der Inneren Sphäre wurde vor langer Zeit durch Siedler erschlossen. Diese Welten wurden jedoch durch den Zerfall des Sternenbunds technologisch, politisch und wirtschaftlich besonders hart getroffen und versanken weitgehend in Barbarei. Zur Zeit ist die Peripherie in weiten Teilen ein Zufluchtsort für Banditenkönige, Piraten und Ausgestoßene.

PPK: Kurz für »Partikelprojektorkanone«, einen magnetischen Teilchenbeschleuniger in Waffenform, der hochenergetische Protonen- oder Ionenblitze verschießt, die durch Aufschlagskraft und Temperatur Schaden anrichten. PPKs gehören zu den effektivsten Waffen eines BattleMechs. Ihre theoretische Reichweite wird nur durch die Sichtweite beschränkt, ihre effektive Reichweite wird jedoch durch die zur Bündelung und Ausrichtung des Blitzstrahls erforderliche Technologie auf unter 600 Meter begrenzt.

Regiment: Eine Militäreinheit bestehend aus zwei bis vier Bataillonen zu jeweils drei oder vier Kompanien. Ein Regiment steht unter dem Befehl eines Oberst.

Sicherheitsüberprüfung: Die gebräuchlichsten zur Identitätsfeststellung überprüften Merkmale sind das Netzhautmuster des Auges (Retinascan) und der Daumenabdruck.

Sperber: Der *Sperber* ist ein 30 Tonnen schwerer Luft/Raumjäger, dessen ungewöhnlich starke Panzerung der vieler mittelschwerer Jäger entspricht. Er ist mit zwei mittelschweren Lasern am Bug und zwei leichten Lasern an den Tragflächen bestückt. Die leichten

Laser sind weniger treffsicher, und ein Tragflächentreffer kann zum Ausfall ihrer Geschützkontrollen führen. Die hohen Schubwerte des *Sperber* machen ihn zu einem hervorragenden Abfangjäger. Dieser Geschwindigkeitsfaktor gestattet es der Maschine häufig, einen Feind als erster zu erreichen.

Sprungpunkt: Hyperraumsprünge werden überwiegend von einem der beiden Hauptsprungpunkte eines Sonnensystems aus durchgeführt. Diese befinden sich im Zenit und Nadir des Systems, wobei die Berechnungsachse senkrecht zur Ekliptik des Systems steht und durch dessen Schwerpunkt verläuft. Diese Sprungpunkte sind statisch und befinden sich in gleichbleibendem Abstand von allen Planeten auf der Systemekliptik. Andere Sprungpunkte innerhalb eines Systems existieren zwar, werden jedoch selten genutzt.

An den Sprungpunkten wichtiger Welten und bedeutender Handelsrouten befinden sich Raumstationen, an denen Landungsschiffe andocken oder in eine Umlaufbahn gehen können, während sie die Vorbereitungen für den nächsten Sprung treffen, sofern ihr Eigner über kein eigenes Sprungschiff verfügt, oder sich die Zeit vertreiben, bis ihr Sprungschiff fertig aufgeladen ist.

Sprungschiff: Interstellare Reisen erfolgen mittels sogenannter Sprungschiffe, deren Antrieb im 22. Jahrhundert entwickelt wurde. Es handelt sich um ziemlich unbewegliche Fahrzeuge aus einer langen, schlanken Antriebsspindel und einem enormen Sonnensegel mit bis zu einem Kilometer Durchmesser, das an einen gigantischen Sonnenschirm erinnert. Der Name dieser Schiffe rührt von ihrer Fähigkeit her, ohne Zeitverlust in ein weit entferntes Sonnensystem zu ›springen‹. Nach einem Sprung kann das Schiff erst weiterreisen, wenn es durch Aufnahme von Sonnenenergie seinen Antrieb wieder aufgeladen hat.

Das riesige Segel eines Sprungschiffs besteht aus einem Spezialmaterial, das gewaltige Mengen elektromagnetischer Energie aus dem Sonnenwind des nächstgelegenen Sterns zieht. Wenn es ausreichend Energie gespeichert hat, wird diese Energie von den Akkumulatoren des Schiffes an das Triebwerk abgegeben, das sie in ein Raum-Zeit-Feld verformt. Einen Sekundenbruchteil später materialisiert das Schiff am nächsten Sprungpunkt, der bis zu 30 Lichtjahre entfernt sein kann. Das Medium dieser Reise wird Hyperraum genannt, und seine Entdeckung öffnete der Menschheit den Weg zu den Sternen.

Sprungschiffe landen niemals auf einem Planeten und reisen nur sehr selten in die inneren Bereiche eines Systems. Interplanetare Flüge werden in Landungsschiffen ausgeführt, Raumschiffen, die bis zum Erreichen des Zielpunktes an das Sprungschiff gekoppelt bleiben. Die meisten zur Zeit im Dienst befindlichen Sprungschiffe sind schon Jahrhunderte alt, da die Nachfolgerfürsten nur sehr wenige neue Schiffe bauen konnten. Aus diesem Grunde gibt es eine unausgesprochene Übereinkunft selbst zwischen erbitterten Gegner, Sprungschiffe nicht zu zerstören.

Sprungschiffe der *Invasor*-Klasse können drei Landungsschiffe, die der *StarLord*-Klasse sechs Landungsschiffe transportieren.

Sternenbund: Im Jahre 2571 wurde der Sternenbund gegründet, um die wichtigsten nach dem Aufbruch ins All von Menschen besiedelten Systeme friedlich zu vereinigen. Der Sternenbund existierte annähernd 200 Jahre lang, bis 2751 ein Bürgerkrieg ausbrach. Als das Regierungsgremium des Sternenbunds, der Hohe Rat, sich in einem Machtkampf auflöste, bedeutete dies das Ende des Bundes. Jeder der Hausfürsten rief sich zum neuen Ersten Lord des Sternenbunds aus, und innerhalb weniger Monate war die gesamte Innere Sphäre im Kriegzustand. Dieser Konflikt hält seit über zwei Jahrhunderten an. Diese Kriege werden als »Nachfolgekriege« bezeichnet.

Stuka: Der *Stuka* ist ein gut gepanzerter Luft/Raumjäger von 100 Tonnen Gewicht mit niedrigen Schubwerten. Er ist mit zwei schweren Lasern pro Tragfläche sowie einem mittelschweren Laser im Bug und zwei mittelschweren Lasern im Heck bestückt. Darüber hinaus verfügt er über eine 20er-LSR-Lafette und eine 4er-KSR-Lafette im Bug. Mit seinen 30 Wärmeaustauschern ist der *Stuka* in der Lage, seine volle Feuerkraft auch über längere Perioden einzusetzen. Sein Monitor-200-Lenksystem macht ihn zu einer eleganten Maschine, die sich in vielen Situationen wie ein mittelschwerer Jäger bewegen kann.

Valkyrie: Ein ausschließlich von Haus Davion eingesetzter, hochgeachteter leichter Mech. Sechs Tonnen Panzerung, eine Höchstgeschwindigkeit von 86,4 km/h und eine Sprungkapazität von 150 Metern gestatten es der *Valkyrie*, schwerere Einheiten im Gefecht auszumanövrieren und einen starken Feindbeschuß zu absorbieren. Die 10er-LSR-Lafette im linken Torso ist für einen leichten Mech ziemlich ungewöhnlich und macht ihn auch auf weite Entfernungen zu einem potentiell gefährlichen Gegner. Auf kurzen Abstand können der mittelschwere Laser im linken Arm und die enorme Sprungleistung eine gefährliche Mischung ergeben. Wenn es zum Zweikampf kommt, ist die *Valkyrie* kein Gegner für einen mittelschweren oder schweren Mech, aber als Teil einer Lanze ist sie sehr effektiv.

Verteidiger: Ein mittelschwerer Mech von 45 Tonnen Gewicht, der für seine Klasse mit einer Höchstgeschwindigkeit von 64,8 km/h eher langsam ist. Einer der häufigsten BattleMechs in den Einheiten Haus Liaos. Der *Verteidiger* ist mit einer 5er-LSR-Lafette im linken Torso, einer PPK im rechten Arm, einem leichten Laser am linken Arm und einem mittelschweren

Laser bestückt, der an der linken Seite seines Kopfes angebracht ist.

Victor: Ein überschwerer BattleMech mit einem Gewicht von 80 Tonnen und einer Höchstgeschwindigkeit von 64,8 km/h. Der *Victor* ist der einzige BattleMech seiner Gewichtsklasse mit Sprungfähigkeit (maximal 120 Meter). Er ist mit einer Autokanone im rechten Arm, zwei mittelschweren Lasern am linken Arm und einer 4er-KSR-Lafette in der Torsomitte bestückt. Im Gefecht kann der *Victor* seine Gegner häufig überraschen, da sie bei einem überschweren Mech nicht mit Sprungkapazität rechnen.

Zeus: Der 80 Tonnen schwere *Zeus* ist der ganze Stolz Haus Steiners, dessen Ingenieure ihn als überschweren Mech mit Blitzschlagkapazität entwickelten. Er ist mit einer 15er-LSR-Lafette im rechten Arm, einem schweren und einem mittelschweren Laser im linken Torso, einem mittelschweren Laser in der Torsomitte und einer Autokanone im linken Arm bestückt. Seine Höchstgeschwindigkeit beträgt 64,8 km/h Seine ausgezeichnete Panzerung besonders um Brustpartie und Beine gestattet ihm, auch schweres Feindfeuer zu überstehen. Seine starken, schwer gepanzerten Beine sorgen dafür, daß keiner den Tritt eines *Zeus* vergißt, und ein Keulenvorbau an seinem linken Arm macht seinen Schlag kaum weniger gefährlich.

WAFFENSYSTEME
UND
RAUMSCHIFFE

Donnerkeil

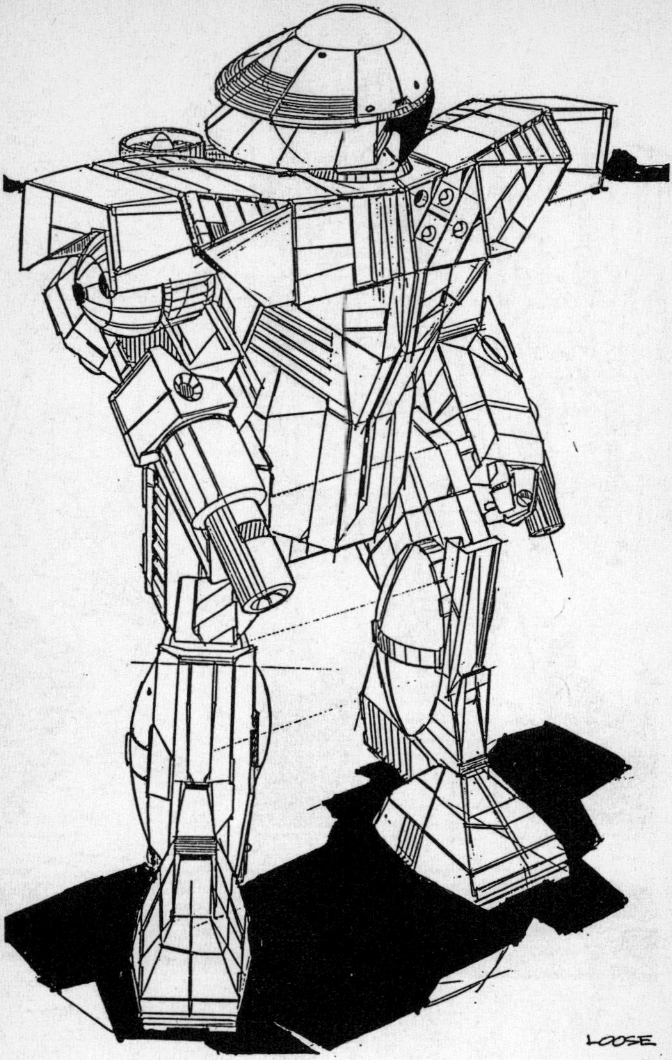

Victor

Kampftitan

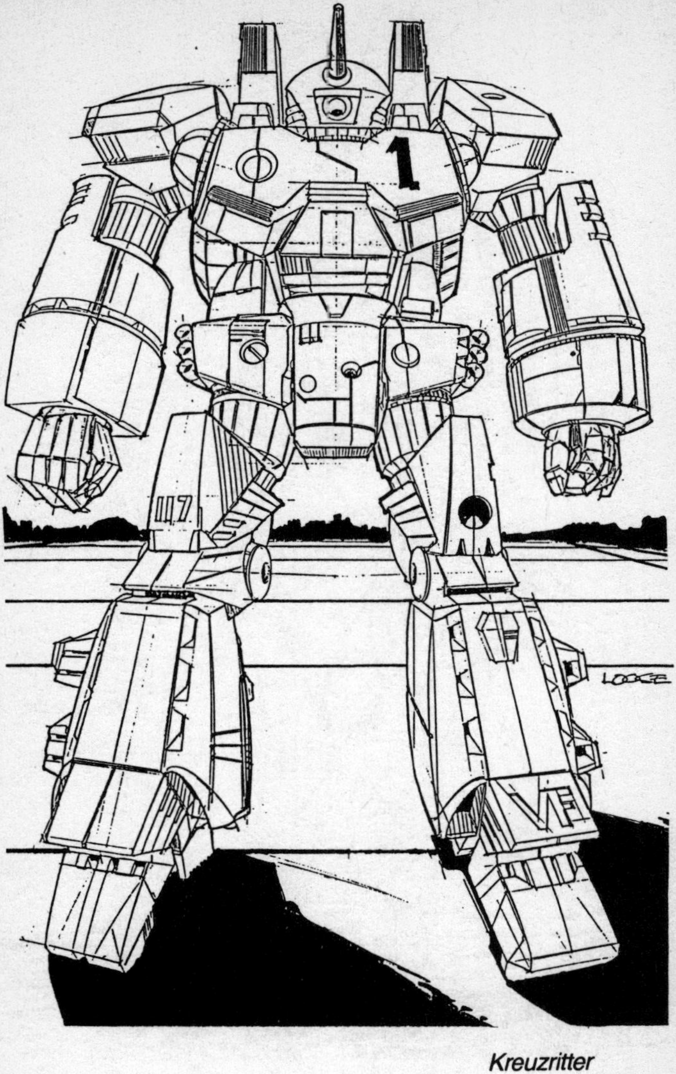

Kreuzritter

Union Landungsschiff

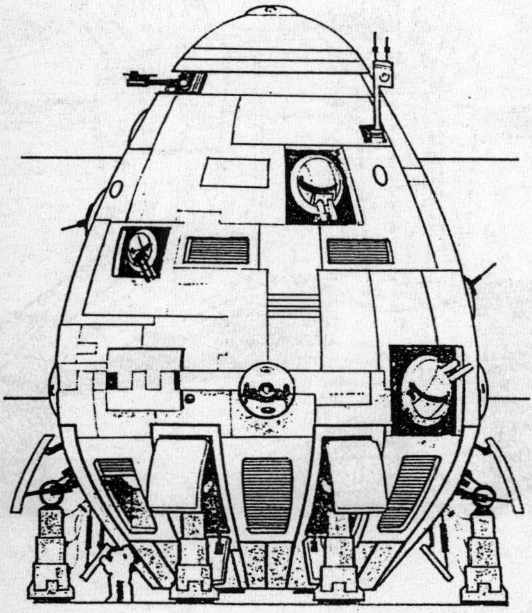

Overlord Landungsschiff

JägerMech

Dracon

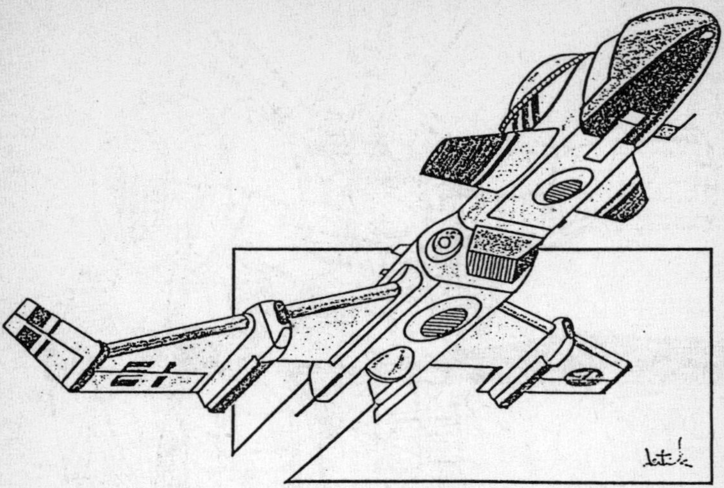

Stuka

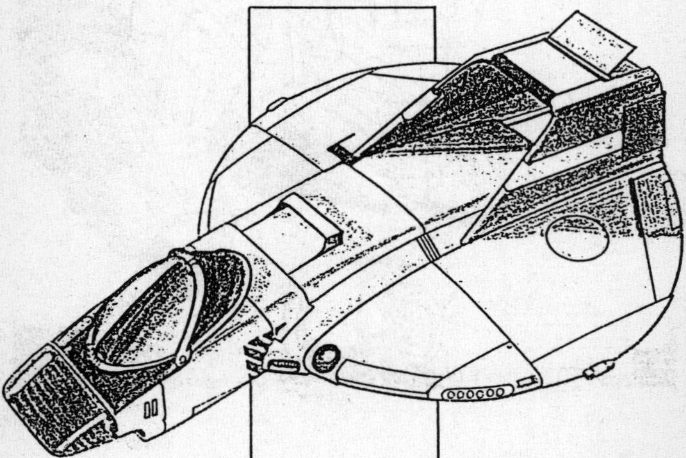

Drossel

Zeus

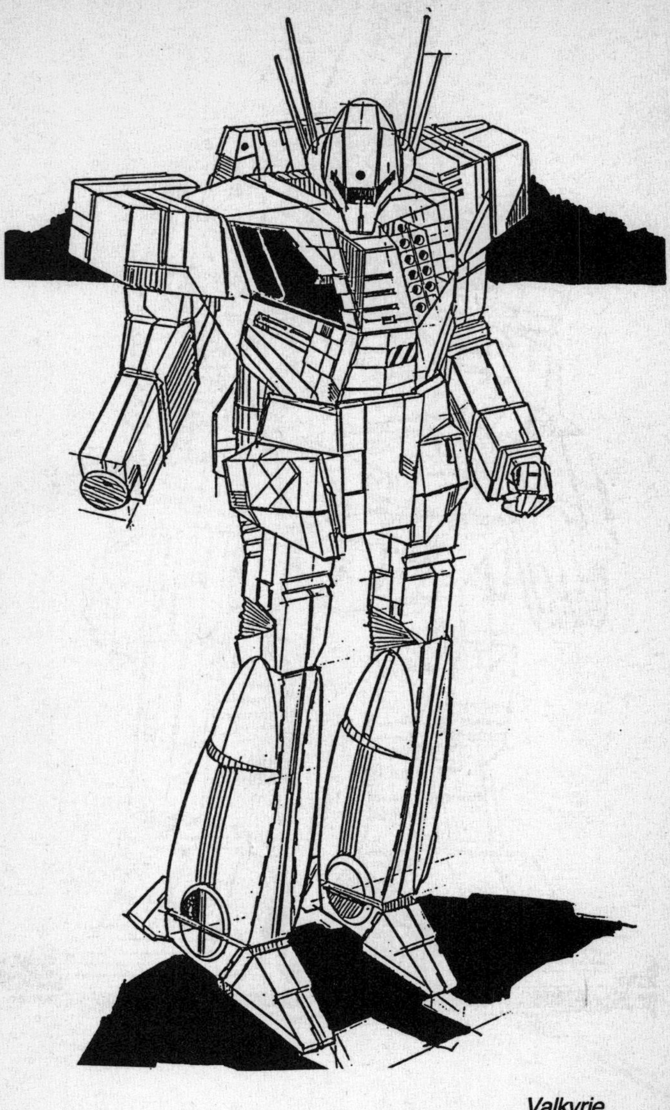

Valkyrie

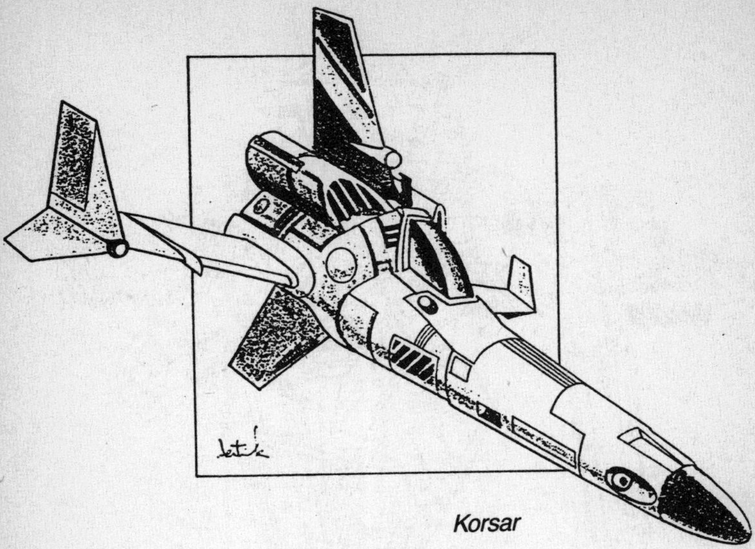

Korsar

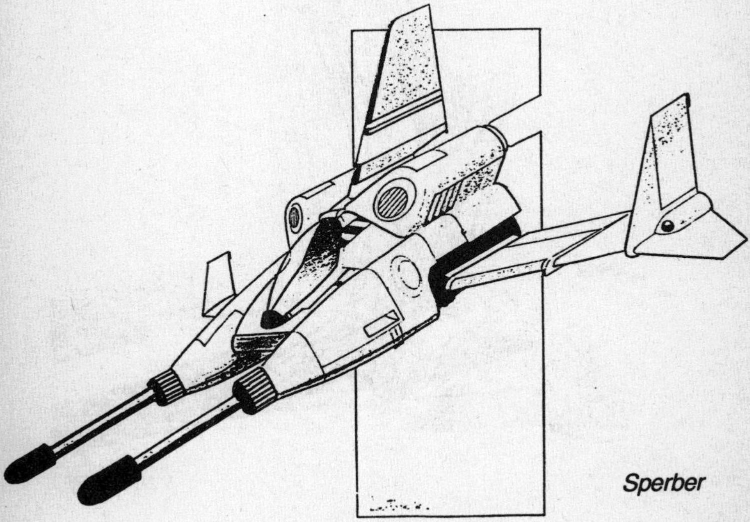

Sperber

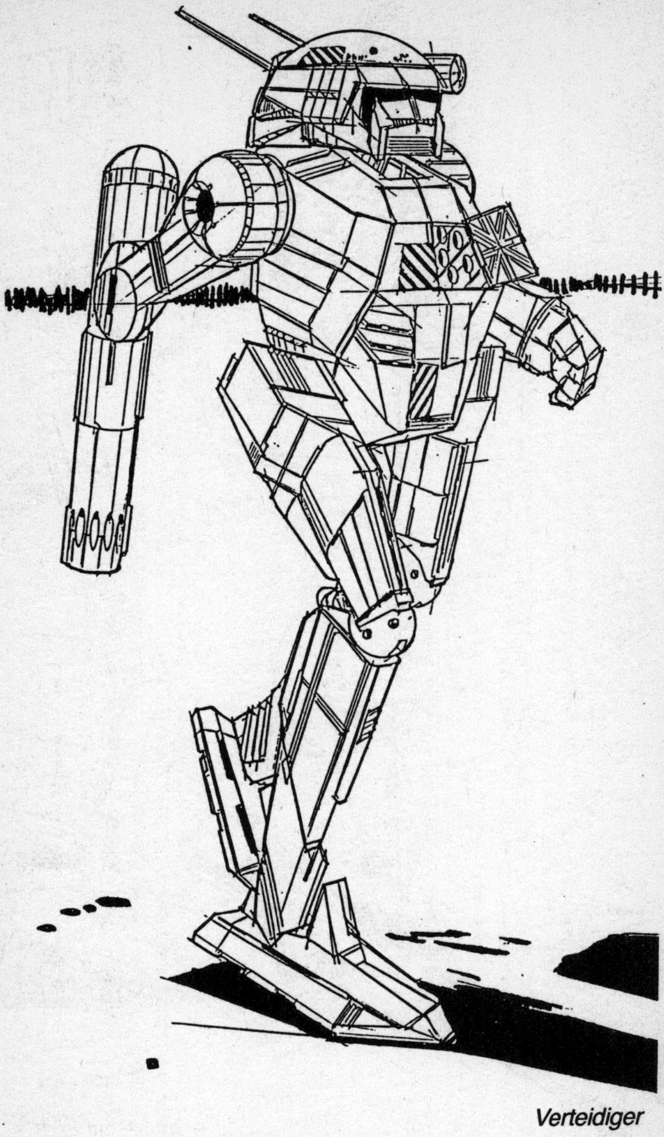

Verteidiger

Kriegshammer

BATTLETECH - DAS SPIEL

"Das heißeste Spiel seit Erfindung der Würfel" hat Matthew Costello **BattleTech** in einer euphorischen Rezension im SF-Magazin *Analog* genannt und 1985 wohl schon den Erfolg vorausgeahnt, den die "Kampfkolosse des 4. Jahrtausends" haben würden. Von Jordan K. Weisman und L. Ross Babcock als spielerische Umsetzung japanischer Roboter-Zeichentrickfilme konzipiert, entwickelte das Spiel sehr schnell rasante Eigendynamik. **BattleTech** wurde über Nacht zum Bestseller.

DAS BATTLETECH-UNIVERSUM

Um **BattleTech** bildete sich nach und nach ein ganzes "Universum", das Vergleiche mit den epischsten Space Operas aus der SF-Literatur nicht zu scheuen braucht.

Vor einem so weitgespannten Hintergrund ist fast alles möglich. Dieser Tatsache trägt ein breites Angebot an Battletech-Publikationen Rechnung: Brettspiele wie **CityTech** (BattleMechs in urbaner Umgebung) und **AeroTech** (Luft/Bodengefechte) erweitern das Grundkonzept. Im Rollenspiel **MechWarrior** kann man in die "Haut eines MechKriegers schlüpfen", um spannende Abenteuer aus nächster Nähe zu erleben, während man als Lord eines Nachfolgerstaats im Strategiespiel **Succession Wars** auf interstellarer Ebene um Einfluß ringt. Neben einer Reihe weiterer Spiele gibt es noch Abenteuer, Comics, Romane, Hintergrundbücher, Mechkataloge und, und, und... insgesamt gut 50 Publikationen. Darüber hinaus wird das Angebot von einer Vielzahl Zinnminiaturen abgerundet.

Auch in anderen Medien hat BattleTech Fuß gefaßt. Es gibt ein erfolgreiches Computerspiel von Infocom, und ein zweites ist gerade erschienen. Letzter Schrei in den USA: Battletech-Arcadezentren, die BattleMechcockpits nachempfunden sind, und in denen Spieler eine futuristische Kampfsimulation erleben können.

BATTLETECH AUF DEUTSCH

In deutscher Sprache erscheinen die Battletech-Spiele bei **FANTASY PRODUCTIONS**. Neben dem Grundspiel sind bislang **CityTech** (DM 49,80) und zwei Bände mit Battletech-Abenteuern erhältlich: **Der Biß der Schwarzen Witwe** (ISBN 3-89064-901-7 DM 24,80) und **Die Gray Death Legion** (ISBN 3-89064-903-3, DM 24,80). Mit letzterem lassen sich übrigens die Gefechte aus der vorliegenden Romantrilogie nachspielen...

BATTLETECH
KAMPFKOLOSSE DES 4. JAHRTAUSENDS
Fantasy Productions · Fasa Corporation

HEYNE SCIENCE FICTION UND FANTASY

STAR TREK™

Die erfolgreichste Filmserie der Welt

06/4619

06/4551

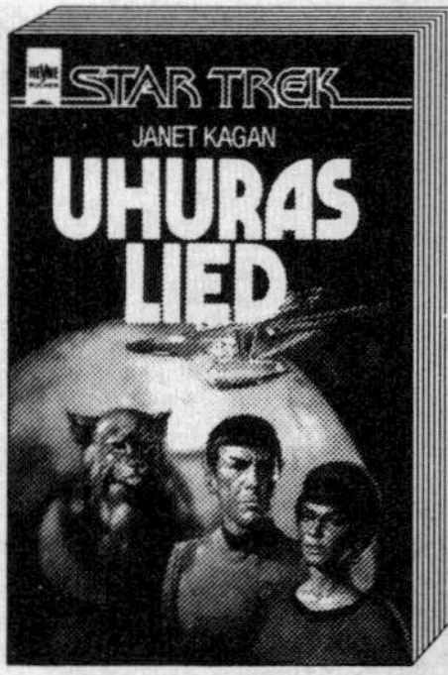

06/4605

06/4568

06/4627

06/4682

Wilhelm Heyne Verlag
München